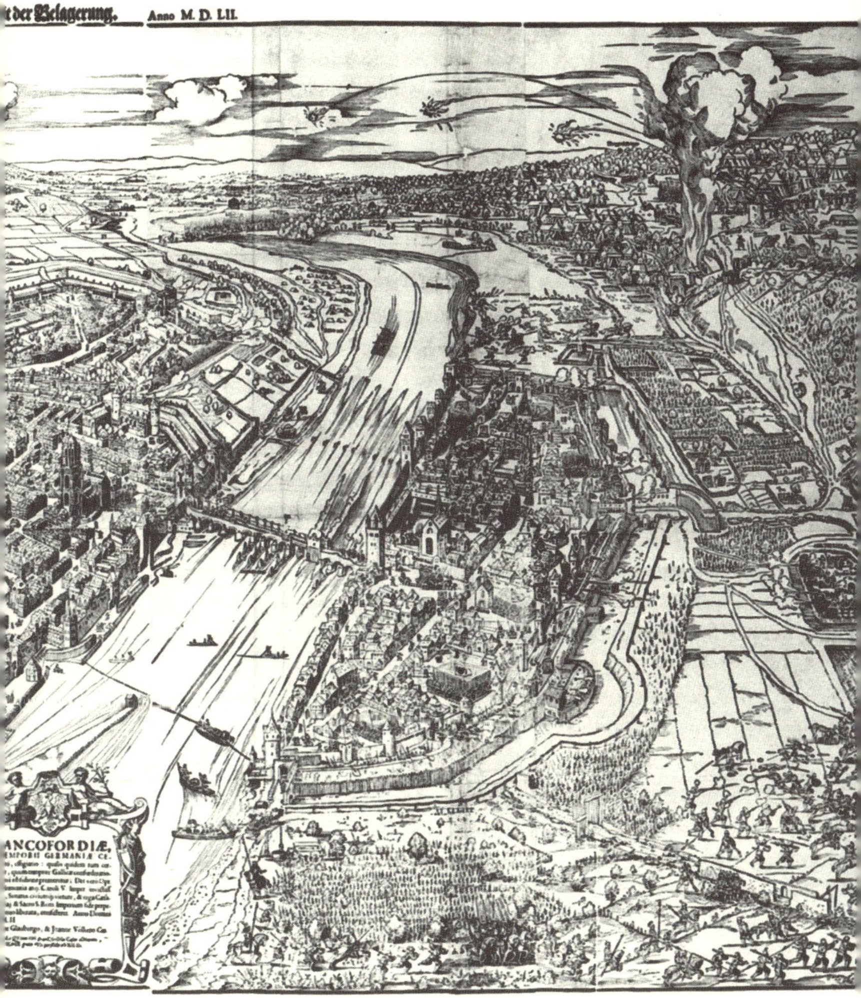
t der Belagerung. Anno M. D. LII.
ANCOFORDIÆ,

SV

Ursula Neeb

Die Siechenmagd

SOCIETÄTSVERLAG

Satz: Tijana Veljovic, Sandra Diepolder, Societäts-Verlag
Druck und Verarbeitung: Ebner & Spiegel GmbH, Ulm
Schutzumschlaggestaltung: Katja Holst, Frankfurt am Main
Zeichnung S. 295: Christian Pfeiffer
Vor- und Nachsatz: Faber, Belagerungsplan von 1552:
Historisches Museum Frankfurt am Main,
Foto: Ursula Seitz-Gray
Printed in Germany 2006

ISBN-10: 3-7973-0991-0
ISBN-13: 978-3-7973-0991-4

Inhaltsverzeichnis

I. Teil – Der Gutleuthof

II. Teil – Flucht ins Vergessen

1. Teil:
Der Gutleuthof

Prolog

Am frühen Morgen des 22. März im Jahre des Herrn 1506 verlässt der Kaufmann Ulrich Neuhaus sein Stadthaus in der Neustadt und läuft die Neue Kräme hinunter in Richtung Altstadt. Bewusst hat er darauf verzichtet, eines seiner prächtigen Reitpferde satteln zu lassen, ebenso hat er sich gegen jegliche Begleitung verwehrt, sei es durch seine Gattin und die beiden Söhne, sei es durch einen seiner Diener. So geht er nun zu Fuß durch die engen Gassen der Frankfurter Altstadt wie ein einfacher Mann. Die pelzverbrämte Schaube und der vornehme Biberhut weisen ihn freilich als einen Mann aus den besten Kreisen aus. Doch ist sein Gang nicht stolz und aufrecht, wie man es sonst eher bei einem Dominus gewöhnt ist. Mit hängenden Schultern, das Haupt gesenkt, die Schritte schwer, bewegt er sich mehr wie ein Lastenträger und weniger wie eine Standesperson. Am Steinernen Haus der Patrizierfamilie Melem vorbeikommend, zieht er noch mehr als bisher schon den Kopf ein und eilt in Richtung St. Bartholomäus, wo unterhalb, eingebettet zwischen Saalgasse und Mainmauer, das Hospital zum Heiligen Geiste liegt. Er ist angekommen! Geblendet vom gleißenden Licht der Frühlingssonne nähert er sich der ausladenden Hospitalpforte und betätigt, nach kurzem Zögern entschlossen, den schweren Türklopfer. Bald schon öffnet sich der Laden an der Seite, durch den zu bestimmten Zeiten den Stadtarmen die Suppe gereicht wird, und der kahle Kopf des Hospitaldieners erscheint in der Fensternische.

„Guten Morgen, Herr Rat, ich weiß Bescheid", entgegnet er prompt beim Anblick des honorigen Herrn und öffnet ihm umgehend das Portal.

„Tretet ein, Herr Neuhaus, die Prüfmeister erwarten Euch schon und sind gleich bereit."

Dienstfertig geleitet der Pförtner den Besucher zu einem kleinen Raum, der direkt an den Lichthof grenzt.

„Nehmt einstweilen hier Platz, mein Herr. Ich melde der Kommission, dass Ihr da seid." Der Hospitaldiener entfernt sich beflissen.

Es ist ein strahlender Frühlingsmorgen, genau anderthalb Stunden nach Sonnenaufgang. Die Vögel zwitschern und süßer Blütenduft durchdringt den lichtdurchfluteten Warteraum, dessen Fenster weit geöffnet sind. Ulrich Neuhaus, Angehöriger der altehrwürdigen Stubengesellschaft auf dem Alten-Limpurg und Mitglied des Rates der freien Reichsstadt zu Frankfurt am Main, steht am Fenster und blickt nach draußen in den kleinen Spitalgarten mit Bäumen und blühenden Blumen. Schweißperlen glitzern auf seiner Stirn und seine Fingernägel graben sich tief in das Fleisch seiner verschränkten Arme. Schweißgebadet entledigt er sich schließlich der schweren Schaube aus feinem, englischem Tuch. Während er das Gewand über einen Stuhl wirft, bemerkt er, dass er am ganzen Körper bebt und neben den Hitzewallungen durchfährt es ihn immer wieder eiskalt, so dass er zu schlottern anfängt.

Wie der reinste Bettseicher! Ulrich, jetzt reiß' dich am Riemen!, ermahnt er sich selbst, bemüht, sich zu sammeln, und beginnt, immer noch zitternd, still zu beten, als sich die Flügeltür öffnet und eine junge Krankenmagd mit gestärkter weißer Haube ihn bittet, ihr zu folgen. Sie geleitet ihn zu einem großen, hellen Raum am anderen Ende des Lichthofs und fordert ihn auf, sich vollständig zu entkleiden und sich auf dem Krankenstuhl, der in helles Sonnenlicht getaucht ist, niederzulassen. Sogleich betreten die sechs Prüfmeister nacheinander den Raum, gefolgt von einem städtischen Schreiber, der das Prüfungszeugnis protokollieren wird. Mit feierlichem Ernst begrüßt der Vorsteher den Wartenden und erklärt die Untersuchung für eröffnet. Er bittet den Protokollführer, die Fenster zu schließen. Mit größter Vorsicht und Sorgfalt befühlen und betasten die vereidigten Prüfer die Knoten im Gesicht und an den Gliedmaßen von Ulrich Neuhaus, stechen behutsam mit Nadeln in die hellen Hautflecken, befragen den Patrizier, ob er an diesen Stellen etwas fühle, ob ihn die Stiche schmerzen würden. Neuhaus verneint wahrheitsgemäß, ist gleichzeitig aber hochgradig alarmiert über diese ihm bisher unbekannte Schmerzunempfindlichkeit, die wohl nichts Gutes zu bedeuten hat. Mit konzentrierten Mienen stellen ihm die Prüfer verschiedene Fragen in Bezug auf Beschwerden und Symptome. Knapp und etwas gereizt antwortet er: Ihn

stören die verstümmelten Gesichter der Prüfmeister und ihre schrillen Stimmen. Erst recht grausen ihn die Berührungen ihrer klauenartigen Hände auf seinem Körper. Die Schar ist ihm regelrecht zuwider und er nimmt im Hinterkopf so etwas wie Besorgnis auf ihren entstellten Zügen wahr. Nach gut einer Stunde erklärt der Vorsteher die Prüfung für beendet. Der Untersuchte kann sich wieder ankleiden und wird gebeten, Platz zu nehmen und auf die Verkündung der Diagnose zu warten. Die Kommission zieht sich zur Beratung in einen Nebenraum zurück. Kein Laut von ihrer Unterredung dringt zu Neuhaus durch und es dauert auch nicht lange, bis die Prüfmeister zurückkehren. Feierlich stellen sie sich vor dem Partizier auf, der Vorsteher räuspert sich, bevor er mit seiner merkwürdig krächzenden Stimme zu sprechen beginnt:
„Ulrich Neuhaus, Stadtbürger zu Frankfurt am Main, wir haben Euch ehrsam und aufrichtig untersucht und befinden Euch als einen kranken und siechen Manne. Wir würden Euch gerne sagen, dass Ihr gesund seid, aber wegen unseres Eides, den wir geleistet haben, müssen wir Euch die Wahrheit sagen. Ihr seid am Aussatz erkrankt. Habt Geduld im Herzen und Ihr werdet ein Kind des ewigen Lebens werden."
Diese so oft ausgesprochenen Worte der Prüfungskommission werden von den Betroffenen stets wie ein Todesurteil aufgenommen. So auch von Neuhaus, der schluchzend zusammenbricht und fassungslos beklagt, was er schon seit langem geahnt, aber mit aller ihm zur Verfügung stehenden Kraft verdrängt hat:

Er leidet an Lepra, ist ein von Gott Gezeichneter! Genau wie die vereidigten Kranken, die die Lepraschau an ihm vollzogen haben, wird man ihn aus der menschlichen Gemeinschaft absondern. Mit ihren grauenhaften Fratzen wird er fortan leben müssen, da draußen im Hospital der Guten Leut! Wird bei lebendigem Leib verfaulen, wie sie.

Dann doch lieber tot sein!

1. Auf zum Galgenfest!

„Jetzt kommen die Stubengesellschaften! Da könnt's gleich Groschen regnen für uns, Josef!“, flüstert das Mädchen dem Mann im Narrenkäfig zu.

Eine Gruppe prächtig gekleideter Männer und Frauen passiert in trippelndem Schritt das Mainzertor. Die Männer tragen eng anliegende, vielfarbige Beinlinge, welche das Gesäß und die Geschlechtsteile deutlich hervortreten lassen, kombiniert mit kurzen, mit Goldknöpfen versehenen Hemdjacken aus edlem Tuch. Ihre Häupter sind bedeckt mit pelzverbrämten Samtbaretten in leuchtenden Farben. Den Blickfang allerdings bildet das Schuhwerk: Schuhe aus Samt und Seide oder aus feinstem Leder mit Perlen bestickt, verschiedenfarbig an jedem Fuß, wuchernde Gebilde mit schnabelartigen Schuhspitzen in kurioser Länge. So lang sind die Schnäbel, dass ihre Träger sie mit Gold- und Silberketten an die Knie hochgebunden haben, um darin laufen zu können.

Die Damen, gehüllt in brokatene, pelzgefütterte Mäntel, die langen Schleppen wie Pfauenschwänze hinter sich hertragend, heben graziös den Saum des Gewandes, um zierliche Füße in „Chopinen“ sichtbar werden zu lassen – die hohen Stelzenpantoletten sind die neueste Schuhmode aus Venedig.

Die Patrizier streifen das Mädchen und den Narren mit abschätzigen Blicken, fassen zögerlich in ihre reich mit Quasten und Seidenbändern dekorierten Almosentaschen und werfen ein paar Münzen in Richtung der beiden.

Flink springt das zerlumpt gekleidete junge Mädchen herbei, klaubt das Geld vom Boden auf und ruft den Wohltätern ihr „Gott segne Euch!“ hinterher.

Das Mädchen tritt an den Käfig, in dem der Mann sitzt, mit dem sie die ganze Zeit gesprochen hat und reicht ihm die Münzen. Dieser überlässt ihr wortlos einige Geldstücke und steckt den Rest mit unbewegter Miene unter seine Lumpen.

Josef sagt schon seit vielen Jahren kein Wort mehr, und ebenso wenig verzieht er irgendeine Miene. Die Frankfurter kennen ihn als den „toden Josef“. Lange Jahre schon lebt er abwechselnd im Mainzerturm nahe der Mainzerpforte oder im Brückenturm, den beiden städtischen Gefängnistürmen, in denen die Stadt auch ihre Narren unterbringt. Von Zeit zu Zeit, wenn die Türme überfüllt sind, quartiert man einige der Unsinnigen in die Narrenkäfige um, die draußen vor den Stadttoren angebracht werden und neben der allgemeinen Volksbelustigung auch den Zweck verfolgen, den Kranken von Sinnen die Möglichkeit zu geben, milde Gaben zu erbetteln.

Das Mädchen geht gerne zu den Tollkisten an der Stadtmauer. Wenn dort etwas gespendet wird, fällt meistens auch etwas für sie ab. Außerdem mag sie die Kranken des Gemüts und unterhält sich gerne mit ihnen. Das Gute an ihnen ist, dass sie sie einfach so nehmen, wie sie ist. Außerdem sind die Narren noch verlumpter als sie selbst und stinken zum Gotterbarmen. Aber das stört sie nicht. Jedenfalls hat noch nie einer von ihnen sie beschimpft oder verjagt, wie das sonst so häufig vorkommt in Frankfurt.

Ihr Name ist Maria Dunckel, aber alle nennen sie nur „Mäu“. Sie ist die Tochter des städtischen Abdeckers, Hundshäuters und Kloakenreinigers Edu Dunckel. Mäu ist fünfzehn Jahre alt und hat trotz vereinzelter Pockennarben an Wangen und Stirn ein hübsches Gesicht mit strahlenden grünen Augen. Ihr volles, kastanienbraunes Haar, das ungebändigt nach allen Seiten absteht, wirkt sauber, aber unfrisiert und trägt nicht unerheblich zu einem verwilderten Gesamteindruck bei. Auf der wohlgeformten, leicht nach unten gebogenen Nase befinden sich mehrere Sommersprossen, was dem anmutigen Mädchengesicht eine verschmitzte Note verleiht. Insgesamt von athletischem Körperbau, künden die muskulösen Beine mit den starken Fesseln, ebenso wie die kräftigen, sonnengebräunten Arme des Mädchens von harter körperlicher Arbeit.

„Kerle, es wird ja immer doller, jetzt kommen auch noch die Damen von Stalburg!“, ruft sie und starrt mit offenem Mund zum Stadttor hin.

Zwei weiße Zelter, von Pagen an Zügeln geführt, kommen durch den weiten Torbogen. Auf den kraftvollen, ruhigen Tieren thronen Damen, die feinen, bleichen Gesichter unter kunstvollen Flügelhauben von farbigen Seidenschleiern umwebt. Neben den Pagen gehen livrierte Almosengeber, die auf ein knappes Handzeichen ihrer Herrinnen hin Münzen zum Narrenkäfig werfen. Mäu verbeugt sich tief in Richtung der vornehmen Spenderinnen, bevor sie das Geld einsammelt.

„Na, verdienste dir wieder ein paar Kröten, Mäu", spricht plötzlich eine Stimme hinter ihrem Rücken. Mäu fährt herum und sieht sich Auge in Auge mit ihrer Muhme Martha Backes.

Martha, die jüngere Schwester von Mäus Mutter, ist vielleicht zehn Jahre älter als Mäu und verdient sich ihren Lebensunterhalt als Hübscherin in einem der städtischen Frauenhäuser in der Alten Mainzergasse, unweit der Frauenpforte an der Stadtmauer. Sie ist mit einer Gruppe anderer Hübscherinnen unterwegs, alle in auffallend gelber Kleidung, der von der Obrigkeit verordneten Hurentracht. Martha ist eine der begehrtesten Huren in der Stadt. Ihr langes, offenes Haar leuchtet rotgold und umrahmt ein blasses, ebenmäßiges Gesicht mit hoher, brauenloser Stirn. Die gewölbten Lider sind mit glitzerndem Kohlestaub geschwärzt, und auf den fein geschwungenen Lippen schimmert ein duftender, purpurfarbener Balsam.

„Da, haste was, du kleine Grott! Vielleicht kommste ja bald zu uns an die Frauenpfort und verdienst dir's selber", sagt Martha lachend und steckt Mäu eine Münze zu.

„So, mir müssen weiter zum Galgenfeld. Nach einer Hinrichtung läuft des Geschäft immer wie geschmiert", verabschiedet sich Martha. Mäu bedankt sich und blickt der Muhme bewundernd nach.

„Ei, was ist die so schön, und riechen tut sie immer so gut", murmelt Mäu versonnen und schnüffelt an ihrem schäbigen Leinenüberwurf.

„Und ich stink wieder nach Puddel! So, jetzt muss ich aber los, bald kommt die Mutter von den Siechen zurück, und ich soll ihr mit der Wäsch helfen. Aber vorher mach ich noch übers Galgenfest und hol mir was. Ich kann dir einen Weck kaufen und bring ihn dir morgen vorbei."

Die kleine Gestalt entfernt sich vom Mainzertor mit dem Narrenkäfig in Richtung Galgengasse. Dort passiert sie die Galgenpforte, die zum Galgenviertel führt.

Hier draußen auf den westlich der Stadt vorgelagerten Feldern liegt das Quartier der Ausgestoßenen. Es erscheint wie ein eigener Stadtteil, mit Schenken, Bettlerherbergen und Hütten, einer Badestube sogar. Kirche und Rathaus gibt es hier nicht, dafür aber etwas abgelegen die alte Scharfrichterei auf dem Galgenfeld, das einzige Steinhaus im Quartier, in welchem, den Rabenstein mit dem Galgen stets im Blick, der Henker mit seiner Familie lebt. Weiter unten zum Main hin befindet sich der „Gutleuthof", das städtische Leprösenhospital, und in einiger Entfernung davon die Behausung des städtischen Abdeckers und seiner Familie.

Die Stadtbürger nennen diesen Bezirk den „elenden Flügel" oder, wegen seiner Nähe zur Hinrichtungsstätte, einfach das „Galgenviertel".

Die Region der Friedlosen ist verschachtelt und scheinbar undurchdringlich in ihrem engen Nebeneinander von schäbigen Hütten und Buden, zwischen denen schmale Trampelpfade und enge Trittstege verlaufen, so zahlreich sich kreuzend wie die Falten im Gesicht eines Hundertjährigen. Mäu ist hier aufgewachsen und kennt jeden Winkel.

Als sie aber jetzt durch die Gassen läuft, wirkt alles wie ausgestorben. Genau wie die Bürger aus der Stadt und der ortsansässige Adel drängen sich alle Bewohner auf dem Galgenfeld. Heute, genau um 12 Uhr mittags, soll der „Tanzstoffel", ein kleiner Gauner, Gelegenheitsdieb und Wilderer, aufgehängt werden. Der Mann ist kein sonderlich spektakulärer, bekannter Verbrecher, aber Hinrichtungen sind, ähnlich wie der Jahrmarkt oder die Messen, stets beliebte Attraktionen für alle Stände, wo man sich in einer Atmosphäre verlustiert, die gleichermaßen Spannung und Zerstreuung bietet.

Mäu gehört zu den Nachzüglern, die noch auf dem Weg zur Richtstätte und dem sie umgebenden bunten Treiben sind. Endlich hat sie die Ausläufer erreicht, und die ersten Verkaufsstände werden sichtbar. Es riecht nach Gesottenem, Gebratenem und nach Räucherspeck, nach Zimt, Honig, gebrannten Mandeln, Anis und Ingwer, kurzum nach allen Wohlgerüchen des fernen Orients und der heimatlichen Fleischerinnung. Sie verspürt Heißhunger und beim Gedanken, dass sie sich etwas von den Köstlichkeiten wird kaufen können, läuft ihr das Wasser im Munde zusammen. Noch ganz in ihre Überlegungen versunken, was für einen Schmaus sie wählen könnte, um endlich einmal wieder das tägliche Einerlei von dünner Brotsuppe und Haferbrei zu durchbrechen, wird sie unversehens von lautem Lärmen und Anfeuerungsrufen gleich in der Nähe aufgeschreckt. Neugierig blickt sie sich suchend um und erspäht einen Tisch, an dem sich zwei vierschrötige Männer gegenübersitzen und, umgeben von einem kleinen Schwarm von Zuschauern, die durch ihre lautstarken Kundgebungen und Rüpeleien unschwer als Sympathisanten der jeweiligen Kontrahenten auszumachen sind, ein Armdrücken veranstalten.

Na, da sind ja die Richtigen aneinander geraten, denkt sich Mäu beim Anblick der beiden Männer und muss grinsen. Sie kennt die beiden Kampfhähne, es sind der Bettelvogt und der Waldbüttel. Tatsächlich scheint es sich bei den beiden um ebenbürtige Gegner zu handeln, kräftige, feiste Burschen ähnlicher Statur, mit denen sich nur wenige anlegen würden, so wild und furchterregend sehen sie aus.

Und beide sind auch im Alltag gefürchtet, besonders aber in der Ausübung ihrer Professionen als harte Schleifer berüchtigt.

Der eine, breitschädelig und rotgesichtig, mit strähnigen rötlichen Haaren und noch roterem Bart, ist der Aufseher über das gesamte Frankfurter Waldareal. Alle Einheimischen kennen ihn unter dem Spitznamen „Waldschrat". Er hat die Aufsicht über Wald und Jägerei, Waldweide, Honig- und Holznutzung sowie die Fischbestände aus den Fischteichen. Nur der Stadt Frankfurt obliegt die Nutzung dieser Erträge, darum besteht die wichtigste Aufgabe des städtischen Waldbüttels darin, Wilderern und Holzdieben das Handwerk zu legen und das unbefugte Fischen und Angeln zu verhindern. Auf solcherart Vergehen steht nicht selten die Todesstrafe, zumindest aber das bei Diebstahl übliche Handabhacken – vorausgesetzt es überlebt einer die wilde Hatz des Waldschrats und seiner Gehilfen, der so genannten „Holzleute". Denn wenn sie einen Wilderer oder Fischdieb auf frischer Tat ertappt haben und dieser die Flucht ergreift, dann verfolgen sie ihn, kreisen ihn ein und schießen mit Armbrüsten auf den Frevler.

Der Todeskandidat des heutigen Galgenfestes, der Tanzstoffel, hatte das zweifelhafte Glück, vom Waldschrat im Sachsenhäuser Forst lebendig gefangen worden zu sein, um nun seiner für Wiederholungstäter üblichen Strafe, dem Tod am Galgen, zugeführt zu werden.

„Streng dich an, Grünratt[1], meinen letzten Groschen hab ich auf dich gesetzt! Den Stoffel haste an den Dullmen[2] gebracht, und mich bringste hoffentlich an den Bierkrug. Das glaubt mir keiner, dass ich auf einen Büttel setzen tu!", krächzt es heiser aus dem Publikum und wird mit kehligem Gelächter quittiert.

Mäu blickt in die Richtung des Rufers und erkennt Leo, den Regenmacher. Die meiste Zeit reist er von Jahrmarkt zu Jahrmarkt durchs ganze Land, kommt aber immer gern zu alten Freunden ins Galgenviertel, um die Frankfurter Messe zu besuchen oder einfach, um sich für ein paar Wochen von dem rauhen, anstrengenden Leben auf der Straße zu erholen.

„Drück ihn runner, Bettelmeister, des biste unsrer ehrenwerten Zunft schuldig", kreischt eine andere Stimme aus dem Publikum. Der Kampf zwischen den etwa gleichstarken Gegnern zieht sich hin, beide bieten ihre ganze Kraft auf, doch keinem will es gelingen, den Arm des anderen auf die Tischplatte zu pressen. Ihre Gesichter sind krebsrot und glänzen vor Schweiß.

Bei dem Angesprochenen handelt es sich um den städtischen Bettelvogt, dessen Aufgabe es ist, das Bettlertum zu kontrollieren und zu beaufsichtigen. Wegen seines unnachsichtigen Durchgreifens hat Meister Knut, genannt „die Knute", schon lange seinen Ruf weg: Mit dem scharfen Blick seines einen Auges ist er stets auf der Jagd nach ortsfremden Bettlern, um sie mit Peitschenschlägen aus der Stadt zu treiben, denn der Bettelei nachgehen dürfen in Frankfurt nur die einheimischen Bettler und Stadtarmen. Sie alle nimmt der Knute unter ihre Kandare, um ihnen in regelmäßigen Abständen einen großen Teil ihres Erbettelten wegzunehmen. Einäugig und von Pockennarben entstellt, bietet er einen Anblick von erschreckender Hässlichkeit. Einst hat Knut sein täglich Brot selber erbettelt, und darum sind ihm auch sämtliche Tricks und Kniffe des Bettelvolkes so gut bekannt.

Der Sterzermeister haust mit seinen Bütteln in kleinen, nischenartigen Anbauten an der westlichen Stadtmauer nahe dem Stadtgefängnis an der Mainzerpforte. Im Galgenviertel munkelt man, er sei inzwischen so reich, dass er sich schon längst zu Ruhe setzen könnte, wäre da nicht seine grenzenlose Habgier und die Freude am Leuteschinden.

Das Kräfteringen der beiden Kontrahenten hat einen Punkt erreicht, an dem die Männer an ihre Grenzen gelangt sind. Die Zähne fest zusammengebissen, bebend vor Anstrengung, erscheinen ihre Gesichtszüge nur noch wie Grimassen. Der Bettelvogt macht überdies den Eindruck, als würde ihn jede Minute der Schlag treffen, so dick geschwollen sind die Adern an Schläfen und Hals. Da ertönt plötzlich aus seinem Mund ein wilder Schrei, und zum lauten Jubel derer, die auf ihn gesetzt haben, drückt er mit einem festen Ruck den Arm des Waldschrats auf den Tisch. Ein Schiedsrichter verteilt die Gewinne, wobei der Löwenanteil der Knute zufällt. Während dieser die Münzen sorgsam in seiner Geldkatze verstaut, die er um den dicken Leib gebunden hat, wirft er dem Waldaufseher einen verächtlichen Blick zu. „Siehst du, Grünratt“, sagt er, „kannst zwar schön mit deiner Armbrust schießen, richtig zu kämpfen, verstehste aber net. Davon hat einer wie du, der zur Erbauung auf die Leut’ schießt wie andre auf Rehböck, keine Ahnung. Gott vergelt’s!“, verabschiedet er sich knapp und erhebt sich zum Gehen.

Mäu schickt sich ebenfalls an, weiter zu ziehen. Ihr knurrt inzwischen der Magen, sie wird sich eine Wurstsemmel leisten und dazu ein kühles Bier trinken und sich dann nach Hause machen.

Die Hinrichtung, die bestimmt bald stattfinden wird, will sie sich sowieso nicht anschauen. So viele hat sie schon gesehen, und immer ist ihr schlecht geworden dabei. Nicht nur der Anblick des zitternden Delinquenten, sondern auch das johlende Beifallsgekreisch des Hinrichtungspublikums, wenn Meister Hans, der Henker, wieder mal seine Pflicht erfüllt hat, sind ihr zutiefst zuwider.

Als sie sich durch das dichte Menschengewimmel kämpft, um zur Wurstbraterei durchzukommen, scheint auf einmal die Menge ins Stocken geraten zu sein und es geht überhaupt nicht mehr weiter.

Ärgerlich versucht sie, sich durchzuzwängen, was ihr ein Stück weit auch gelingt. Sie kann, umringt von der Menschentraube, einen Flugblatthändler erkennen, der mit wohltönender Stimme deklamiert.

Diese wandelnden Zeitungen erfreuen sich großer Beliebtheit seitens der Bevölkerung und sind durch die Erfindung des Buchdrucks sehr in Mode gekommen. Die Flugblätter behandeln Themen wie Liebe, Tod, Sensationen, Kuriositäten und Schauergeschichten; sie liefern aber auch Informationen über aktuelle politische Ereignisse, die vom Flugblatthändler lautstark kommentiert werden, wobei Spott und Kritik meistens nicht fehlen. Dem größtenteils leseunkundigen Publikum müssen sie vom Flugblattverkäufer mit viel Gestus und Pathos vorgelesen werden. Für die Bevölkerung auf dem platten Land sind sie oftmals die einzige Nachrichtenquelle und Abwechslung. Der Einfluss des Flugblatthändlers auf die Meinungsbildung ist dabei nicht unbeträchtlich. Darum werden sie auch häufig von Seiten der Obrigkeit mit Argusaugen angesehen.

Dem jungen Flugblatthändler, der eine Brille auf der Nase trägt, hinter der lustige, scharfsinnige Augen blitzen, scheint es offensichtlich Vergnügen zu bereiten, dem Publikum mit dramatischen Neuigkeiten aufzuwarten.

„Hochverehrtes Publikum, ich erzähl Euch jetzt die Mär vom Buntding, die sich in der nördlichen Stadt Hameln wahrlich so zugetragen hat", beginnt er mit dramatischem Unterton.

„Seit langer, langer Zeit schon erzählen es sich dort die Mägde in den Spinnstuben, die Gesellen in den Schenken, die Reiberinnen im Badehaus, die Stadtbürger an ihren heimischen Öfen: Die alte Mär vom Buntding, der die Seelen der Kinder entführt. Jedes Jahr um den Mittsommertag, so heißt es, kommt ein Jäger im vielfarbigen Gewand in die Stadt Hameln mit einem roten, wunderlichen Hut und lockt mit seinem betörend schönen Flötenspiel die Kinder von den Gassen und Plätzen. Willenlos verzaubert folgt ihm die stille Schar, 130 an der Zahl, aus der Stadt hinaus. Er führt sie durch den Wald bis hin zur Mühle, wo sie auf Nimmerwiedersehen verschwinden, ihrer unsterblichen Seelen beraubt …"

Da setzt mit einem Mal lauter Trommelwirbel ein, der die baldige Hinrichtung verkündet. Alle Leute, die sich eben noch um den Flugblatthändler geschart haben, drängen nun in Richtung Galgen und lassen den Vortragenden einfach stehen. Keiner will das Spektakel des Aufknüpfens versäumen.

Ganz verlassen steht der junge Mann da und blickt etwas irritiert um sich. Der Platz ist wie leer gefegt, nur noch die Händler, Marktschreier, Garköche und Schankwirte verharren hinter ihren Verkaufsbuden. Mäu tut der Flugblatthändler ein wenig Leid, aber sie traut sich nicht, ihn anzusprechen. *Gut sieht er aus und so gelehrt. Zu gelehrt für mich!*, entscheidet sie und wendet sich zum Gehen. Von weitem sieht sie den „Tanzstoffel", der, in Ketten gelegt und von den Henkersbütteln bewacht, vom Henkersverlies zum Rabenstein geführt wird, ein kleiner, lustiger Kerl, der gut die Fiedel zu spielen versteht und gar possierlich dazu tanzt.

Auf seinem letzten Weg aber ist sein Gang schleppend, die Beine wollen ihn kaum tragen. Mäu fühlt Mitleid mit ihm. „Herr Jesu, steh ihm bei", flüstert sie und bekreuzigt sich.

„Und du scheinst keine Hinrichtungen zu mögen?", fragt plötzlich eine Stimme hinter ihr. Mäu zuckt zusammen und dreht sich um. Der Flugblatthändler!

„Nein, überhaupt nicht. Ich geh nur zum Galgenfest, weil hier was los ist. Wenn die Hinrichtung kommt, geh ich meistens", stottert sie und merkt, wie sie errötet.

„Das ist bei mir genauso. Wenn du erlaubst, begleite ich dich ein Stück."

Gemeinsam schlagen sie den Weg aufs freie Feld ein, reden nicht viel und schlendern bald am Ufer des Mains entlang. Kurz vor dem Abdeckerhof trennen sie sich dann. Unmutig geht Mäu alleine weiter.

2. Da, wo der Hund begraben liegt

Ein dunkelgrau gewandeter Mann mit einem spitzen, roten Hut huscht durch die menschenleeren Gassen der Stadt. Er ist mit einem schweren Holzbrügel bewaffnet und scheint auf irgendetwas zu lauern. Zwischendurch hält er kurz inne, spurtet plötzlich wieder los, vorbei an der Bartholomäus Pfarrkirche, am Spital zum Heiligen Geiste biegt er ab und rennt im Schweinsgalopp weiter in Richtung Römer. Kurz vor St. Nikolai schlägt er dann zu. Ein lautstarkes Jaulen und Wimmern ist zu vernehmen, dann wird es still.

Endlich hat er ihn erwischt, den verdammten Köter! Edu Dunckel, seines Zeichens Schinder, Abdecker, Kloakenreiniger und Hundshäuter im Dienste der Stadt Frankfurt, wischt sich keuchend den Schweiß von der Stirn: Für das Hundeschlagen wird er langsam zu alt. Er beugt sich herunter, packt den blutverschmierten Hundekadaver und schleppt ihn zu seinem Schinderkarren, den er am Liebfrauenberg abgestellt hat. *Ganz schön groß und schwer, das Mistviech! Na, das gibt schon ein paar feine Handschuh'*. Der Abdecker wirft den toten Hund in den Karren zu den anderen Kadavern. Erst vier Hunde hat er heute erschlagen. Das ist nicht viel, er muss also nochmal seine Runde drehen, auch wenn ihm das überhaupt nicht behagt. Und dann noch diese Hitze! Aber er kann es sich nicht aussuchen. Gerade jetzt ist eine gute Zeit zum Hundeschlagen, weil vorhin alles zum Galgenfeld gerannt ist, um die Hinrichtung zu bestaunen. Danach kommen sie alle wieder zurück und laufen ihm vor den Füßen, behindern ihn bei der Arbeit, die Stadtbürger. Und manch einer beklagt sich auch noch über den Krach, den das Hundeschlagen macht.

Von all seinen durchweg unangenehmen Tätigkeiten, an die er sich im Laufe von Jahrzehnten mehr oder weniger gewöhnt hat, ist ihm das Hundeschlagen die unliebsamste. In den Sommermonaten, der Zeit drohender Hundswut, darum auch die „Hundstage" genannt, wimmelt es in der Stadt zuweilen von herrenlosen, umherstreunenden Hunden, die manchmal sogar die Stadtbürger bedrohen oder anfallen. Nimmt dies überhand, dann beauftragt die

Stadt den Schundmummel, auf Hundejagd zu gehen. Diese böse Arbeit liegt dem Abdecker wenig, denn eigentlich hat er nichts gegen Tiere, im Gegenteil: Sie sind ihm lieber als die meisten seiner Mitmenschen. Normalerweise hat er auch lediglich mit dem Abtransport und der Entsorgung toter Tiere zu tun, gelegentlich muss er ein krankes Tier töten, was aber mit der Grausamkeit des Hundeschlagens nicht zu vergleichen ist. Unzählige Hunde hat er schon totschlagen müssen, aber es kostet ihn immer noch eine erhebliche Überwindung. Das jämmerliche Jaulen der Tiere geht ihm durch Mark und Bein und trotz der Aufbietung all seiner Abgebrühtheit, die er sich im Laufe vieler Dienstjahre hat zulegen müssen, um seine widerwärtigen Tätigkeiten überhaupt ausführen zu können, gelingt es ihm kaum, sich dagegen zu wappnen. Außerdem ist diese Arbeit von all seinen Aufgaben am schlechtesten bezahlt. Er erhält gerade mal zwei Heller pro Tier und darf das Fell behalten.

Edu beschließt, noch einmal die Neue Kräme abzulaufen. Dort hat er vorhin etliche Streuner gesichtet. Jetzt allerdings sind sie wie vom Erdboden verschwunden, als hätten sie den Braten gerochen. *Schlaue Viecher*, denkt er und ist fast erleichtert über ihre Abwesenheit. Aber es hilft alles nichts, ein paar muss er schon noch erledigen, sonst sitzt ihm die Stadt wieder im Nacken.

Nahe der Peterskirche, am Gottesacker, kann er endlich einen Hund ausmachen. Er liegt ganz friedlich unter einer Linde und döst in der Mittagshitze. Edu schleicht sich heran und will gerade zum Schlag ansetzen, als das Tier zusammenzuckt und sich umgehend aufrichtet. Der große, schwarz-weiße Hund scheint die Bedrohlichkeit der Situation sogleich erfasst zu haben und duckt sich knurrend gegen den Angreifer, um in nächster Minute mit gefletschten Zähnen auf ihn zu zu springen. Der Abdecker drischt mit panischer Vehemenz auf den Hund ein, der sich in seinen linken Unterarm verbissen hat und zertrümmert ihm schließlich mit einem krachenden Schlag den Schädel. Schlaff fällt der große Hundekörper auf den Boden, im aufgerissenen Maul befinden sich noch blutige Stofffetzen von Edus Ärmel. Die tiefe, stark blutende Wunde schmerzt höllisch. Edu wird es kurzzeitig schwarz vor Augen und er setzt sich in den Schatten. Mit seiner unverletzten rechten Hand reißt er einen Stoffstreifen aus dem zerrissenen Ärmel und verbindet damit notdürftig die Bisswunde. Nach kurzer Zeit schon ist der Verband blutdurchtränkt und als er später den toten Hundekörper zum Karren schleppt, fühlt er sich so elend, dass er den Entschluss fasst, es für heute mit dem Hundeschlagen zu belassen und nach Hause zu fahren.

*

Gibt bestimmt noch ein Wetter, so wie's heute stinkt, denkt Mäu, als eine Windböe über die schwarze, ölige Wasseroberfläche des Mainaltarms streicht. Normalerweise riecht sie ihn nicht mehr, den permanenten Gestank, der dem sumpfigen, brackigen Gelände hier draußen um den Abdeckerhof anhaftet wie ein Pesthauch. Nur wenn das Wetter umschlägt, steigt er ihr noch in die Nase.

Durch die zahlreichen An- und Vorbauten von Bretterverschlägen und Schuppen wirkt die Abdeckerei aus der Distanz betrachtet wie ein windschiefer, provisorischer Miniaturstadtteil. Es gibt keine direkte Nachbarschaft zur Wohnstatt der Abdeckerfamilie. Bis zum Galgenviertel sind es fast 15 Gehminuten, und zum städtischen Leprösenhospital, welches hinten am Feldrand zu sehen ist, sind es zehn Minuten Fußmarsch.

Dem unerträglichen Gestank in der Abdeckerregion will sich halt niemand aussetzen, weder die Friedlosen, noch die Aussätzigen. Der infernalische Kloakenbrodem, der durchsetzt ist von Aasgeruch, rührt daher, weil der Schundmummel hier in der Einöde um seine Wohnstatt die Exkremente aus den städtischen Abortgruben entsorgt und die Tierkadaver verscharrt.

Schon von weitem kann Mäu die dunkle Gestalt ihres Vaters ausmachen, der hektisch auf dem Hof hin- und herläuft. Inzwischen hat auch der Abdecker Mäu bemerkt.

„Na, da kommt ja die Rumtreiberin endlich. War scharwenzeln auf dem Galgenfest, anstatt dass sie einem zur Hand geht. Haben dich doch vorhin gesehen mit dem Scharlatan, dem faulen Schönredner, wie du am Poussieren warst. Sind gerade mit unsrer Fuhre vorbeigekommen am Galgenfest. Während alles sich verlustiert, muss sich unsereins abplagen. Sind auch noch von so einem Köter gebissen worden, bluten wie eine Sau[3]. So, jetzt helf uns mal gefälligst, säuber die Wunde und verbind sie. Dann versorgst du den Esel und machst endlich das Essen fertig, du fauler Fratz“, schnauzt er ihr aufgebracht entgegen.

„Ist recht, Vadder, ich such schon mal alles zusammen.“

Mäu eilt in die Wohnhütte. Dort sucht sie das Verbandzeug zusammen, nimmt eine kleine, verkorkte Flasche vom Wandregal und läuft zum Brunnen hinter dem Haus, um Wasser zu schöpfen.

„Kannst reinkommen, Vadder, ich hab alles bereit“, ruft sie über den Hof.

Der Abdecker betritt die Stube und lässt sich auf einen Hocker sinken. Routiniert säubert Mäu die Wunde und betupft sie mit der bräunlichen Tinktur, die der Henker ihnen gegeben hat. Es ist nicht das erste Mal, dass der Vater beim Hundeschlagen von einem Hund gebissen worden ist. An Armen und Beinen hat er zahlreiche Narben von alten Bisswunden.

„Wieviele hast du denn heute geschlagen?“, fragt sie, während sie den Verband anlegt.

„Ach, sind bloß fünf. Das sind zehn Heller und fünf Felle. Zum Sterben zu viel, zum Leben zu wenig, wie man's kennt“, grummelt der Abdecker ärgerlich. „Wer weiß schon, was das für eine Schinderei ist und außerdem noch gefährlich. Eines Tages geht einem so ein Köter noch an die Gurgel, das seh ich kommen. Jetzt muss man wieder Angst haben, dass man die Hundswut kriegt. Das fehlt uns noch zu unserem Glück! Als der Herrgott das Unglück verteilt hat, ham wir zu laut ‚hier‘ gebrüllt. Vor zwei Jahren waren es die Blattern, bis man am Aussatz erkrankt wird auch nicht mehr lange dauern, warum nicht zwischendurch die Hundswut? Es gäb genug Leut, die wir beißen täten“, lacht er grimmig. „So, jetzt wollen wir erst mal die verdammte Kluft hier ausziehen. Da drin schwitzt man nämlich wie ein Brunnenputzer. Die muss gewaschen und geflickt werden.“

Edu steht auf und geht zum Schuppen, wo er sich entkleidet und einen weiten, braunen Arbeitskittel überzieht. Die blutige, dunkelgraue Kleidung klemmt er unter den Arm und legt den spitzen, roten Hut über einen Hocker. Es ist seine Arbeitstracht, die er in der Öffentlichkeit zur Kenntlichmachung tragen muss, damit nicht unbescholtene, ehrliche Leute aus Unwissenheit an ihn geraten, denn der Schinder gilt seiner Umgebung als derart unrein, dass selbst die bloße Berührung den sozialen Abstieg für jeden bedeuten würde. Wer einem Abdecker die Hand reicht, mit ihm zusammen spaziert oder gar mit ihm isst und trinkt, ja selbst wer die Utensilien des Hundshäuters anfasst oder seinen Esel streichelt, wird dadurch selber „unehrlich" und ist laut Zunftordnung des Handwerks nicht mehr fähig. Viele Leute, besonders Standespersonen, ziehen es vor, von ihm als dem „ungenannten Mann" zu sprechen, um sich mit seiner Benennung nicht unnötig den Mund zu beschmutzen. Für das Volk ist er einfach der „Schundmummel", der alle Drecksarbeiten machen muss, die sonst keiner machen will.

Der Abdecker tritt auf den Hof und übergibt Mäu die blutigen Kleidungsstücke.

„Hier, das kann schon mal eingeweicht werden. Aber bloß nicht zusammen mit der Siechenwäsch und sag das auch gefälligst deiner Mutter."

Edu läuft der Schweiß in Strömen über die vernarbte Stirn. Er wirkt müde und erschöpft an diesem heißen Augusttag. Mit 35 Jahren ist er früh gealtert, sieht aus wie ein 50-Jähriger, so welk und eingefallen ist sein Gesicht mit dem fast zahnlosen Mund.

Ein richtiges Ohrfeigengesicht hat er, denkt Mäu mit einem Anflug von Mitleid. Aber er ist halt auch ein rechter Quälgeist, der sie striezt, wo er kann.

Tut sie ihm denn jemals Leid, wenn er sie den lieben langen Tag nur herumkommandiert? Mitleid beansprucht er doch nur für sich. Sein Gejammere und die ewige Missmutigkeit gehen ihr meistens ganz schön auf die Nerven, zuweilen belustigen sie sie aber auch. Dann muss sie sich zusammennehmen, um nicht laut und närrisch loszulachen – was mit Sicherheit Schläge setzen würde.

Mit einem Schubkarren transportiert der Abdecker die toten Hunde unter das Vordach eines Schuppens unweit des Tümpels. Er muss ihnen schleunigst das Fell abziehen und dann die Kadaver vergraben, denn ein großer Schwarm aufdringlicher Schmeißfliegen umkreist sie bereits.

„Alles nur Arbeit und Schinderei. Und wenn die Köter dann noch räudig sind, sind wir wieder die Dummen", brummelt er mürrisch vor sich hin. Er begutachtet die erschlagenen Hunde. Die Felle scheinen in Ordnung zu sein. Er wird sie später reinigen und gerben. Aus den Hundshäuten stellt er danach Handschuhe her, die aufgrund ihrer Geschmeidigkeit sehr gefragt sind. Jährlich muss er an den Rat der Stadt Frankfurt sechs Paar besonders gelungene hundslederne Handschuhe abführen. Das hat zwar noch Zeit bis zum Jahresende, aber er sollte doch unbedingt vorsorgen, denn er hat erst drei Paar für die Ratsherren angefertigt. Die übrigen Handschuhe und die Fellreste kann er dann an Hausierer und fahrende Händler verhökern, das bringt auch nochmal was ein.

Mäu, die den Esel versorgt hat, beobachtet den Vater verstohlen.

„Was glotzt du so? Kümmer dich gefälligst ums Essen! Siehst ja, wo deine Mutter wieder bleibt. Muss den Feldsiechen noch den Arsch abwischen und schöntun mit der faulen Bagage. Mach hin, uns knurrt der Magen!", raunzt der Vater hinter ihr. Wie ertappt zuckt Mäu zusammen und rennt in die Hütte.

Hastig macht sie ein Feuer an der Kochstelle, legt Scheite in die züngelnden Flammen. In der Pfanne erhitzt sie etwas Schmalz und gibt eine klein geschnittene Zwiebel dazu, schneidet einige Scheiben vom Brotlaib ab, würfelt sie und wirft sie in einen Topf mit gesalzenem Wasser, welches über dem offenen Feuer erhitzt wird. Die Pfanne stellt sie an die Seite und läuft zu dem kleinen Kräuterbeet, das sich hinter der Hütte befindet. Sie kehrt mit einem Büschel Petersilie zurück, hackt es klein und gibt es gemeinsam mit dem Pfanneninhalt in den Brotsud. Als alles kocht, fügt sie noch ein verquirrltes Ei hinzu, und fertig ist die Mahlzeit. Auch sie hat inzwischen Hunger. Auf dem Galgenfest ist sie ja nicht zum Zuge gekommen …

„Vadder, kannst essen kommen", ruft sie durch die offene Tür und holt den Bierkrug aus der Speisekammer.

Kurze Zeit später schlurft der Vater in die Stube und setzt sich an den Tisch. Mäu schöpft ihm Suppe in den Holzteller und füllt etwas von dem trübe aussehenden Bier in seinen Becher. Sie selber trinkt zur Mahlzeit Wasser aus dem Brunnen. Vor dem Essen bekreuzigen sich beide und murmeln hastig und monoton das übliche, kurze Tischgebet:

„Komm Herr Jesus Christ, sei unser Gast, und segne, was Du uns bescheret hast. Amen."

Schweigsam löffeln sie die Suppe, wobei der Abdecker laute Schlürfgeräusche von sich gibt.

Er frisst ja wieder wie ein Schwein, der Gierhals, und für uns bleibt dann kaum noch was übrig, denkt Mäu erbittert, während sie mit gesenktem Blick das Brot in die Brühe tunkt.

Im Nu ist der Teller des Abdeckers leer. Mäu springt auf, um ihm nachzufüllen. Das Geschlürfe geht sofort weiter. Als sie sich noch eine Scheibe Brot abschneiden will, fährt der Vater sie an:

„Frisst uns ja noch arm, das Schindaas! Hat am Galgenfest schon reichlich geaast und kriegt jetzt immer noch net den Hals voll. Das Brot muss die ganze Woche reichen und heut ist erst Montag. Mach langsam, du Schlund! Wer am meisten arbeitet, darf am meisten essen und wer rumstrunzt, hat sich nichts verdient!", zetert er mit vollem Mund.

Mäu knallt wütend das Messer auf den Tisch, woraufhin ihr der Vater eine schallende Ohrfeige verpasst.

Versteinert, mit hochrotem Kopf sitzt Mäu hinter ihrem inzwischen leeren Teller. Schon seit langem hat sie es sich abgewöhnt, auf die Schläge und Demütigungen des Vaters mit Tränen zu reagieren. Diese Genugtuung gönnt sie ihm nicht. Sie explodiert nach innen, und das Einzige, was ein guter Beobachter bemerken würde, sind ihr gerötetes Antlitz und ein leichtes Beben an der Gestalt und in den Gesichtszügen. Dafür aber hasst sie ihn jedesmal ein bisschen mehr.

Beide schweigen wieder. Der Vater vertilgt seinen dritten Teller Suppe und wird verträglicher.

„Hast du den Stoffel hängen sehen?“, fragt er.

„Nein. Bin heim gegangen, als sie ihn zum Galgen geführt haben.“

„Na, und wir dürfen dann morgen wieder die Drecksarbeit machen und den Gehenkten runternehmen und wegkarren. Damit macht sich der Herr Henker die feinen weißen Handschuhe nicht dreckig. Na ja, gibt immerhin einen Gulden. Besser als das Hundeschlagen“, fachsimpelt Edu und rülpst dabei laut. Er schenkt sich noch Bier nach.

„Na, wo nur das Weib wieder bleibt? Dann muss sie halt die kalte Brühe fressen. Wird sowieso schon den Bauch voll haben, kriegt ja immer was zugesteckt von ihrem feinen Siechen. Soll doch gleich auf den Gutleuthof ziehen, bevor sie uns noch ansteckt, die dumme Kuh“, nörgelt er.

„So, wir machen uns wieder an die Arbeit. Gibt noch genug zu tun mit den Kötern. Wenn wir sie abgezogen haben, rufen wir dich, kannst dann die Felle einweichen und später die Kadaver hinten aufs Feld karren. Das machst du doch so gern“, setzt er mit gehässigem Grinsen hinzu, leert seinen Becher in einem Zug und geht nach draußen.

Mäu räumt den Tisch ab und ist in Gedanken ganz woanders, als sie plötzlich von lauten Stimmen abgelenkt wird, die vom Hof her zu vernehmen sind. Die Mutter scheint zurück zu sein. Die Eltern zanken sich mal wieder, wie so häufig.

„Halt endlich das Maul, es bringt immerhin gutes Geld ein, dass ich zu den Siechen geh und du profitierst nicht schlecht davon. Also lass mich jetzt in Ruhe mit deinem Gerede“, hört sie die aufgebrachte Stimme ihrer Mutter an der Tür.

Anna, die Frau des Schundmummels, betritt die Stube. Sie ist eine hochgewachsene, stattliche Erscheinung und wirkt adrett und gepflegt in ihrem blauen Arbeitskittel. Die gestärkte weiße Leinenhaube betont ihr schmales, ansprechendes Gesicht.

„Grüß dich, Mäus’che“, begrüßt sie ihre Tochter. „Hat heute lange gedauert bei Herrn Knobloch. Es geht ihm nicht so gut und er war ziemlich äbsch, da musst ich ihn halt ein bisschen aufheitern. Dafür hat er mir auch was geschenkt. Warte mal, ich zeig’s dir, du wirst platt sein!", sagt die Mutter und greift in ihren Brustbeutel. Sie wickelt ein zusammengefaltetes Tuch auf und präsentiert Mäu einen kunstvoll geschwungenen Haarkamm aus Horn.

„Guck nur, wie schön!", schwärmt sie, nimmt flugs die Haube vom Kopf und löst ihr hochgestecktes Haar, das ihr voll und glänzend auf die Schultern fällt.

„Komm, kämm mich doch mal, das tut mir jetzt gut."

Gehorsam stellt Mäu sich hinter sie und strählt lustlos das lange, kastanienfarbene Haar der Mutter.

„Mudder, es ist noch ein bisschen Brüh für dich übrig. Willst du sie haben?", fragt Mäu nach einer Weile.

„Nein, ich bin dicke satt! Hab leckeren Mandelpudding gekriegt und später noch jede Menge Honigbrot. Sogar Wein hat er mir angeboten, mein Knobloch, und der is mir auch ganz schön in den Kopp gestiegen."

Anna streckt sich behaglich, ihr hübsches Gesicht ist leicht gerötet.

Da käm die doch nie auf die Idee, einem mal ein paar Plätzcher mitzubringen! Hauptsach, sie kann genug für sich abstauben. Mehr interessiert die doch net! Naja, ist vielleicht auch besser so, von den Feldsiechen würd ich eh nix essen wollen, wer weiß was da dran ist, überlegt Mäu, während sie sich hungrig über die restliche Suppe hermacht.

„Hilfst du mir später noch mit der Wäsch? Ich leg mich jetzt erst mal ein Stündchen in die Koje. Der Wein und die Hitze haben mich müde gemacht", sagt die Mutter und gähnt ausgiebig.

„Ist recht, aber ich muss auch dem Vadder noch mit den Hundefellen helfen", erwidert Mäu.

Die Mutter verkriecht sich in ihre Bettnische im hinteren, fensterlosen Teil der Hütte. Mäu trägt das benutzte Geschirr nach draußen zum Brunnen. Sie bedauert es, wie so häufig, dass sie keine Geschwister mehr hat und die viele Arbeit an ihr alleine hängen bleibt.

Drei Kinder der Familie verstarben bereits im Säuglingsalter und vor zwei Jahren erlag ihr älterer Bruder Matthias den schwarzen Pocken. Der Vater hatte sich bei seinem Tod die Haare gerauft und sie hatte ihn zum ersten Mal weinen sehen. Seitdem ist er ganz verändert, nur noch bitter und garstig. Das war nicht immer so. Mäu erinnert sich noch gut, wie er ihr früher, als sie noch klein war, allerlei lustige Geschichten erzählt hat. Vom Rehbocksnest im Wald oder vom kleinen Troll Ratzerullo. Damals war sie noch sein „Mäus'che“ und er hat ihr manchmal sogar einen Eierweck aus Frankfurt mitgebracht. Jetzt aber hat sie mehr und mehr den Eindruck, dass es dem Vater lieber gewesen wäre, wenn sie anstelle von Matthias auf dem Schindanger liegen würde.

Von klein auf hatte ihr Bruder auf dem Hof mitgeholfen und sollte einmal die Abdeckerei übernehmen, denn ein Abdeckersohn, genauso wie der Sohn eines Henkers, muss das schändliche Gewerbe des Vaters weiterführen. Nun ist kein Nachfolger mehr da und es wird langsam Zeit, dass der Schundmummel sich nach einem geeigneten Schwiegersohn umschaut. Auch dieser muss aus einer Abdeckerfamilie stammen, denn eine Abdeckertochter darf nur den Sohn eines Abdeckers zum Mann nehmen. Das gleiche gilt auch für die anderen verfemten Berufe, wie den Henker und den Totengräber. Alle haben sie dadurch ihre eigenen weitverzweigten „Dynastien“ und sind, vergleichbar mit Adelsgeschlechtern, auch mehr oder weniger miteinander verwandt, die Geächteten.

So ist es für Mäu unabdingbar, einmal einen Abdeckersohn zu ehelichen, den zweiten oder dritten einer Familie, der in der Erbfolge leer ausgehen wird und sich dann bemühen muss, eine Abdeckerei zu „erheiraten“. Ihr Vater hat zwar noch keinen angehenden Schwiegersohn im Visier, aber Mäu ist mit 15 Jahren im heiratsfähigen Alter und in der großen Verwandtschaft der Eltern wird sich bestimmt bald ein geeigneter Kandidat finden lassen. Es war in letzter Zeit schon mehrfach die Rede davon.

Die Vorstellung, ihr ganzes Leben hier in dieser stinkenden Einöde zu verbringen, bedrückt Mäu. Sie ist abenteuerlustig und fühlt mitunter einen unstillbaren Lebenshunger in sich. Wie gerne wäre sie vorhin mit dem Flugblatthändler einfach weitergezogen! Oft wünscht sie sich, dass alles anders kommt und sie ein schönes, buntes Leben haben wird, so wie ihre Muhme. Denn Martha und ihre Schwester Anna sind ebenfalls Abdeckertöchter. Doch Martha hat sich nicht verheiraten lassen, wie Mäus Mutter, und verdient ihr eigenes Geld als Hübscherin. Mäu bewundert ihre Muhme: Sie führt im Frauenhaus ein behagliches Leben und verkehrt in den feinsten Kreisen. Mit ihrer Mutter dagegen möchte Mäu nicht tauschen, die an der Seite eines ungeliebten Mannes ein sauertöpfisches Leben fristet. Ihre Eltern erinnern sie immer an das missmutige Ehepaar aus dem Märchen „Frau und Mann im Essigkrug".

Und nur weil sie jetzt für einen reichen Siechen Dienst tut, der sie hofiert und ihr großzügige Geschenke macht, ist und bleibt sie doch das verachtete Weib des Schundmummels, vor dem es sie selber graust.

Nachdem sie das Essgeschirr weggeräumt hat, späht sie durch das Fenster über den Hof. Der Vater ist hinten am Tümpel mit dem Abziehen der Hundshäute beschäftigt. Gleich wird er sie rufen und herumkommandieren. Da ist es besser, gleich rauszugehen und mitzuhelfen, um ihm so den Wind aus den Segeln zu nehmen.

„Du kannst schon mal das Fett und das Streicheisen holen", instruiert er, als er sie kommen sieht. Mäu eilt in den Holzschuppen. Der röhrenförmige Verschlag ist durchdrungen von einem süßlichen, moschusartigen Geruch. Hier bewahrt der „ungenannte Mann" seine Abdeckerutensilien, darunter auch das gefürchtete „unehrliche" Abdeckermesser, auf[4]. Außerdem werden hier verschiedene Tierfelle und -häute sowie die Gerbereiwerkzeuge gelagert. Mäu wirft einen begehrlichen Blick in die Holzkiste, in der fein säuberlich die Handschuhe aus weichem Hundeleder liegen, von ihr und der Mutter genäht. Gerne hätte sie mal ein Paar für sich gehabt, aber alleine danach zu fragen, hätte den Vater schon in Rage versetzt. Nun muss sie sich aber sputen und dem Vater Fett und Streicheisen bringen. Sie nimmt den schweren Tiegel mit Tierfett in beide Hände, geht nach draußen und stellt ihn neben einen dicken, längs halbierten Baumstamm, der dem Vater als Gerberbaum dient. Das gebogene Messer mit den zwei Griffen, mit dem die Haare und die Fleischreste vom Fell geschabt werden, holt sie noch aus dem Schuppen und legt es dazu. Der Vater bearbeitet damit die Häute und reinigt sie grob.

„Kannst die Felle schon mal vorne in den Altgraben hängen. Aber mach sie gut fest, damit sie nicht wegschwimmen", weist der

Abdecker sie an. Mäu legt die beiden Felle auf den Schubkarren und entfernt sich von dem Hof in Richtung Altarm. Die Felle müssen einige Tage im Wasser durchgespült werden, bevor der eigentliche Gerbvorgang beginnen kann. Sie nähert sich der Altarmwindung und sucht am Ufer nach schweren Steinen, um damit die Felle zu fixieren. Nach und nach legt sie sich einen Haufen zurecht, den sie für alle Häute brauchen wird. Der Duft der frischen Wiesenkräuter und der intensive Geruch des Wassers steigen ihr in die Nase. Die Sonne sticht ganz schön, die Gewitterwolken von vorhin haben sich inzwischen wieder verzogen. Sie liebt den Sommer mit seinen Wohlgerüchen und der Wärme, die sie so faul und träge macht. Gerne würde sie sich ein schattiges Plätzchen suchen und ein bisschen vor sich hindösen, aber Muße ist ihr nicht vergönnt, es gibt noch genug zu tun. Mäu kehrt mit dem Schubkarren zur Abdeckerei zurück und holt die restlichen Hundefelle. Während sie die Häute am Ufer befestigt, kommt ihr die Mutter mit dem Wäschekorb entgegen.

„Komm, kannst mir jetzt mit der Wäsch helfen. Seine Kadaver soll er nachher selber verbuddeln, hab ich ihm grad eben gesagt. Ist sowieso Männerarbeit und nix für dich", sagt sie resolut.

„Soll mir recht sein, wenn er mir nur deswegen nicht die Höll heiß macht", entgegenet Mäu unwillig. Sie ekelt sich vor der Wäsche des Aussätzigen und hat große Angst, sich anzustecken.

Die soll bloß nicht so scheinheilig tun! Sonst ist es ihr doch auch egal, wenn ich mich für den Alten schinden tu. Nur wenn sie mich brauchen kann, dann ist es auf einmal ‚Männerarbeit', denkt Mäu erbittert.

„Hier können wir sowieso nicht waschen, du siehst ja, da hab ich die Hundefelle reingehängt", entgegnet Mäu.

„Na, dann gehen wir halt ein Stück weiter. Müssen nur mit den verdammten Brennesseln Acht geben", antwortet die Mutter. Sie gehen den Altarm entlang und suchen nach einer geeigneten Stelle.

„Komm hierher, Mudder, hier ist das Wasser nicht so seicht und hat viel mehr Strömung", schlägt Mäu vor und läuft ein Stück weiter die Uferböschung nach unten.

„Na gut, wenn du meinst", erwidert die Mutter und kommt ihr mit dem Korb nach.

„Ist das heiß heute! Muss mich erst mal kurz abkühlen", sagt Anna und beugt sich runter, um sich mit dem Wasser Gesicht und Hals zu benetzen.

„So, hier hast du die Bürste. Seife ist auch da. Wir teilen es uns auf, wie immer. Du brauchst dich nicht zu ekeln, Herr Knobloch ist ein richtiger Herr und sehr, sehr sauber! Die Flecken auf der Wäsche sind von den vielen Salben, mit denen er sich immer einreibt", setzt die Mutter entschuldigend hinzu. „Ich habe die Sachen über Nacht schon in Lauge eingeweicht, das Gröbste ist eh' weg."

Anna teilt die feuchten Wäschestücke auf.

„Machst du die Bettwäsche, ich kümmere mich dann um die Leibwäsche", schlägt sie vor.

„So, und dabei können wir zwei mal schön zusammen schwätzen. Ich muss dir nämlich was erzählen, Mäu. Keine Angst, es ist nichts Schlimmes, im Gegenteil", tut sie geheimnisvoll.

Mäu wird sofort misstrauisch. *Was hat die sich denn wieder ausgedacht? Soll ich ihr vielleicht noch mehr Arbeit abnehmen?*

Sie braucht auch nicht lange zu warten, bis die Mutter mit ihrem Anliegen rausrückt:

„Draußen auf dem Gutleuthof[5] gibt es einen neuen Siechen. Es ist der Neuhaus, ein reicher Patrizier aus Frankfurt, der mit Gold und Schmuck gehandelt hat. Letzten Montag ist er eingezogen. Er hat mich gefragt, ob ich für ihn als Magd arbeiten will. Aber der Knobloch will es net, dass ich noch für einen anderen Kranken Dienst tu. Er will mir sogar noch was dazu zahlen, damit ich es nicht mach. Also hab ich dem Neuhaus abgesagt, ihm aber versprochen, dass ich mich für ihn um eine tüchtige Magd kümmern tu. Er hat eine fette Pfründe und kann gut bezahlen. Ich hab mir so meine Gedanken gemacht und bin dann auf dich gekommen. Das wär doch prima, was du da für gutes Geld machen könntest! Und da hab ich mit ihm mal darüber geschwätzt. Er möchte dich halt mal gern sehn und hat vorgeschlagen, dass ich dich am Samstag einfach mitbringen soll, da gibt er nämlich sein Einstandsessen[6] und soviel ist sicher: Der lässt sich dabei bestimmt nicht lumpen! Und mir zwei können uns die Bäuch vollhaun und Wein saufen wie die besseren Leut! Und was ist der so galant zu unsereinem! Behandelt einem wie seinesgleichen, wo er doch was Besseres ist! Der stellt schon was dar, so richtig vornehm, du wirst staunen! Und wie nobel der sich eingerichtet hat, ich war ganz platt! Des merkst du kaum, dass der malad ist", schwärmt die Mutter.

Mäu ist blass geworden. Ganz schlecht wird ihr beim Gedanken, mit den Feldsiechen essen zu müssen. Schon schlimm genug, dass sie die Siechenwäsche waschen muss, aber dann auch noch Umgang mit ihnen zu haben! Die Vorstellung, einem Kranken als Leprösenmagd zu dienen, erfüllt sie mit tiefer Abscheu. Dann ist es nur noch eine Frage der Zeit, wann sie selber krank wird. Nein, da ist es ihr ja sogar noch lieber, sich weiterhin für den Vater abzuplagen!

„Na, besonders begeistert scheinst du mir ja nicht zu sein", erwidert die Mutter auf Mäus Wortlosigkeit hin.

„Na red schon, was ist? Mit dem Geld kannst du doch mal was beginnen. Was hast du denn sonst? Rackerst dich für den Alten ab für nix und wieder nix, für kein Geld und kein gutes Wort. Das, was du bei den Feldsiechen verdienst, gehört dir! Du brauchst daheim nur dein Kostgeld abgeben, mehr nicht."

Mäu räuspert sich und setzt an, mit vor Aufregung zitternder Stimme zu sprechen: „Mudder, ich will da nicht hin und ich will auch keine Siechenmagd werden! Egal wieviel Geld ich verdienen kann, ich will es nicht! Und ich möchte auch am Samstag nicht mitkommen. Da krieg ich eh nix runter bei denen!"

Die Mutter hat einen roten Kopf bekommen und knallt voller Wut ein Wäschestück auf die Böschung.

„Du undankbares Mensch! Da will man dir gut und du zierst dich wie die Gräfin Rotz! Verdammt nochmal, ich bin mir auch nicht zu fein, dem Knobloch den Knuddel zu machen! Glaubst du vielleicht du bist was Besseres? Meinst du, ich hätte keine Angst, mich anzustecken? Aber dann sag ich mir, bloß nicht dran denken, denn die erwischt es zuerst, die Angst haben. Die keine Angst haben, werden nie krank. Das siehst du am Schellenknecht[7], der schon seit zwanzig Jahren auf dem Hof ist und sich nie angesteckt hat. Lass dir doch nochmal alles durch den Kopf gehen. Und am Samstag kommst du mit, das ist jetzt so ausgemacht und es bleibt auch dabei."

Mäu sagt nichts mehr und macht sich an die Arbeit. Auch die Mutter bearbeitet schweigend die Wäschestücke bis es zu dämmern beginnt. Dann tragen sie den schweren Wäschekorb gemeinsam bis zu einer kleinen Wiese vor der Abdeckerei, auf der sie die sauberen Wäschestücke zum Trocknen und Bleichen ausbreiten.

Nach einer Weile des Schweigens wendet sich die Mutter Mäu zu und streicht ihr über den Kopf.

„Komm, sei net so stur und überleg dir noch mal alles", appelliert sie einlenkend an die Tochter.

*

Mäu liegt zusammengerollt in ihrer Schlafkoje. Seit einigen Stunden schon ist sie wach und kann keinen Schlaf mehr finden. Es beginnt bereits zu dämmern. Bald schon wird sie aufstehen müssen, um ihr übliches Tagwerk zu beginnen: Den Haferbrei zubereiten, die Stube putzen, die Gerätschaften des Vaters reinigen, Wäsche flicken, den Hof fegen und manches mehr. Während ihrer Schlaflosigkeit hat sie viel nachgedacht. Über den netten Flugblatthändler, den sie gestern auf dem Galgenfest kennengelernt hat. Sie beneidet ihn um sein freies, unabhängiges Leben. Er sieht etwas von der Welt und erfährt unterwegs die ganzen Neuigkeiten und spannenden Geschichten, die er aufschreibt, drucken lässt und dann den Leuten verkündet. Und wie der vortragen kann! Stundenlang könnte sie ihm zuhören. Ist schon was wert, wenn einer lesen und schreiben kann. Wie gerne würde sie das auch können. Schön wäre es, mit ihm über die Lande zu ziehen und es von ihm zu lernen! Am liebsten wäre sie ja gestern einfach mit ihm weiter marschiert. Nach Mainz wollte er, um sich dort mit frisch gedruckten Flugblättern zu versorgen. Wie das wohl geht, das Drucken? Und diese Flugblätter mit den vielen kleinen Buchstaben. Fast wie Zauberei: Wenn jemand lesen kann, dann erfährt er die Geschichten, die hinter den Buchstaben stehen. Na ja, er hat ihr auch gut gefallen, der schlaue Albert, und was war er so freundlich mit ihr. Er hat sie behandelt, als wär sie ein anständiger Mensch und keine von den verfemten Leuten. Vielleicht trifft sie ihn ja, wenn er mal wieder nach Frankfurt kommt. Er hat gesagt, zu den Messen kommt er immer …

Und hier daheim, das ist doch alles Essig! Für die Eltern ist sie doch nur eine billige Magd, mehr nicht. Jetzt soll sie auch noch für diesen Siechen schuften! ‚Für gutes Geld!' – Ja, und wie! Und die Eltern sacken davon das meiste ein. Aber naja, die Mägde verdienen gut auf dem Gutleuthof und vielleicht kann sie sich davon etwas weglegen. Etwas weglegen, um sich dann endlich von hier zu verdrücken. Und das wünscht sie sich ja schon so lange, endlich von hier weg zu kommen! – Also, wie wäre es, wenn sie jetzt erst mal gute Miene macht und sagt, sie hat es sich überlegt? Und wenn sie ihr erstes Geld von dem Siechen kriegt, macht sie sich einfach vom Acker. Egal wohin, nur weit, weit weg. Vielleicht auch nach Mainz! Mit einem guten Batzen Geld dabei, kann sie fürs Erste mal eine ganze Zeit auskommen. Und alles Weitere findet sich dann schon. *Kann es denn woanders noch miserabeler sein, als hier? Und was werden die Alten dumm gucken, wenn die sehen, dass ihre dumme Gans ausgeflogen ist und alles was sie kriegen ist Hundsfotze!*, sinniert Mäu voller Ingrimm auf ihre Eltern. Je mehr sie über alles nachdenkt, desto stärker fühlt sie sich durchdrungen von trotziger Lebensfreude. Ihr neues Vorhaben und die Aussicht auf Entrinnen geben ihr auf einmal Kraft und Auftrieb. Sie wird es ihnen zeigen und dieses eine Mal nicht die Dumme sein! Von nichts und niemanden mehr wird sie sich aus der Ruhe bringen lassen und allen zum Trotz ihren Plan umsetzen. Das gelobt sie sich inbrünstig. Sie darf sich nur nichts anmerken lassen. Muss so sein, wie immer. Die dumme Gans eben, der man jeden Dreck aufhalst und die nicht murrt. *Gut, und wenn das Trampel mich nachher noch mal wegen dem blöden Siechenessen anspricht, werde ich so tun, als wär' ich in mich gegangen …*

Andererseits: Vor dem Aussätzigen graust es sie wirklich! Aber sie glaubt auch daran, dass jeder Mensch einen Schutzengel hat, der unsichtbar hinter ihm geht und steht und ihn vor großer Gefahr beschützt. Sie blickt auf zu dem kleinen, bunten Glasbildchen, das über ihrer Schlafkoje an der Wand hängt. Ihre Muhme hat es ihr geschenkt, als Mäu noch ein kleines Mädchen war. Es zeigt einen wunderschönen Engel mit weißen Schwanenflügeln und goldenem Lockenhaar. Mäu kennt jede Einzelheit des Bildes, so oft hat sie es sich vor dem Einschlafen angesehen, wenn sie still gebetet hat. Etwas Schöneres hat sie nie gesehen. Das feine, zartrosane Gewand des Engels, das von einer hellgrünen Stola umgeben ist. Und um sein Haupt kreist ein funkelnder Sternenreif. Am schönsten aber ist das Gesicht. Es ist so fein, so heilig, wie das von der Muttergottes in St. Bartholomäus. Der Engel schwebt hinter einem kleinen Mädchen und geleitet es sicher über einen schadhaften Holzsteg, der über einen wilden, reißenden Bergbach führt.

„So helf mir auch weiter, mein Schutzengel Du!“, denkt sie und lächelt noch dem Engel zu, als sie die typischen Aufstehgeräusche aus der Schlafkoje ihrer Eltern vernimmt. Die schäbige Hütte ist mit einem Mal erfüllt von den ersten Sonnenstrahlen, die Mäu im Gesicht kitzeln. Sie muss nießen. *Ein Gruß von meinem Engel*, denkt sie. *Also, auf in den Kampf!*

3. Das Einstandsessen

Und wie es so ist, selbst nach den schlimmsten Schicksalsschlägen: Das Leben geht weiter und hat ihn schließlich hierher verschlagen, auf den Gutleuthof. Und heute wird er es sogar feiern, dass er einer von ihnen geworden ist, ein Aussätziger unter Aussätzigen, ausgesetzt weit draußen in dieser Einöde. Grund genug also, ein Festmahl zu geben. Kein Festmahl! – Eine Fressorgie wird es werden, für all die Scheintoten hier drinnen. Die verstümmelten Kadaver sollen sich mästen mit all den Schinken, Perlhühnern, Wildpasteten und Braten! Ihm kann es nun ja egal sein, sein Geld muss er nicht mehr zusammenhalten, wie er es sein ganzes Leben lang getan hat. Er hat genug davon angehäuft, nun soll es endlich fließen, fließen – und wenn es auch den Bach runter fließt! Seine Leute, die zu Hause in seinem behaglichen Stadthaus sitzen, es sich wohl ergehen lassen und die reifen Früchte seines Geschäftes ernten, das er durch ein Leben voller Arbeit zum Blühen gebracht hat, sollen es jedenfalls nicht bekommen! Für sie gilt er als tot, verbannt ins Reich der Toten, weit abgesondert von der Welt der Gesunden. Sie haben ihn durch ein rituelles kirchliches Begräbnis, gleichsam wie einen bereits Verstorbenen, mit Glanz und Gloria aus der freien Reichsstadt zu Frankfurt am Main ausgesegnet. Seitdem existiert er nur noch in der Gemeinschaft der maladen Leut. Keiner von seiner Familie, weder sein Eheweib noch seine Söhne, war bereit, ihn hierher zu begleiten und dieses Schattendasein mit ihm zu teilen. Diese Treulosigkeit schmerzt ihn mehr als seine schreckliche Krankheit. Gut, den Söhnen will er es noch nachsehen, sie werden die Geschäfte weiterführen, und dazu müssen sie mitten im Leben stehen, aber Hildegard, mit der er nahezu drei Jahrzehnte verheiratet war, die durch ihn Reichtum und Wohlleben erfahren durfte und an seiner Seite stolz als Senatsgattin einherging, die hat ihn schmählich enttäuscht! Lieber will sie ins Kloster gehen und bis ans Ende ihrer Tage für sein Wohlergehen beten, als ihm hierher zu folgen. Aber auf seine Kosten werden sie jetzt nicht mehr leben! Seine jährliche Leibrente, die ihm aus seinem

Vermögen zufließt, ist üppig bemessen. Er wird nach Leibeskräften dafür sorgen, dass sie aufgebraucht wird und für seine scheinheilige Familie draußen nichts mehr übrig bleibt. Und wenn er es sonstwem hier in den Arsch steckt!

Grimmig geht er die Listen der Speisen durch und vergleicht sie mit dem Inhalt der Kisten und Fässer, die der Schellenknecht ächzend hereinträgt.

10 Pfund Schweinelenden, 20 Pfund Leber- und Blutwürste, 10 Gänse in Salz, 5 Fässer Malvasier, 20 Perlhühner in Honig und Zwetschgen eingelegt, 3 Hechte auf Eis, 4 Rehkeulen, 10 Pfund Rindfleisch, 3 geräucherte Schinken, verschiedene, in Säcke gepackte Gewürze: Pfeffer, Nelken, Safran, Zimt, Salbei, Ingwer, 1 Topf mit Honig, 1 Sack Mandeln, 1 Sack Pfefferkuchen, 1 Sack Zwiebeln, 1 Sack Rosinen, 1 Sack Äpfel, 1 Topf mit Grießbrei, 1 Topf mit Mandelpudding, 1 Fass Gewürztraminer.

„Gut, Gottfried, scheint alles zu stimmen. Hab Dank für deine Mühe. Ich geb dir jetzt schon deine Entlohnung. Du bist mir aber noch in der Pflicht, den Tisch und die Stühle im großen Saal aufzustellen und den Weinausschank zu übernehmen. Wenn alles vorüber ist, machst du dich mit den Mägden ans Aufräumen, das hat aber Zeit bis zum nächsten Tag, denn es wird sicher spät werden heut Nacht“, instruiert Ulrich Neuhaus den Klingelmann und entnimmt seiner Geldkatze, die er um den Leib gebunden hat, eine Silbermünze. Gottfried steckt sie mit zufriedenem Gesichtsausdruck ein.

„So, jetzt zu euch“, wendet er sich an die beiden Köche, die mit ihren Gehilfen aus der Stadt gekommen sind, um gegen eine fürstliche Entlohnung hier im Küchengebäude des Leprosoriums ein feines Mahl zu bereiten.

„Rechnet für 40 Personen und gebt euch alle Mühe, wie damals bei der Hochzeit von Rüdiger, meinem Ältesten. Zuerst serviert ihr uns eine Eiersuppe mit Safran, Pfefferkörnern und Honig. Zum Fleisch reichen wir Hirsegemüse und frisches Roggenbrot mit gesalzener Butter. Die Gänse bereitet ihr wieder mit einer dicken Honigkruste zu. Dann haben wir gebratene Perlhühner mit Zwetschgen, Honig, Pfeffer, Nelken und Safran. Das Rehragout bratet ihr mit Äpfeln und Honig, dann gibt es den gebackenen Hecht mit Pfefferkuchen, Wein, Rosinen, Äpfeln, Zwiebeln und Zimt, gefolgt von sauer gesottenem Rindfleisch in Weinbeeren, Knoblauch und Salbei. Das Schaffleisch mit Zwiebeln und die Schweinelenden in Pfefferrahm bilden den Abschluss der Hauptgerichte. Dann könnt ihr den geräucherten Schinken und die Pasteten vorbereiten. Als Nachtisch gibt es Grießbrei mit Honig und Ingwer und Mandelpudding. Also geht ans Werk und gebt euer Bestes, und glaubt bloß nicht, die Aussätzigen hätten keinen Geschmackssinn mehr! Zur Mittagszeit muss alles fertig sein und es soll das opulenteste Mahl werden, das es jemals auf dem Frankfurter Gutleuthof gegeben hat", beendet Neuhaus seine Anweisungen an das Küchenpersonal und wendet sich zum Gehen.

In den zwei Wochen, die er nun schon in der Gemeinschaft der Leprakranken lebt, hat er bereits festgestellt, dass die 25 Männer und Frauen, auch wenn sie alle eine einheitliche graue Tracht tragen und sich untereinander mit „Bruder" und „Schwester" anreden, von ihrem Ansehen und Rang her aber durchaus nicht gleichgestellt sind. Ihm ist bewusst, dass die Üppigkeit und Qualität des Einstandsessens mitentscheidend für seine künftige Respektabilität auf dem Hof sein werden. Und wenn er schon hier draußen unter diesen lebenden Toten verfaulen muss, dann will er wenigstens einer der Mächtigen unter ihnen sein, wie er es auch stets innerhalb der Stadtbürgerschaft war. Ihm ist aufgefallen, dass die sechs Kranken, die auch als Prüfmeister bei der Lepraschau fungiert hatten, hier auf dem Gutleuthof über das höchste Ansehen verfügen. Es sind gleichzeitig auch diejenigen unter den Siechen, die am wohlhabendsten sind. Inzwischen ist er mit dem einen oder anderen von ihnen schon etwas näher bekannt geworden und hat in Erfahrung gebracht, dass Bruder Thomas in seinem früheren Leben Geistlicher mit einer ansehnlichen Pfarrei in der Wetterau war. Seit fünfzehn Jahren lebt er nun schon auf dem Gutleuthof und steht dem Leprosorium als Hospitalmeister vor. Die Brüder Anselm und Theodor waren früher wohlhabende und erfolgreiche Kaufleute, der eine im Tuchhandel, der andere im Gewürz- und Spezereienhandel. Bruder Jakob war früher Apotheker und Schwester

Lioba ist sogar eine gebürtige Freifrau von Sassen. Die Priorin Schwester Susanna enstammt einer altehrwürdigen Frankfurter Patrizierfamilie, mit der Neuhaus gut bekannt war. Ansonsten sind hier draußen sämtliche Stände vertreten: frühere Zunfthandwerker, Bauern, Tagelöhner, Mägde, eine Schankwirtin, eine Korbmacherin, ein Magister der schönen Künste und ein Bettelmönch. Und zu guter Letzt noch die Gesunden auf dem Gutleuthof. Außer Gottfried dem Schellenknecht gibt es noch fünf Dienstmägde, die mit ihren erkrankten Dienstherren auf den Hof gezogen sind, nicht zu vergessen die sieben Ehefrauen, welche als Ausbund ehelicher Treue das Ausgestoßensein mit ihren Männern teilen.

Ulrich Neuhaus überquert den Innenhof des Leprosoriums und betritt das Hauptgebäude, in dem er, wie die anderen wohlhabenden Siechen, seine Wohnräume hat. Die ärmeren Kranken hausen in kleinen, zellenartigen Kämmerchen in den angrenzenden, sehr einfachen Nebengebäuden und müssen auf mancherlei Komfort und Annehmlichkeiten, welche im Haupthaus geboten werden, verzichten. Anders als den gut situierten Insassen steht ihnen keine Aufwartefrau und Wäschemagd zur Seite.

Neuhaus beginnt mit seiner Morgentoilette, wäscht sich Gesicht und Oberkörper, kämmt sein gewelltes, graues Haar, welches nach der neusten Herrenmode aus Burgund einer kappenartigen Perücke gleicht. Der Klingelmann hat ihm gestern noch die Haare über den Ohren und im Nacken ausrasiert – mehr schlecht als recht, mit seinen ungeschickten Pranken. Es wird Zeit, dass er eine Magd bekommt! Neuhaus bestreicht die Knoten auf seiner Haut mit einer scharf riechenden weißen Paste aus Quecksilber, Schwefel und Kampfer. Der beste Medicus in der Stadt, Doktor Löw, hat sie für ihn zubereitet. Sie soll helfen, dass die Knoten zurückgehen und nicht aufbrechen. Mit kläglichem Gesichtsausdruck betrachtet sich Neuhaus in einem Spiegel an der Wand. Betrachtet sein altes Herrengesicht mit dem stolzen Zug um den Mund, der gewohnt war, zu befehlen. Die ehemals so kühnen Habichtsaugen, die immer alles im Blick hatten, sind glanzlos geworden und künden von großem Leid. Er ist ein Gezeichneter, ein vom großen Übel Behafteter! *Womit habe ich das verdient? Ich habe stets ein frommes, rechtschaffenes Leben geführt und den Armen gespendet. Für welche Sünden hat Gott mich so verflucht?*, hadert Neuhaus wie so oft über sein schweres Schicksal. Aber genug jetzt! Er wird Gäste haben und sich auch hier präsentieren als der, der er ist: ein Mann von Rang.

Heute wird sich ihm die kleine Magd vorstellen. Sie soll ja sehr hübsch sein, wie Bruder Theodor gesagt hat, der von ihrer Mutter, einer ansehnlichen, netten Person versorgt wird. Dann werden bessere Tage kommen, vielleicht kann sie ihm die bitteren Stunden hier ein wenig versüßen und ihn lieb gewinnen. In der Stadt hatte er ja auch immer die eine oder andere kleine Buhlin im Frauenhaus, die er mit goldenem Geschmeide beschenkte, wenn sie ihn besonders verwöhnt hatte. Seine Lenden jedenfalls sind noch nicht tot und das ist auch gut so! Hier geht es zwar zu wie im Kloster, zu jeder Mahlzeit müssen fünf Vaterunser und fünf Ave-Maria gebetet werden, und es ist unter Strafe verboten, seine Lust untereinander und mit Gesunden zu haben. Selbst für Ehegatten gilt diese strenge Vorschrift. Aber Bruder Theodor, mit dem er sich ein bisschen angefreundet hat, hat ihm augenzwinkernd versichert, dass man in seinem stillen Kämmerlein alles tun kann, was man will, es braucht nur niemand zu wissen, und wenn man zu den richtigen Leuten großzügig ist, will es auch keiner wissen!

Die Verwaltung des Hofes liegt in der Zuständigkeit des städtischen Rates, mit dem Neuhaus nach wie vor gut steht, gehörte er ihm doch bis vor kurzem selber noch an. Ein Obmann aus dem Senat, Ludwig Kaulbach, mit dem Neuhaus einen freundschaftlichen Umgang pflegte, vertritt die Siechen bei ihren wirtschaftlichen und rechtlichen Angelegenheiten, prüft die Rechnungen und entscheidet über Aufnahme oder Ausschluss der Kranken. Ihn wird er sich durch wertvolle kleine Geschenke warm halten.

Ulrich Neuhaus geht zu einer Nische, in der zahlreiche Krüge, Leuchter und Schalen aus Gold und Silber stehen. Dort befindet sich auch eine edle, mit Perlmutt unterlegte Truhe aus Ebenholz, die mit einem soliden, schweren Eisenschloss versehen ist. Mit einem Schlüssel, den er wie ein Amulett an einem Lederstreifen um den Hals trägt, öffnet er die Kassette. Hier bewahrt er seine

Schätze auf. Liebevoll gleitet sein Blick über die wertvollen Schmuckstücke, die er während seiner langen Kaufmannstätigkeit in aller Herren Länder erworben hat. Es sind Ringe, Armreifen, Amulette und Ohrgehänge aus Gold und Silber mit gefassten Edelsteinen oder Halbedelsteinen. Aber auch einige zwar schon geschliffene, aber ungefasste Steine in unterschiedlichen Größen und Farben sind darunter. Er kennt die Bedeutung und die Geschichte, die mit jedem einzelnen Stein verwoben ist: Der Diamant verschafft schwangeren Frauen eine leichte Geburt und schützt, am linken Arm getragen, vor wilden Tieren, Gift und bösen Geistern. Der Rubin schützt vor Dieben und der Smaragd vor Fallsucht. Der Granat befreit von Schwermut, der Beryll bewahrt vor Feinden und verschafft ein zufriedenes Herz. Der Topas hält seinen Träger keusch, und der Achat, auf der linken Seite getragen, macht weise und klug. Der Türkis verhindert den Verlust von Gliedmaßen, und der Saphir heilt Geschwüre. Diese beiden Amulette sollte er eigentlich gegen sein Leiden tragen. Nachdenklich hält er inne und legt sie wieder in die Truhe zurück, denn hier draußen auf dem Gutleuthof ist den Kranken das Anlegen von Geschmeide strengstens verboten. Sorgfältig verschließt Neuhaus wieder die Truhe und lächelt in sich hinein. Mit diesen Kleinodien wird er sich auch hier das Leben angenehm machen und sich Freiheiten erkaufen. Sie sind sein Hintertürchen in dieser Einöde. Derart getröstet, ist er nun bereit, sich als respektabler Gastgeber zu präsentieren, wenn er auch anstelle seiner feinen Schaube[8] diese scheußliche graue Einheitstracht anziehen muss. Er nimmt sich vor, allem Unbill zum Trotz, gut gelaunt zu sein und verlässt seine Gemächer, um im Festsaal nach dem Rechten zu sehen. Auf dem Innenhof begegnen ihm Bruder Jakob, dereinst Stadtapotheker zu Frankfurt am Main, nebst Gattin Katharina, die als Gesunde mit ihrem an Aussatz erkrankten Ehemann auf dem Gutleuthof lebt, wie es sich unter braven Eheleuten gebührt. Katharinas bleiche, unnahbare Gesichtszüge künden von einer tiefen Schwermut. Vor fünf Jahren, als Jakob am Aussatz erkrankte, stand es für die renommierte Apothekerfamilie Beltz außer Frage, dass Katharina gemeinsam mit ihrem Gemahl in das Leprosorium ziehen müsse.

Sie tat es, wie sie alles tat, was von einer Tochter aus gutem Hause und vorbildlichen Ehefrau erwartet wird, verfiel aber im Laufe der Jahre zunehmends der Melancholie. Für den Abend war vereinbart, dass Frau Beltz auf ihrer Harfe spielen und erbauliche Verse zum Vortrag bringen werde. Ulrich Neuhaus begrüßt das Ehepaar mit ausgesuchter Höflichkeit und äußert seine Freude darüber, dass die Dame ihm die Gunst erweisen wolle, seine Tafel mit ihrer Gottesgabe zu beglücken. Diese nickt huldvoll, und das Paar verabschiedet sich. Neuhaus betritt den Festsaal, der den Siechen auch als Versammlungsort dient. Der Klingelmann hat gemeinsam mit den Mägden die Tafel hergerichtet. An jedem Platz stehen Teller und Becher aus Zinn, zehn Messer sind auf dem Tisch verteilt. Die Mägde bestreuen die Tischplatte mit getrockneten Rosenblättern, die einen wohlriechenden Duft verströmen, silberne Leuchter sind mit Kerzen aus Honigwachs bestückt. Neuhaus nickt zufrieden und merkt an, dass die Kristallschüsseln mit Lavendelwasser noch fehlen, an denen sich die Tischgäste vor und nach der Mahlzeit die Hände waschen können.

„Den Wein serviert ihr in den Silberkannen, die vorne auf der Anrichte stehen, und sorgt dafür, dass sie immer gut gefüllt sind. Verteilt alle silbernen Löffel, es hat nicht jeder meiner Gäste seinen eigenen Besteckkasten am Gürtel[9]", ordnet Neuhaus an, als es an die Tür klopft. Überrascht fährt er zusammen und ruft „Herein!".

Mäu und ihre Mutter, gefolgt von Bruder Theodor, treten ein. Anna ist festlich herausgeputzt, Mäu dagegen trägt ein schlichtes blaues Leinenkleid. Ulrich Neuhaus staunt nicht schlecht beim Anblick seiner neuen Magd. Das hübsche junge Gesicht kommt unter der weißen gestärkten Schmetterlingshaube gut zur Geltung. Auch von ihrer Mutter ist er sehr angetan: Anna Dunckel trägt ein rehbraunes Samtkleid mit einer kleinen Schleppe und überlangen weiten Ärmeln, das ihr Theodor eigens für das Fest hat anfertigen lassen. Es betont ihre stattliche Weiblichkeit äußerst vorteilhaft. Auf dem Haupt trägt sie einen Hennin[10] aus blaugrünem Brokat, der mit einem meergrünen Schleier versehen ist. Auch dieser Hut ist ein Geschenk ihres Dienstherrns. Anna trägt ihn stolz wie eine Patrizierin, und niemand, der sie so sieht, würde in ihr die Abdeckersfrau und Leprösenmagd vermuten. Hinter den beiden hübschen Frauen herhumpelnd in seiner grauen Tracht wirkt Theodor wie ein flügellahmer Kranich.

„Seid gegrüßt, Herr Neuhaus. Das ist meine Tochter Mäu, die ich Euch als Magd empfohlen habe. Wir sind extra etwas früher gekommen, damit Ihr sie in Ruhe kennen lernen könnt. Sie ist manchmal etwas widerspenstig, aber ein braves, fleißiges Ding und auch nicht dumm", richtet Anna das Wort an den Gastgeber.

„Ich freue mich, dass Ihr da seid, und besonders auch, Eure Tochter endlich einmal zu Gesicht zu kriegen. Wir haben noch Zeit, bis die Tafel eröffnet wird, und wenn die Jungfer will, machen wir einen Rundgang über den Hof, und ich zeige ihr meine Heimstatt und was sie alles zu tun hat, wenn sie mir als Magd dient", schlägt Neuhaus vor, während er Mäu ausgiebig mustert. Mäu nickt zustimmend und blickt dabei verstohlen in das knotige Gesicht von Neuhaus, das mit weißen Salbenflecken bedeckt ist. *Abgesehen davon, sieht er gar nicht so schlimm aus*, denkt sie sich. *Wirkt eher wie ein feiner Herr, trotz der Siechenkleidung.* Schäbiger hat sie ihn sich vorgestellt und verstümmelter, wie die meisten Aussätzigen, die man am Karfreitag in Frankfurt sieht, wenn sie einem klappernd und rasselnd entgegenkommen.[11]

Theodor und Anna gehen gemeinsam mit Ulrich und Mäu nach draußen auf den Innenhof, wo sich die beiden Paare trennen. Ein wenig ängstlich folgt Mäu dem Gastgeber zu dem Hauptgebäude. Sie gehen einen langen Gang entlang, bis sie vor einer Tür angekommen sind, die Neuhaus öffnet.

„Tritt ein und bring Glück herein", sagt er und hält Mäu höflich die Tür auf. Mäu betritt die geräumige Stube und staunt über die Behaglichkeit, mit der sie eingerichtet ist. Wände und Decke sind mit einer Holztäfelung versehen, die feines Schnitzwerk aufweist. An der einen Wand steht ein großer Kachelofen, auf dessen Gesims bunt bemalte Krüge und Teller stehen. Um den Ofen und rings an den Wänden ziehen sich Holzbänke hin, die mit Kissen und Decken aus feinem Stoff ausgelegt sind. In der Mitte des Raumes steht ein großer, schwerer Tisch auf kunstvoll geschnitzten, runden Beinen. Drei Stühle mit geschweiften Lehnen sind um ihn gruppiert. Neuhaus zieht einen der Stühle vor und bietet Mäu an, Platz zu nehmen und von den roten Trauben zu kosten, die prall und üppig in einer Glasschale liegen. Zaghaft bedient sich Mäu und kann nicht verhehlen, wie gut ihr die Früchte schmecken.

„Iss nur mein Kind, aber iss dich nicht satt, denn nachher gibt es noch was Besseres für dich. Wie ist eigentlich dein richtiger Name? Mäu ist ein Name für eine Katze, aber doch nicht für so ein hübsches Mädchen wie dich", wendet sich Neuhaus Mäu zu und blickt sie voller Wohlbehagen an.

„Ich heiße Maria, aber so nennt mich eigentlich niemand. Für alle bin ich die Mäu. Das war schon immer so", antwortet sie schüchtern und schaut sich dabei im Zimmer um.

„Ich werde dich Maria nennen, wie es sich bei einer Jungfer im heiratsfähigen Alter gebührt", entscheidet Neuhaus.

„Nun, Jungfer Maria, du wirst als Siechenmagd für mich arbeiten und bist daher von größter Wichtigkeit für mich, da ich gezwungen bin, hier zu leben und den Hof nur in Ausnahmefällen verlassen darf. Du bist also mein verlängerter Arm, wirst für mich auf den Markt gehen und einkaufen, was ich benötige. Du wirst Botengänge und andere Besorgungen für mich erledigen, wenn es nötig ist. Außerdem sollst du meinen Haushalt versorgen und meine Wäsche waschen. Da es hier keinen anständigen Bartscherer gibt, gehört es fortan auch zu deinen Aufgaben, mich täglich zu rasieren. Ich weiß, dass es mühevoll und ekelerregend ist, für dich als gesundes, junges Weib, einen Aussätzigen wie mich zu umsorgen. Dafür werde ich dich großzügig entlohnen. An jedem Monatsende erhältst du von mir deinen Lohn, der dreimal so hoch ist, wie der, den ich meinem Gesinde in der Stadt gezahlt habe. Ich werde für deine Kleidung aufkommen, denn als meine Magd, die auch in der Stadt für mich Erledigungen durchführt, sollst du respektabel und ansehnlich gewandet sein. Von allen Lebensmitteln, die du für mich einkäufst, darfst du ein Viertel für dich nehmen. Ich werde regelmäßig mit dir abrechnen und alle Ausgaben genau verbuchen, wie ich es mein Leben lang mit meinen Angestellten gehalten habe. Sollte ich bettlägerig und pflegebedürftig werden, so steht es dir an, mich zu pflegen. Wenn ich mit dir zufrieden bin und du deine Aufgaben so erledigst, wie ich es von meiner Hausmagd erwarte, werde ich dafür sorgen, dass du nach meinem Tod bedacht wirst. So, Jungfer, das wäre erst mal alles. Für heute, an meinem Festtag, bist du mein Gast und sollst an meiner Seite tafeln. Ab morgen in der Früh wirst du mich aufsuchen und mit deiner Arbeit beginnen. Da ich sehe, wie schmucklos und schlicht du einhergehst, will ich dir ein Einstandsgeschenk machen, das dich in Treue an mich binden soll", beendet Ulrich seine Ausführungen, erhebt sich vom Tisch und geht zu der Ebenholztruhe auf dem Wandbord. Er öffnet sie mit seinem Schlüssel und lässt nachdenklich die verschiedenen Schmuckstücke durch die Finger gleiten, bis er sich für eines entscheidet. Es ist eine ovale Silberbrosche, in deren Mitte ein kunstvoll geschliffener Beryll leuchtet. Er legt das Schmuckstück vor Mäu auf den Tisch und hebt an, ihr die Bedeutung des Edelsteines zu erläutern:

„Diese Brosche mit einem Stein, klar wie frisches Quellwasser und glitzernd wie der Morgenstern, habe ich erst kürzlich auf einer Handelsreise in Flandern erworben. Es sollte ein Geburtstagsgeschenk für meine Schwiegertochter Lisbeth sein, die demnächst zwanzig Lenze zählen wird. Doch nun sollst du dieses Geschmeide tragen mit dem Beryll darin, der dich vor Feinden bewahren wird und dir ein zufriedenes Herz bescheren mag," endet Neuhaus und steckt Mäu die Brosche an ihr blaues Leinenkleid.

„Es kleidet dich vorzüglich und passt trefflich zu deinen klaren, strahlenden Augen, mein Kind. Überzeuge dich selber, und schau in den Spiegel dort hinten an der Wand," kommentiert er.

Mäu steht auf und geht zu dem goldgerahmten Spiegel. Was sie erblickt, lässt sie begeistert aufjauchzen. Sie kann es kaum fassen, dass die Brosche nun ihr gehören soll. Strahlend und mit geröteten Wangen, bedankt sie sich artig bei ihrem zukünftigen Dienstherrn. Sie schreckt aber davor zurück, ihm die Hand zu drücken oder gar zu küssen, wie es bei einem solchen Geschenk angemessen wäre.

Neuhaus nimmt sehr wohl ihre Scheu wahr und wünscht sich eigentlich einen Kuss von diesen frischen, jungen Lippen, hält sich jedoch zurück und lächelt Mäu stattdessen gönnerhaft an. *Alles zu seiner Zeit*, denkt er bei sich.

„Nun, Jungfer, dann lasst uns also ins Küchengebäude hinüber gehen und schauen, was meine Meisterköche fabriziert haben", schlägt Neuhaus gut gelaunt vor. Auch Mäu ist guter Dinge. Alles hier erscheint ihr ungewohnt glanzvoll und behaglich. Wie bei reichen Leuten eben. Und ihr neuer Dienstherr, der weiß sich zu benehmen! So freundlich und großzügig war noch nie jemand zu ihr und im Vergleich zu der Schinderei, die sie zu Hause hat, ist das, was sie hier zu tun haben wird, ein Mückenschiss! Und außerdem wird es abwechslungsreich werden, wenn sie in die Stadt zum Einkaufen gehen darf. Schon sieht sie sich gutgekleidet zwischen den Spezereiständen einhergehen, mit den Händlern feilschen und ausgesuchte Leckerbissen probieren. Eigentlich ein wahres Schlaraffenland, was sich ihr bietet, wäre da nur nicht der Aussatz mit im Spiel! Sie wird Tag für Tag mit dem Kranken zu tun haben und seine befleckte Wäsche waschen müssen. Bei dem Gedanken daran überläuft sie ein kurzer Schauder.

„Ist dir kalt, Maria, mein Kind?", fragt Neuhaus besorgt.

„Nein, nein, Herr, ich bin nur etwas aufgeregt", antwortet Mäu verlegen.

Die beiden nähern sich dem Küchengebäude. Bereits auf dem Hof riecht es köstlich nach den unterschiedlichsten Speisen. Sie betreten die Küche, in der es hoch hergeht. Die Köche und ihre Helfer sind geschäftig bei der Arbeit. Der Küchenmeister begrüßt Neuhaus zuvorkommend und führt ihn zu den Speisen, die bereits fertig sind.

„Ihr könnt kosten, mein Herr, wenn es Euch beliebt. Es ist alles besonders gelungen, probiert selbst", sagt der Küchenchef und schöpft etwas Suppe in ein Schälchen, welches er Neuhaus überreicht.

„Danke, Meister Martin. Doch gebt meiner Begleiterin bitte auch von allem eine Kostprobe", ordnet Neuhaus an. Mäu bekommt sofort ein Schälchen von der duftenden Eiersuppe gereicht, die goldgelb in der Schüssel dampft. Noch nie hat sie etwas so Wohlschmeckendes gegessen. Sie probiert von mindestens zehn Speisen und zum Abschluss noch von dem leckeren Mandelpudding, in dem sie am liebsten versunken wäre. Neuhaus äußert seine Zufriedenheit und bittet um einen Becher Malvasier für sich und seine angehende Magd. Der süße, schwere Wein aus Griechenland umnebelt Mäus Kopf auf eine wohlige Art. Es ist das erste Mal, dass sie Wein trinkt. Er schmeckt nicht nur gut, sondern bewirkt auch, dass es ihr angenehm warm und leicht ums Herz wird. Mit geröteten Wangen und glänzenden Augen folgt sie Neuhaus in den Festsaal. Der Schellenknecht und die Mägde sind mit ihren Vorbereitungen fertig, die Weinfässer sind angestochen und die Krüge gefüllt.

„Du kannst nun die Kerzen anzünden und mit deiner Schelle über den Hof gehen und verkünden, dass das Einstandsessen beginnen kann“, beauftragt Neuhaus den Klingelmann.

Ulrich Neuhaus als der Gastgeber nimmt an der Stirnseite der Tafel Platz und fordert Mäu auf, sich an seiner Seite niederzulassen. Die beiden Plätze gegenüber sind dem Hospitalmeister Bruder Thomas und der Priorin Schwester Susanna vorbehalten. Von draußen hört man das Läuten des Schellenknechts. Mit lauter Stimme verkündet er, dass das Einstandsessen, zu dem sich Bruder Ulrich die Ehre gibt, nun eröffnet wird. Alle Brüder und Schwestern, mit und ohne Anhang, seien herzlich dazu eingeladen und möchten doch herbeikommen.

Nach und nach treffen die ersten Gäste ein. Es sind Bruder Johannes, der früher Bettelmönch war, und sein Freund, Bruder Richard, ein früherer Lehrer an der Lateinschule zu St. Leonhard. Die Brüder, die nicht gerade zu den Wohlhabenden auf dem Hofe zählen, gehören bekanntermaßen immer zu den Ersten, die sich einstellen, wenn es etwas umsonst gibt. Mäu erschreckt beim Anblick ihrer verstümmelten Gestalten. Im Gegensatz zu Ulrich Neuhaus sieht man den beiden ihre Erkrankung sofort an. Außerdem riechen sie schlecht, und Mäu, die gewiss nicht besonders empfindlich ist, dreht sich förmlich der Magen um, als die Kranken vor Neuhaus treten und ihn höflichst begrüßen. Neuhaus scheint es ähnlich zu ergehen, denn er weist mit der Hand weit nach hinten an die Längsseite des Tisches, als er die beiden bittet, Platz zu nehmen. Der Raum füllt sich mehr und mehr mit grau gekleideten Kranken, die vom Aussatz unterschiedlich stark gezeichnet sind. Auch Theodor und Anna sind eingetroffen und nehmen an der Längsseite neben Mäu Platz.

Bruder Jakob und seine Gattin Katharina treten ein und werden von Neuhaus eingeladen, sich an seine Seite zu platzieren. Katharina Beltz zieht die bewundernden Blicke der gesamten Tischgesellschaft auf sich. Sie trägt ein scharlachrotes Samtkleid mit einer langen Schleppe, welche sie beim Niedersetzen elegant um ihren Stuhl drapiert. Um die schlanke Taille schmiegt sich ein perlenbestickter Gürtel, an dem eine filigrane Parfümdose, ein prachtvoller Rosenkranz und ein kunstvoll verzierter Besteckkasten befestigt sind. Auf dem Haupt trägt sie eine Hörnerhaube aus fließendem, rotgoldenem Brokat. Die Hände stecken in purpurfarbenen Seidenhandschuhen, die über und über mit Gold und Perlen bestickt sind und einen betörenden Amberduft verströmen. Mäu kann den Blick gar nicht mehr abwenden von der mondänen Erscheinung. Innerhalb der sonst so grauen Schar ist Katharina nicht nur die herausragende Erscheinung schlechthin, ihr glanzvoller Putz erhält durch den Kontrast mit der grauen, maladen Mehrheit allerdings auch eine absurd anmutende Note. Mit abweisenden, verschlossenen Zügen blickt Katharina Beltz starr vor sich hin. Auch als schließlich der Hospitalmeister und die Priorin eintreten und ihre Ehrenplätze einnehmen, folgen ihre Augen für keine Sekunde den Eintretenden.

Die Mägde eilen herbei und füllen die noch leeren Trinkbecher der Tischgesellschaft mit gekühltem Gewürztraminer. Bruder Thomas räuspert sich und setzt zu der Eröffnungsrede an, die vor jedem Einstandsessen vom Hospitalmeister zur offiziellen Begrüßung des neu hinzu gekommenen Kranken auf dem Gutleuthof gehalten wird. Es sind immer die gleichen Worte, die dann in die vorgeschriebenen Tischgebete münden:

„Gottes Wille hat dich ausersehen, Bruder Ulrich, mit uns das schwere Schicksal der Gezeichneten zu teilen. Nicht zu hadern und zu wehklagen über diese Last, ist unsere Bestimmung, sondern den dornigen Weg, den der Herrgott den unsrigen vorgegeben hat, mit Geduld und Demut zu beschreiten, führt er doch dereinst, in seiner grenzenlosen Güte, die von Gott Verfluchten heim ins Himmelreich, auf dass sie zu Kindern des ewigen Lebens werden. Amen. Der Herr sei mit euch!“

„Amen. Wir danken Dir, oh Herr, für die schwere Prüfung, die Du uns auferlegst und bitten Dich für unseren neuen Bruder, sein Herz mit Geduld und Stärke zu erfüllen“, antwortet die Tischgesellschaft im Chor. Alle erheben nun ihre Trinkbecher auf das Wohl von Bruder Ulrich.

Im Anschluss daran stemmt sich Schwester Susanna, die Priorin, mühsam von ihrem Stuhl hoch, bekreuzigt sich und eröffnet die fünf Ave-Maria und die fünf Vaterunser, die von den Feldsiechen vor jeder Mahlzeit gebetet werden müssen. Schwester Lioba, die neben ihr sitzt, stützt die Priorin während der nicht unbeträchtlich langen Gebetszeit, weil diese auf der Holzprothese, die unter ihrem rechten Knie befestigt ist, nicht lange ohne fremde Hilfe stehen kann.

Für die Vorbeterin bedeuten diese Gebete, die sie immer stehend vorbringt, eine rechte Qual, der sie sich seit langem in selbst gewählter Buße unterzieht.

In monotonem Singsang werden die Gebete von den Mitbrüdern und -schwestern heruntergeleiert. Die meisten sind in Gedanken bei ihren knurrenden Mägen, die von den hereindringenden Essensgerüchen noch angestachelt werden.

Endlich ist die unliebsame Litanei zu Ende, und Ulrich gibt den Mägden den Wink, die Suppe zu servieren, auf die sich die Tischgäste, bis auf wenige Ausnahmen, gierig stürzen. Die unterschiedlichsten Essgeräusche, die im Festsaal zu vernehmen sind, werden von begeisterten Ausrufen unterbrochen, als der Küchenmeister und seine Beiköche auf silbernen Tabletts schließlich die Gänse und Perlhühner hereintragen.

Gegen Abend, als der Großteil der Festgesellschaft schon betrunken und von der Völlerei ermattet in den Stühlen hängt, trägt Gottfried, der Klingelmann keuchend die Harfe der Frau Beltz herein. Katharina Beltz, die während der gesamten Schlemmerorgie lediglich ein winziges Stück Wildpastete und ein Schälchen Grießbrei mit Honig und Ingwer zu sich genommen und jeglichen Konversationsversuch, der an sie herangetragen wurde, mit einsilbigen Antworten in seine Grenzen zu weisen wusste, nippt an ihrem Weinbecher und lässt sich von einer Magd die Schale mit Lavendelwasser reichen, worin sie sich sorgfältig die Hände wäscht, nachdem sie die eleganten Seidenhandschuhe abgestreift hat.

Ulrich Neuhaus, dessen Gesicht vom reichlichen Weingenuss gerötet ist, erhebt sich daraufhin von der Tafel und klatscht um Aufmerksamkeit heischend in die Hände.

„Liebe Gäste, verehrte Brüder und Schwestern. Die werte Frau Katharina ist gewillt, uns die Gunst zu erweisen, ihrem kunstvollen Spiel lauschen zu dürfen, und im Anschluss daran haben wir noch das Vergnügen, einen kurzweiligen Vortrag zu hören. Ich bitte also um absolute Ruhe, um dieses gebührend zu würdigen", fordert Neuhaus die Anwesenden mit schwerer Zunge auf. Von einigen Ecken der Tafel ist verhaltenes Gemurre zu hören, auch Kichern und ein gezischtes „Muss das sein?" sind zu vernehmen. Nach und nach kehrt schließlich Ruhe ein, Frau Katharina erhebt sich und schreitet zu ihrer Harfe, neben der ein Notenständer und ein Holzhocker platziert sind. Sie rückt sich den Hocker zurecht und schlägt ein Notenblatt auf.

„Wertes Publikum! Ich werde euch nun drei Stücke von berühmten Komponisten vorspielen. Einige Passagen davon werde ich mit meinem Gesang untermalen. Das erste Lied entstammt dem Glogauer Liederbuch, es ist aus der Zeit um 1480 und heißt ‚Die Katzenpfote'. Im Anschluss daran werde ich zwei Stücke der beiden großen Komponisten Jacob Obrecht und Oswald von Wolkenstein vortragen. Das eine ist ein lustiges Volkslied und heißt ‚Ein fröhlich Wesen', das andere ist eher schwermütig und lautet ‚Eine dunkle Farbe'. Im Anschluss daran werde ich dann eine Passage aus dem höchsterbaulichen Ritterroman ‚Tristan und Isolde', des französischen Dichters Berol vortragen."

Katharina beginnt mit ihrem Spiel, und bereits nach kurzer Zeit sind die Anwesenden in ihren Bann gezogen. Die Harfenklänge verzaubern die Zuhörerschaft und versetzen sie gleichsam in eine andere, bessere Welt. Die wohltönende, klare Altstimme Katharinas berührt selbst die stumpfesten Gemüter, und manch ein Mitglied der Tischgesellschaft wischt sich gar verstohlen eine Träne aus dem Augenwinkel. So kühl und abweisend die Musikantin auch sonst auf ihre Umgebung wirkt, so mitreißend und ergreifend ist sie in ihrem Spiel. Als sie nach geraumer Zeit ihre musikalische Darbietung beendet und sich graziös verneigt, ertönt von allen Seiten begeisterter Applaus, der nicht abebben will. Nachdem sich der Beifall gelegt hat, nippt sie kurz an ihrem Weinbecher und tritt an das Stehpult, das Gottfried inzwischen hereingebracht hat. Ihre Mundwinkel sind nun zu einer Art Katzenlächeln nach oben gebogen, was selten an ihr zu beobachten ist. Sie scheint in sich hineinzugrinsen, und ihre gesamten Züge können ein gewisses, fast schon diebisches Vergnügen, nicht verhehlen. Auf dem Pult liegt ein großer, prachtvoll eingebundener Foliant, den Katharina an einer markierten Stelle aufschlägt. Sie räuspert sich kurz und fängt an, mit melodischer Stimme vorzulesen:

„Hundert Aussätzige, gar missgestaltet, mit zersetztem, über und über weißem Fleisch, waren auf ihren Krücken mit klappernden Rätschen herbeigekommen und umdrängten den Scheiterhaufen, um unter ihren geschwollenen Lidern hervor mit blutunterlaufenen Augen das Schauspiel zu genießen. Yvain, der hässlichste der Kranken, rief dem König mit schriller Stimme zu: ‚Du willst dein Weib in diese Glut werfen, o König. Sie hat es wohl verdient, doch währt es nicht lange genug. Das große Feuer wird sie rasch verzehren, der große Wind wird ihre Asche rasch verstreuen. Und wenn die Flamme binnen kurzem in sich zusammenfällt, sind ihre Leiden vorüber. Willst du eine ärgere Strafe hören, bei der sie wohl lebt, doch in großer Schmach und ständiger Sehnsucht nach dem Tod? Willst du, o König?‘

Der König entgegnete: ‚Sie mag leben, doch in großer Schmach, die schlimmer ist als der Tod. Wer mir eine solche Strafe nennen kann, soll mir lieb und wert sein.‘

‚So will ich dir denn ohne Umschweife meine Gedanken eröffnen, o König. Siehe, ich habe hier hundert Gefährten. Gib uns Isolde, auf dass wir sie gemeinsam besitzen! Das Leiden schärft unser Begehren. Gib sie deinen Aussätzigen. Keine Dame hat je schlimmer geendet. Siehe, unsere Lumpen kleben an unseren schwärenden Wunden. Sie, die an deiner Seite in kostbar besetzten Gewändern juwelengeschmückt einherging, die in marmorverzierten Sälen gewohnt, edlen Wein getrunken und Ehren und Freuden genossen, wird, wenn sie den Hofstaat ihrer Aussätzigen

erblickt, wenn sie in unseren elenden Löchern wohnen und mit uns schlafen muss, ihre Sünden erkennen. Dann wird Isolde die Schöne, Isolde die Blonde nach diesem hell lodernden Scheiterhaufen Verlangen tragen.'

Der König hört ihn an, erhebt sich und steht lange reglos da. Dann tritt er rasch auf die Königin zu und fasst sie bei der Hand. Sie schreit: ,Erbarmen, Herr, verbrennt mich lieber, verbrennt mich!' Der König ergreift sie, Yvain nimmt sie, die hundert Kranken umdrängen sie. Sie kreischen und schreien dergestalt, dass alle Herzen in Mitleid hinschmelzen. Yvain aber ist froh. Isolde geht, Yvain führt sie fort. Der schauerliche Zug zieht zur Stadt hinaus."

Als Katharina Beltz geendet hat, ist im gesamten Festsaal kein Laut zu vernehmen. Eisige Stille breitet sich aus, und alle sind wie gelähmt, die Betrunkenen hat jähe Nüchternheit erfasst.

Bruder Jakob, der frühere Stadtapotheker, springt von seinem Platz auf und eilt zu seiner Gattin, die unbewegt, aber immer noch lächelnd am Lesepult steht. Er schlägt ihr die Seidenhandschuhe, die er beim Aufstehen erfasst hat, mit Wucht ins Gesicht.

„Geh' mir aus den Augen, Weib!", kreischt er ihr mit sich überschlagender Stimme entgegen.

Nach dem Vortrag der Frau Beltz hat es die Festgesellschaft plötzlich sehr eilig, sich zurückzuziehen. Die ausgelassene Völlerei hat schweigsamer Ernüchterung Platz gemacht, die hektische Genusssucht ist zu allgemeiner Betroffenheit geronnen und hat einen schalen Nachgeschmack und eine gedrückte Stimmung hinterlassen. Katharina Beltz hat sich erhoben und wie eine wandelnde Marmorstatue den Raum verlassen, wort- und grußlos, mit völlig unbeteiligtem Gesichtsausdruck. Ihr Gatte, den Tränen nahe, in kalter Wut, eilt ihr nach.

Die anderen Kranken versuchen die Form zu wahren, verabschieden sich und danken mit wohlgesetzten Worten dem Gastgeber. Auch er ist wie versteinert nach der von ihm so groß angekündigten „erbaulichen Lektüre" der Beltzin und hebt die Tafel auf. Mäu und ihre Mutter schicken sich im allgemeinen Aufbruch ebenfalls an, den Nachhauseweg anzutreten. Als sie den dunklen Innenhof überqueren, sehen sie Katharina, die alleine unter einem Baum sitzt. Einem plötzlichen Impuls folgend, läuft Mäu zu ihr hin. Anna protestiert ärgerlich und drängt darauf, nach Hause zu gehen. Doch Mäu bittet die Mutter, schon vorauszugehen, sie wird sie auf dem Feld bald einholen. Sie nähert sich Katharina und sieht, dass diese mit leeren, traurigen Augen in den klaren Nachthimmel blickt. Sie wirkt sehr unglücklich auf Mäu, die die schöne Frau während des Festmahls sehr bewundert hat und von ihrem Musizieren tief ergriffen war.

„Eure Geschichte eben, die hat eingeschlagen, wie der Blitz! Wahrscheinlich fühlt Ihr Euch genauso wie die arme Isolde", flüstert Mäu zaghaft in ihre Richtung.

„Du bist die Tochter des Schinders, die neue Magd von Bruder Ulrich. Ich sag's dir ganz drastisch, Mädchen: Früher hätte ich dich noch nicht mal mit dem Arsch angeguckt, geschweige denn überhaupt mit dir gesprochen. Doch inzwischen, wo ich den lieben, langen Tag nur in verstümmelte Fratzen blicken muss, begrüße ich es, in ein so frisches, hübsches Lärvchen schauen zu können. Setz dich hin, kleine Magd und erzähl mir von dir und deinem gewiss sonderbaren Leben", erwidert die Angesprochene. „Doch zuvor gehst du in das Küchengebäude, und holst uns einen Krug mit Wein."

Mäu tut, wie ihr geheißen, und kehrt bald mit Wein und Trinkbechern zurück. Katharina schenkt den Wein in die Becher.

„Zum Wohl, kleine Magd. Wie ist dein Name?"

Nachdem sich Mäu vorgestellt hat und sie miteinander angestoßen haben, erzählt Mäu von sich und wie sie dazu gekommen ist, für Ulrich Neuhaus als Siechenmagd zu arbeiten.

„Ein hartes, beschwerliches Leben, das du führst, Kleine. Aber du hast immerhin den Vorteil, hier nicht dauerhaft leben zu müssen, unter den Gezeichneten. Wenn du deine Arbeit getan hast, kannst du frei deiner Wege gehen und kannst weg von diesem Elend hier. Du glaubst nicht, wie sehr ich dich darum beneide! Auf der Stelle würde ich mit dir tauschen, wenn ich könnte, und wär lieber noch die Tochter des Abdeckers im Galgenviertel, als das, was mir beschieden ist zu sein: eingesperrt in dieser Schattenwelt hier", entgegnet die edle Frau.

„Mit Verlaub, Frau Katharina, habt Ihr niemals versucht, von hier zu entkommen, wenn Euch doch alles so verhasst ist?“, fragt Mäu.

„Zweimal in den fünf Jahren, die ich schon hier bin, habe ich es versucht. Das eine Mal bin ich nur bis nach Rödelheim gekommen, als mich die Späher vom Waldaufseher festnahmen und hierher zurückbrachten. Das zweite Mal bin ich sogar bis nach Mainz gekommen, wo ich mich einem Pilgerzug nach Worms angeschlossen hatte. Ich war damals schon einige Tage unterwegs und war frohen Mutes, es diesmal geschafft zu haben, als mich die Büttel aus Mainz dingfest machten. Mein Mann hatte mit dem Rest von Macht und Einfluss, die ihm auch als einem Siechen noch geblieben sind, alles in Bewegung gesetzt, selbstverständlich mit der Unterstützung unserer Familie, mich zu finden. Sämtliche Büttel, Schergen und Torwächter im Umkreis von Frankfurt waren in Kenntnis gesetzt und gegen eine fette Belohnung dazu angehalten, ein waches Auge zu haben. Soviel dazu. Und später habe ich es nicht mehr versucht. Aber genug davon. Ich habe dir schon viel zu viel erzählt, dabei weiß ich gar nicht, ob ich dir trauen kann“, beendet Katharina abrupt ihre Ausführungen.

„Doch, Ihr könnt mir trauen. Ich verspreche Euch, ich werde mein Maul halten, äh, meinen Mund halten, über das, was wir eben geschwätzt haben“, versichert ihr Mäu.

„Gut, ich spüre, dass du mir wohl gesonnen bist. Aber es ist besser, dein einfaches junges Gemüt nicht weiter mit der Schwere meines Geschickes zu belasten. Sag mir Mäu, hast du schon einen Liebsten?“, fragt Katharina, um das Gespräch in andere Bahnen zu lenken. Mäu verneint und bricht bald danach auf. Zum Abschied reicht Katharina der Mäu ihre weiche, feingliedrige Hand, die noch immer leicht nach Amber duftet.

Es hinterlässt ein angenehmes Gefühl bei Mäu, während sie sich über das weite Feld dem Abdeckerhof nähert, der verschlafen im hellen Mondlicht liegt.

4. Messetreiben

Mäu verlässt eiligen Schrittes den Gutleuthof. Immer wieder ist sie froh darüber, wenn sich das schwere Eichenportal auftut und sie den festungsähnlichen Bereich des Leprosoriums verlassen kann. Es ist ein milder, sonniger Herbsttag und sie ist voll freudiger Erwartung, denn heute in der Früh, angekündigt vom durchdringenden Läuten der Sturmglocke, ist in Frankfurt die Herbstmesse eröffnet worden und ihr Dienstherr hat sie damit beauftragt, dort verschiedene Waren für ihn zu erwerben. Während sie den Main entlangläuft, an dessen Ufer ein paar Gassenkinder aus dem Galgenviertel kleine Holzboote schwimmen lassen, ist sie in Gedanken bereits mitten im Getümmel. Vielleicht trifft sie ja dort auch den Flugblatthändler wieder. Prüfend schaut sie an sich herunter und ist beim Anblick des neuen, lindgrünen Leinenkleides eigentlich ganz zufrieden. Sie fühlt sich wohl in dem leichten Gewand, das ihr Dienstherr für sie in der Stadt bei Schneidermeister Albrecht hat anfertigen lassen, gemeinsam mit zwei anderen Gewändern für die warme Jahreszeit, aus feinem, leichten Linnen in hellem Ocker und zartem Blau. Dazu hat sie noch verschiedene gestärkte Hauben bekommen und ein paar Kuhmaulschuhe[12] aus weichem Kalbsleder, auf die sie besonders stolz ist. Es ist für sie ein neues, ungewohntes Lebensgefühl, nicht mehr in schäbigen Lumpen rumlaufen zu müssen, wie früher immer, und sie kommt sich auf einmal richtig ansehnlich vor. *Ob der mich so überhaupt noch erkennt!*

Aber die adrette Ausstaffierung und das gewisse Wohlleben, die ihr durch ihren großzügigen Dienstherrn ermöglicht werden, haben auch ihren Preis, wie sie inzwischen längst weiß. Das fängt schon morgens an, wenn sie ihn rasieren muss und ihm dabei so nahe kommt, dass sie seinen unguten Siechengeruch wahrnimmt. Neuhaus indesssen scheint diese Nähe augenscheinlich zu genießen und er liebt es, sie bei ihren Verrichtungen zu tätscheln und zu necken, wie ein possierliches Tierchen – was Mäu mit stummem

Widerwillen über sich ergehen lässt und sich damit vertröstet, dass diese Zeit ja bald ausgestanden sein wird.

Am Monatsende, wenn sie ihren ersten Lohn erhält, wird sie so schnell wie möglich türmen!

Der einzige Lichtblick auf dem Gutleuthof ist für Mäu Katharina Beltz. Vor ein paar Tagen hat sie Mäu zum ersten Mal zu sich eingeladen. In ihrem behaglichen Zimmer im Frauentrakt haben sie gekühlten Granatapfelsaft getrunken und Katharina hat Mäu ihre Bücher- und Gemäldesammlung gezeigt. Mäu war richtig verängstigt beim Anblick der seltsamen kleinen Quälgeister und Unholde auf den Bildern, die ihr wie Höllengestalten aus bösen Träumen vorkamen. Den einen oder anderen Bösewicht aus dem wirklichen Leben glaubte sie in den Gesichtszügen der Höllenschar, halb Mensch, halb Tier, zu erkennen und fühlte sich dadurch aufgewühlt und verstört. Katharina erzählte ihr von dem Maler, den sie noch aus ihrem gutsituierten Leben in Frankfurt kannte, wo dieser bei der Familie Beltz zu Gast war. Sein Name ist Jheroen van Aken und er stammt aus der Stadt s-Hertogenbosch in Flandern. Man nennt ihn darum auch Hieronymus Bosch. Er ist ein großer, berühmter Maler aus einer angesehenen Malerfamilie. Katharinas Augen leuchteten, als sie Mäu von ihm erzählte. Was hatte sie doch für ein glanzvolles, abwechslungsreiches Leben geführt, bevor sie in dieser Einöde hier, von allem abgschnitten, leben musste! Wieder und wieder hat sie mit ihrem Schicksal gehadert, dem Mäu mit betretener Miene nichts entgegenzusetzen wusste.

Für Katharina soll sie Rosenwasser und Sandelholzessenz auf der Messe besorgen. Mäu kann es nun gar nicht mehr erwarten, dorthin zu kommen. Von jeher war die Messe für sie ein Höhepunkt in ihrem tristen Leben. Auch wenn sie nie das Geld hatte, etwas von den feinen Waren zu kaufen, so gab es doch immer so viel zu bestaunen.

Auf der Frankfurter Messe sammelt sich einfach alles: Adelige aus dem Taunus und der Wetterau, Kaufleute aus aller Herren Länder, einheimische Stadtbürger und Patrizier, Bauern aus den Frankfurter Dörfern und dem Umland, Stadtarme, die konkurrierend mit den Heerscharen von ortsfremden Bettlern an allen Ecken und

Enden flehend die Hände aufhalten und natürlich jede Menge Huren, aus Frankfurt und von überall her, die regelmäßig zur Messe die Stadt überschwemmen. Und schließlich noch diejenigen, die die vielfältigsten Zerstreuungsmöglichkeiten und Possenreißereien anbieten, dabei aber außerhalb von oben und unten stehen: die fahrenden Leute.

Als Mäu die Mainzerpforte passiert, herrscht dort bereits ein ständiges Kommen und Gehen von Fuhrwerken, Reitern und Fußgängern.

Das Messegeschehen beginnt schon unten am Mainufer, erstreckt sich weiter über den gesamten Römerberg, die Neue Kräme und den Liebfrauenberg, bis hin zum Rossmarkt in der Neustadt. Die Erdgeschosse der Häuser dienen als Verkaufsräume, davor sind Tische aufgebaut, über diesen, an straff gespannten Leinen, hängen die unterschiedlichsten Waren.

Begehrlich gleiten Mäus Blicke über die feinen Stoffe, die an einigen Ständen angeboten werden. Besonders die prachtvollen Samt- und Seidenstoffe der italienischen Händler haben es ihr angetan. Es scheint wirklich nichts zu geben, was es auf der Messe nicht zu kaufen gibt – vorausgesetzt, man hat das nötige Kleingeld einstecken! Beinlinge in allen Farben und edle Hüte aus Brabant, spanisches Leder, niederländische Schuhe, nordische Pelze, polnisches Wachs, venezianisches Glas, Kupfer und Messing aus Österreich und Böhmen, Geschmeide und Goldschmiedearbeiten aus Nürnberg und Köln, Pferde aus Ungarn, elsässischer und rheinischer Wein, Spezereien des Orients und Südfrüchte aus dem Welschenland. *Was kostet die Welt!*

Käufer und Händler, Schaulustige und Schausteller, Wohlhabende und Bettler, alles drängt sich zwischen Buden, Zelten, Tischen und Karren. Man hört das laute Anpreisen der Marktschreier, durchsetzt von Flöten- und Fidelklängen, Pauken und Trompeten, Sackpfeifen und Trommeln. Dazwischen tönen die Bittverse der flehenden Leute oder das Gegröle von Betrunkenen.

Für die zahlreichen großen und kleinen Scharlatane, die von der Messefreiheit[13] genauso profitieren wie die ehrenwerten Zunfthandwerker und großen Kaufleute, beginnt das dicke Geschäft erst nach ein paar Tagen. Dann haben die Bauern aus dem Umland schon einen Teil ihrer Waren verkauft und das Geld sitzt ihnen locker. Ausgebuffte Geschäftemacher haben dann alle Hände voll zu tun, den einfältigen Dörflern und gutgläubigen Bürgern die Münzen so schnell wie möglich wieder aus den Taschen zu ziehen.

Mäu schaut einem Reliquienhändler zu, der emsig seine Schätze aufbaut. Der Lotterpfaffe[14] verkauft Holzsplitter vom Kreuze Christi, blutgetränkte Kleidungsfetzen von verschiedenen Märtyrern, vom Papst geweihte Buchsbaumsträußchen, Rosenkränze und viele Wundermittel und Kuriositäten mehr. Außerdem verfasst er gegen Gebühr Schriftstücke für die schriftunkundige Bevölkerung.

Sie schlendert weiter und gelangt zu einer Bretterbühne, vor der sich eine grölende Menschenmenge versammelt hat. Fahrende Possenreißer führen gerade ein Schauspiel auf. Neugierig geworden verweilt Mäu in dem Gedränge vor der Bühne, um dem Spektakel zu folgen:

Ein fetter, geistlicher Würdenträger treibt Unzucht mit einer jungen Hübscherin. Dabei verliert er seinen Bischofshut, fällt vornüber und wird vom Schlag getroffen. Ein Teufel eilt kreischend und feixend herbei und sticht ihm mit einer Mistgabel ins blanke Gesäß. Dem Bischof entfleucht dabei ein lauter Furz – sein letzter –, bevor ihn der Satan, untermalt von Blitz und Donner, mit sich in die Hölle zerrt.

Die Menge johlt vor Vergnügen, gibt ständig Kommentare und Anfeuerungen von sich.

Wie viele Stücke der fahrenden Komödianten, so greift auch diese Aufführung die Obrigkeit an und macht sie lächerlich. Dies alles, gewürzt mit reichlich Zoten und Derbheit, kommt beim einfachen Volk gut an, das schon längst genug hat von den trockenen Kanzelrednern, die ihnen immer nur von Buße und Entsagung predigen und dabei selber oft genug der Völlerei und der Unzucht frönen.

Mäu lacht lauthals über die Posse und freut sich wie alle einfachen Leute darüber, dass es wenigstens auf der Bühne eine gerechte Strafe für die Mächtigen gibt.

Sie zieht weiter zu einem Planwagen, vor dem Kranke und Krüppel warten. Einige werden von ihren Angehörigen auf dem Rücken herbeigetragen. Sie alle wollen die Kunst des berühmten Wunderdoktors in Anspruch nehmen, von dem es heißt, er brauche nur dem Kranken in die Augen zu schauen und wüsste dann, was ihm fehlt.

An einem Stand, der Spezereien und Schmuck aus dem Morgenland anbietet, verweilt sie wie gebannt. Kostbare Stoffe in leuchtenden Farben sind ausgebreitet, auch Gewürze aus Indien, edle Damaszener-Klingen und türkischer Honig werden feilgeboten. Weihrauch-, Myrrhe- und Patschulidüfte umwehen den Verkaufstisch.

Sie zwängt sich durch und ersteht zum ersten Mal in ihrem Leben Sandelholzöl, Rosenwasser und Weihrauch, den Ulrich Neuhaus zur Reinigung der verpesteten Luft auf dem Gutleuthof stets anzuzünden pflegt. Der Händler, der Mäu zuvorkommend bedient, bestreicht ihre Handgelenke mit einem wohlriechenden Öl aus einer zierlichen Phiole aus rubinrotem Glas. Er erzählt, es sei kostbarer Moschusduft aus einem fernen Land weit im Osten, jenseits der großen Steppe. Mäu ist von dem süßen, schweren Duft wie betäubt.

„Er bewirkt, dass ein Mann bei einer Jungfer wie von Sinnen wird vor Liebe und Begehrlichkeit. Ihr werdet schon sehen…", setzt er schelmisch hinzu. Mäu errötet und zieht es vor, sich zu entfernen. Die Waren hat sie in ihrem Korb gut verstaut und mit einem Tuch vor Dieben gesichert. Sie gelangt zu einem Stand, an dem Zwiebeln und Suppenhühner neben Gänsen und Gänsefedern feilgeboten werden. Direkt daneben liegen eingesalzene Fische in allen Größen, die einen penetranten Fischgeruch verströmen.

Vor einem Stand mit Würsten und Schinken in allen Variationen scheint es einen Auflauf zu geben. Mäu sieht, wie dort ein kleines Mädchen auf dem Boden liegt und wild mit den Augen rollt. Sie wird von konvulsivischen Krämpfen geschüttelt, weißer Speichel rinnt ihr aus dem Mund. Einige der Anwesenden versuchen, dem Kind zu helfen, indem sie es festhalten und den wild kreisenden Kopf nach unten drücken. Einer presst ihr das Kreuz eines Rosenkranzes auf die Stirn.

„Das ist der Veitstanz oder die Hundswut“, ruft der dicke Metzger hinter seinem Stand. „Man muss sie mit Nadeln stechen und geweihtes Wasser über sie schütten“, fügt er belehrend hinzu.

„Unsinn, Gevatter, das beste Rezept gegen Fallsucht sind Maulwürfe! Man lege am Johannistag dreizehn lebende Maulwürfe in einen großen Tontopf, den man mit einem Deckel versehe und zukitte. Dann wird der Topf so lange auf glühende Kohlen gesetzt, bis die Maulwürfe gut durchgebrannt sind, worauf man sie zu Pulver zerstößt. Davon eine halbe Messerspitze in Milch aufgelöst, bewirkt Heilung“, doziert ein hagerer Mann im gewichtigen Tonfall eines Gelehrten. Die Menge lauscht ihm mit offenen Mäulern, der Metzgermeister versucht, ihn immer wieder ärgerlich zu unterbrechen, doch der Hagere leiert unbeirrt seinen Sermon herunter. Plötzlich nimmt Mäu aus den Augenwinkeln heraus eine Bewegung war: Am anderen Ende des Metzgerstandes steht ein Mädchen in ihrem Alter und steckt blitzschnell Würste und Schinken unter ihr Gewand, wendet sich um und verschwindet flinken Schrittes im Messetreiben. Niemand außer Mäu scheint den Diebstahl bemerkt zu haben und sie wird den Teufel tun, deswegen auch nur einen Muckser von sich zu geben. Sie weiß, dass manchen Armen nichts anderes mehr übrig bleibt, als zu stehlen, um überleben zu können. Der feiste Metzgermeister wird das schon verkraften und den Verlust sicherlich bald reinholen. Das Mädchen auf dem Boden scheint sich inzwischen beruhigt zu haben und kommt langsam wieder zu sich.

„Ich will zu meiner Mutter“, quengelt es schniefend. Mäu fällt auf, dass die Kleine gewaltig schielt.

„Wo ist denn deine Mutter, Kind? Man sollte dich besser nicht ohne Obhut gehen lassen“, setzt der Dürre hinzu und fasst sie am Arm, um ihr aufzuhelfen. Die Kleine schüttelt ihn ab, erhebt sich und blickt ein wenig gehetzt um sich. Dann läuft sie kurzentschlossen wie ein Wiesel durch die Menschenmenge davon.

„Undankbare Rotznase“, sagt der Mann mit dem Gelehrtenhabitus, schüttelt den Kopf und schaut Zustimmung heischend in die Runde. Doch die beginnt sich bereits aufzulösen und niemand beachtet ihn mehr weiter. Erst recht nicht der Metzgermeister, der sich mit beleidigter Miene abwendet und sich an seinen Würsten zu schaffen macht. Mäu hat der Schielenden zwar nachgeblickt, sie aber schnell aus den Augen verloren. *Das war doch eben eine abgekochte Schose!*, denkt sie sich. *Naja, haben sie gut hingekriegt, die beiden*.

Sie geht weiter zwischen den einzelnen Schirnen hindurch und ersteht Wein, Käse und Obst. An der Schirn der Frankfurter Metzgerinnung kauft sie geräucherte Würste und Schinken. Ihre Besorgungen hat sie nun erledigt und genießt es, sich einfach treiben zu lassen, obwohl sie inzwischen ein wenig enttäuscht darüber ist, dass sie bislang nirgendwo den Flugblatthändler entdecken konnte.

Schlagartig wird sie von einer keifenden Frauenstimme aufgeschreckt, die lauthals ihren Namen ruft:

„Mäu, Mäu, ei hör doch endlich, geh mal her, na mach schon, bist du taub!", fuchtelt und winkt eine dicke Frau aus einer Verkaufsbude. Das runde Gesicht mit dem Doppelkinn glänzt vor Schweiß, der gewaltige Busen wogt aufgeregt. Es ist Ilse, die Frau des Henkers, die Mäu von frühster Kindheit an vertraut ist, denn die Abdeckerfamilie ist mit der Henkersfamilie gut bekannt. Man besucht sich gelegentlich, hilft einander auch mal aus, wenn es nötig ist. Alles in allem beruht dieser Kontakt eher auf Zwang, denn auf wirklicher Neigung: Zum einen ist der Henker der Dienstvorgesetzte des Abdeckers, zum anderen gehören beide zu den Berufsgruppen, die mit der macula infamiae[15] versehen sind und dadurch zu den Parias der Gesellschaft zählen. Was also bleibt den Ausgestoßenen und ihren Angehörigen anderes übrig, als Kontakte mit ihresgleichen zu suchen?

Unwillig nähert sich Mäu der Verkaufsbude. *Na, die kommt mir grad noch geschlichen!* denkt sie ärgerlich.

„Mäu, was ist denn mit dir los? Hast glatt durch mich durchgesehen eben. Na, wie geht's denn so bei euch daheim?"

„Ganz gut soweit. Und wie läuft das Geschäft bei euch?"

„Komisch, heute wollen alle nur Galgenmännchen. Hab schon einen ganzen Korb davon verkauft", sagt die dicke Frau, beugt sich geschäftig über einen Zuber und schlägt das Sackleinen zurück. Das Behältnis ist bis zum Rand gefüllt mit merkwürdig gekrümmten erdigen Wurzeln, den so genannten Erdmännchen, Galgenmännchen oder Alraunen. Diesen Wurzeln, die unter dem Galgen ausgegraben werden, schreibt man magische Kräfte zu, sie gelten als wirksame Zauber- und Wundermittel.

„Und von den anderen Sachen noch kaum was." Ilse weist auf die ordentlich aufgereihten Utensilien in ihrer Verkaufsbude. Da liegen Stücke vom Galgenstrick neben Phiolen und Tiegeln in unterschiedlichen Größen und Farben. Die meisten enthalten die bekannten „Henkerstropfen", gerne als Pestelixier, Allheilmittel oder Aphrodisiakum verwendet, die Meister Hans, der Henker nach einem gehüteten, alten Familienrezept herstellt. Niemand, nicht einmal Ilse, kennt genau die Bestandteile dieses Wundermittels. Es schmeckt scheußlich, aber es wirkt in den meisten Fällen, schwört zumindest die Kundschaft, die sich aus nahezu allen gesellschaftlichen Schichten zusammensetzt. Der Galgenstrick gilt als gefragtes Amulett oder Talisman, das seinen Träger vor Gefahren jeglicher Art bewahrt. Zu Mäus persönlichen Schätzen gehört neben einem Stück Galgenstrick auch ein Henkershandschuh, den ihr Meister Hans einmal persönlich verehrt hat.

„Aber zeig dich doch mal, Mäu, was hast du denn für ein feines Schuhwerk an den Füßen", bemerkt die Frau des Henkers erstaunt. „Wo hast du denn die her, so was Vornehmes kann sich von uns doch keiner leisten, na sag schon", bohrt sie neugierig weiter.

„Und überhaupt, gut schaust du aus! Wie fein du einhergehst. Na, als Siechenmagd bei den Leprösen verdient man ja gut. Aber Gott behüt! Ich würd's nicht machen wollen, für kein Geld der Welt nicht! Ich für meinen Teil denk, es wird langsam Zeit, dass du endlich einen Bräutigam findest. Am besten ein gestandenes Mannsbild, der sich für dich verwendet und der auf dem Abdeckerhof mit zu entscheiden hat. Dann wär's auch bestimmt bald vorbei mit deinem Siechen, denn welcher Mann würde das denn schon mitmachen. Vor einer Frau, die den Feldsiechen um den Bart geht, graust es doch jeden gesund beschaffenen Kerl …", schwadroniert Ilse, ohne Luft zu holen.

„Jetzt reicht es mir aber, alte Schnatterbüchse! Haltet endlich den Schnabel und lasst mich meiner Wege ziehen“, zischt ihr Mäu aufgebracht entgegen und lässt die empörte Henkersgattin einfach stehen.

Während sie sich durch das Messegetümmel langsam ihren Rückweg bahnt, steht sie unvermittelt zwei jugendlichen Bettlern gegenüber.

„Jungfer, oh Jungfer, so helft uns doch in unserer Not!“, schnorren sie sie an.

Der eine, hoch aufgeschossen und etwa im gleichen Alter wie Mäu, hat rötliche, vom Kopf wild abstehende Haare und ein hübsches, sommersprossiges Jungengesicht, der andere, etwas ältere Junge, ist groß und muskulös und hat ein verwegenes Antlitz mit harten, kalten Augen. Beide Jungen tragen zerlumpte, verschlissene Kleidung und riechen streng nach altem Schweiß.

„Viel kann ich euch nicht geben, denn es gehört mir nicht, was ich bei mir trage. Bin selber nur eine Magd“, reagiert Mäu zurückhaltend auf das Ansinnen der beiden. Kurzentschlossen greift sie dann aber doch in ihren Korb und übergibt den Jungen zwei Äpfel und ein Stück Käse.

„Danke, Gevatterin. Gott vergelt's dir“, bedankt sich der Rothaarige. „Wie heißt du denn und wo bist du in Diensten? Dürfen wir ein Stück mit dir gehen?“, insistiert er weiter.

„Ich heiße Mäu und bin die Tochter des Schinders. Wir leben weit draußen vor den Stadttoren auf dem Feld, weil uns keiner gerne riechen mag“, antwortet Mäu.

„Du riechst aber gut und hübsch bist du auch noch und für eine Abdeckertochter bist du viel zu fein angezogen. Glaub mir, ich kenn mich da aus, mein Vater war selber Abdecker in Goslar, eh ihn und die ganze Familie die Pest gefressen hat. Nur ich bin übrig geblieben und bin dann auf die Wanderschaft gegangen. Ich bin übrigens der Fuchs und mein Kamerad hier ist der Schlimme“, stellt der Junge vor.

„Das Kleid, das ich trag, ist von meinem Dienstherrn. Er lebt draußen auf dem Gutleuthof bei den Sondersiechen. Und da muss ich jetzt auch schnellstens hin. Also, Gott mit euch!", entgegnet Mäu und will weitergehen.

„Wart noch mal! Magst du nicht am Abend ein bisschen mit uns zusammensitzen? Wir kampieren unten am Main bei den aufgeschlagenen Abortbuden. Dann entzünden wir ein Feuerchen und machen uns einen spaßigen Abend", fragt sie der Rothaarige.

„Ich glaube nicht, dass ich kommen kann. Ich hab noch viel Arbeit und muss jetzt auch gehen", erwidert Mäu schroff.

Als sie später durch das Galgenviertel läuft, bedauert sie es ein wenig, dass sie die beiden hat abblitzen lassen. Sie fühlt sich seltsam aufgewühlt. Ob sie nicht doch hingehen soll am Abend? *Warum eigentlich nicht!*, überlegt sie.

Als sie vor dem Gutleuthof angelangt ist, kommt ihr der Klingelmann entgegen. Über der Schulter trägt er einen großen Leinensack und in der Hand hält er seine Schelle.

„Na Jungfer, kommst du von der Messe. Da will ich jetzt auch hin, um mir ein bisschen die Beine zu vertreten. Und später am Abend sammel ich dann bei den Marktknechten die Abgaben für die Siechen ein. Ich bin froh, wenn ich hier wegkomm, denn momentan gibt es viel böses Blut unter den Pfründnern wegen der Beltzin", deutet Gottfried an.

„Wieso, was ist denn passiert?", fragt Mäu interessiert. Der Schellenknecht genießt es offensichtlich, Mäus Neugierde geweckt zu haben, und erzählt leutselig, dass der arme Bruder Jakob seit dem Vorfall nicht mehr zu den gemeinsamen Gebeten und Mahlzeiten im Speisesaal erschienen sei. Er läge schwer darnieder nach dieser Schmach, was ja auch nicht erstaunlich wäre nach den frechen, bösartigen Allüren seiner Frau bei dem Einstandsessen von Bruder Ulrich. Nicht wenig Sieche auf dem Hof wären dafür, dass man Katharina für diese Gemeinheit an den Pranger stellen müsse. Was ja einerseits auch Rechtens wäre, wenn man bedenke, wie sie allen damit zugesetzt habe, endet Gottfried seine Ausführungen.

Mäu schweigt dazu und lässt sich nichts anmerken. Sie spürt, dass es besser ist, ihre eigenen Gedanken für sich zu behalten und so verabschiedet sie sich nach einer Weile des Austauschs von Belanglosigkeiten von dem Schellenknecht.

Sie betritt den Innenhof des Leprösenspitals und geht zielstrebig zum Hauptgebäude, um ihrem Dienstherrn die eingekauften Waren zu übergeben.

„Na, da ist ja meine Kleine wieder! Zeig her, was du uns Schönes mitgebracht hast", begrüßt sie Neuhaus freudig und fordert sie auf, doch Platz zu nehmen.

„Oh, den guten Roten aus dem Württembergischen hast du gekriegt. Geh, hol uns zwei Becher und lass uns anstoßen, mein Mädchen", schlägt Ulrich gut gelaunt vor. Nachdem Mäu zwei silberne Trinkgefäße vom Wandbord geholt und den Wein ausgeschenkt hat, stoßen die beiden miteinander an und Ulrich streichelt Mäus Arm, was sie widerwillig geschehen lässt.

„Diese boshafte Weibsperson hat dich wohl auch mit Einkäufen beauftragt. Das Aas, das verdammte", schimpft Neuhaus aufgebracht. „Gefällt mir gar nicht, dass du das machst. Schließlich bist du meine Magd. In Zukunft dulde ich das auch nicht mehr, dass du für die etwas erledigst. Soll sie doch ihre eigene Zugehfrau schicken."

Seit dem Eklat bei seinem Einstandsessen lässt er kein gutes Haar mehr an Katharina Beltz.

„Ich weiß ja, du bewunderst sie in deiner Unschuld, weil sie ja so schön anzusehen ist und immer fein gewandet, aber hinter ihrem hübschen Lärvchen ist sie abgrundtief böse und verdorben. Kein Umgang für so ein gutes, ehrliches Geschöpf wie dich. Ich wär froh, wenn sie weg wär und uns armen, geplagten Siechen nicht mehr länger die Stimmung vergiften tät", grollt Neuhaus.

Um die Hasstiraden von Ulrich zu unterbrechen und das Gespräch in andere Bahnen zu lenken, erzählt Mäu von der Messe und erwähnt auch beiläufig, dass sie zwei Bettlern Äpfel und Käse gespendet hat.

„Mein gutes Kind, hast du ihnen auch aufgetragen, dass sie mich dafür in ihre Gebete miteinbeziehen sollen, wie es sich gebührt, denn der Bettlersegen schafft einen Platz im Himmelreich für den Mildtätigen."

Mäu verneint, verspricht aber, es beim nächsten Mal zu berücksichtigen und rückt ein Stück von Ulrich weg, der ihr, vom Weingenuss inzwischen in gelöster Stimmung, immer näher kommt.

„Ich muss nach Hause, Herr. Eure Wäsche muss ich noch waschen und der Vater verlangt, dass ich am Abend zu Hause bin", sagt Mäu nach einer Weile etwas ungeduldig.

„Schade, meine Kleine. Mit deinem Vater müssen wir auf längere Sicht auch eine andere Lösung finden, damit du mir auch abends zuweilen Gesellschaft leisten kannst. Aber geh nur, wenn du musst, Maria. Nimm dir etwas von den Sachen mit, die du für mich gekauft hast und lass es dir schmecken. Also, bis morgen früh. Gehab dich wohl und lass dich nicht zu sehr striezen von deinem Vater, dem Unflat, sonst muss ich mal ein ernstes Wort mit ihm reden", setzt Neuhaus ungehalten hinzu, denn Mäu hatte ihm gegenüber verschiedentlich erwähnt, wie der Vater sie manchmal schikaniert.

Erleichtert erhebt sie sich und verabschiedet sich von ihrem Dienstherrn mit einer leichten Verbeugung.

Während sie den Gutleuthof hinter sich lässt, ist sie in Gedanken bei dem jungen, rothaarigen Bettler, von dem sie sich seltsam angezogen fühlt.

Es beginnt langsam zu dämmern und sie überlegt ernsthaft, ob sie nicht doch zu dem Stelldichein am Main gehen soll. Einerseits ist sie von eher scheuem Wesen und traut sich nicht so recht, andererseits ist sie auch recht abenteuerlustig und außerdem zieht es sie ganz einfach dorthin. Nach kurzem Nachdenken entscheidet sie sich schließlich, um den Abdeckerhof einen großen Bogen zu machen und den direkten Weg nach Frankfurt einzuschlagen. Während sie unterwegs darüber nachgrübelt, wie sehr der Vater mit ihr schimpfen wird, wenn sie die Nacht nicht heimkommt, fürchtet sie sich schon fast wieder vor der eigenen Courage. Dann wird sie ihm halt sagen, sie hätte bei Neuhaus bleiben müssen, weil es dem nicht gut gewesen wäre. Der Alte wird dann zwar trotzdem zetern, aber sie hat so wenigstens ihren Spaß gehabt und mal was anderes gesehen. Außerdem verhält sich der Vater für seine Verhältnisse recht nachsichtig, was ihren Dienst auf dem Gutleuthof anbetrifft. *Wahrscheinlich wegen dem fetten Zubrot, mit dem er schon fest rechnet. Das denkste dir aber auch nur, lieber Edu!* Mäu grinst in sich rein und schlägt energischen Schrittes den Weg in Richtung Mainzerpforte ein.

Als sie an den inzwischen leergeräumten Messeständen vorbeigeht, beginnt es gerade dunkel zu werden. Es ist eine klare Nacht, die ersten Sterne zeigen sich am Himmel, vereinzelt huscht eine Fledermaus an ihr vorbei. Tief inhaliert sie die geliebte Stadtluft und fühlt dabei eine freudige Erregung und Lebenslust. Die Stadtbürger eilen nach Hause, denn für anständige Leute gehört es sich nicht, nach Einbruch der Dunkelheit noch unterwegs zu sein, wenn man kein Licht bei sich trägt. Man ist ja schließlich kein lichtscheues Gesindel!

Von weitem kann sie den Schellenknecht erkennen, dem die Marktknechte die obligatorische Gutleutspende übergeben. Er steckt die Münzen, Lebensmittel und anderen Güter in seinen Sack und zieht von dannen. An jedem Tag der Messe muss für die Aussätzigen gesammelt werden; alle Messestände sind dazu verpflichtet, eine Spende für die Parias unter den Kranken zu entrichten.

Mäu nähert sich dem Mainufer. Hier versammeln sich die fahrenden Leute hinter ihren Karren und Planwagen, sitzen um ein Lagerfeuer und genießen den Feierabend. Sie schwadronieren miteinander auf Rotwelsch, der Sprache der Fahrenden, untermalt von den vielfältigsten Instrumentenklängen. Jetzt spielen die Musikanten nur noch zu ihrem eigenen Vergnügen und nicht mehr für Geld. Und das kann man spüren, die Stimmung ist ausgelassen und die Leute trinken, lachen und tanzen. Es ist ein bunt gemischtes Völkchen, das sich hier nach der Messe zusammengefunden hat. Als eine Art Treibgut der Messe findet man hier Hungrige, Verzweifelte, Krüppel, Waisenkinder, Fahrende jeglichen Gewerbes, Räuber, Söldner und fahrende Huren.

Mäu blickt suchend über das Mainufer. Schließlich entdeckt sie den Rothaarigen inmitten einer Ansammlung von Leuten, die sich um ein Feuer gruppiert hat und fühlt sich dabei wie vom Blitz getroffen. Sie nimmt ihren ganzen Mut zusammen und bewegt sich wie in Trance in seine Richtung, den Blick gesenkt. *Vielleicht erkennt er mich ja gar nicht mehr, dann geh ich einfach wieder heim ...!* Doch in der nächsten Minute bemerkt sie aus den Augenwinkeln heraus, wie er ihr zuwinkt, und sogleich vernimmt sie auch sein Rufen. Etwas verlegen und nervös, aber auch erfreut, bewegt sie sich nun zielstrebig auf ihn zu. Er begrüßt sie wie eine alte Bekannte und zieht sie übermütig neben sich auf den Boden.

„Schön, dass du da bist! Ich hab da vorne schon die ganze Zeit nach dir Ausschau gehalten und bin gerade eben wieder hierher gekommen, wo auch der Rest unserer ‚Familie' ist. Also ich stell sie dir jetzt mal alle vor:

Das hier ist der ‚Hering', der ist dünn und glatt wie ein Aal und kann sich durch das engste Loch, aber auch durch den dicksten Schlamassel durchwinden.

Und der hier, das ist unser ‚Bettseicher'. Der ist ziemlich lahm und wenig mutig, dafür aber blitzgescheit und außerdem ist er der Einzige von uns, der lesen und schreiben gelernt hat.

Dort hinten haben wir unsere schielende ‚Rotznas', das ist die Schwester vom ‚Schlimmen'. Auf Kommando kann sie herzzerreißend losplärren. Außerdem versteht sie es, den Veitstanz vorzutäuschen, dass jeder Fallsüchtige von ihr noch was abgucken könnt.

Die Dunkle da, ist die ‚Elster', die mit flinken Fingern alles einsacken kann, was nicht festgebunden ist.

Und der ‚Schlimme', den du heute Nachmittag ja schon kennen gelernt hast, ist stark wie ein Bär und fürchtet weder Tod noch Teufel. Der kämpft bis aufs Blut, wenn's mal brenzlig wird.

So, und das einäugige Ungeheuer dahinten ist die ‚Blatterntäsch', der fingerfertig wie kein anderer, sämtliche Taschenspieler- und Kartentricks drauf hat. Außerdem kann er aus dem letzten Schund noch was Brauchbares herstellen und versteht sich bestens aufs Reliquienfälschen.

Und ich, ich bin der Capitein von dem ganzen Haufen hier", endet der Bandenführer und lacht Mäu frech an.

Mäu, noch etwas schüchtern, macht sich zaghaft mit den jungen Leuten bekannt und erzählt, dass sie die Fähigkeiten von der „Rotznas" und der „Elster" schon am Nachmittag an einem Metzgerstand bewundern konnte, was zur allgemeinen Erheiterung beiträgt.

„Mist!", erwidert die Elster ärgerlich. „Wenn das die Falschen mitgekriegt hätten, wären wir jetzt dran. Ich glaub, wir müssen in Zukunft noch mehr üben", setzt sie trocken hinzu.

Es wird nun beschlossen, endlich zu nachtmahlen. Der Fuchs breitet eine Decke auf den Boden und legt darauf verschiedene Würste, Schinken, Käse und Brot. Auch die zwei Äpfel von Mäu kommen dazu. Diese vervollständigt das Ganze noch mit den Speisen, die ihr Neuhaus mitgegeben hat.

„Und hier haben wir auch noch was Feines zu saufen!", ruft die Elster und zaubert eine dicke Korbflasche Wein unter ihren Röcken hervor.

Alle haben Hunger und greifen ordentlich zu, der Wein macht die Runde und die Stimmung wird immer besser. Mäu taut mehr und mehr auf, schon lange hat sie sich nicht mehr so wohl gefühlt. Sie erzählt von sich und erfährt auch etwas über die Bande.

Alle, außer dem Bettseicher, sind elternlose Kinder, die seit vielen Jahren auf der Wanderschaft sind. Nach und nach haben sie sich zu einer Bande zusammengeschlossen, die ihnen allen so etwas wie eine Familie geworden ist. Sie schlagen sich mit kleinen Gaunereien und Diebstählen, mit Betteln, aber auch mit gelegentlicher Tagelöhnerei und Botengängen durchs Leben. Jeder von ihnen erhielt einen neuen Namen, auf den er fortan zu hören hatte. Ihre Spitznamen würden sie ihr Leben lang beibehalten, das hatten sie sich gegenseitig geschworen. Sämtliche Beute und Diebesgut, erbetteltes Geld und Lebensmittel müssen abends dem Capitein übergeben werden. Der Fuchs gibt ihnen, was sie zum Lebensunterhalt benötigen, bezahlt für sie im Wirtshaus und sorgt für das Wohlergehen seiner Bandenmitglieder. Im Sommer kampieren sie in Fässern oder in alten Kähnen am Fluss, im Winter schlafen sie in den Markthallen, in Scheunen und Kellern, oder finden zeitweiligen Unterschlupf bei mitleidigen Menschen, denen sie als Dank dafür in Haus oder Werkstatt zur Hand gehen.

Es ist schon spät geworden und die Stadttore sind inzwischen längst geschlossen. Mäu bleibt also nichts anderes übrig, als bei der Bande zu nächtigen und im Morgengrauen den Heimweg anzutreten. Einerseits ist sie froh darüber, noch hier bleiben zu können, andererseits hat sie große Angst vor dem Vater, der ihr bestimmt die Hölle heiß machen wird.

„Dann bleib doch ganz bei uns und zieh mit uns über die Lande. Etwas Besseres als die Abdeckerei und den Gutleuthof findest du überall“, schlägt der Fuchs vor und legt den Arm um sie. Mäu spürt bei dieser Berührung ein starkes Prickeln in sich aufsteigen. Die ganze Zeit schon ist sie wie kribbelig von seiner Nähe und muss ihn immer wieder anschauen.

„Wenn ich mein erstes Geld bekomme, hau ich mit euch ab! Aber das dauert noch ein Weilchen und ich weiß nicht, ob ihr so lange auf mich warten wollt“, erwidert Mäu mit glänzenden Augen.

„Wenn wir in der Gegend einen Unterschlupf finden und die Möglichkeit, ein paar Kröten zu verdienen, wär das eine Überlegung wert“, entgegnet der Fuchs und schmiegt dabei sein Bein an ihres.

Mäu, trunken von Wein und Wohlbehagen, merkt, wie ihr die Lider schwer werden und sie lässt sich auf die Decke zurücksinken, die der Fuchs unter ihnen ausgebreitet hat. Auch die anderen bereiten müde geworden ihre Nachtlager vor. Als sich der Fuchs neben sie legt, erklingt vom Turm der westlichen Stadtmauer das Trompetenspiel des Nachtwächters, gefolgt von seinem Bittvers für die erste Stunde nach Mitternacht:

„Aus der Nacht verborgnem Schoß
Macht der böse Feind sich los,
Schleicht mit leisen Mörderschritten
Um der Menschenkinder Hütten.
Böser Feind, hast keine Macht:
Jesus betet, Jesus wacht.“

Eine Weile liegen sie stumm und angespannt nebeneinander, trotz der Müdigkeit noch wach und blicken in den klaren Nachthimmel. Da huscht plötzlich eine Sternschnuppe über das Firmament, im Bruchteil von Sekunden den feurigen Schweif eines Kometen hinter sich her ziehend.

Beide sehen es, blicken sich staunend an, und als hätten sie auf ein solches Signal nur gewartet, fallen sie einander in die Arme und hören nicht mehr auf, sich in wilden Küssen zu verbünden, bis der Morgen graut und der Frühtau sie frösteln lässt.

*

„Auch wenn ich viel lieber hier bleiben würde, ich muss jetzt los. Es gibt garantiert Ärger daheim. Aber sei's drum, das bin ich ja gewohnt. Außerdem war es so schön", flüstert Mäu dem Fuchs zu und verabschiedet sich mit einem langen Kuss. Widerwillig erhebt sie sich von ihrem Liebeslager, als ihr der Fuchs vorschlägt, sie ein Stück zu begleiten. Freudig nimmt Mäu sein Angebot an und sie brechen auf.

Als sie die westliche Stadtmauer hinter sich lassen und auf das freie Feld zusteuern, wendet sich Mäu an ihren Begleiter:

„Ach, bin ich froh, dass du mit mir gehst, denn es ist mir schon ein bisschen mulmig, wenn ich an später denk."

„Ist doch Ehrensache! Außerdem bin ich gern bei dir", entgegnet der Fuchs mit belegter Stimme, während sie die Galgengasse entlang laufen.

Die Bewohner des Galgenfelds scheinen noch zu schlafen, keine Menschenseele ist zu sehen, nur das Krähen der Rabenvögel und Elstern, die sich wie immer um den Galgen tummeln, ist zu vernehmen.

Schweigsam laufen die beiden am Mainufer entlang, von dem die Nebelschwaden aufsteigen. In der Ferne der westlichen Stadtgemarkung zeichnen sich schon die Umrisse des Abdeckerhofs ab.

„Jetzt sind wir bald da. Du kannst langsam zurückgehen, es ist nicht mehr weit", sagt Mäu zu ihrem Begleiter.

„Also, halt die Ohren steif und lass dich nicht unterkriegen. Vielleicht können wir uns ja am Abend sehen. Wir halten jedenfalls erst mal da unten die Stellung und warten auf dich", entgegnet der Fuchs und zieht sie in seine Arme. Sie küssen und umarmen sich immer und immer wieder, mit einem Feuer, als wäre es das letzte Mal.

*

Am besten, ich geh gar nicht erst heim und mach mich gleich zum Gutleuthof, überlegt Mäu und nähert sich mit einem flauen Gefühl im Bauch dem Leprosorium. Als sie sich dem Portal nähert, weiß sie warum:

Dort erwartet sie bereits ihr Vater, der auf dem Kutschbock seines Eselkarrens sitzt und Mäu finster entgegenblickt. Na, da haben wir ja schon den Schlamassel! Zögernd, in Erwartung eines heftigen Donnerwetters, geht Mäu auf ihn zu.

„Wo kommst du denn jetzt her, du Luder? Das sagst du uns auf der Stelle, sonst werden wir dich Mores lehren!“, kreischt der Schundmummel mit sich überschlagender Stimme, springt von seinem Kutschbock und eilt auf Mäu zu, die in Panik vor ihm flüchtet und laut um Hilfe rufend immer wieder mit den Fäusten gegen das schwere Eichenportal des Gutleuthofes hämmert. Nach kurzer Zeit öffnet sich ein Flügel und Gottfried tritt in seiner ganzen Stattlichkeit nach draußen, um ungehalten nach dem Rechten zu sehen. Hinter ihm reckt Neuhaus neugierig seinen Kopf. Erleichtert schlüpft Mäu an dem Schellenknecht vorbei in den Innenhof. Während Edu versucht, ihr hinterher zu eilen, um sie weiter zu attackieren, wird er vom kräftigen Arm des Schellenknechtes unversehens am Kragen gepackt.

„Halt, Schundmummel und nicht weiter! Das hier ist das ehrwürdige Spital der Guten Leut und da hat ein Racker wie du nichts zu suchen! Sei zahm, sonst geb ich dir Fersengeld und das nicht zu knapp“, knurrt Gottfried grimmig, den Abdecker am ausgestreckten Arm von sich weghaltend. Der kleine, hagere Schundmummel hat gegen den bulligen Schellenknecht keine Chance. Dennoch zappelt er unter Gottfrieds festem Griff wie ein Fisch an der Angel und versucht sich mit aller Kraft zu entwinden.

„Benimm dich, Hundshäuter, und sag mir jetzt bitte auf gesittete Art und Weise, falls du das überhaupt vermagst, was sich zugetragen hat. Maria, du gehst am besten schon in meine Räume und bringst dort alles in Ordnung. Der Boden muss heute gescheuert und gewachst werden. Fang schon mal an, dann bist du uns aus den Füßen und ich kann mit deinem Vater mal ein paar Worte wechseln", meldet sich Neuhaus entschieden zu Wort und wendet sich Mäus Vater zu, der sich immer noch zappelnd im Würgegriff des Schellenknechts befindet.

Als Edu langsam ruhiger wird, lässt ihn Gottfried los, bleibt aber weiterhin als Wächter neben ihm und Neuhaus postiert, die sich nun zwischen Tür und Angel gegenüberstehen.

Aufgebracht berichtet der Abdecker, dass Mäu die Nacht über nicht zu Hause war. Er beklagt, dass bei seiner Tochter, seitdem sie als Siechenmagd für Neuhaus arbeiten würde, sowieso ein rechtes Lotterleben eingekehrt wäre. Sie würde kommen und gehen, wie es ihr beliebt, und auch sonst nehme sie sich viele Freiheiten. Oftmals käme sie nach Hause und würde nach Wein riechen.

„Wir können es nicht länger dulden, dass das Balg sich aufführt wie eine Metze. Wir gehören zwar zu den Verfemten und müssen hier draußen auf dem Felde kampieren, damit niemand von den Wohlangesehenen mit uns in Tuchfühlung kommt, doch verdienen wir unser Brot durch harte Arbeit, für die sich alle anderen zu fein sind. Wir sind fleißig und mühen uns ab von früh bis spät und hängen nicht am Bettelstab, wie andere, oder leben von der gemeinen Fürsorge. Auch wir haben unseren Anstand und wünschen dasselbe für unser Kind. Welcher tüchtige Abdeckerssohn nimmt denn eine solche Stromerin noch zum Weib, die nachts aushäusig ist und ein liederliches Leben führt?", beschwert sich der Abdecker.

Neuhaus hat ihm zugehört und macht ein nachdenkliches Gesicht. Dann hebt er an, in würdevollem, gewichtigen Tonfall zu sprechen, wobei er den Abdecker seine tiefe Herablassung deutlich spüren lässt:

„Hundshäuter, du kannst von Glück sagen, dass ich bereit bin, deine Tochter in Lohn und Brot zu nehmen. Wäre ich noch ein gesunder Mann wie früher, würde ich Leute deines Standes überhaupt nur zum Reinigen meines Abtritts über meine Schwelle kommen lassen. Ich zahle der Jungfer einen mehr als angemessenen Lohn, von dem du bestimmt nicht schlecht profitierst, Schundmummel, und erweise mich auch sonst als ausgesprochen großmütig. Für deine Behauptung, das Mädel würde durch mich zu einem liederlichen Lebenswandel gebracht, müsste ich dich eigentlich vor deinen Eselskarren spannen lassen, um mir für diese freche Beleidigung Satisfaktion zu gewähren. Nur lege ich keinen Wert darauf, mir von deinesgleichen Genugtuung zu verschaffen. Aber dass deine Tochter, die im Grunde genommen eine brave, fleißige Maid ist, sich des nachts herumtreibt, will mir auch nicht gefallen. Ich denke, da müssen wir unbedingt einen Riegel vorschieben. Sie auf dem Abdeckerhof besser zu bewachen, wird deine Sorge sein. Ich aber werde in Zukunft dafür sorgen, dass sie sicher nach Hause geleitet wird, wenn ihr Dienst hier bei mir beendet ist. Sollte ich sie des Abends benötigen, werde ich dich durch einen Boten benachrichtigen lassen, damit alles seine Richtigkeit hat. Einkäufe und Botengänge, die sie für mich in der Stadt zu unternehmen hat, wird sie zukünftig ebenfalls nur noch in Begleitung tätigen. Das alles, Hundshäuter, kann ich dir zusichern. Auf eurem Grundstück aber solltest du und deine Frau unbedingt ein wachsameres Auge auf sie haben als bisher. Eine streunende Katze muss man entweder gut bewachen, oder in einen Käfig sperren, Abdecker. So, ich denke, wir sind uns einig. Du kannst jetzt gehen und wage es in Zukunft nicht mehr, hier vor dem Hof ein solches Aufsehen zu veranstalten und mir frech zu kommen, sonst wird dich der Schellenknecht das nächste Mal nicht so glimpflich davon kommen lassen."

Ulrich Neuhaus zieht sich zurück und der Klingelmann schlägt dem Abdecker das schwere Portal direkt vor der Nase zu. Edu trollt sich schwerfällig zu seinem Karren. Er wirkt wie ein geprügelter Hund.

Am besten wird es sein, wir bringen das Luder bald unter die Haube. Dann kann sich der aufgeblasene Siechensack bald nach einer anderen Magd umschauen!, brütet er vor sich hin, während sein Karren über den Feldweg holpert. Und je länger er über diese Lösung nachdenkt, desto besser wird seine Laune.

5. Der Heiratskandidat

Während sie ihm das Gesicht und den Nacken rasiert, versucht Ulrich Neuhaus permanent, Mäu auszufragen, wo sie letzte Nacht war. Er wird immer ungehaltener ob ihrer Verstocktheit, bis er sich nicht mehr länger zügeln kann und es aus ihm herausbricht:

„Du warst bei einem Mann, ich kann es förmlich riechen und am Hals hast du lauter rote Flecken von seinen Liebkosungen. – Erzähl mir, was hat er mit dir gemacht, du Hure?", setzt er lüstern hinzu und versucht Mäu in den Schritt zu fassen. Mäu springt auf und läuft angewidert zur Tür. Neuhaus merkt sofort, dass er zu weit gegangen ist und versucht sie zu beschwichtigen:

„Bleib sie hier, die liebestolle Jungfer. Ich tu ihr schon nichts! Aber wer sich gebärdet wie eine läufige Hündin und des Nachts rumhurt, der darf sich über solcherlei Zudringlichkeit nicht verwundern und kann dann nicht gerade glaubwürdig die keuche Susanne spielen", fügt er gereizt hinzu. „Aber damit du wenigstens in Zukunft nicht mehr auf Abwege gerätst, wird dich der Schellenknecht nach deinen Diensten bei mir jetzt immer sicher nach Hause geleiten. Auch bei deinen Einkäufen in der Stadt wird er stets als Wächter an deiner Seite sein. Wir werden schon über deine Tugend wachen, soweit wir es vermögen, Maria, sei versichert! – Wenn du Besserung gelobst und mir deinen Fehltritt beichtest, schenk ich dir einen Gulden! – Das muss aber nicht gleich sein, denn ich merke schon, du bist heute ein wenig unpässlich", fügt er anzüglich hinzu. „Niemand braucht von alledem etwas zu erfahren und ich verspreche dir, dass ich schweigen werde wie ein Grab. Mir kannst du vertrauen, das wirst du sehen! Und jetzt machst du dich auf den Heimweg. Siehst ja aus, als hättest du kein Auge zugetan, gestern Nacht", endet er versöhnlich. „Gottfried soll dich gleich abholen kommen und heimbringen."

Mäu wird es ganz schwer ums Herz, als sie hört, dass sie in Zukunft immer einen Wachhund um sich haben soll. Da wird sie sich ganz schön was einfallen lassen müssen, um sich heute Abend davonstehlen zu können, denn ihr Vater, von Haus aus schon der reinste Schießhund, ist durch Mäus Abwesenheit in der vergangenen Nacht erst recht in Hab-Acht-Stellung.

Als der Schellenknecht Mäu später bis zum Abdeckerhof begleitet, wechseln die beiden kaum ein Wort miteinander. Von seiner früheren Leutseligkeit Mäu gegenüber ist nichts mehr zu spüren. Er gibt sich abweisend und reserviert, zieht ein mürrisches Gesicht und verabschiedet sich knapp, als sie vor der Abdeckerei angekommen sind. Mäu wird dort von ihrer Mutter in Empfang genommen und muss nun erneut eine Strafpredigt über sich ergehen lassen: Der Schellenknecht würde auf dem ganzen Gutleuthof rumposaunen, dass er Mäu nachts in Frankfurt gesehen hätte, wo sie sich mit den Fahrenden am Mainufer verlustiert habe. Im Leprosorium würden sich schon alle das Maul über sie zerreißen. Selbst Herr Knobloch hätte sich darüber mokiert und Mäu eine „ganz wilde Hummel“ genannt. Anna beschimpft ihre Tochter als verlogene Herumtreiberin, die ihren Eltern nur Schande bereiten würde. Ihrem Mann will sie davon gar nichts erzählen, weil er Mäu sonst so verprügeln würde, dass sie in keinen Sarg mehr passen tät. Trotzdem solle sich Mäu bloß nicht mehr unterstehen, sich weiterhin mit diesem Gesindel zu treffen. Aber das zu verhindern, würde sie schon selber Sorge tragen. Morgens in der Früh soll Mäu jetzt immer in ihrer Begleitung zum Gutleuthof gehen und zu Hause will Anna peinlichst darauf achten, dass ihre Tochter sich nicht mehr davonschleichen kann.

Mäu spürt einen dicken Klos im Hals, als sie anschließend mit der Mutter zum Fluss geht, um die Siechenwäsche zu waschen. Ihre Pläne, heute Abend den Fuchs wieder zu treffen, scheinen vereitelt! Bemüht, sich der Mutter gegenüber nichts anmerken zu lassen, schluckt sie ihre Traurigkeit herunter, doch eigentlich ist ihr ganz und gar zum Weinen zu Mute: Wie sehr hat sie sich schon auf ein Wiedersehen mit ihm gefreut! Es war doch so schön gestern Nacht.

Gegen Abend sitzen Mutter und Tochter schweigsam in der Stube beim Schein einer Talgkerze und nähen Handschuhe aus Hundeleder. Der Vater ist gerade zurückgekommen und noch draußen auf dem Hof beschäftigt. Mäu ist intensiv am Nachdenken. Die Überlegung, bei sich bietender Gelegenheit mit dem Fuchs und seiner Bande weit wegzuziehen, nimmt immer mehr Gestalt an. Diesen Zustand hält sie keine drei Wochen mehr aus! Dann verzichtet sie lieber auf ihren ersten Lohn und geht bettelarm in die Fremde. In Erinnerung durchlebt sie noch einmal die ereignisreiche Nacht, spürt noch einmal die heißen Küsse und das prickelnde Gefühl, das sie ganz und gar ausgekostet hat. Alle ihre Sinne wünschen sich mehr davon! Solcherart versonnen, wird sie jählings durch lautes Stimmengewirr, welches vom Hof zu kommen scheint, aus ihren Träumereien gerissen. Sie hört die ärgerliche, keifende Stimme des Vaters und eine andere männliche Stimme, die eher verhalten klingt.

Das ist doch der Fuchs! Die Erkenntnis durchfährt Mäu wie ein Blitz. Sofort springt sie auf und läuft zur Tür hinaus. Die Mutter ist ihr gefolgt, hält Mäu mit aller Kraft zurück und späht genau wie ihre Tochter angespannt auf den Hof hinaus. Dort steht ein hoch aufgeschossener, magerer Junge, mit wildem roten Haarschopf, der immer wieder mit beschwichtigenden Gesten versucht, das Wort an den Abdecker zu richten. Mit dabei ist noch ein anderer junger Kerl von kräftiger Statur, der sich etwas abseits hält.

„Keine Angst, Meister! Wir sind keine Hühnerdiebe, auch wenn wir vielleicht so aussehen. Wir sind gute Freunde Eurer Tochter und sind nur gekommen, sie kurz zu besuchen und ein liebes Wort an sie zu richten. Ihr könnt auch gerne dabeisein, wir haben nichts zu verbergen. Ich will sie nur begrüßen und dann zieh ich auch wieder meiner Wege. Nein, ich bin auch kein Strauchdieb und Wegelagerer, wie Ihr mich andauernd beschimpft! Meine Gesellen und ich sind arme Waisenkinder und ohne Zuhause, die Not hat uns zusammengeführt. Was bleibt uns, als von Ort zu Ort zu ziehen, auf der Suche nach Arbeit und Brot? Mein Vater war selber Abdecker in Goslar, eh ihn die Pest hinweggerafft hat, glaubt mir, ich kenn Euer beschwerliches Gewerbe. Und weil wir ja dadurch fast Kollegen sind, Herr Abdecker, seid doch bitte nicht so streng und lasst mich kurz zu Eurer Tochter. Mehr will ich doch gar nicht, Herr Dunckel“, richtet der Fuchs, dem es nun endlich gelungen ist, Edus Gezeter zu übertönen, höflich das Wort an Mäus Vater. Obwohl er es eigentlich gar nicht wollte, hört der Abdecker ihm mit misstrauischer Miene zu. *Ein Abdeckersohn aus Goslar!* – Egal, und wenn er noch so schön tut, ihm missfällt dieser Lumpenhund und er wird sich von ihm schon nicht einwickeln lassen, *von wegen: ‚Freund von Eurer Tochter'!*

„Und wenn Er zehnmal ein Abdeckersohn ist: Fahrendes Gesindel können wir hier nicht brauchen! Unser letztes Wort ist, und das sagen wir Ihm im Guten: Er mache sich vom Hof und zwar schnell und lasse in Zukunft die Finger von unserer Tochter und behellige uns hier auch nicht mehr, sonst lassen wir Ihn von der Bettelpolizei einkassieren. Und hör Er jetzt gut zu: Unsere Tochter hat bereits einen Bräutigam und wird in Kürze heiraten. Mehr ist dazu nicht zu sagen und wir wollen auch nicht weiter mit Ihm palavern. – Hau jetzt endlich ab, du Taugenichts", bleckt Edu den Fuchs drohend an, verschwindet kurzentschlossen im Eselsschuppen und kommt gleich darauf mit der Peitsche in der Hand zurück. Drohend baut er sich vor den ungebetenen Besuchern auf:

„Sollen wir euch noch Fersengeld geben, oder findet ihr jetzt endlich den Weg zurück zu eurem Rattenloch", brüllt er und knallt angriffslustig mit der Peitsche auf den Boden, nur zwei Handbreit von den Füßen des Bandenführers entfernt. Der Schlimme, der sich die ganze Zeit zurückgehalten hat, will sich daraufhin wutentbrannt auf den Abdecker stürzen, um ihm endlich gehörig eine zu verpassen, wonach es ihn schon die ganze Zeit gelüstet hat, wird aber noch im Sprung vom Fuchs zurückgepfiffen.

„Lass es gut sein, Schlimmer, er ist immerhin der Vater von Mäu. Auch wenn er es dicke verdient hätte, schone ihn, denn das müsste dann doch nur Mäu ausbaden", winkt er ab und wendet sich zum Gehen, den Freund am Arm mit sich ziehend. Schon auf dem Rückzug, richtet er noch einmal das Wort an den Abdecker:

„Abdecker, ich kann es kaum glauben, dass Ihr der Vater einer so astreinen Tochter sein könnt! Euer Herz habt Ihr wahrscheinlich schon vor langer, langer Zeit mit irgendwelchem Aas in Eurer Jauchegrube verbuddelt. Ihr seid ein kaltherziger Schinder und sonst nichts! Ein armer Wicht nur, den ich normalerweise nach solchen Beleidigungen wie eben zu Klump schlagen würde. Wir gehen jetzt, aber glaubt mir, Schundmummel, das letzte Wort ist noch nicht gesprochen. – Mäu, halt durch, ich hol dich hier raus!", ruft er lauthals in Mäus Richtung, während er mit dem Schlimmen den Hof verlässt.

„Hey, Fuchs, egal wann wir uns wiedersehen, wartet auf mich!", schreit Mäu dem Schwindenden gellend hinterher, bis ihr die Tränen die Stimme rauben. Voller Wut befreit sie sich kurzerhand aus dem Klammergriff der Mutter und will den beiden hinterherrennen, als ihr der Vater auch schon entgegengeschossen kommt und sich ihr in den Weg stellt. Zornig packt er sie und zerrt sie mit sich.

„Du faules, durchtriebenes Luder! Das sind ja schöne Geschichten, die wir uns hier auf unserem eigenen Grund und Boden von so einem dahergelaufenen Lumpenhund anhören müssen. Auf der Stelle wirst du uns jetzt sagen, was du mit dem Drecksack zu tun hast, sonst haun wir dir eine runter, dass du das Rad schlägst", faucht er aufgebracht und stößt sie grob zu Boden. Mäu ist bleich geworden, die Angst und der Schrecken schnüren ihr die Kehle zu.

„Was soll ich schon mit denen zu tun haben?", stammelt sie verängstigt.

„Das fragen wir uns auch, du Miststück. Der Gassenköter da kommt doch nicht einfach nur so hierher gelaufen. Da muss schon ein bisschen mehr gewesen sein. Und genau das wollen wir jetzt von dir wissen und zwar die ganze Wahrheit!", schreit er sie an. Als Mäu weiterhin schweigt und nur still vor sich hin weint, droht er ihr mit wutverzerrtem Gesicht:

„Jetzt red endlich, sonst prügeln wir es aus dir heraus!"

Mäu hält inne, schnieft sich kurz die Nase, und erzählt mit zitternder Stimme, was sich letzte Nacht nach ihrem Messebesuch zugetragen hat, verschweigt dabei aber sämtliche delikaten Details.

Trotzdem ist der Vater am Ende ihrer Beichte derartig in Rage, dass er heftig mit der Peitsche auf sie einschlägt.

„Du Missgeburt, das wirst du mir büßen, dass du dich mit dem fahrenden Gesindel einlässt!", schreit er und drischt immer wieder auf das am Boden liegende Mädchen ein. Mäu krümmt sich vor Schmerzen zusammen, dreht sich auf die Seite und versucht mit den Händen ihr Gesicht zu schützen. Als die Schläge des

Abdeckers immer brutaler werden und Mäu laut um Hilfe zu schreien beginnt, wirft sich Anna schützend über ihre Tochter und gebietet ihrem Mann mit fester, eindringlicher Stimme Einhalt. Edu lässt schließlich die Peitsche zu Boden sinken und kauert sich erschöpft nieder. Er ist schweißgebadet und zittert am ganzen Körper. Mäu liegt ein Stück weiter wie leblos auf der Erde. Die Mutter beugt sich über sie und stöhnt auf beim Anblick ihrer Tochter. Mäu ist bewusstlos.

„Edu, was hast nur gemacht! Das Kind ist ja übel zugerichtet! Komm, helf mit, wir müssen sie nach drinnen tragen, ich muss mich um sie kümmern", ruft Anna aufgeregt.

Der Abdecker erhebt sich benommen und hilft seiner Frau, Mäu in die Hütte zu tragen. Sie legen sie auf ihren Strohsack in der Ecke, der Mäu als Nachtlager dient. Anna holt eilig einen Krug Wasser herbei und benetzt mit einem Lappen vorsichtig Mäus Gesicht und Lippen. Langsam kommt sie wieder zu sich und stöhnt laut auf vor Schmerzen. Dem Abdecker wird es dabei immer unbehaglicher zumute, schon längst hat sich sein schlechtes Gewissen gemeldet und er bereut es zunehmend, sie so malträtiert zu haben. Was hat er nur getan! Schließlich ist sie ja sein eigen Fleisch und Blut!

„Ich bring dir die Tinktur vom Angstmann, damit kannst du ihre Striemen einreiben", wendet er sich kleinlaut an seine Frau.

„Mach das! Ich säubere schon mal die Wunden."

„Wasch sie ruhig noch mal kalt ab, das wird ihr bestimmt gut tun", entgegnet Edu schuldbewusst.

Während Anna Mäu den blutigen Kittel behutsam vom Körper nimmt und die roten Striemen auf Armen und Rücken vorsichtig mit Wasser reinigt, bringt Edu die Wundtinktur herbei. Mäu schreit auf, als die Mutter die offenen Wunden damit beträufelt, was den Abdecker zusammenfahren lässt.

Als Mäu versorgt ist und bäuchlings auf ihrem Lager liegt, nähert sich ihr der Vater mit einem Becher Rotwein in den Händen.

„Hier, trink das, davon wirst du besser schlafen können. Ist ein guter Tropfen, haben wir mal von Meister Hans gekriegt", murmelt er mit belegter Stimme und verzieht sich anschließend zu seiner Bettstatt.

„Und morgen schläfst du dich mal richtig aus und gehst nicht zum Neuhaus, dem falschen Mistkrüppel! Den hätten wir besser an deiner statt verprügeln sollen!“ , knurrt er und ist schon in nächster Minute am Schnarchen.

Für Mäu wird es eine fürchterliche Nacht. Die Striemen auf dem Rücken brennen höllisch, für kurze Zeit fällt sie in unruhigen Schlaf, aus dem sie wie gerädert wieder erwacht. Sie ist von den unguten Ereignissen einfach zu aufgewühlt, um Ruhe finden zu können. Zeitweise weint sie vor unerträglicher Seelenpein, dann wieder hat sie Zustände mit Schweißausbrüchen und dem Gefühl zu ersticken, so eingeengt und ohnmächtig kommt sie sich vor.

*

Als sie im Morgengrauen des übernächsten Tages mit der Mutter den Abdeckerhof verlässt, fühlt sich Mäu niedergeschlagen wie selten. Sie muss sich die ganze Zeit zusammen nehmen, um nicht in Tränen auszubrechen. In den Momenten tiefster Verzweiflung tröstet sie sich mit der Hoffnung, dass sich schon irgendeine günstige Gelegenheit ergeben wird und dann ist sie weg, auf Nimmerwiedersehen, und zieht mit dem Fuchs und seinen Gesellen über die Lande!

Auch später, als sie ihren Dienstherrn mit einer scharf riechenden Schwefelpaste einreibt, kreisen ihre Gedanken nur um den Fuchs. Fast traumwandlerisch vollzieht sie die üblichen, morgendlichen Rituale:

In einer Räucherschale, die vor dem Gemälde des heiligen Lazarus steht, eines Schutzpatrons der Leprakranken, entzündet sie Weihrauch, der bald den Schwefelgeruch überdeckt. Aus einem großen Steinguttopf, der auf dem Wandbord steht, schöpft sie etwas Flüssigkeit in eine Schale, die sie ihrem Dienstherrn reicht. Es ist eine der zahlreichen Arzneien und Wundermittel, die Neuhaus im Laufe des Tages zu sich zu nehmen pflegt. Diese Medizin, die ein berühmter jüdischer Arzt für ihn zusammengestellt hat, ist besonders teuer und nur die reichsten Leprakranken können sie sich leisten. Es ist das gemeinsam mit Erdrauch-Kraut in einer Suppe gegarte Fleisch der schwarzen Schlange. Neuhaus, genau wie die anderen Kranken, nährt in sich die Hoffnung, dass sich durch den Genuss des Schlangenfleisches die schadhafte Haut abzuschälen beginnt wie bei einer Schlange und die gesunde Haut darunter zum Vorschein kommt.

Widerwillig löffelt er die ekelhafte Brühe in sich rein und würgt die zähen Fleischbrocken herunter, bis es ihm regelrecht das Wasser in die Augen treibt.

„Schenk mir einen Becher Wein ein, Maria, damit ich diesen abscheulichen Geschmack loskriege! Jetzt schlucke ich dieses Zeug schon seit Wochen, das so teuer ist wie Edelsteine, und meine Haut ist davon zwar schon genauso schuppig geworden und schält sich allenthalben wie bei diesem Teufelsreptil, nur was darunter zum Vorschein kommt, sieht alles andere als rosig aus. Naja, vielleicht braucht es einfach noch mehr Zeit. Wir wollen uns in Geduld fassen, wie dereinst der heilige Lazarus. Komm, Jungfer, setz dich und trink einen Becher mit. Bleich und mitgenommen siehst du aus, meine Kleine. Hast du gegreint heute Nacht? – Ja, ja, so ergeht es den Liebesleuten: erst himmelhoch jauchzend, dann zu Tode betrübt. So spielt das Leben! Aber glaub mir, meine Liebe, Gesundheit, das ist das höchste Gut!“, skandiert Neuhaus und erhebt seinen Becher.

Mäu stößt mit ihm an und trinkt in kleinen Schlucken den wohlschmeckenden roten Wein, der in ihrem Bauch eine angenehme Wärme verbreitet und gleichzeitig auch Balsam für ihre angespannten Nerven ist. Leicht umnebelt macht sie sich später mit Gottfried auf den Heimweg. Der Schellenknecht scheint heute um einiges gesprächiger zu sein. Gut gelaunt erzählt er, dass er nachher noch in die Stadt will, seinen Spezi, den Bettelvogt aufsuchen, der Geburtstag hat und seine Kumpane zu einem Gelage in die Badestube am Knäbleinsborn eingeladen hat. Gottfried begleitet Mäu bis zur Haustür. Sie holt tief Luft, bevor sie die Türklinke betätigt: Wieder ein verlorener Abend in diesem trostlosen Verschlag! Als sie die Stube betritt, stellt sie erstaunt fest, dass Besuch da ist. Es ist Friedel, von allen das „Frettchen" genannt, ein entfernter Cousin aus Idstein. Mäu hat ihn schon lange nicht mehr gesehen, aber er hat sich nicht viel verändert, außer dass er erwachsener geworden ist. Sein schmales, kinnloses Gesicht mit den vorstehenden Schneidezähnen und den nach außen gewölbten Augen ist nahezu das gleiche geblieben. Früher, wenn sie bei Oheim Karl in Idstein zu Besuch waren, hatten die Kinder zusammen gespielt. Mäu erinnert sich noch genau, was für eine Art von Spiel das war. Das Frettchen, das zu den älteren Kindern gehörte, machte sich stets einen Spaß daraus, die Kleineren zu strietzen und zu drangsalieren. Sein Erfindungsreichtum diesbezüglich kannte keine Grenzen. Mal mussten sie mit verbundenen Augen Hundepisse trinken und Kuhfladen essen, ein anderes Mal zwang er Mäu und Matthias, sich im Misthaufen zu wälgern, so dass sie dann anschließend von den Eltern eine ordentliche Tracht Prügel bezogen. Beim Baden im Weiher hatte er Mäu einmal so lange unter Wasser gedrückt, dass sie fast abgesoffen wäre. Als Mäu dann später prustend und nach Luft ringend am Ufer saß, konnte sich das Frettchen vor Lachen kaum noch einkriegen. Dieses Lachen klingt ihr heute noch in den Ohren, so gellend und durchdringend war es, dass es richtig weh tat. Bei den Erwachsenen hingegen verstand er es bestens, sich Liebkind zu machen, indem er eine Unschuldsmiene aufsetzte, als könne er keiner Fliege etwas zu Leide tun. Er konnte sich regelrecht einschmusen, wenn er es darauf anlegte, gab sich artig und hilfsbereit, was ihm auch oft genug Lob und Anerkennung der Großen einbrachte. Auch Mäus Vater pflegte das Frettchen seinen Kindern gegenüber stets als leuchtendes Vorbild anzupreisen.

„Na komm endlich her und begrüß gefälligst unseren Gast!", herrscht der Abdecker die Eintretende an.

„Servus, Frieder, schon lange nicht mehr gesehen", begrüßt Mäu den Vetter zurückhaltend.

„Das wird sich bald ändern, denk ich. Meine Herrn, du hast dich ja fein rausgemacht, bist ja richtig ansehnlich geworden und so fesch herausgeputzt. Alle Achtung, Cousinchen!", entgegnet das Frettchen mit seiner unschönen, hohen Fistelstimme, Mäu dabei mit zudringlichen Blicken fixierend, die ihr mehr als unangenehm sind. Sie spürt, wie ihr alleine schon durch seine bloße Gegenwart regelrecht der Kamm zu schwillen beginnt.

„Komm, geh doch mal ein bisschen vor mir auf und ab, damit ich sehen kann, wie du gebaut bist", setzt er frech hinzu.

„Ich denk ja gar nicht daran! Sind wir denn hier auf dem Viehmarkt, wo ich verschachert werden soll?", kontert Mäu schnippisch und macht keinerlei Anstalten, seinem Ansinnen nachzukommen.

„Fast richtig geraten, du Schindaas! Und jetzt steh endlich auf und zeig mal, was du hast, sonst werden wir dir schon Beine machen", befiehlt der Abdecker derb und gibt dabei ein wieherndes Lachen von sich, in das alle, außer Mäu, lautstark mit einstimmen.

„Auf, hol uns noch Bier aus der Kammer, Mensch und zier dich nicht so!", grölt er aufgedreht.

Daraufhin erhebt sich Mäu unwillig und läuft zur Speisekammer.

„Ja, Oheim, da habt Ihr schon Recht: Es ist alles dran an ihr, was man als Mann so braucht. Ein strammes Mädel und ein hübsches Lärvchen hat sie obendrein. Ganz die Mutter, Kompliment!", wendet sich das Frettchen an Anna.

„Da werden wir bestimmt hübsche Kinder haben und das schon recht bald, bei den prallen Hüften", kommentiert er weiter und hält sich sogleich feixend den Mund zu.

„Oheim, entschuldigt! Jetzt hab ich wohl zuviel verraten!"

Mäu ist an den Tisch zurückgekommen und hat die Becher vollgeschenkt. Als sie die letzten Worte des Cousins vernimmt, erstarrt sie.

„Jetzt glotz nicht so wie ein angestochenes Kalb, Mädel. Freu dich lieber, dass du endlich unter die Haube kommst, – denn das ist jetzt beschlossene Sache: Du wirst den Friedel heiraten und das schon bald! Wir sind uns mit dem Idsteiner Karl gestern einig geworden. Er wird die Feier ausrichten und die Hochzeit wird bei uns abgehalten. Über den Termin müssen wir noch schwätzen, denn unsere Verwandtschaft ist groß und da muss noch manches vorbereitet werden. Wir würden ja vorschlagen zu Erntedank. Da ist meistens schönes Herbstwetter und es ist nicht mehr so heiß. Was meinst du, Friedel? Und lass in Zukunft den ‚Oheim' stecken, für dich sind wir jetzt der Vadder!", spricht der Abdecker gutgelaunt zu seinem Schwiegersohn in spe und schlägt ihm dabei gönnerhaft auf die Schulter.

„Da habt ihr aber die Rechnung ohne den Wirt gemacht. Denn den werd ich bestimmt net heiraten! Lieber ersäuf ich mich! – Und außerdem gehört mein Herz schon einem anderen!", meldet sich mit einem Mal Mäu zu Wort, die mit ihrer vor Wut bebenden Stimme die allgemeine Fröhlichkeit erstarren lässt.

Übergangslos verpasst ihr der Vater daraufhin eine Maulschelle.

„So ein widerspenstiges Weibsstück und hat nur Flausen im Kopf! Es wird höchste Zeit, dass sie ihren Meister findet, der ihr die Spinnereien gehörig austreibt. Aber mit der richtigen Züchtigung wird sie sich ein guter Ehemann schon gefügig machen, davon sind wir überzeugt", wendet sich Edu Zustimmung heischend an das Frettchen.

„Das kriegen wir schon hin! Da hab ich überhaupt keinen Bammel vor, im Gegenteil, das macht mir Spaß! Das ist wie einem übermütigen, jungen Hund den Willen zu brechen. Erst dann kannst du ihn dir erziehen und er macht dann alles, was du ihm befiehlst, so sehr fürchtet er dich. – Ich weiß, wovon ich spreche, Vadder. Daheim in Idstein richt ich alle unsere Hofhunde ab. Da brauch ich nur mal bös zu gucken und da spuren die schon. Na, und da werd ich doch mit so einer kleinen Katz auch noch fertig werden, das wär ja gelacht! Die wird an keinem anderen Rahmtöpfchen mehr naschen, glaub mir!", versichert das Frettchen und grinst tückisch.

„Wir sehen schon, Friedel, du bist ein Schwiegersohn nach unserem Geschmack! Das Weib ist einzig dazu da, dem Manne zu gehorchen und ihm Kinder zu gebähren. ‚Der Mann ist des Weibes Haupt'[16], das hat unser Herrgott schon in der Bibel so bestimmt. Und außerdem sind wir froh, bald wieder einen Sohn auf dem Hof zu haben, der tüchtig ist und unser Handwerk versteht. Mit den

Weibern ist das ja doch nicht so weit her, wenn es um Hilfe bei der Arbeit geht. Haben sich beide als Siechenmägde auf dem Gutleuthof verdingt. Bringt zwar gutes Geld ein, aber hier fehlt es dann hinten und vorne und vieles bleibt liegen. Und wir kriegen ja auch schon langsam morsche Knochen vom vielen Schuften", beklagt sich der Abdecker.

„Ich kann Euch bald hier zur Hand gehen, Vadder. Schon morgen, wenn Ihr wollt. Dann bin ich auch näher bei meiner Braut und wir können uns dabei ein bisschen besser kennenlernen. Ein Anliegen aber hätt ich noch: Ich will es nicht haben, dass mein Eheweib als Magd für einen anderen Herrn arbeitet. Mir alleine soll sie dienen, und unseren Haushalt ganz zu meiner Zufriedenheit zu führen, wird genug Arbeit sein, denn Pfusch und Schlendrian kann ich auf den Tod nicht ausstehen! Nehmt es mir nicht übel, Vadder, dass ich Euch das sage. Solange wir noch nicht verheiratet sind, mag sie sich in Gottes Namen einen Batzen dazuverdienen, nach unserer Heirat aber möchte ich nicht mehr, dass sie woanders in Stellung ist. Sind wir uns da einig, Vadder?", richtet sich das Frettchen an Mäus Vater.

„Wir sehen, Schwiegersohn, du hast Rückgrat! Glaub nur nicht, uns würde es passen, dass die Anna den Siechen um den Bart geht. Aber die Taler, die sie nach Hause bringt, mag ich nicht von der Hand weisen. Du aber kannst es halten, wie du willst, denn nach eurer Heirat hast du alleine das Sagen über dein Eheweib. Da wollen wir uns ganz raushalten, Frieder. Was dein Angebot anbetrifft, uns bei der Arbeit auf dem Hof zu helfen, da fällt uns schon was ein. Was hälst du davon, wenn du übermorgen herkommst? Am Abend stärken wir uns und halten einen Plausch und in der Nacht machen wir in Frankfurt eine ‚Goldfuhre'[17]. Dann kannst du auch schon ein bisschen die Frankfurter Stadtbezirke und unsere vorgeschriebenen Strecken kennen lernen", schlägt der Abdecker vor. „So, mein Guter, fürs Erste haben wir ja jetzt alles geklärt. Lass uns noch einen Schoppen trinken und dann machst du dich heim nach Idstein."

Mäu hat zu allem nichts mehr gesagt und sitzt schweigend und in sich gekehrt am Tisch. Später erhebt sie sich, um ihrer Arbeit nachzugehen. Keiner beachtet sie mehr, als sie sich am Fenster niederlässt und die Wäsche von Neuhaus flickt. Sie hat sich vorgenommen, ruhig zu bleiben und sich zu keinerlei Äußerungen oder Protesten mehr hinreißen zu lassen.

Für sie steht fest, dass sie diesen Widerling auf keinen Fall heiraten wird. Sie muss nun nachdenken, welche Möglichkeiten es gibt, so schnell wie möglich zu entkommen, bevor sich die Schlinge ganz um ihren Hals gezogen hat. Am schlausten wird es sein, sich ohne viel Federlesen zu dem Fuchs und seiner Bande durchzuschlagen und dann mit ihnen zu türmen. – Und das besser heute, als morgen!

Es dunkelt langsam und das Frettchen ist am Aufbrechen. Herzlich umarmt er seine Schwiegereltern in spe und tritt schließlich auch zu Mäu ans Fenster, um von ihr Abschied zu nehmen. Dabei zieht er sie vom Stuhl hoch und drückt sie fest an sich. Mäu ist vor Abscheu wie gelähmt und nimmt gerade noch seinen säuerlichen Mundgeruch wahr, als er auch schon seinen Mund auf den ihren presst, um sie zu küssen. Wild und gebieterisch, wie ein dicker, aggressiver Aal, schießt seine Zunge gegen ihren Gaumen, solange bis ihr die Luft wegbleibt und sie zu würgen beginnt.

„Schlaf wohl, meine liebe Braut. Und glaub mir, ich bin richtig aus dem Häuschen, eine so dralle Jungfer wie dich bald unter meine Fuchtel zu kriegen. Kann's kaum noch abwarten, bei dir zu liegen!", hechelt er Mäu erregt ins Ohr, bevor er geht.

6. Die Spinne im Netz

Im Morgengrauen des regnerischen Herbsttages nähern sich Mäu und ihre Mutter dem Portal des Gutleuthofes. Anna, gut gelaunt wie meistens, summt vor sich hin und versucht, von Zeit zu Zeit das Wort an Mäu zu richten, die aber nur sehr einsilbig ist.

„Glaub mir, Mäus'che, es ist das Beste so! Dann bist du eine verheiratete Frau und alles hat seine Ordnung. Freust du dich denn nicht ein bisschen auf die Hochzeit? Kriegst auch ein schönes Kleid, da lässt sich der Idsteiner Karl bestimmt nicht lumpen. Wir können ja nächste Woche schon mal in die Stadt zu den Tuchhändlern gehen, was meinst du?", schlägt Anna vor.

„Jetzt lass mich doch endlich damit in Ruhe! Ums Verrecken net werd ich den heiraten! Der ist mir von Grund auf zuwider. Das war schon immer so und das wird sich auch nicht mehr ändern!", entgegnet Mäu aufgebracht.

„Das wird sich schon noch legen, glaub mir. Ich konnte deinen Vater am Anfang auch nicht ausstehen und musste ihn heiraten, weil unsere Eltern das so beschlossen hatten. Und heute habe ich mich an ihn gewöhnt und bin froh, zu wissen wo ich hin gehör und dass ich ein ehrbares Eheweib bin. Denn so ein liederliches Leben wie die Martha wollte ich nicht haben, die ja als Hübscherin immer in Schmach leben muss."

„Glaubst du denn, du bist was Besseres! Als Frau des Schundmummels lebst du doch genauso in Schmach. Und außerdem machst du noch die Beine breit für ihn, obwohl es dich vor ihm graust, du ‚ehrbares Eheweib'! Keinen Tag möcht ich mit dir tauschen, Mudder!"

„Was weißt du schon, du Rotznas? Und wenn du weiterhin so rumhurst, nimmt dich bald kein anständiger Mann mehr, dann kannst du dich ja demnächst im Freudenhol bei deiner feinen Muhme einquartieren!", schnaubt Anna ärgerlich.

„Na und, das wär auch nicht viel schäbiger als das, was du machst", kontert Mäu patzig.

„Jetzt hab ich aber bald genug, du freches Ding! Gleich setzt's was!", erwidert die Mutter wütend. Inzwischen sind die beiden am

Portal angelangt und Anna will gerade den schweren eisernen Türklopfer betätigen, damit Gottfried ihnen öffnet, als der Fuchs atemlos um die Ecke gerannt kommt. Überrascht und freudig schließt ihn Mäu in die Arme.

„Du kommst gerade noch zur rechten Zeit! Lass uns schnell verschwinden!", flüstert sie ihm zu und drückt ihn dabei fest an sich.

„Gut, dann holen wir jetzt am besten gleich die anderen und machen uns so schnell es geht vom Acker", entgegnet der Bandenführer entschlossen und steht schon im Begriff, mit Mäu davon zu eilen, als sich in nächster Minute das Portal öffnet und ihnen der Schellenknecht mürrisch entgegenblickt.

„Gottfried, so mach doch was, der Drecksack will meine Tochter entführen!", schreit Anna hysterisch. Ohne zu zögern spurtet der Klingelmann auf den Fuchs zu, holt weit aus und schlägt ihm mit der geballten Faust auf die Nase. Der schlaksige Junge gerät von dem schweren Schlag arg ins Straucheln und geht kurz danach zu Boden. Blut quillt aus seiner Nase und er scheint bewusstlos zu sein. Mäu, die sich über ihn beugen will, wird von Gottfried wie ein Spielzeug erfasst und hinter die Türschwelle gehievt. Auch Anna ist inzwischen im Innenhof angelangt und Gottfried verschließt nun schnell hinter ihr die schwere Eichentür mit einem Schlüssel, den er an seinem Gürtel befestigt hat.

„Gottfried, bitte, lasst mich wieder nach draußen! Ich muss auf der Stelle hier raus! Öffnet mir sofort das Tor, ich bin doch nicht eure Gefangene!", fleht Mäu den Schellenknecht in einer Mischung aus Wut und Verzweiflung an, doch Gottfried bleibt davon vollkommen unberührt und wendet sich mit unbeteiligter Miene bereits von ihr ab, als, durch das Spektakel angezogen, mehrere Bewohner auf den Innenhof treten. Unter ihnen auch Ulrich Neuhaus, die Priorin Schwester Susanna und Katharina Beltz. Katharina eilt sofort zu Mäu hin und fragt besorgt, was passiert ist.

„Gottfried hat eben meinen Freund umgehauen. Er liegt draußen vor dem Tor und blutet und der sture Bock will mich nicht zu ihm lassen", stammelt Mäu aufgelöst und fängt zu weinen an. Katharina will sie trösten und beruhigen, doch schon zwängt sich Neuhaus zwischen die beiden Frauen und versucht vehement, Katharina wegzudrängen. Zornig verbietet er ihr, sich einzumischen. Daraufhin kommt es zwischen den beiden zu einem lautstarken Wortwechsel, der jäh von einer schrillen Frauenstimme übertönt wird:

„Ruhe! Augenblicklich Ruhe! Wir sind hier im ehrwürdigen Spital der Guten Leute und nicht unter Waschweibern! Derlei Aufruhr kann ich hier nicht dulden! Ich weiß nicht, was vorgefallen ist, und ich will es auch nicht wissen. Vor ein paar Tagen war in den Morgenstunden schon ein ähnliches Lärmen zu vernehmen und die gleichen Personen wie heute waren daran beteiligt. Bruder Ulrich, ich ermahne Euch hiermit, dafür zu sorgen, dass sich Eure Magd gesittet beträgt. Sollte sie dazu nicht in der Lage sein, so ist sie für den Dienst in unserem Leprosorium nicht geeignet und muss künftig von hier fern bleiben", befiehlt die Priorin in schneidendem Tonfall, was seine Wirkung nicht verfehlt, denn umgehend kehrt Stille ein, nur Mäu schnieft noch leise vor sich hin. Neuhaus räuspert sich betreten, entschuldigt sich in aller Form bei der Priorin und befiehlt Mäu, sich jetzt aber endlich zu mäßigen und ihm in seine Gemächer zu folgen, wo es noch genug Arbeit für sie gäbe. Als er mit dem niedergeschlagenen Mädchen im Schlepptau den Innenhof überquert, flüstert er Gottfried im Vorbeigehen etwas zu. Der Schellenknecht nickt unmerklich und peilt kurz in Richtung Portal.

In seiner Wohnstube angelangt, fordert Neuhaus Mäu in salbungsvollem Tonfall auf, sich doch erst einmal kurz hinzusetzen, um sich ein wenig zu beruhigen. Nach einer Weile erkundigt er sich freundlich, ob er ihr helfen kann. Sie solle doch jetzt einfach mal frisch von der Leber weg berichten, was sich zugetragen hat und was sie so grämt. Er selber habe doch auch schon arge Schicksalsschläge hinnehmen müssen und bringe gewiss Verständnis für ihre Nöte auf, vielleicht könne er ja sogar Abhilfe schaffen, denn schließlich verfüge er ja immer noch über ein gewisses Ansehen. Inzwischen, so beteuert Neuhaus warmherzig, habe er doch Mäu schon richtig ins Herz geschlossen und wolle ihr wirklich nur gut. Sein armseliges Siechendasein verschönere sie ihm jeden Tag aufs Neue durch ihre Gegenwart und dafür danke er ihr aufrichtig, fügt er ergriffen hinzu. Und seine verschiedenen Übergriffe möge sie ihm doch verzeihen, er wäre doch nur ein verzweifelter, von Gott gestrafter alter Mann! Jetzt aber solle sie sich erst ein wenig sammeln, inzwischen rasiere er sich heute einmal selber.

Schweigend sitzt Mäu da und beginnt nach und nach, ihre in Aufruhr geratenen Gedanken zu ordnen. Nach einer Weile holt sie tief Luft und erzählt ihrem Dienstherrn von dem Vorhaben ihres Vaters, sie mit dem Frettchen zu verheiraten. Offen spricht sie über ihre Abneigung gegen diesen „Bräutigam". Die Hochzeit sei ein abgekartetes Spiel und für ihren Vater längst schon beschlossene Sache. Der Vetter aus Idstein, ein gemeiner Schuft, sei ganz im Sinne des Abdeckers. Cousin Frieder wäre auch strikt dagegen, dass Mäu weiterhin für Neuhaus als Siechenmagd arbeiten würde.

Neuhaus hat sich zu Mäu an den Tisch gesetzt, hört ihr aufmerksam zu und stellt zwischendurch gezielte Fragen:

„Gehe ich richtig in der Annahme, dass du einem anderen den Vorzug gibst?", fragt er.

„Ja, so ist es", antwortet Mäu knapp.

„Wenn doch dein Herz einem anderen gehört, warum verbandelst du dich nicht mit ihm? Auch gegen den Willen deines Vaters. Brenn doch mit ihm durch. Es wäre ja nicht das erste Mal, dass so etwas geschieht. Dein Herzliebster scheint ein fahrender Gesell zu sein, wie ich von Gottfried weiß. Eine soviel schlechtere Partie als ein Abdeckersohn ist das ja nun auch nicht gerade! Aber warum lässt es dein Galan überhaupt zu, dass ein anderer um dich freit? Er müsste doch jetzt alles tun, um diese Heirat zu verhindern, wenn ihm ernsthaft etwas an dir liegt", wirft Neuhaus ein.

„Er weiß ja von allem gar nichts, ich konnte ja noch nicht einmal mit ihm reden, sie lassen uns ja nicht mehr zusammenkommen! Vorhin war er ja auch da und Gottfried hat ihm auf die Nase gehauen. Und vor ein paar Tagen hat ihn mein Vater vom Hof gejagt, wie einen Dieb. Ich kann ja nicht mehr zu ihm, ich steh doch immer unter Bewachung – und das habt Ihr ja auch so gewollt." Erneut bricht Mäu in Tränen aus und verbirgt ihr Gesicht in den Händen.

„Wein doch nicht, meine Kleine! Du dauerst mich. Es gibt bestimmt eine Lösung und ich verspreche dir, ich werde dir helfen.

Lass uns jetzt mal überlegen. Wo hält er sich denn auf, dein fahrender Freund? Vielleicht können wir ihm erst einmal eine Nachricht zukommen lassen, damit er Bescheid weiss und sich bereithält", schlägt Neuhaus vor und streichelt dabei sanft über Mäus Kopf. „Ich könnte später den Schellenknecht mit einer Botschaft zu ihm schicken. Vielleicht kann ich bald sogar ein Treffen für euch organisieren, von dem niemand etwas zu wissen braucht. Du musst mir nur vertrauen. Was hast du denn dabei zu verlieren? Erzähl mir mehr von ihm, das kann doch wirklich nichts schaden", redet er in einschmeichelndem Tonfall auf sie ein.

Mäu zögert eine Weile, bevor sie zu sprechen anfängt:

„Warum wollt gerade Ihr mir jetzt helfen? Vor kurzem noch habt Ihr Euch als mein Tugendwächter aufgespielt und jetzt wollt Ihr auf einmal den Kuppler machen! Ich glaube Euch nicht so recht. Ich weiss zwar nicht, warum Ihr auf einmal so hilfsbereit seid, aber irgendetwas führt Ihr bestimmt dabei im Schilde. – Genau wie alle anderen auch, die sich keinen Deut um mich und mein Glück scheren!", endet Mäu bitter.

„Wenn Sie meint, Jungfer. Aber ich will nur Ihr Bestes und Sie tut mir unrecht. Das wird Sie schon noch erkennen. Sie will diesen Abdeckerflegel nicht ehelichen? Gut, ich werde es verhindern. Die nächsten Tage schicke ich Gottfried zu Ihrem Vater, um mich mit ihm zu besprechen. Darauf kann Sie sich verlassen! Wenn das Geld lacht, werden wir ihn vielleicht dazu bringen, von seinen dummen Heiratsplänen abzurücken. Das dürfte schon zu machen sein, denk ich! So, und glaubt Sie jetzt immer noch, ich wäre nicht auf Ihrer Seite?", entgegnet Neuhaus merklich kühler, Mäu dabei in der dritten Person ansprechend, wie es Dienstboten und Personen niederen Standes gegenüber üblich ist.

„Und bei dieser Gelegenheit könnte ich auch versuchen, ein gutes Wort für Sie und ihren Vaganten einzulegen. Vielleicht akzeptiert ihn ja Ihr Vater als Schwiegersohn, wenn er tüchtig ist und ihm bei seinem Gewerbe zur Hand geht. Jedenfalls werde ich alles versuchen, Ihren Vater umzustimmen. Ihr Glück liegt mir am Herzen. Jedenfalls soll Sie keinen Mann heiraten müssen, der Ihr so zuwider ist!", beteuert Neuhaus eindringlich.

„Das wäre schon ein Wunder, wenn Ihr das hinkriegen würdet, den alten Dickkopf zu bearbeiten! – Jedenfalls ist es anständig von Euch, dass Ihr es probieren wollt. Danke!“, erwidert Mäu zögerlich.

Später, als sie die Holzdielen schrubbt und anschließend mit Bienenwachs poliert, hat sie reichlich Gelegenheit, über alles nachzudenken. Ihr Misstrauen gegenüber Neuhaus wechselt sich mit der Hoffnung ab, alles könnte doch noch gut werden. Einen richtigen Prass hat er gekriegt, als sie ihm vorhin von ihrer anstehenden Verheiratung erzählt hat, und es schien ihm auch ernst damit zu sein, dagegen etwas zu unternehmen. Es war vielleicht gar nicht so verkehrt, dass sie mit ihm darüber geredet hat. Wenn der den Alten mal so richtig unter die Kandare nimmt und ihn dann auch noch entsprechend schmiert, überlegt er sich's vielleicht doch noch mit dem Frettchen …

*

Am Nachmittag, als Mäu gerade gegangen ist, begibt sich Ulrich Neuhaus an sein Schreibpult, stützt den Kopf in die Hände und denkt konzentriert nach, wie er die Situation in seinem Sinne ändern und beeinflussen kann. Schon seit einiger Zeit steht für ihn fest, dass er Mäu als Magd behalten will. Mehr noch: Er ist geradezu verrückt nach ihr und möchte sie am liebsten ganz für sich alleine haben und fest an sich binden. Von daher käme es ihm sehr gelegen, wenn Mäu ebenfalls auf dem Gutleuthof leben würde, wie andere Mägde auch, die ihren kranken Dienstherren ins Leprosorium gefolgt waren und im Gesindeflügel neben dem Küchengebäude untergebracht sind. Mäu würde dadurch gleichermaßen in seinen Besitzstand übergehen und müsste ihn auf Lebenszeit umsorgen und für ihn da sein. Er hat nicht gelogen, als er ihr vorhin gesagt hat, dass sie ihm durch ihre Gegenwart sein ansonsten freudloses Leben versüßt. Schwer lastet das Siechenschicksal auf seinem Gemüt. Er, der es immer gewohnt war, aktiv im Leben zu stehen, als angesehener, wohlhabender Stadtbürger auf der Sonnenseite des Lebens beheimatet, muss nun hier, ausgestoßen und kaserniert unter den Aussätzigen, ein unnützes, glanzloses Dasein fristen. Selten, sehr selten, schauen die von draußen mal bei ihm rein. Seine feine Familie, die zahlreichen guten Freunde, die sich alle in seinen fetten Jahren gerne um ihn scharten, scheinen ihn nun mehr oder weniger vergessen zu haben. Die Angst vor der Ansteckung ist offensichtlich größer, als die Zuneigung, die sie in ihren Herzen für ihn hegen, konstatiert er bitter. Die Menschen lernt man am besten kennen, wenn es einem schlecht geht, ja, so ist das! Wer dann noch zu dir hält, ist ein wahrer Freund. Und Neuhaus muss sich eingestehen, dass er diesbezüglich mit leeren Händen dasteht. Aber er weiß auch, dass er zum Teil selber daran Schuld trägt. Er hat sich die Gunst von einflussreichen Freunden immer erkauft, die er dann seinerseits für den eigenen Nutzen einzusetzen wusste. Letztendlich waren es alles Zweckbeziehungen, in denen eine Hand die andere gewaschen hatte. Wahre Neigungen spielten dabei eine eher untergeordnete Rolle. So war es auch in seiner Ehe gewesen. Hildegard, seine Gattin, hatte er ja auch hauptsächlich geheiratet, weil sie als Tochter einer wohlhabenden Frankfurter Kaufmannsfamilie eine gute Partie war. Begehren oder liebevolle Zuneigung hatten sie kaum für einander empfunden, man hatte im Lauf der Jahre gelernt, sich zu respektieren, ja, – das war aber auch alles. Selbst für seine Amouren hatte er immer bezahlen müssen. Viel Geld und Geschmeide hatte er im Frauenhaus zurückgelassen, damit er seiner Lendenlust frönen konnte. Ja, diese Lendenlust hat ihn viel gekostet, vielleicht sogar seine Gesundheit, wenn man den frommen Kanzelrednern Glauben schenken will, die in der Lepra eine Strafe Gottes für ein ausschweifendes Sexualleben sehen. Sie werfen den Aussätzigen vor, einen gesteigerten Geschlechtstrieb zu haben, der sie zu lasterhafter Unzucht treibt. Schuldbewusst schaut Neuhaus an sich herunter auf seinen Penis, der sich auch auf seine alten Tage noch regt. Aber sei's drum, was hat er denn noch zu verlieren? Was kann ihm denn noch Schlimmeres zustoßen?

Den Aussatz hab ich ja schon!, denkt er grimmig, warum also sollte er sich nicht an dieser frischen, jungen Pflaume ergötzen? Er hat ja sonst keine Freuden hier. Die drei kargen Mahlzeiten im Kreise seiner Mitbrüder und -schwestern, die mit Leichenbittermienen in endlose Gebetslitaneien vertieften Krankenvorsteher, bei denen noch jede Betschwester in die Lehre gehen könnte, was die verknöcherte Moralapostelei anbetrifft. Nein, er will diese süße, kleine Magd nicht mehr missen, sie ist ihm das einzige Stück Lebenslust, das ihm noch geblieben ist, und das will er sich auch nicht mehr nehmen lassen. – So verwickelt wie die ganze Angelegenheit ist, wird er es sich bestimmt wieder teuer erkaufen müssen, sein kleines Glück!

Einige Hindernisse sind zu überwinden, gewisse Schwierigkeiten müssen ausgeräumt werden: Als Erstes muss er den Hundshäuter dazu bringen, von seinem Vorhaben abzurücken, Mäu zu verheiraten. Es wird nicht billig werden, den geldgierigen Schurken dahingehend zu manipulieren. Aber die Habgier von Mäus Vater könnte auch gleichzeitig eine Chance sein, ihn so weit zu kriegen, wie er, Neuhaus, ihn haben will. Er muss ihn überdies so gut schmieren, dass er ihm ein Dekret unterzeichnet, worin festgehalten sein soll, dass ihm Maria auf Lebenszeit als Leprösenmagd angehören soll. Diesen Kontrakt wird er am besten so schnell wie möglich von seinem Advokatus Doktor Schuchardt anfertigen lassen. Die Siechenmagd wird dadurch quasi in seinen Besitz übergehen, wie ein altgedientes Dienstmädchen. Das dürfte aber im Falle eines Geschöpfes, das sowieso in den Stand der Rechtlosen hineingeboren wurde, nicht allzu schwierig werden. Das zweite Problem stellt dieser Bettelvagabund dar, an dem Mäu so hängt. Er und seine Bagage dürfen auf keinen Fall noch länger in der Gegend bleiben, das bringt nur Unruhe ins Spiel und die liebestolle Jungfer wird versuchen, ihm hinterherzuhecheln, wie bisher. Neuhaus ist sich im Klaren darüber, dass in dieser Angelegenheit unbedingt ein Riegel vorgeschoben werden muss. Und zwar am besten ein für alle Mal. Er wird sich deswegen noch mit Gottfried besprechen, der müsste ja auch bald von seiner Exkursion zurück sein.

Nachdem er solcherart mit sich ins Reine gekommen ist, öffnet Neuhaus zielstrebig sein Schreibpult und verfasst zügig zwei Schreiben, welche er anschließend sorgfältig versiegelt und beiseite legt. Das eine Schriftstück ist an den Ratsherrn Kaulbach gerichtet, der als eingesetzter städtischer Obmann für die Belange der Pfründner auf dem Gutleuthof zuständig ist und auch treuhänderisch das Vermögen der Kranken verwaltet. Es enthält die Anweisung, Neuhaus aus seiner Leibrente 200 Gulden auszuzahlen. Das zweite Schreiben enthält eine Notiz an seinen Advokatus Doktor Schuchardt, worin Neuhaus ihm die Angelegenheit kurz schildert, verbunden mit seiner Vorstellung, wie ein entsprechender Kontrakt auszusehen hätte. Nach getaner Arbeit erhebt sich der ehemalige Kaufmann, tritt an den Tisch, um sich einen Becher Malvasier einzuschenken und mit sich selber auf gutes Gelingen zu trinken. Zuversichtlich und erfüllt von vitalem Tatendrang wie in seinen besseren Zeiten, lässt er sich auf den Lehnstuhl sinken und reckt die Glieder. Es ist Zeit für die Medizin, denkt er und will sich gerade erheben, um die Schlangentinktur vom Wandbord zu holen, als es an der Tür klopft: Der Klingelmann meldet sich zurück. Neuhaus bietet Gottfried einen Becher Wein an und fordert ihn erwartungsvoll auf, doch sogleich ausführlich Rapport zu erstatten. Der Schellenknecht nimmt einen tiefen Schluck, wischt sich den Schweiß von der Stirn und beginnt mit seinem Bericht:

„Ist nach Frankfurt gemacht, der Schlawiner. Unten am Main kampieren sie, in den Abortbuden, wo sich immer das ganze Bettelpack rumdrückt. Sind zusammen fünf Kerle und zwei Weibsleut, wie ich gesehen hab. Alles abgerissene Halunken, nicht viel älter als die Schundmummelstochter. – Hab ihm ganz schön eine verpasst, heut Morgen, dem Schluri. Trägt einen dick geschwollenen Zinken in seinem hübschen Lärvchen“, setzt Gottfried hinzu und grinst schadenfroh.

„Gut gemacht, Gottfried! Das will ich dir auch angemessen vergüten. Fest steht: Das Gesindel muss raus aus der Stadt und darf sich auch hier in der Gegend nicht länger rumdrücken. Vielleicht hast du eine Idee, wie man das bewerkstelligen kann. Überleg es dir, es soll nicht dein Schaden sein. – Und zu keinem ein Wort, dass ich mich darauf verlassen kann, Gottfried“, mahnt Neuhaus eindringlich.

„Das versteht sich doch von selbst, Ihr habt mein Wort, Herr Neuhaus! Das Lumpenpack einzukassieren, ist keine große Sache. Da wüsst ich schon jemand, der so etwas aus Profession betreibt. Der Bettelvogt, Meister Knut, ist ein alter Spezi von mir. Gegen einen guten Batzen hat er das mit seinen Bütteln schnell erledigt. Wenn Ihr wollt, kann ich nachher noch mit ihm reden, ich muss sowieso noch in die Stadt sammeln gehen. Heute ist Donnerstag, da muss ich die westlichen Stadtbezirke abklappern, und der Bettelmeister hat seine Wohnstatt an der Westmauer bei der Mainzerpfort, das liegt genau auf meinem Weg“, schlägt der Schellenknecht vor.

„Das hört sich doch vernünftig an! Mir kommt da noch eine Idee: Der Bettelvogt setzt doch besonders renitente Kunden gern in die Gefängnistürme, um sie dort ein Weilchen schmoren zu lassen. So etwas könnte er doch mit unseren Freunden auch machen. Sie einkassieren, eine Zeit im Loch schmoren lassen und sie dann mit Zeter und Mordio aus der Stadt treiben, dann wären wir das Pack endlich los!“, wirft Neuhaus ein. „Also gut, Gottfried. Du gehst gleich in die Stadt und suchst deinen Kameraden auf. Vorher überbringst du mir aber noch die beiden Briefe. Das ist wichtig.“ Neuhaus erhebt sich und nimmt die Dokumente vom Schreibpult.

„Den hier trägst du ins Rathaus und händigst ihn dem Ratsherrn Kaulbach persönlich aus. Den anderen bringst du in die Saalgasse drei zu meinem Advokatus Doktor Schuchardt. Richte beiden Herren von mir aus, dass die Angelegenheit dringlich ist. Dann besprichst du dich mit dem Bettelmeister und bringst ihn am besten mit hierher, damit ich mit ihm noch einmal alle Einzelheiten durchgehen kann. So, das wär's fürs Erste. – Aber wart noch, hier hast du ein Weggeld, damit du dich in der Stadt ein wenig stärken kannst, braver Bursche“, fügt Neuhaus jovial hinzu und überreicht Gottfried ein paar Münzen, die dieser freudig entgegennimmt und sich höflich dafür bedankt. Sogleich bricht er auf, um die besprochenen Erledigungen zu tätigen.

7. Der Bettelvogt

Mit Sammelbüchse und Bettelsack ausgestattet, laut mit seiner großen Glocke läutend, zieht Gottfried gemächlichen Schrittes durch die Weißfrauengasse. In den Erdgeschossen der schlichten, zumeist dreigeschossigen Bürgerhäuser, befinden sich die Kontore der kleineren Kaufleute und die Werkstätten verschiedener Zunfthandwerker. Vor dem Weißfrauenstift macht er halt und wartet, dabei unaufhörlich schellend. Aus den Häusern treten nach und nach die Hausfrauen, vereinzelt auch die Kaufmannsgehilfen und Handwerksburschen und entrichten ihre Spenden für die Bedürftigen auf dem Gutleuthof. Mal ist es Brot, mal sind es ein paar Eier, manchmal ist auch eine Schwarte Speck dabei, seltener kommt es in dieser Region vor, dass Münzen in die Sammelbüchse geworfen werden. Die Menschen, die hier leben, sind zwar nicht arm, aber auch nicht wohlhabend. Die Kleidung der Frauen ist eher schlicht. Eine Ausnahme bilden hier die Bewohnerinnen des Weißfrauenstifts. Es sind die Töchter der vornehmsten Frankfurter Familien, die hier durch die Ordensdamen eine standesgemäße Bildung erfahren. Aus dem Stiftsportal tritt eine junge Nonne, übergibt dem Schellenknecht einen Korb rotbackiger Äpfel, einen Kringel Blutwurst und steckt zum Schluss noch einige Münzen in die Sammelbüchse.

„Gott vergelt's, Gott vergelt's", murmelt Gottfried nach jeder Gabe und zieht weiter durch die Münzgasse bis hin zum Karmeliterkloster, wo sich auf der gegenüberliegenden Häuserzeile ein Backhaus befindet. Dort bleibt er stehen, läutet kontinuierlich und wartet auf die Almosengeber, die nach und nach auf die Gasse treten. Ein frischer Laib Roggenbrot und ein noch warmer Apfelkuchen wandern in den Bettelsack, aus einem Fenster im Obergeschoss eines Wohnhauses werden zwei Heller aufs Kopfsteinpflaster geworfen, die Gottfried sogleich aufsammelt. Weiter geht es über die Karmelitergasse in Richtung Main bis hinunter zur Alten Mainzergasse, wo sich unweit der Frauenpforte die beiden städtischen Frauenhäuser befinden. Hier, nahe der westlichen Stadtmauer, wird die Gegend allmählich immer verwahrloster. Zahlreiche einfache Schankwirtschaften, die hauptsächlich von Torwächtern, Gefängnisbütteln, Hübscherinnen und ihrem Anhang frequentiert werden, ducken sich unter den überhängenden, windschiefen Fachwerkgiebeln, die die engen Gassen in ein permanentes Halbdunkel tauchen. Im Gassendreck, der mitunter bis weit über die Knöchel reicht, tummeln sich Schweine und Hühner, vereinzelt ist auch ein Straßenköter zu sehen, der sich an den Gerbereiabfällen labt. Direkt an der Stadtmauer befindet sich das Quartier des Bettelmeisters, der dort mit seinen Schergen in kleinen, nischenartigen Maueranbauten haust. Gottfried klopft an die wurmstichige Tür des größten wabenartigen Gebildes aus dicken Natursteinen und ruft dabei laut nach dem Sterzermeister. Drinnen rührt sich nichts. Gottfried ist ärgerlich darüber, dass er den Freund nicht zu Hause antrifft. Er ist heute weiß Gott schon genug herumgelaufen, in der Früh war er ja schon einmal in der Stadt, vorhin im Ratshaus und in der Saalgasse bei diesem Advokaten und dann noch die Sammelrunde durch die für den Donnerstag vorgeschriebenen Gassen. Inzwischen ist er ziemlich fußlahm und beschließt, sich jetzt erst einmal in einer der Schenken hier zu stärken, schließlich ist er auch nicht mehr der Jüngste. Vielleicht erfährt er ja dort etwas über den Verbleib des Bettelvogts oder trifft ihn sogar an. Gottfried steigt die ausgetretenen Stufen einer schmalen Steintreppe hinunter und betritt den gewölbeartigen Schankraum der Wirtschaft „Zum kühlen Grund“, in dem sich drei Torwächter mit zwei Gefängnisbütteln um einen Tisch versammelt haben und lautstark am Würfeln sind. Der Schellenknecht grüßt in die Runde und bestellt beim Wirt einen Humpen Bier und eine Portion Leberwürste mit Sauerkraut. Dann setzt er sich an einen der Nachbartische und verfolgt interessiert das Würfelspiel.

„Klingelmann, willste nachher einsteigen?“, fragt ihn ein dicker, rotgesichtiger Büttel.

„Nee Lorenz, bin in Eile. Wollt mich nur mal kurz ein bisschen ausruhn, such eigentlich die Knute, hat den vielleicht jemand von euch gesehen?“, fragt er die Männer.

„Der war vorhin da. Ist dann später mit seinen Leuten zur Badestub am Knäbleinsborn gemacht, da ist doch heut das Seelenbad für die Stadtarmen und da wollt er mal gucken, was da so an fremdem Bettelpack zusammenläuft“, meldet sich aus dem Hintergrund der vierschrötige Schankwirt zu Wort.

„Ach du lieber Gott, dann muss ich ja noch rüber in die Südbezirke! Mir bleibt auch heut kein Marsch erspart! Meister, sei so gut und bring mir noch ’n Schoppen“, wendet sich der Schellenknecht an den Wirt. Nachdem er in kurzer Zeit die üppige Mahlzeit verdrückt hat und der zweite Bierkrug in drei Zügen gelehrt ist, bezahlt er seine Zeche und bricht auf.

Als er sich dem alten Ziehbrunnen, genannt „der Knäbleinsborn“ nähert, neben dem sich die gleichnamige Badestube befindet, trifft er unterwegs auf Scharen von Bettlern, die alle in den Genuss eines kostenlosen Bades kommen wollen. Denn an einem Abend in der Woche, jeweils an einem bestimmten Wochentag, findet in einer der städtischen Badestuben ein unentgeltliches Bad für die Stadtarmen, Siechen und Bettler statt, die an diesen Abenden ausschließlich den Armen zur Verfügung steht. Die so genannten „Seelenbäder“ oder „Salbadern“ sind in den meisten deutschen Städten eine alte Tradition. Die Badetage für die Bedürftigen, die auch mit Speisungen verknüpft sind, werden von wohltätigen Stadtbürgern gestiftet und enthalten die Verpflichtung zum Beten für den Stifter, und falls es sich um ein Seelenbadvermächtnis handelt, welches am Sterbetag des Wohltäters stattfindet, so beten die Armen und Siechen für das Seelenheil des mildtätigen Spenders. Im allgemeinen Gedränge kann Gottfried bald den Sterzermeister und seine Gesellen ausmachen, denen es verboten ist, in den Badestuben Razzien vorzunehmen, weil es sich bei den Badehäusern seit alters her um befriedete Orte handelt. Deswegen tummeln sich die Bettelaufseher während der Seelenbäder im Umfeld der Badestube, um bei dieser Gelegenheit unrechtmäßige Bettler festzunehmen.

„Arme und Sieche! Dass ich nicht lache! Sind doch wieder nur lose Gesellen, die sich hier ein Seelenbad ergaunern wollen“, schimpft der Knute wütend vor sich hin und begrüßt den Schellenknecht. Die Tatsache, dass der Sterzermeister einmal selber Bettler war, ändert nichts daran, dass ihn die Stadtbettler fürchten und hassen. Zu gut kennt er ihre Tricks und Kniffe, gnadenlos presst er aus ihnen heraus, was ihm Kraft seines städtischen Amtes zusteht: Jeder Bettler, jede Bettlerin muss ihm jährlich sechs Pfennige zahlen. Keiner der Stadtbettler kann ihm entgehen und da die Bettlerzahl jedes Jahr gewaltig ansteigt, ist seine Geldkatze stets prall gefüllt. Doch inzwischen sind Meister Knut und seine Hilfskräfte schon seit langem nicht mehr in der Lage, die gewaltigen, sich täglich vermehrenden Heerscharen der stadtfremden Bettler zu überschauen, geschweige denn zu kontrollieren. Nach letzten Erhebungen des städtischen Rentenamtes beträgt der Bettleranteil mittlerweile zwei Drittel der gesamten Frankfurter Stadtbevölkerung. Das Amt setzt den Bettelvogt zunehmend unter Druck, die Stadtoberen erwarten von ihm, dass er die fremden, so genannten „rüstigen“ Bettler aufgreift und aus der Stadt treibt, denn inzwischen unterscheidet man sehr genau zwischen den unverschuldet in Not geratenen Armen, den körperlich Versehrten, denen es erlaubt ist, um Almosen zu betteln, und den Armen aus Arbeitsscheu, den „validi medicantes“, die als „rüstige“ oder „vitale“ Bettler bezeichnet werden. Auf sie genau hat es der Bettelvogt abgesehen, und er ist an diesem Donnerstagabend in Rage wie ein Jagdhund, der Wild gewittert hat. Während der Seelenbäder kommt es immer wieder zu geballten Festnahmen, doch die städtischen Gefängnistürme platzen inzwischen schon aus allen Nähten und die Turmwächter sind verärgert über die vielen Gefangenen, die sie kaum noch unterzubringen wissen. Sie entlassen die Bettler sobald als möglich, damit sie ihnen nicht das Brot wegfressen oder ihnen sonstwie Ungelegenheiten machen. Viele der vitalen Bettler kennen diese Prozedur hinlänglich und einen oder mehrere Tage im Turm, kann kaum noch einen von ihnen schrecken. Der Bettelvogt selber erkennt zwar die Vergeblichkeit seiner Windmühlenkämpfe, aber das macht ihn nur noch wütender und starrsinniger. Manchen besonders frechen Schelm nimmt er ordentlich in seinen Schwitzkasten und knufft ihn grün und blau. In einer solchen Stimmung ist er auch jetzt und man sieht ihm schon von weitem an, dass mit ihm heute nicht gut Kirschen essen ist. Das bemerkt auch der Schellenknecht. Trotzdem richtet er vorsichtig das Wort an die Knute und unterbreitet ihm das Ansinnen von Ulrich Neuhaus, ihn wegen einer Unterredung auf dem Gutleuthof aufzusuchen.

„Das kann er sich heute aus dem Kopf schlagen, dein feiner Siecher. Ich kann jetzt nicht weg, muss bei meinen Leuten bleiben, sonst gehn uns hier wieder etliche untaugliche Schelme durch die Lappen. – Er ist reich und zahlt gut, sagst du? Dann richt ihm aus, ich komm gleich morgen früh zu ihm auf den Gutleuthof. Er soll sich aber von mir fern halten, denn ich will mir nicht noch den Aussatz fangen. So, Klingelmann, nichts für Ungut, aber ich kann jetzt nicht weiter mit dir disputieren. Schau dir doch die Bagage an, die hier zusammenströmt, wie die Geier um das Aas! – Oder leg mit Hand an, einen starken Kerl wie dich können wir hier gut gebrauchen“, schlägt Meister Knut schließlich vor.

„Mich juckt es ja schon in den Fingern, diesen staubigen Brüdern Mores zu lehren, du kennst mich ja, Knut, ich geh doch keinem Handel aus dem Weg. Und wenn du nachher mitkommst, bin ich dabei. – Was soll ich aber solange mit der Büchse und dem vollen Almosensack machen?“, fragt Gottfried zögernd.

„Abgemacht, Gottfried! Deinen Kram kann der Turmkauz oben bei sich einschließen“, schlägt der Bettelvogt vor und wendet sich an den städtischen Nachtwächter, der mit seinen Hunden ebenfalls bei der Gruppe der Bettelpolizei steht. Der griesgrämige alte Mann willigt sofort ein. Seinen alten Verbündeten im ewigen Kampf gegen das Lumpengesindel in der Stadt will er nicht gerne etwas abschlagen und er trägt Gottfrieds Sachen eilig in seinen Wohnturm, der ganz in der Nähe liegt, denn die Bettlerrazzia will er nicht versäumen, gerne ist er dabei und hat schon so manchen verzweifelten Wicht mit seinen bissigen Wolfshunden gewaltig in die Enge getrieben. Als der Türmer wieder zurückgekehrt ist, sammelt der Bettelvogt seine Leute um sich und gibt letzte Anweisungen. Zu Gottfrieds Erstaunen befinden sich unter der Bettelpolizei auch zwei staubige Brüder. Sie reden mit dem Sterzermeister und deuten dabei gezielt in die Menge. Diese altbekannten Bettler dienen dem

Bettelvogt als Spitzel. Gegen ein kleines Zubrot melden sie ihm die vitalen Bettler. Das funktioniert recht gut, denn inzwischen herrscht unter dem Bettelvolk ein erbitterter Konkurrenzkampf um die besten Bettelplätze in der Stadt, die gegenüber fremden Eindringlingen vehement verteidigt werden. Unmittelbar nach dem Hinweis stürzen sich einige Büttel auf die solcherart Denunzierten in der Bettlerschar. Sie zerren die verängstigten Gestalten grob zu dem Bettelvogt, der ihnen sogleich gnadenlos die Lumpen vom Körper reißt, um Leibesvisitationen vorzunehmen, denn die betreffenden Personen wurden zuvor von den Spitzeln bezichtigt, ihre Gebrechen und Krankheiten künstlich vorzutäuschen. Die Aktion erweist sich als erfolgreich, vier Personen können entlarvt werden, unter ihnen befindet sich auch eine ausgezehrte junge Frau, die sich ein Kissen auf den Bauch gebunden hat, um eine Schwangerschaft zu simulieren. Die ergriffenen Leute sind alle in elendem Zustand, wirken ausgehungert und verwahrlost, einige flehen beim Sterzermeister um Gnade. Doch dieser bleibt hart und ordnet an, die armen Teufel umgehend zum Gefängnisturm zu schaffen. Die Bettlerhatz geht weiter, auch Gottfried kann einen jungen, vital wirkenden Bettler dingfest machen. Der Bettelvogt selber kann drei betrügerische Bettler festsetzen, die er schon wiederholt verhaftet hat. Während der Verhaftungsaktion malträtiert er sie so brutal, dass sie hinterher mehr tot als lebendig sind und wie nasse Sandsäcke durch die Gassen geschleift werden müssen.

„Ihr faulen Buben, euch werd ich's zeigen! Diesmal lass ich euch nicht wieder im Turm Logis nehmen und auf der Bärenhaut liegen! Morgen geht's ab in den Steinbruch, da könnt ihr mal sehen, was Arbeit ist. Da dürft ihr den ganzen Tag Steine tragen, bis ihr am Abend zusammenbrecht. Dann habt ihr euch zum ersten Mal euer Fressen verdient, ihr Strauchdiebe!", brüllt die Knute ihnen nach, während seine Schergen sie abtransportieren.

Als kaum noch Bettler in den Gassen zu sehen sind, erklärt der Bettelvogt die Razzia für beendet. Insgesamt vierzehn illegale Bettler konnten überführt werden.

„Immer noch viel zu wenig, aber lassen wir es für heute mal genug sein. Gehen wir auf einen Schoppen in den „Grünen Baum", du auch, Turmkauz, ich lad euch alle ein“, krächzt der Sterzermeister mit vom vielen Brüllen heiser gewordener Stimme.

Es ist schon späte Nacht, als sich Gottfried und der Bettelvogt schließlich von der feucht-fröhlichen Runde im „Grünen Baum“ zum Gutleuthof aufmachen. Die beiden grobschlächtigen Männer sind erheblich angetrunken und geraten bei ihrer Nachtwanderung über die schlaglöchrigen Feldwege immer wieder gehörig ins Straucheln, was sie mit blökendem Gelächter quittieren. Als sie in die Nähe des Leprosoriums kommen, ermahnt Gottfried seinen Kumpan, leise zu sein. Der gesamte Hof liegt im Dunkeln, nur hinter den Zimmerfenstern von Ulrich Neuhaus flackert noch Licht. Neuhaus sitzt in seinem Lehnstuhl und begrüßt die eintretenden Männer. Er weist Gottfried an, allen einen Becher Wein einzuschenken und fordert sie auf, Platz zu nehmen. Der Schellenknecht entschuldigt sich bei Neuhaus für ihr spätes Erscheinen und berichtet von der Bettlerrazzia.

„Na, dann seid Ihr ja gut in Übung, Meister Knut, für unser Vorhaben, über das ich nun mit Euch sprechen möchte“, hebt der ehemalige Patrizier an, den standesmäßig verachteten Bettelvogt dabei so höflich anredend, als hätte er eine respektable Amtsperson vor sich. Der sonst eher dreist und polternd auftretende Knut wirkt in der Gesellschaft des Aussätzigen ungewohnt beklommen. Nachdem Neuhaus ihm leutselig zugeprostet hat, räuspert sich der Sterzermeister verlegen und erhebt zögerlich seinen Trinkbecher.

„Ihr könnt unbesorgt davon trinken, Bettelmeister. Ich bin mit dem Wein nicht in Berührung gekommen und die Trinkgefäße sind gut gesäubert“, beruhigt ihn der Kranke, als hätte er die Gedanken des Bettelvogts gelesen.

„Bei unserem Bruder Ulrich brauchst du dich vor Ansteckung nicht zu fürchten, Knut. Guck dich nur mal um: Hier ist alles blitzsauber. Und was mich anbetrifft, weißt du genau, dass ich schon mein halbes Leben hier bei den Aussätzigen wohne und ich bin immer noch kerngesund! So starke Kerle wie wir werden auch nicht so leicht krank!“, setzt Gottfried an den Freund gerichtet hinzu.

„Nobel habt Ihr es hier, hätt ich gar nicht gedacht, dass es die Feldsiechen bei sich so bequem haben – nichts für ungut, Herr

Neuhaus", entgegnet der Bettelvogt höflich und erhebt nun ebenfalls seinen Becher zum Zuprosten. Nachdem die Männer getrunken haben, beginnt Neuhaus, den Bettelvogt über sein Anliegen zu informieren. Er erzählt ihm von Mäus fahrenden Freunden und erklärt kurz und knapp, worauf es ihm ankommt. Für die Verhaftung und Vertreibung der Bande bietet Neuhaus dem Bettelvogt insgesamt 20 Gulden an.

„Die Ergreifung der Bagage ist das Geringste für uns, nur die Festsetzung im Turm wird schwierig. Die Wärter werden bestimmt wieder bockig sein und rummaulen, weil es bei ihnen schon so voll ist. Ich werd sie schmieren müssen, damit sie einwilligen. Dann wollt Ihr, dass ich die Schlawiner nach ihrem Einsitzen aus der Stadt jage – und sie sollen ja auch nicht mehr wiederkommen. Dazu muss ich die Torwächter und Stadtbüttel einweihen, und das kostet auch noch mal was. Meinen eigenen Leuten muss ich auch was geben, denn ich kann die sieben Hungerleider ja schließlich nicht alleine dingfest machen. Ihr seht also, Herr Rat, mit 20 Gulden komm ich dabei nicht so ganz hin", entgegnet der Bettelvogt bärbeißig.

„Ich bin der Meinung, dass Ihr noch nie so fürstlich entlohnt worden seid in Eurem Gewerbe, Sterzermeister. Aber ich muss mich auf Euch verlassen können, auch auf Eure Verschwiegenheit und deswegen mache ich Euch folgenden Vorschlag: Am morgigen Tag, wenn Ihr die Bande im Gefangenenturm eingeliefert habt, lass ich Euch durch Gottfried 20 Gulden aushändigen. Ihr instruiert mir die Wärter, dass es den Lumpenhunden im Loch auch nicht zu wohl wird. Sie sollen richtig schön mürbe gekocht werden da drinnen, so, dass man ihnen nach ihrer Entlassung nicht mehr groß Fersengeld geben muss, damit sie aus der Gegend verschwinden. Und wenn das Gelichter endgültig fortgegezogen ist, bekommt Ihr von mir zum Abschluss noch einmal 10 Gulden ausgezahlt. Das, Sterzermeister, müsste Euch doch wahrlich Genüge tun", erwidert Neuhaus leicht ungehalten. Der Bettelvogt gibt sich zunächst noch den Anschein des Zögerns, willigt aber bald in das für ihn äußerst lukrative Angebot ein.

„Also gut, morgen in aller Früh, wenn die Bagage noch am Pennen ist, machen wir uns zu den Abortbuden unten am Main und erledigen unsere Arbeit, wie wir es besprochen haben, Herr Neuhaus", stimmt er zu.

„Schön, dann sind wir uns ja einig geworden. Dann lasst uns zum Abschluss noch auf gutes Gelingen anstoßen und dann schlafen gehen", schlägt Neuhaus vor, während der Klingelmann seiner Anordnung Folge leistet und die Becher füllt.

8. Fahrende muss man ziehen lassen …

Mäu atmet auf, als sich ihr Vater gemeinsam mit dem Frettchen endlich auf den Weg macht. Die Dämmerung ist hereingebrochen und die beiden fahren mit einem großen Fasskarren hinter dem Eselsgespann in die Stadt zum Kloakenreinigen. Es wird schon bis Mitternacht dauern, bis das große Holzfass auf dem Wagen voll ist, und anschließend muss es noch entsorgt werden. Zu diesem Zweck werden sie Gruben auf den Feldern nahe des Abdeckergehöfts ausheben, was auch noch mal Zeit in Anspruch nimmt. Außerdem müssen beim Latrinenfegen immer reichlich Umwege gefahren werden, denn die von der Stadtobrigkeit festgelegte Transportroute schreibt vor, dass das volle, stinkende Fass nicht durch die besseren Wohnbezirke kutschiert werden darf, um dadurch eine Geruchsbelästigung der Anwohner zu vermeiden, es sei denn, die heimlichen Gemächer der Vornehmen müssen gereinigt werden, wodurch sich der Gestank dann eben nicht verhindern lässt.

„Scheiße stinkt halt überall", pflegt der Abdecker bei diesen Gelegenheiten grimmig zu erwidern, wenn es wieder einmal zu Beschwerden der feinen Herrschaften kommt. Ansonsten ist der Schundmummel über die Aufträge der Privetreinigung hoch erfreut, wird diese Arbeit doch von allen seinen Diensten am besten bezahlt. Pro Abortausputzung erhält er von der Stadt zwischen sechs und neun Mark. Deswegen war Edu auch den ganzen Nachmittag in ausgesprochen guter Laune. Derbe Scherze wechselten sich mit grölendem Gelächter ab, in das der Schwiegersohn in spe bereitwillig einstimmte. Etliche Krüge Bier hatten sie geleert und das Frettchen hatte die sich sträubende Mäu kurzerhand geschnappt und war übermütig mit ihr über den Hof getanzt. Auch sonst hatte er keine Gelegenheit ausgelassen, sich ihr plump zu nähern.

Als sie fort sind, geht Mäu an den Brunnen und wäscht sich gründlich das Gesicht, spült dabei auch mehrfach ihren Mund aus.

Endlich ist er weg, die verdammte Pestbeule, und vor dem Morgengrauen werden sie auch kaum zurück sein!, denkt sie erleichtert und spuckt dabei das Brunnenwasser angewidert auf die Wiese. *Naja, waren wohl doch nur leere Versprechungen vom Neuhaus, dass er mit dem Alten reden wollt …*

Es ist ein angenehmer, milder Herbstabend, die ersten Sterne sind am wolkenlosen Himmel zu sehen. Mäu denkt an den Fuchs und spürt dabei eine wilde Sehnsucht in sich aufsteigen. *Ich muss hier raus, so schnell es geht!*, schießt es ihr durch den Kopf und sie beginnt, angespannt wie ein Raubtier vor dem Sprung, die Umgebung zu sondieren, als die Mutter nach draußen kommt und sich zielstrebig dem Brunnen nähert, so, als hätte sie soeben Mäus Absichten erraten.

„Lass uns reingehen und nachtessen. Ich mach uns ein paar Apfelpfannkuchen und nachher gibt's noch was zu süffeln, denn der Knobloch hat mir heute einen Krug Honigwein mitgegeben und den hab ich unten in der Speisekammer versteckt, damit die Mannsbilder sich nicht noch dran vergreifen", erklärt Anna verschmitzt und beginnt damit, nacheinander die hölzernen Fensterläden rings um die Hütte von außen zu verschließen, indem sie Eisenstäbe durch die aufgenagelten Ösen steckt, so dass sich die Läden von innen nicht öffnen lassen – eine der zahlreichen Gängelungsmaßnahmen, die sich die Eltern seit Mäus nächtlicher Abwesenheit ausgedacht haben. Mäu kocht innerlich vor aufgestauter Wut, ist aber bemüht, diese nicht zu zeigen, denn ihr ist da plötzlich eine Idee gekommen. So bleibt sie manierlich, geht hinter der Mutter her und erzählt aus dem Stegreif von dem wohlschmeckenden braunen Getränk, das sie letztens von ihrem Dienstherr kredenzt bekommen hat.

„Ich weiß den Namen nicht mehr. Es war ganz heiß und hat so gut gerochen, so fremdländisch, weißt du. Und es soll ja auch von ganz weit herkommen. Der Neuhaus hat gesagt, es käm aus der neuen Welt und ein früherer Geschäftsfreund aus Flandern hätt es ihm geschickt. Nur die vornehmsten Leut würden es kennen, stell dir das mal vor", schwärmt Mäu der Mutter vor und zieht im Vorübergehen mit einem schnellen, gezielten Handgriff geräuschlos den Eisenstift aus der Öse des Fensterladens, den die Mutter soeben verschlossen hat. Siedend heiß überkommt es sie dabei, und ihr

Herz schlägt bis zum Hals. Die Aufgeregtheit kaschierend, plappert sie einfach weiter drauflos, während sie in ihrer geschlossenen Faust den Metallstift hält. Zum Glück hat die Mutter nichts von ihrem Handstreich bemerkt!

Die beiden gehen ins Haus und Anna verschließt sogleich die Tür mit einem Schlüssel, den sie an ihrem Gürtel trägt. Während Mäu den Tisch deckt, macht sich die Mutter an der Feuerstelle zu schaffen.

„Kannst dann schon mal die Äpfel schälen und klein schnippeln. Sie sind im Korb unten in der Speisekammer. Und in dem Korb hab ich auch den Honigwein versteckt", ruft Anna verschwörerisch vom Herd her.

Mäu nimmt eine Talgkerze vom Tisch und öffnet die Holzluke, die sich auf dem festgestampften Lehmboden befindet. Eine steile Trittstiege führt nach unten in den kühlen Vorratsraum, wo auf dem Boden und in Wandregalen kleine Fässer und Säcke lagern. Es ist ziemlich dunkel, doch sie hat den Apfelkorb gleich erspäht und versteckt erst einmal mit bebenden Händen den Eisenstift in der Kellerecke, bevor sie den Korb ergreift. Als sie mit der Kerze kurz hineinleuchtet, kann sie unter den Äpfeln den Krug mit dem Honigwein erkennen. *Soll die sich ruhig besaufen mit dem Zeug! Dann pennt sie bei Zeit und ich mach mich dann vom Acker! Aber jetzt erst mal ruhig Blut …*

Oben angelangt, versucht Mäu ein unbeteiligtes Gesicht zu machen und beginnt emsig die Äpfel zu schälen. Anna hat eine Schüssel auf den Tisch gestellt und bereitet den Pfannkuchenteig, in den sie zum Schluss die Apfelstückchen gibt. Nachdem sie wieder an den Herd getreten ist, um die Pfannkuchen zu braten, fragt Mäu, ob sie den Honigwein schon einschenken darf, sie wäre neugierig zu probieren, wie er schmeckt.

„Ja, das kannst du machen. Aber trinke nicht so viel, er ist sehr stark und süß. Mehr als einen Becher kriegst du sowieso nicht", entgegnet Anna in gespielter Strenge.

Darauf kannst du Gift nehmen, Hauptsache du säufst davon reichlich!

Mäu nimmt den Tonkrug aus dem Korb und schenkt ein – sich selber nur ein Schlückchen, den Becher der Mutter hingegen macht sie randvoll. Anna ist immer noch am Herd beschäftigt und kehrt ihr den Rücken zu.

„Und, hast du schon versucht, schmeckt das Zeug?“, fragt sie, sich zu Mäu umdrehend.

„Schmeckt gut, Mudder. Komm her und trink auch was“, versucht sie die Mutter zu animieren, was ihr auch bald gelingt, denn Anna kommt herbei, ergreift ihren Becher, kostet ausgiebig und lobt den Met in den höchsten Tönen.

„So, wir können dann auch essen, die letzten drei sind fertig“, entgegnet sie mit Blick auf die in der Pfanne brutzelnden Küchlein.

Der ganze Raum ist durchdrungen vom süßlichen Duft der Apfelpfannkuchen und die Mutter stellt sogleich einen dampfenden Holzteller, aufgetürmt mit den goldbraunen, fertigen Puffern auf den Tisch. Normalerweise hätte Mäu gut zugelangt, denn ihr knurrt der Magen und Pfannkuchen isst sie für ihr Leben gern, doch im Moment kriegt sie vor Anspannung kaum etwas runter.

„Ess doch Kind! Was hast du denn, schmeckt's dir nicht? Davon verputzt du doch sonst immer jede Menge, erst recht, wo jetzt der Alte nicht da ist und dir jeden Bissen vorzählt. Ist noch genug für alle da, hau rein“, fordert die Mutter Mäu auf, während sie selber mit gutem Appetit isst und sich auch von dem Honigwein mehrfach nachschenkt. Mäu zwingt sich zu essen, wobei ihr die wohlschmeckenden Pfannkuchen dieses Mal wie Klöpse im Hals kleben bleiben, so trocken ist ihr Mund.

Nach dem Essen schenkt Mäu noch einmal nach – in der bewährten Manier. Anna nippt immer wieder an dem süßen, schweren Getränk, was auch bald seine Wirkung zeigt, denn sie fängt bereits an zu gähnen und die Lider werden ihr schwer. Nachdem sie einen weiteren Becher geleert hat, erklärt sie schon leicht lallend, dass es nun allmählich Zeit wird, schlafen zu gehen.

Mäu, innerlich auf dem Sprung, das ganze Schauspiel mit angehaltenem Atem beobachtend – genauso hat sie es sich erhofft! –, begibt sich nun ebenfalls zu ihrer Schlafkoje und wünscht der Mutter eine gute Nacht. Eine ganze Weile noch lauscht sie, vollkommen angekleidet in ihrer Koje sitzend, den regelmäßigen Atemzügen der Mutter. Dann steht sie auf und schleicht auf leisen Sohlen zum Fenster hin, atmet tief durch und öffnet es nahezu geräuschlos mit einem festen Ruck, drückt kraftvoll gegen den schweren Holzladen, der sich ebenfalls problemlos auseinander schieben lässt und spürt mit einem Mal die kühle Nachtluft im Gesicht. Vorsichtig, aber flink klettert sie nach draußen, lehnt die Fensterflügel wieder an und klappt den Laden bei, denn es braucht ja niemand gleich zu merken, dass sie auf und davon ist! Die werden es noch früh genug mitkriegen, dann ist sie aber mit ihren Kumpanen hoffentlich schon weit, weit weg ...!

Jetzt muss sie nur sehen, dass sie keinen Fehler macht. Nicht am Ende noch dem Alten über den Weg läuft bei seiner nächtlichen Fuhre, oder sonstwem Unguten. Während sie mit ausholenden Schritten über die Felder in Richtung Frankfurt eilt, bewusst die ausgetretenen Feldwege meidend, fühlt sie sich bei aller gebotenen Vorsicht doch mit einem Mal unsagbar befreit, durchdrungen von Abenteuerlust und wilder, lang entbehrter Lebensfreude, die sie, gemeinsam mit der Sehnsucht nach dem Fuchs und der Vorfreude, ihm bald nahe sein zu können, vorantreiben wie ein kräftiger Rückenwind. Leider wird sie sich noch bis zum Morgen gedulden müssen, denn die Stadttore sind über Nacht geschlossen und werden nur in bestimmten Ausnahmefällen geöffnet, wie zum Beispiel heute Nacht für den Vater mit seinem Jauchekarren – dem sie aber weiß Gott nicht begegnen will! Am besten wird es sein, sich im Galgenviertel einen Unterschlupf zu suchen. In Gedanken geht Mäu verschiedene Möglichkeiten durch und entscheidet sich schließlich für den Gasthof „Zur schwarzen Katz". Die Wirtsleute, Felicitas und Berthold, die alte Freunde ihrer Muhme Martha sind, sind ihr gewiss wohlgesonnen und werden sie bestimmt für eine Nacht kostenlos bei sich aufnehmen. In der Schenke, die gleichzeitig auch eine Herberge ist, verkehren viele Fahrende, Leute aus dem Galgenviertel, zuweilen auch Räuber, Huren und Beutelschneider. Als Mäu sich der Gastwirtschaft nähert, sieht sie, dass noch Licht hinter den kleinen Butzenscheiben flackert. Über der Eingangstür baumelt das Schild mit dem schwarzen Katzenkopf beträchtlich hin und her, ein kräftiger Wind ist aufgekommen und Mäu fröstelt es leicht. In das Holz des verwitterten Türrahmens sind unübersehbar drei Kreuze geritzt. Dieses Geheimzeichen weist die Herberge als „astreinen Ort“ für Fahrende aus.

Als sie den Schankraum betritt, wird sie von den Wirtsleuten mit Erstaunen im Blick begrüßt, denn es kommt nicht gerade häufig vor, dass sie hierher kommt. Sie verzieht sich an einen kleinen Tisch hinten in der Ecke, der ziemlich im Halbdunkel liegt und wartet, bis einer von den beiden auf sie zukommt. Nachdem sie die anderen Gäste versorgt hat, eilt die Wirtin an Mäus Tisch und fragt freundlich nach ihrem Begehr.

„Ich bin ein bisschen in der Bredouille, Feli. Bin von daheim abgehauen, kann ich heute Nacht bei euch pennen?“, fragt Mäu ohne Umschweife.

„Sicher kannst du das! Im Haus haben wir zwar keinen Platz mehr, aber du kannst im Eselsschuppen schlafen. Ich kann dir eine Decke bringen, da kannst du's dir auf dem Stroh bequem machen. Hast du wieder Zores mit deinem Alten? Na, das muss ja auch ein ziemlicher Grobian sein, wie ich von Martha weiß“, entgegnet die Wirtin abwinkend. Mäu nickt stumm und blickt Feli aus gehetzten Augen entgegen.

„Na, dann trink erst mal was. Ich bring dir einen Roten, der beruhigt dich ein bisschen. Dann schläfst du schön und du wirst sehen, morgen ist bestimmt schon das Fett von der Suppe“, versucht die Wirtin zu trösten.

„Feli, ich hab aber kein Geld, ich kann nicht bezahlen, deswegen lass das mal lieber mit dem Wein“, äußert Mäu betreten.

„Das macht doch nix, Mädel, der geht aufs Haus!“, entgegnet die Wirtin resolut und läuft zum Schanktisch. Kurz darauf kehrt sie mit einem Krug Rotwein und zwei Bechern zurück, nimmt Mäu gegenüber Platz, schenkt ein und prostet ihr fröhlich zu. Wie immer ist Mäu von der besonderen Attraktivität der Hausfrau beeindruckt. Während Berthold, der Wirt, ein ziemlich bulliger Kerl mit Stiernacken und Händen wie Grabschaufeln ist, umgibt Felicitas mit ihren delikaten, exotisch anmutenden Gesichtszügen etwas ganz und gar Außergewöhnliches. Pechschwarze, volle Haare umrahmen ein herzförmiges Gesicht mit schräg geschnittenen hellgrünen Augen. Die wohlgeformte, leicht nach unten gebogene

Nase mit ovalen Nüstern passt wunderbar zu einem zierlichen Mund, dessen Winkel wie in einem Dauerlächeln nach oben gebogen sind. Ihr Teint ist dunkel, wie der einer Sarazenin und entgegen der herrschenden Mode, die Augenbrauen auszuzupfen, thronen auf der kleinen Stirn mit dem spitz zulaufenden Haaransatz dichte schwarze Brauen in kühn geschwungenen Bögen, die sich in der Mitte fast berühren.

Auch ihre körperliche Erscheinung entspricht nicht dem Schönheitsideal ihrer Zeit, die ätherische, engelsgleiche Geschöpfe mit feingliedrigem Körperbau bevorzugt. Felicitas neigt zur Fülligkeit und hat volle, schwere Brüste, die sie nicht einschnürt, um flachbrüstiger zu wirken.

Die Wirtin, die eine enge Freundin von Martha ist, war früher ebenfalls Hübscherin im Frankfurter Frauenhaus. Dort lernte sie auch Berthold kennen, den sie später heiratete.

Nachdem die beiden Frauen eine Weile miteinander geplaudert und Neuigkeiten ausgetauscht haben, will sich die Wirtin wieder erheben, denn ein Schwung neuer Gäste hat soeben den Schankraum betreten, als Mäu sie kurz am Arm zurückhält:

„Dank dir, Feli! Ich mach mich morgen in aller Früh auf den Weg. Da werden wir uns wahrscheinlich nicht mehr sehen …“

„Ich komm nachher noch mal zu dir“, entgegnet Felicitas und eilt zu ihren neuen Gästen. Es handelt sich um eine Gruppe von Zigeunern, die Felicitas freudig begrüßt. Sie scheint mit der Sippe gut bekannt zu sein, setzt sich mit ihnen zu Tisch und palavert in einer fremdländischen Sprache. Berthold kommt hinzu und kredenzt den Ankömmlingen Rotwein aus einer Korbflasche. Die dunkelhäutigen, fremdländisch aussehenden Menschen ziehen die Blicke der anderen Schankgäste auf sich. Die Frauen tragen wallende, farbige Gewänder und wirken wie Zauberinnen. Den meisten Stammgästen ist bekannt, dass Felicitas eine halbe Zigeunerin ist. Sie entstammt der zigeunerisch-vagantischen Mischbevölkerung, den so genannten „Jenischen“ und wird von Zigeunern als eine der ihren angesehen, deren Sprache sie ja auch beherrscht.

Während Mäu noch ganz fasziniert die Fremdlinge beäugt – es heißt von ihnen, dass sie Pilger aus dem fernen Ägypten sind und dass ihre Frauen über geheimnisvolle Zauberkräfte verfügen –, betreten zwei Männer den Schankraum. Es scheint draußen inzwischen gewaltig zu regnen, denn die Eintretenden sind total durchnässt und wirken erschöpft. Sie entledigen sich ihrer schweren Tornister und hängen ihre nassen Umhänge in die Nähe der Feuerstelle, wärmen sich kurz am Kamin auf und nähern sich dann dem Wirt, der sie per Handschlag begrüßt und sie auffordert, sich doch niederzulassen. Berthold bringt den beiden einen Humpen Bier und fragt sie, was es Neues in der Welt gibt, denn es handelt sich bei den Neuankömmlingen um fahrende Flugblatthändler. Nachdem sich die Männer mit einer dampfenden Schale Eintopf gestärkt haben, holen sie einen Stapel bedruckte Papierblätter hervor und beginnen auf Bertholds Wunsch hin, daraus zu deklamieren. Sie berichten, indem sie sich seitenweise abwechseln, dass es in Nieder-Mörlen, einem kleinen Dorf in der Wetterau, ein Antoniusfeuer[18] gegeben habe. Etliche Dörfler wären daran erkrankt und hätten vom verseuchten Korn brandige Gliedmaßen bekommen. Obwohl die gesamte Gemeinde eindringlich zum heiligen Antonius um Heilung gebetet hätte, wären doch einige zu Krüppeln geworden, dadurch dass ihnen die Gliedmaßen abgefallen wären.

Sie verkünden weiter, dass der Abt vom Prämonstratenser-Kloster in Ilbenstadt mit blauem Eisenhut vergiftet worden wäre. Der Eisenhut wäre eine der giftigsten Pflanzen überhaupt, schon die Berührung könne tödlich wirken. Der Vergiftete würde bereits nach einer halben Stunde sterben und es gebe kein Gegengift. Der Tod wäre äußerst qualvoll, denn der Kranke würde die schlimmsten Schmerzen erleiden und dies bei vollem Bewusstsein. Demnach müsse der Täter sein Opfer abgrundtief gehasst haben, dass er ihm eine solche Qual zugefügt hätte. Wer es gewesen wäre, das müsse noch geklärt werden.

Alle Anwesenden in der „Schwarzen Katz“ hören inzwischen gebannt zu, die Flugblatthändler nehmen zwischendurch einen Zug vom kühlen Bier und fahren mit ihrem Vortrag fort.

Sie berichten von einem Burgherrn aus dem Schwabenland, dem die gesamte Burganlage abgebrannt wäre. Sein Geschlecht würde sich schon seit Jahrzehnten mit einem benachbarten Grundherrn in einer Dauerfehde befinden. Die beiden Kampfhähne würden nichts auslassen, einander größtmöglichen Schaden zuzufügen. Doch die Hauptleidtragenden ihrer kriegerischen Auseinandersetzungen wären stets die Bauern und ihre Familien, deren Felder und Vieh den Verwüstungen und Brandschatzungen der sich bekriegenden Grundherrn zum Opfer fallen würde. So hätten sich die Bauern schließlich auf ihre Weise gerächt, als sie sich mit den Löscharbeiten an der brennenden Burg erheblich Zeit gelassen hätten. Warum sollten auch immer nur sie alleine die Gräueltaten der Adelsherren ausbaden?

In der Schenke wird dies mit zustimmendem Gelächter kommentiert. Die Stimmung ist gelöst, die meisten Gäste sind angetrunken.

Als die Flugblatthändler ihren Vortrag beenden und anschließend mit der Sammelbüchse an die Tische kommen, teilt ihnen Mäu verlegen mit, dass sie kein Geld hat.

„Ist schon in Ordnung, Jungfer, das geht vielen Leuten so in unserer schlechten Zeit. Dafür haben andere umso reichlicher ihre Schäfchen im Trockenen. Gehabt Euch wohl und lasst Euch nicht verdrießen“, entgegnet der Mann mit der Sammelbüchse freundlich und will weiter die Runde machen, als ihn Mäu spontan zurückhält.

„Entschuldigt Herr, aber ich hätt Euch noch gerne was gefragt“, sagt sie schüchtern.

„Nur zu, Jungfer!“

„Kennt Ihr einen Flugblatthändler mit Namen Albert?“

„Ach, Ihr meint bestimmt unseren Genossen Albert von Uffstein. Ein langer, schmaler Kerl mit Sehgläsern auf der Nase.“

„Ja genau! Den hab ich im Sommer auf dem Galgenfest kennen gelernt und wir haben uns so schön unterhalten“, erläutert Mäu erfreut.

„Den hab ich schon länger nicht mehr zu sehen gekriegt, der hat sich Richtung Rheinland aufgemacht. Wer weiß, wo der steckt. Aber früher oder später wird man sich schon wieder über den Weg laufen, wie das so ist bei uns Fahrenden“, erwidert der Flugblatthändler.

„Wenn Ihr ihn das nächste Mal seht, dann grüßt ihn von der Mäu aus dem Galgenviertel!“, bittet ihn Mäu.

„Das wird gemacht, darauf könnt Ihr Euch verlassen!“, verspricht der junge Mann, hebt die Hand zum Gruß und geht mit seiner Sammelbüchse weiter zum nächsten Tisch.

Vor lauter Fuchs hab ich an den Albert gar nicht mehr gedacht, na, vielleicht treff ich ihn ja unterwegs ..., sinniert Mäu. Durch die angenehme Abwechslung in der Kneipe ist ihre Aufgeregtheit ziemlich geschwunden und sie merkt, dass sie allmählich die nötige Bettschwere kriegt. Sie wendet sich an die Wirtin, mit der Bitte um eine Schlafdecke. Felicitas geht die Decke holen und begleitet Mäu mit einer Laterne zum Eselsschuppen. Der zuvor so klare Nachthimmel ist nun mit dunklen Wolken überzogen, und es regnet in Strömen. Als die beiden Frauen endlich in der trockenen Hütte angelangt sind, verabschiedet sich die Wirtin von Mäu.

„Das geht nicht nur um deinen Alten, stimmt's? Da steckt doch bestimmt noch ein Mann dahinter, das spür ich“, äußert sie spontan.

„Da liegst du richtig, Feli! Und ich will in der Früh auch gleich nach Frankfurt, um ihn abzuholen, damit wir dann zusammen auf Fahrt gehen können.“

„Da wünsch ich dir aber viel Glück, Kleine. Es ist immer richtig, wenn man seinem Herzen folgt!“, entgegnet Felicitas, umarmt Mäu herzlich und wünscht ihr eine gute Nacht.

Im Schuppen ist es sehr dunkel und man kann kaum etwas erkennen. Mäu bettet sich auf das Stroh im vorderen Teil des Verschlages, nahe der Eingangstür und rollt sich in die Wolldecke ein, denn es ist recht kühl geworden. Lediglich die ruhigen Atemzüge des Esels sind zu vernehmen und das regelmäßige Prasseln der Regentropfen auf dem Schuppendach. Nach kurzer Zeit schon schläft sie tief und fest.

*

Es regnet immer noch, als sich Mäu nach ein paar Stunden erquicklichem Schlaf am frühen Morgen nach Frankfurt aufmacht.

Unterwegs schmiedet sie schon Reisepläne. Am besten wird es sein, wenn sie sich in Richtung Harz davonmachen. Dort kennt sich der Fuchs gut aus, da gibt es die besten Schlupfwinkel, wie er erzählt hat, und außerdem ist es weit genug weg von hier! *Gleich bin ich da!*, denkt sie erwartungsvoll, als sie durch die Alte Mainzergasse in Richtung Main eilt. Es ist noch gar nicht richtig hell, die roten Laternen an den beiden städtischen Frauenhäusern sind noch schwach am Leuchten. *Martha wird bestimmt noch schlafen, sie ist ja eine richtige Langschläferin …* Vor lauter Vorfreude bemerkt sie kaum, dass sie inzwischen vom Regen vollkommen durchnässt ist. Es ist ihr richtig flau im Magen und je näher sie dem Main kommt, desto größere Galoppsprünge veranstaltet ihr Herz.

An den Abortbuden angelangt, sieht sie sich erst einmal genau um, bevor sie sich zaghaft bemerkbar macht, indem sie mehrfach halblaut nach den Freunden ruft und dabei vorsichtig gegen die Bretterwand klopft. Doch niemand antwortet ihr und nichts regt sich hinter den Verschlägen. Schließlich öffnet sie nach und nach die Türen sämtlicher Aborthäuschen und späht angespannt ins Innere. Weder der Fuchs, noch seine Gesellen sind da, auch ihre Sachen sind nirgendwo zu sehen! Diese Erkenntnis ereilt sie wie ein Keulenschlag, sie spürt Panik, Verzweiflung und bittere Enttäuschung in sich aufsteigen. *Das kann doch nicht wahr sein, er hat doch gesagt, sie warten hier auf mich!* Ein ganz fieses Gefühl in ihrem Bauch sagt ihr überdeutlich, dass hier etwas nicht stimmt. Doch momentan herrscht in ihrem Inneren das reinste Chaos. Was soll sie jetzt nur tun? Erschöpft und mutlos kauert sie sich trotz des starken Regens auf den aufgeweichten Boden. Sie schlottert am ganzen Leib und fühlt sich unsagbar verloren. Da nimmt sie plötzlich aus ihren Augenwinkeln eine Bewegung um sich wahr, der sie folgt: Aus einem alten Fass am Mainkai schält sich langsam und schwerfällig, untermalt mit schwerem Ächzen und Fluchen, ein alter, einbeiniger Bettler. Mühevoll richtet er sich mit Hilfe eines Krückstocks auf, ergreift einen schmutzigen, zerlumpten Umhang aus der Fassöffnung, der ihm wohl über Nacht als Decke gedient hat, wirft ihn sich über die gebeugten Schultern und will, ohne dabei Mäu auch nur eines Blickes zu würdigen, seiner Wege ziehen. Mäu springt auf und eilt zu ihm hin.

„Gevatter, könnt Ihr mir sagen, wo die jungen Leut hin sind, die hier die ganze Zeit bei den Abtrittbuden kampiert haben?“, fragt sie den Alten mit gehetztem Gesichtsausdruck.

„Die sind nicht mehr da“, antwortet der Greis einsilbig, mit mürrischer Miene und humpelt stur weiter.

„Das kann doch gar nicht sein! Seit wann sind sie denn fort? So sagt es mir doch, ich bitt Euch!“, stammelt Mäu, die kreidebleich geworden ist.

„Jetzt halt mich bloß nicht auf mit deinen blöden Fragen, Jungfer! Die sind halt weg, sind weitergezogen. Fahrende muss man ziehen lassen! Wenn du das noch nicht gewusst hast, dann weißt du es jetzt. Sind gestern in der Früh nicht mehr da gewesen. Heute hier, morgen da, wie das bei solchen Leuten üblich ist, wenn sie vom Fernweh gepackt werden. Weiß auch nicht, wo die hin sind. Ist mir auch wurscht egal! Und jetzt lass mich endlich meiner Wege ziehen, sonst komm ich noch um meine Armenspeisung am St. Leonhardsstift!“, quengelt der Alte ärgerlich mit verkniffenem, zahnlosem Mund und gesenktem Blick. Mäus Ausfragerei scheint ihm wenig zu behagen. Deutlich erinnert er sich noch an die verzweifelten, wütenden Schreie der jungen Bagage, als sie von dem Bettelmeister und seinen Leuten gestern in der Früh weggeführt worden sind. Die fremden Sterzer sind ganz schön malträtiert worden von der Bettelpolizei. Und der Sterzermeister, dieser verdammte Lumpendackel, hat ihm dann noch gehörig eingebläut, nur bloß über alles sein Maul zu halten. Er wird also den Teufel tun, und der jetzt irgendetwas erzählen!

Mäu hat resigniert und lässt den alten Griesgram weiterhumpeln. Inmitten des strömenden Regens bleibt sie einfach stehen und weint hemmungslos. Irgendwann geht sie weiter, mit leerem Blick und hängenden Schultern. Wie eine Schlafwandlerin läuft sie durch die Alte Mainzergasse. Die Glieder sind ihr bleiern schwer und sie fühlt sich so müde und kraftlos, wie nie zuvor in ihrem Leben. Am liebsten würde sie in den Main springen!

Inzwischen ist Mäu wieder an dem Frauenhaus angelangt, in dem Martha ihre Heimstatt hat. Sie bleibt stehen und überlegt, ob sie nicht reingehen soll, um sich bei der Muhme Beistand zu holen, den sie momentan bitter nötig hat. Im nächsten Moment öffnet sich das Portal des Frauenhauses und eine dunkle Gestalt schlüpft nach draußen. Der lange, pelzgefütterte Umhang und der Biberhut[19] verraten, dass es sich hier um eine Person von Reichtum und Ansehen handeln muss. Mäu erkennt in ihm schließlich den Bürgermeister Ludwig zum Paradies und kann sich trotz ihrer Niedergeschlagenheit eine gewisse Häme nicht verkneifen. Verlegen schaut der Patrizier zu Boden, dem es offensichtlich peinlich ist, beim Verlassen des Frauenhauses von jemandem ertappt zu werden.

Inzwischen hat sich Mäu doch entschieden, Martha aufzusuchen und öffnet die Eingangstür. Erschöpft klettert sie die enge Stiege hoch, die zum Zimmer der Muhme führt. Als Mäu an ihre Tür klopft, hört sie dahinter Martha ärgerlich fluchen.

„Ich bin's, die Mäu", gibt sich Mäu zu erkennen.

„Ach so, dann komm halt rein!", antwortet Martha leicht ungehalten.

Mäu tritt in die Kammer und schließt die Tür. Martha, die gerade damit beschäftigt ist, sich über eine Waschschüssel gebeugt, gründlich zu reinigen, blickt ihr entgegen. Martha wirkt mitgenommen und übernächtigt.

„Na, du guckst ja auch nicht gerade fröhlich aus der Wäsche! Und aussehen tust du wie eine ersoffene Katz. Komm, zieh gleich deine nassen Klamotten aus und trocken dich ab, hier haste ein Handtuch. Ich wasch mich grad noch fertig, dann hol ich dir was Trockenes zum Anziehen", grummelt die Hübscherin und fährt mit ihrer Toilette fort. In der einfach, aber behaglich eingerichteten Kammer duftet es nach Rosenwasser. Im kleinen Eckkamin brennt ein Feuer und der Raum ist angenehm warm. Erst jetzt bemerkt Mäu, wie durchgefroren sie ist und befreit sich nach und nach von den klitschnassen Kleidungsstücken.

„Mensch, mir reicht's, das darfst du mir glauben! Die ganze Nacht schon ging's hier zu wie im Taubenschlag und zum Schluss muss auch noch der Schultheiß kommen, der geile Bock, der nie genug kriegen kann. Ich bin wund und weh da unten, jetzt läuft erst mal nichts mehr! Und eigentlich wollt ich jetzt eine heiße Mandelmilch trinken und mich dann ins Bett legen, um ein paar Stunden zu schlafen. Das hab ich bitter nötig, denn heut Nachmittag geht's schon wieder weiter… – aber was hast du denn, Mädchen, du heulst ja!" Martha, die die ganze Zeit mit den eigenen Sorgen und Nöten beschäftigt war, hat erst jetzt bemerkt, dass Mäus nackter Rücken von heftigen Weinkrämpfen geschüttelt wird und vernimmt ihr verzweifeltes Schluchzen.

„Ach mein Mädchen, was ist denn los? Komm, bei mich!", ruft Martha in echter Betroffenheit und schließt Mäu wie ein Kind in ihre Arme.

„Na, das ist ja der reinste Weltuntergang! Komm, wir legen uns hin und decken uns zu, damit du's warm kriegst. Du fühlst dich ja an wie ein kalter Fisch. Wart, ich leg uns noch ein frisches Leinentuch hin und hier hast du auch ein warmes Nachthemd. – So, ja, heul dich nur erst mal richtig aus und dann verzählste mir in aller Ruh, was los ist", sirrt die Muhme in liebevollem Singsang der Weinenden zu und birgt sie an ihrer Brust.

Mäu hat Martha seit ihrer kurzen Begegnung auf dem Galgenfest nicht mehr gesehen. Nach und nach schüttet sie der Muhme ihr ganzes Herz aus, erzählt von dem Fuchs und seiner Bande, mit denen sie durchbrennen wollte und die sie so übel im Stich gelassen haben, berichtet von dem Heiratskomplott ihres Vaters und davon, dass sie nun als Siechenmagd für Ulrich Neuhaus auf dem Gutleuthof arbeitet.

„Ich kenne den Neuhaus. Der ging hier früher ein und aus. Eine Zeit lang kam er auch mal zu mir, aber ich war ihm wohl zu alt. Er bevorzugt eher die ganz jungen Dinger. War immer großzügig, das schon, aber wenig beliebt bei den Mädchen, weil er sich immer so herrisch aufführte. Er wollte, dass seine Favoritin nur noch für ihn da zu sein hat, ihm jederzeit zu Diensten sein musste und keine anderen Verehrer mehr empfangen sollte. Die Mädels waren immer froh, ihn dann wenigstens mal für eine Zeit lang loszuwerden, denn sein Ehegespons hat ihn regelmäßig zurückgepfiffen, wenn er es zu doll getrieben hat und ihn dann für ein Weilchen regelrecht an die

Kandare gelegt. Ich hab die eingebildete Schnepfe manchmal in der Peterskirche gesehen, wenn wir zur Messe gegangen sind und uns in unsere Hurenbank[20] gesetzt haben, hat sie uns immer Blicke zugeworfen, davon hätt man glatt tot umfallen können! Der Hochmut und die Habgier sind ihr in das sauertöpfische Gesicht gemeißelt, wie der Kuh das Brandzeichen auf den Arsch. Er hat bei ihr daheim bestimmt nicht viel zu lachen gehabt und dann lässt er halt bei den Hübscherinnen hier ordentlich Dampf ab. Aber das kennt man ja! Ich kann dir nur raten, Kindchen, geb nur Acht bei dem und halt ihn dir auf Abstand, sonst wirst du bald noch schlimmer gegängelt, als daheim bei deinem Alten", ereifert sich Martha bei der Erwähnung von Neuhaus' Namen. „So, und jetzt hol ich für uns unten in der Küche eine heiße Mandelmilch und dann kommen wir auf deine Herzensangelegenheit zu sprechen."

Während die beiden bald darauf ihre heiße Milch schlürfen, erzählt Mäu von ihrer ersten Begegnung mit dem Fuchs und wie glücklich sie sich in dieser Nacht gefühlt hat. Ihre vom Weinen geröteten Augen leuchten dabei so intensiv, dass die abgeklärte Hübscherin unversehens von tiefer Wehmut erfasst wird.

„Wie schön es dich macht", murmelt sie mit vor Rührung belegter Stimme. „Bei mir schafft es kein Mann mehr, dass die so strahlen, meine Glotzaugen! Das ist aus und vorbei. Und das ist auch gut so. – Aber fehlen tut es mir manchmal schon und dann merk ich, wie leer und tot ich im Herzen geworden bin. Aber verdammt nochmal, ich zappel mich für keinen mehr ab! Für das bisschen Glück, das man abkriegt, wenn man einen Kerl so richtig liebt und dann, dann fällt man ins Bodenlose, wenn er genug hat und sich wieder abwendet. Und du sitzt so richtig fett im Schlamassel und denkst, das hört nie mehr auf. Aber glaub mir, mein Schatz: Es hört irgendwann auf, auch wenn's dir jetzt so weh tut, dass du am liebsten verrecken möchtest. – Ja, ich kenn das gut."

„Was? Dich hat schon mal jemand sitzenlassen? Das kann ich mir überhaupt nicht vorstellen, wo dich doch alle Mannsbilder immer so anhimmeln", erwidert Mäu skeptisch.

„Auch wenn du es nicht glauben willst, es war so! Das ist schon lange her und ich hab es schon fast vergessen. Aber von Zeit zu

Zeit, nicht oft, denke ich darüber nach und bin immer wieder erstaunt, wie blöd ich damals war! Aber Schluss jetzt, lass uns lieber von dir sprechen, denn schließlich steckst du ja mittendrin in der ganzen Verliebtheit."

„Ja, und ich könnt kotzen vor lauter Verliebtheit! Und jetzt erzähl schon, was damals war. Ich hab zwar nicht viel Ahnung vom Glück, aber mit dem Missgeschick bin ich bestens vertraut und von daher kann ich dich bestimmt gut verstehn", entgegnet Mäu fatalistisch.

„Also gut! Dann wärmen wir halt die ganze Schose nochmal auf: Vor ungefähr zehn Jahren war es. Ich war damals so in deinem Alter und als fahrende Hübscherin unterwegs. Von Stadt zu Stadt, zu sämtlichen großen Märkten und Feierlichkeiten im ganzen Land bin ich angereist, wo immer genug Freier zusammengelaufen sind. Besonders gute Geschäfte machte ich in den großen Reichsstädten, wenn dort Messen oder kirchliche Synoden abgehalten wurden. Reiche Kaufleute und auch Pfaffen waren immer auf der Suche nach frischen, jungen Huren. Auch die gelehrten Herren von den Universitäten ließen sich gerne mal auf ein Schäferstündchen ein, deswegen ließ ich auch die Universitätsbezirke der großen Städte nicht aus.

Es passierte in Mainz. Es war Frühling und ich trug einen Kopfputz von Blumen im Haar – ein Erkennungszeichen für feile Frauen. Ich schlenderte also abends durch die Gassen, in denen die Gelehrten so ihr Quartier haben, als mir plötzlich so ein schwarzhaariger junger Kerl entgegenkam. Ich blickte ihm frech in die dunklen Augen und war sofort wie elektrisiert von dem Blick, den er mir zurückwarf. Es war eindeutige Begehrlichkeit! Spontan nahm ich eine Blüte aus meinem Haar und steckte sie ihm in die schwarze Haarpracht. Er stammelte etwas auf lateinisch, das ich nicht verstand, ich erwiderte in meinen Worten irgend ein überflüssiges Zeug, das bei ihm nur Stirnrunzeln hervorrief. Doch in Wahrheit hatten wir uns längst verständigt, denn unsere Körper sprachen eine deutlichere Sprache. Wir liefen einfach nebeneinander her und ich war wie geblendet von seinem hübschen Frätzchen. Nach einiger Zeit gelangten wir zu einer Schenke, in der hauptsächlich die Herren Studenten verkehren. Wir setzten uns in eine abgelegene, dunkle Nische, tranken schweren roten Wein und aßen dazu scharfe geräucherte Würste mit Roggenbrot. Wir redeten aneinander vorbei, lachten viel und streiften uns immer wieder gegenseitig mit heißen Blicken.

Kurzum, unser Glück hielt genau fünf Wochen lang. Es war eine schöne Zeit, in der wir fast ständig zusammen waren. Ich hatte überhaupt keinen Sinn mehr für andere Männer und arbeitete darum auch nicht mehr als Hübscherin. Ganz erfüllt war ich von ihm und gestand ihm immer wieder meine Liebe – was er sowieso schon längst wusste! Immer wollte ich mit ihm zusammenbleiben und ihn nie mehr verlieren. Ich betete ihn förmlich an, was ihm wohl zuviel wurde, denn eines schönen Tages teilte er mir unumwunden mit, dass er mich zwar auf seine Art auch lieben würde, dass wir aber nicht zusammenbleiben könnten. Er müsste bald in seine Heimatstadt, nach Mailand, zurück. Er entstamme einer alten, wohlhabenden Familie und müsse die Familientradition fortführen, indem er sich mit einer ihm ebenbürtigen Dame vermählen werde. Nach einiger Überwindung gestand er mir schließlich, dass er bereits eine Braut habe, die ihn in der Heimat schon sehnsüchtig erwarten würde.

Ich war wie vom Blitz getroffen, konnte es nicht fassen und bestürmte ihn mit Vorwürfen und Fragen. Er wäre doch mit mir so glücklich, wie man es überhaupt nur mit einer Frau sein könne, so etwas würde er doch mit keiner anderen Frau jemals erleben, brach es aus mir heraus. Zögernd stimmte er mir zu. Ich drang weiter in ihn ein und flehte ihn unter Tränen an, dann doch auch zu mir zu stehen und bei mir zu bleiben. Ich versprach, ihm immer eine gute Frau und treue Gefährtin zu sein und nie wieder als Hure zu arbeiten. So ging es andauernd hin und her, ein Wort gab das andere und schließlich sagte er wütend, dass er mir das nicht glauben würde, denn tatsächlich wäre ich doch nichts anderes als eine Hure und das würde ich auch immer bleiben. Die Lust, die er mit mir erlebt hätte, wäre schon einmalig und so etwas würde er bestimmt bei seiner zukünftigen Frau nicht bekommen. Sie wäre eine reine, liebreizende Jungfrau mit den Zügen eines Engels, die er mit derlei schmutzigem Ansinnen sicher nicht besudeln würde. Dafür gäbe es ja Weiber, wie mich!

Ich war wie gelähmt und brachte keinen Ton mehr heraus. Mein Herz war mir so schwer geworden, dass ich plötzlich nicht mehr an mich halten konnte und bittere Tränen brachen wie Sturzbäche aus mir heraus. Er umfasste mich und sagte, dass er nicht wolle, dass ich wegen ihm leiden müsse. Dann küsste er mich leidenschaftlich und bedrängte mich in wachsendem Begehren. Die Zärtlichkeit, die ich für ihn empfand, war genauso groß wie meine Lust auf ihn. Ich gab mich ihm hin in der grenzenlosen Sehnsucht, ihm nur nahe zu sein.

Erst sehr viel später habe ich begriffen, dass er mich niemals geliebt hat, sondern nur benutzte, um seine Geilheit bei mir auszuleben, wie es bis heute alle Männer gegen Bezahlung bei mir tun. Nach unserem Streit wurde er mir gegenüber immer kühler. Unsere Zusammenkünfte wurden immer seltener. Immer mehr behandelte er mich wie eine käufliche Metze und nahm mich auch so: ohne jede Zärtlichkeit. Ich konnte nicht von ihm lassen und lief ihm hinterher, was ihn immer wütender machte, bis er mich sogar ins Gesicht schlug und mir sagte, dass ich ihn endlich in Ruhe lassen soll. Ob ich denn nicht merken würde, dass er meiner längst überdrüssig geworden sei. Es folgte noch eine kurze, qualvolle Zeit. Ich war wie von Sinnen, ohne Stolz und nicht mehr Herr über mich selbst. Es blieb mir keine Erniedrigung und keine Demütigung erspart! Und plötzlich war er weg. Er war einfach abgereist, ohne ein Wort des Abschieds. Ich war am Boden zerstört und wünschte mir nur noch den Tod. Jeder Tag ohne ihn, war für mich ein verlorener Tag. Ich geisterte wochenlang durch die Universitätsbezirke und glaubte ihn immer wieder in meinem Wahn zu erkennen. Doch alles erwies sich als ein einziges, großes Irrlicht. Ich betrog mich selber und wurde dabei immer wütender auf mich. Ich war nur noch eine Sklavin dieser verfluchten Sehnsucht. Alles in allem habe ich neun Monate gebraucht, um wieder einigermaßen auf die Beine zu kommen. Solange, wie man ein Kind austrägt. Nur musste ich leider erkennen, dass das, was ich all die Monate mit meinem ganzen Herzblut genährt hatte, nichts anderes als eine Totgeburt war. Das war meine Lektion. Ich habe mir damals geschworen, nie wieder einem Mann so zu verfallen! Und es ist mir gelungen. Die Sehnsucht nach ihm und auch meine Liebe sind längst abgestorben. Ich habe ihn innerlich ziehen lassen und gemerkt, dass sich nur dadurch mein eigenes Leben weiter dreht. Inzwischen weiß ich, dass er meine Liebe nicht verdient hat. Er wollte sie ja gar nicht. Soll ich ihn dafür hassen? Ich habe ihm meine Liebe aufdrängen wollen und das war mein Fehler. Liebe muss immer ein Geschenk bleiben. Aber ich habe nichts mehr zu verschenken! Bei mir kostet alles Geld", lacht Martha grimmig und gibt Mäu einen liebevollen Klaps. „Und du, lass dir das eine Lehre sein und gib dich niemals auf! Für einen Mann nicht und auch für sonst nichts! Hast du gehört!", fügt sie eindringlich hinzu, nimmt Mäus Kopf in die Hände, mit beschwörendem Blick ihre Worte untermalend.

„Recht haste, Tantchen", entgegnet Mäu nachdenklich. Sie hat Martha die ganze Zeit wie gebannt zugehört und wirkt inzwischen um einiges gefasster.

„Verdammt, mir ist es halt mal für kurze Zeit so richtig gut gegangen. So wohl war mir mit ihm, wie ich es vorher nie gekannt hab. Ich hab ja noch nicht mal gewusst, wie schön das sein kann, mit einem Kerl. Ja, verdammt! Er war mein erster! Wir haben uns einfach gut verstanden, konnten über alles reden, haben viel gelacht und mit ihm rumzumachen war die reinste Wonne! Ich war halt so richtig verknallt in ihn. Und ich glaub, ich bin es immer noch." Während sie es ausspricht, steigen Mäu unwillkürlich wieder die Tränen in die Augen.

„Das Glück ist ein launisches Ding, es kommt und geht, wie es ihm behagt. Da kann man nicht viel machen, du kannst nur versuchen, wenn dich das Unglück am Wickel hat, so wie jetzt, dir selber gut zu sein", erwidert Martha gähnend. „Und jetzt versuchen wir zwei, eine Runde zu schlafen. Ich für mein Teil bin hundemüde. Meinst du, du kannst schlafen?"

„Ich weiß nicht, mir geht halt momentan noch so viel durch den Kopf."

„Das ist doch normal! Wenn du willst, können wir ja später nochmal über alles reden. Aber jetzt schlaf erst mal drüber, das ist das Beste! Warte, ich bring dir einen Schoppen Wein und tu dir ein bisschen Theriak[21] rein. Davon schläfst du wie ein Ratz!", schlägt Martha vor und steigt aus dem Bett, um die Sachen zu holen.

Als die Tante ihr den Becher mit dem Schlafmittel reicht, zögert Mäu keine Sekunde und stürzt den Inhalt in einem Zug herunter. In kürzester Zeit fällt sie in einen tiefen, traumlosen Schlaf.

*

„Mensch Mädel, ich muss sofort aufstehen und mich fertig machen! Es ist schon fünf Uhr und in einer halben Stunde kommt der Fugger an! Wie soll ich das nur schaffen!" Martha ist aus dem Bett gesprungen und läuft hektisch hin und her.

„Wer ist denn der Fugger?", fragt Mäu schlaftrunken.

„Hast du noch nie von Jakob Fugger dem Reichen gehört? Ein ganz reicher Geldsack aus Augsburg ist das! Der ist auf der Durchreise von Augsburg nach Leipzig und wird heute mit seinem Gefolge in der Stadt übernachten. Da wollen sich die Stadtoberen natürlich nicht lumpen lassen und haben einen noblen Empfang für den hohen Herrn vorbereitet. Die schönsten Hübscherinnen sollen ihm und seinem Gefolge in festlichem Putz draußen vor den Stadttoren entgegenkommen und ihnen zur Begrüßung Blumengestecke überreichen. Beim anschließenden Empfang im Rathaussaal sollen wir dann gemeinsam mit den Handwerksgesellen erbauliche Tänze aufführen. Und danach zieht die ganze Bagage, der Bürgermeister mit allen Ratsherren, den Zunftmeistern und anderen Wichtigtuern, mit dem Fugger und den Huren im Schlepptau, ins Frauenhaus. Erst mal wird gefressen und gesoffen, die feinsten Speisen und besten Weine werden heute noch angeliefert, die wir den Gästen kredenzen sollen. Und später sollen wir dann den Geldsäcken in jeder Beziehung zu Willen sein. Das wird also noch eine anstrengende Nacht!", erläutert Martha, während sie sich nebenbei in Windeseile ankleidet und zurechtmacht.

„Dann mach ich mich am besten auch gleich auf. Ich weiß nur noch nicht wohin“, entgegnet Mäu tonlos.

„Bleib du nur und schlaf ruhig noch ein bisschen, wenn du willst. Das dauert sowieso noch einige Stunden, bis wir zurückkommen. Reden tun wir ein anderes Mal. Kannst jederzeit zu mir kommen, Mädel. Also, gehab dich wohl und lass dich nicht unterkriegen!“, verabschiedet sich die Muhme und verlässt eilig den Raum. Mäu lauscht dem Klappern ihrer Chopinen auf der Holztreppe. Die ganze Kammer duftet noch nach ihrem Rosenöl.

Mäu kommt sich wie erschlagen vor, alle Glieder tun ihr weh und sie fühlt sich müde und kraftlos. Im Frauenhaus ist kein Laut mehr zu vernehmen, wahrscheinlich sind alle Hübscherinnen zu dem Empfang geeilt. Mehr und mehr überkommt sie ein Gefühl von tiefer Ausweglosigkeit. Was soll sie denn jetzt nur machen? Nach Hause gehen kommt überhaupt nicht in Frage! Es ist so sicher, wie das Amen in der Kirche, dass ihr der Alte dann den schlimmsten Zores machen und sie jetzt erst recht mit dem Frettchen verkuppeln wird. Zum Gutleuthof zu gehen, widerstrebt ihr ganz und gar! Neuhaus, der alte Lustmolch, will ihr doch gar nicht helfen, der hat was ganz anderes im Sinn. Und das, was sie sich die ganze Zeit so von Herzen gewünscht hat, mit dem Fuchs und den anderen in die Welt zu ziehen, hat sich ja nun endgültig zerschlagen. Treuloses Pack! Mit einem Mal ist ihr ganzes Leid und Missgeschick wieder allgegenwärtig und sie ergibt sich lauthals weinend einer tiefen Hoffnungslosigkeit und Enttäuschung. Gedankenbilder und Erinnerungsfetzen kreisen ihr durch den Sinn. Mäu denkt an das, was ihr Martha über die Liebe erzählt hat und wie knapp bemessen die glücklichen Momente sind. Wie Recht sie hat! Sie wird verdammt nochmal nicht den Fehler machen, diesem treulosen Drecksack nachzuhängen! Warum nicht einfach hier im Frauenhaus bleiben und Hübscherin werden? Da hat sie wenigstens Martha um sich rum, und die ist schließlich die Einzige, die ihr wirklich gut will. Ihr Blick fällt auf das Wandbord, auf dem das kleine Glasfläschen mit dem Theriak steht. Warum nicht noch eine Runde schlafen? Und später dann wird sie mit der Muhme über alles reden und ihr den neuen Vorschlag unterbreiten. Entschlossen entkorkt sie das Glasfläschchen und schüttet sich den ganzen Inhalt in den Rachen.

Sie spürt eine intensive, ölige Bitternis im Hals, die nach und nach alles Schwere in sich aufzusaugen scheint. Immer mehr durchsetzt sich die Schwärze in Mäu mit schimmerndem Licht, so warm und unsagbar wohl wird ihr im Innern, alles ist erfüllt von friedvoller Selbstgenügsamkeit. Dankbar öffnet sie alle Schotten ihrer geplagten Seele, um vollkommen in dieser Glückseligkeit zu vergehen, die weder Schmerz noch Leid kennt – und weg ist sie.

9. Schattenwelt

„Es ist die Pflicht der Aussätzigen auf unserem Hof der Guten Leute, dass alle gemeinsam im Stehen nach dem Essen fünf Paternoster und fünf Ave-Maria sprechen. Das Gleiche gilt auch für die Leprösenmägde, die unter uns leben und ihre Mahlzeiten an dem Gesindetisch im großen Speisesaal einzunehmen haben.

Wer dieses vernachlässigt, oder zu spät zu den Mahlzeiten erscheint, dem wird zur folgenden Mahlzeit vom Haus kein Essen gegeben. Die Mägde müssen eine halbe Stunde vor jeder Mahlzeit erscheinen, um den Tisch zu decken und die Speisen hereinzutragen. Nach Beendigung der Mahlzeiten haben die Aufwärterinnen die Tische abzuräumen und zu säubern sowie das Geschirr zu reinigen. Genauso wie die Schwestern, haben sie auf dem Hofe blaue oder graue Spitalkleidung zu tragen, die immer frisch und sauber zu sein hat. Wird einer Magd in ihrer Arbeit oder an ihrer Erscheinung Nachlässigkeit nachgewiesen, so muss sie mit Ermahnung des Siechenmeisters und der Priorin rechnen, die im Wiederholungsfall mit Geldstrafe geahndet wird. Die Speisezeiten sind werktags, wie sonn- und feiertags um sechs Uhr morgens, um zwölf Uhr mittags und um fünf Uhr abends. Streitigkeiten und Beschimpfungen unter dem Gesinde sind verboten und werden mit Lohnabzug bestraft. Wer sich auf unzüchtige Handlungen mit einem Kranken einlässt, wird sofort des Hofes verwiesen und hat fortan keinerlei Ansprüche mehr auf Geld und Erbe seines Dienstherrn. Alle gehen gleichzeitig schlafen, wenn der Siechenmeister geht. Wer dem täglichen Gottesdienst in der Kapelle ohne schwerwiegenden Grund fernbleibt, dem werden für eine Woche sämtliche Vergünstigungen und Zuwendungen gestrichen. Zweimal in der Woche wird gebadet. Die Örtlichkeiten des Hofes und die Gesindebehausungen werden Ihr später noch vom Schellenknecht gezeigt. Nun zu Ihrer Arbeit auf dem Hofe:

Alle Werktage geht Sie morgens in die Stadt auf den Markt und erledigt die Einkäufe für Ihre Herrschaft. Außerhalb des Spitals mag Sie tragen, was Ihr Herr gestattet. Täglich macht Sie das Bett und schleppt das zum Waschen benötigte Wasser herbei. Zweimal wöchentlich sind die Urinschüsseln des Kranken zu reinigen. Die Räume der Kranken müssen Montag bis Freitag zweimal täglich, am Sonnabend dreimal täglich gefegt werden. Am Freitag müssen die Dielen gründlich geschrubbt und gewachst werden. Die kleine Wäsche ist, wann immer sie anfällt, ohne Murren sofort zu erledigen, die große Wäsche einmal die Woche am Montag. Das Waschhaus muss von den Mägden abwechselnd in Ordnung gehalten werden. Der Hausrat des Kranken ist jederzeit sauber und instand zu halten. Botengänge sind nach Absprache mit dem Dienstherrn zu erledigen. Wird die Herrschaft bettlägerig und bedarf besonderer Pflege, so ist es erste Pflicht der Leprösenmagd, diesem verantwortungsvoll nachzukommen. Wenn der Kranke baden will, trägt sie das Wasser in die Badestube und macht diese anschließend sauber. Das Hausgesinde hat dem Schellenknecht bei der Gartenarbeit zu helfen, wenn dieser es verlangt. Außer dem üblichen Lohn, den Ihr ihr Dienstherr zahlt, wird Sie vom Hospital bei der Verteilung von Lebensmitteln, Holz und Bier mitberücksichtigt.

Ich erwarte von einer Magd, die bei uns auf dem Gutleuthof lebt, dass sie sich den Hospitalsregeln bedingungslos unterordnet. Wenn Sie fleißig und fromm, gehorsam und sittsam ist, wird Sie sich schon bald hier einfügen und davon profitieren, besser als alle Dienstboten in der Stadt zu verdienen und für Ihre treue Fürsorge, einmal aus dem Testament ihres Dienstherrn bedacht zu werden. – Etwas Besseres kann doch einer Schundmummelstochter gar nicht widerfahren? Über Ihre üble Herkunft und Ihr ungezogenes Gebaren vor einiger Zeit will ich hinwegsehen und Sie hiermit als neue Siechenmagd in Gottes Gemeinschaft der Gezeichneten begrüßen. Ich hoffe, Sie wird sich bewähren!“, beendet die Priorin Schwester Susanna ihre ausführliche Einweisung und blickt dabei Mäu mit ihren kleinen, kalten Vogelaugen skeptisch an.

Ulrich Neuhaus, der ebenfalls anwesend ist, räuspert sich und richtet nun das Wort an die Priorin, dabei höflich vor ihr den Kopf neigend:

„Ich danke Euch, Schwester Priorin, für diese einführenden Worte und dass Ihr zugestimmt habt, Maria als meine Magd auf dem Siechenhof aufzunehmen. Ich versichere Euch, dass sie eine brave Maid ist, für deren einwandfreies Betragen ich mich persönlich verbürge."

„Mit Gott im Herzen wird sich alles finden, Bruder Ulrich. Frömmigkeit, Enthaltsamkeit, Armut und Gehorsam sind die Grundpfeiler unserer Gemeinschaft, nach denen Ihr selber allzeit zu leben habt. Wenn Ihr dies stets beherzigt und Eurer Magd ein gutes Vorbild seid, dann kann sicher nichts fehlschlagen", entgegnet die Priorin und lächelt dabei säuerlich. Sie kennt ihre Schäfchen, auch die schwarzen unter ihnen. In den fast zwanzig Jahren, die sie nun auf dem Siechenhof lebt, hat sie in sämtliche Abgründe der menschlichen Seele, auch ihre eigenen, blicken müssen und zwar mehr als ihr lieb war.

Der reiche Neuhaus wäre nicht der Erste, den es nach seiner jungen Magd gelüstet.

„Altes Biest", denkt Neuhaus und versucht ein unbeteiligtes Gesicht zu machen.

„So sei es", antwortet er stattdessen scheinheilig.

„Gott zum Gruße, Bruder. Gottfried, zeige jetzt der Magd den Hof", ordnet Schwester Susanna an und zieht sich hinkend zurück.

Mäu, die immer noch unter der Wirkung des Opiats steht, erhebt sich mechanisch und folgt dem Schellenknecht nach draußen. Es ist ein strahlender Herbstmorgen, ohne das kleinste Wölkchen am blauen Himmel. Die Vögel zwitschern in den Bäumen des Obstgartens, den die beiden nun durchschreiten. Die Früchte der Birnen-, Apfel-, Pflaumen-, Mirabellen- und Kirschbäume sind alle schon abgeerntet, vereinzelt liegt noch eine überreife Pflaume oder ein faulender Apfel auf dem Boden, um die sich die Wespen tummeln. In der Luft hängt ein süßlicher Obstgeruch. Die Anlage ist größer, als Mäu früher vermutet hat. An den Obstgarten schließt sich ein Nutzgarten mit Beeren- und Haselnusssträuchern, lange Reihen mit Kohl, Wirsing und Bohnen sowie ein Kräutergarten an. Herbstastern blühen in leuchtenden Farben neben Pfefferminze, Lavendelbüschen und Thymian, die einen angenehm würzigen Duft verbreiten. Gottfried geleitet Mäu weiter zum Wirtschaftshof am südlichen Rande des Gutleuthofs, zu dem eine Scheune, Ställe mit

Kühen, Schweinen und Ziegen sowie ein Backhaus und ein Brauhaus gehören. Hühner und Gänse sind in einem kleinen, umzäunten Gehege untergebracht. Die Gänse gackern ihnen aufgebracht entgegen.

„Seid nur ruhig, am Martinstag geht's euch an die Gurgel“, raunzt Gottfried den wohlgenährten Tieren zu. Sie gehen weiter an der Mauer entlang und kommen zum Waschhaus, vor dem ein großer Ziehbrunnen steht. An der rechten Mauerecke liegt der Gutleutfriedhof und eine kleine, aber solid gebaute Steinkapelle, die überdies noch mit einem Glockenstuhl versehen ist. In der Nähe der Kapelle steht das ansehnliche Steinhaus des Siechenmeisters, an das sich der weitläufige Wohntrakt der männlichen Kranken anschließt.

Genau gegenüberliegend, von der mächtigen Hofmauer umsäumt, befinden sich das Haus der Priorin und der Wohntrakt der Frauen. Den Abschluss dieser Liegenschaften bilden der Speisesaal und das Küchengebäude, die nahe dem großen Flügelportal liegen. Direkt neben dem Portal steht das kleine Pförtnerhäuschen, das von dem Schellenknecht bewohnt wird. Rechts und links in die jeweilige Mauerecke hineingebaut, streng getrennt wie die Wohnbereiche auch, befinden sich die beiden Badehäuschen für die Schwestern und Brüder. In der nördlichen Ecke des Gehöfts sind kleine Hüttchen und Buden zu sehen, die den armen Aussätzigen als Behausungen dienen. An sie grenzt das ebenfalls eher bescheiden anmutende Gesindegebäude, auf welches nun Gottfried mit Mäu im Schlepptau zielstrebig zusteuert. Sie erklimmen eine steile Holzstiege, die bei jedem Schritt vernehmlich knarrt, durchqueren einen schmalen Gang mit vier Türen auf jeder Seite. Gottfried öffnet die letzte Tür auf der linken Flurseite und sie betreten eine winzige Dachkammer, die einer Klosterzelle gleicht. Die Wände sind frisch getüncht, und über der gemauerten Schlafkoje an der Stirnseite hängt ein schlichtes Holzkreuz. Eine kleine Fensterluke befindet sich in der Dachschräge. Das karge Mobiliar besteht aus einem Tisch, einem Schemel und einer Holztruhe, auf der drei blaue Kittel liegen.

„Setz dich hin und schau dich in Ruhe um. Das ist jetzt dein Reich. Hab es gestern noch frisch geweißt für unsere Abdecker-Prinzessin. Vorne am Portal liegen noch ein paar Bündel, die dir gehören. Hat dein Alter dabeigehabt, als er dich heut Morgen auf seinem Karren hergebracht hat. Kannste dir später holen. Ich bring dir noch einen frischen Strohsack für deine Koje und eine saubere Decke aus der Wäschekammer, so hat es Bruder Ulrich angeordnet, denn es soll dir ja an nichts mangeln. Fehlt nur noch, dass wir eine wie dich auf Daunen betten und ihr Honig ums Maul schmieren“, endet Gottfried gehässig und verlässt grußlos die Kammer.

Mäu lässt sich auf den Hocker sinken. Sie fühlt sich unendlich schläfrig und bleiern, jeder Knochen tut ihr weh und es fröstelt sie am ganzen Leib. Sie ist noch gar nicht richtig bei sich und alles erscheint ihr wie ein seltsamer, böser Traum. Jedes Geräusch, jede Stimme dringt nur gedämft zu ihr durch, so, als würde sie in einer tiefen Höhle sitzen. Die Leute um sie herum kamen ihr vorhin vor, wie hässliche Kobolde, die sich ganz komisch gebärden und sie durch ihr schrilles Gequäke nur davon abhalten, endlich in süßen Schlummer zu fallen. Ihre Augenlider werden wieder schwer und sie ergibt sich ganz und gar ihrer Müdigkeit, hat nur den einen Wunsch: zu schlafen, tief und fest zu schlafen (um zu vergessen). Um zu vergessen? Zu vergessen, zu vergessen, zu vergessen! – Was zu vergessen?

Fahrende muss man ziehen lassen …! – Die Erinnerung daran, dass der Fuchs und seine Leute sie so schmählich im Stich gelassen haben, schmerzt sie bis ins Mark. *Und ich bin jetzt hier auf dem verdammten Gutleuthof!*, durchfährt es sie wie ein Blitz und sie richtet sich wie erstarrt auf. *Was ist denn überhaupt passiert?*, versucht sie sich zu besinnen. Sie kann sich noch genau daran erinnern, wie sie im Frauenhaus, nachdem Martha gegangen war, die ganze Phiole mit dem Theriak leer getrunken hat. Ganz wohl war ihr davon zumute und dann war auf einmal alles zappenduster. Und an mehr kann sie sich beim besten Willen nicht mehr erinnern! Hat keinen Schimmer davon, was danach passiert ist. Wie sie hierher gekommen ist und so. Alles ist weg! Sie weiß gar nichts, weiß nicht, wieso sie jetzt in dieser Kammer hockt und was das alles zu bedeuten hat!

Verzweifelt lässt sie sich wieder auf den Schemel sinken und heult wie ein Schlosshund.

In diesem Zustand findet der mit dem Strohsack und der Decke zurückkehrende Schellenknecht Mäu vor. Etwas ratlos bleibt er vor ihr stehn und starrt sie betreten an.

„Was heulst du denn so, du dummes Ding? Ist doch alles zu deinem Besten! Hast jetzt hier deinen festen Platz und hast obendrein einen großzügigen Gönner gefunden, da wirste dir satt die Taler zurücklegen können, im Lauf der Jahre, glaub mir! Kannst es doch gar nicht besser treffen. Und wenn er irgendwann ins Gras beißt, dein feiner Dienstherr, dann kriegste noch mal einen fetten Batzen. Dann biste doch ganz fein raus und kannst was beginnen da draußen. Also, hör jetzt auf mit dem Geplärre und reiß dich gefälligst zusammen! Es gibt bald Mittagessen und da müssen die Mägde früher da sein, um die Tische zu decken und alles zu richten. Jetzt ziehste dir einen von den Kitteln über, gehst zum Brunnen und wäschst dir die verheulte Visage. Mach hin, sonst kriegste schon gleich am Anfang einen Anschiss“, redet der Klingelmann auf die Weinende ein.

„Muss ich jetzt für immer hier bleiben?“, stammelt Mäu schockiert.

„Na klar, was hast du denn gedacht! Aber das soll dir der Neuhaus nachher selber erklären. Ich soll dir sagen, dass er dich nach dem Essen sprechen will. Du sollst in seine Wohnstatt kommen, da will er dann mit dir auf dein Willkomm anstoßen. Feine Sachen hat er sich von mir in seine Stube tragen lassen. Wirst schon sehen! – So, ich muss jetzt weiter, und du, krieg dich jetzt mal wieder ein!“, setzt der Schellenknecht ungewohnt gutmütig hinzu und verlässt Mäus Kammer.

Mäu begibt sich zu dem Strohsack, deckt sich zu und rollt sich zusammen. Ihr ist alles so egal, sie will nur ihre Ruhe haben.

Aus der Tiefe schläfriger Resignation und Kraftlosigkeit aber, bahnt sich, beharrlich und unaufhaltsam, ein Gedanke den Weg ins Bewusstsein, und Mäu ist mit einem Mal wieder hellwach:

Verdammt! Ich will hier nicht bleiben! Ich muss sehen, dass ich hier wieder rauskomme und zwar bald. Wie hat der Neuhaus sich das gedacht? Der kann mich doch hier nicht einfach festhalten, wie eine Gefangene!

Der Gedanke an Neuhaus macht sie immer wütender. Es ist eine verzweifelte Wut, die auch durchdrungen ist von einer guten Portion ureigenem Trotz.

Das kann der mit mir nicht machen! Der ist doch nicht der Herrgott! Was bildet sich der verdammte Siechenkrüppel denn ein! Irgendwas ist hier oberfaul. Hier bleib ich jedenfalls nicht, bis ich verschimmelt bin, Neuhaus, das schwör ich dir! – und dem Fuchs, diesem treulosen Mistkerl, wein ich auch keine Träne mehr nach!

Abrupt erhebt sie sich von ihrem Lager und schwankt zum Schemel. Während sie ihr besudeltes Kleid abstreift, um sich den blauen Hauskittel überzuziehen, muss sie sich bei aller Rage im Herzen eingestehen, dass sie immer noch sehr wacklig auf den Beinen ist. Als es ihr plötzlich schwindlig und schwarz vor den Augen wird, lässt sie sich wieder auf den Hocker zurücksinken. In dem kleinen Kämmerchen riecht es stark nach Kalk, außerdem ist die Luft so abgestanden, dass sie das Gefühl hat, zu ersticken. Hektisch öffnet sie die schmale Dachluke und inhaliert tief die frische Luft, während ihr der kalte Schweiß ausbricht.

Mach jetzt bloß nicht schlapp, Mensch!, ermahnt sie sich selbst, steht nach einiger Zeit auch wieder auf und verlässt schwankend die Kammer. Als sie das Gesindehaus verlässt, bemerkt sie, dass ihre Beine sie kaum zu tragen vermögen. Sie schleppt sich gerade noch bis zum Brunnen hin und schlürft durstig das kühle Wasser aus den Händen, bevor sie sich gründlich das Gesicht wäscht und sich Hals, Nacken und Arme benetzt. Ihr Magen gibt ein lautes Knurren von sich und sie spürt plötzlich ein unbändiges Hungergefühl.

So schnell es ihre geschwächte Konstitution zulässt, eilt sie zum Speisesaal, der am anderen Ende der Anlage liegt. Als sie ihn betritt, herrscht dort bereits ein geschäftiges Treiben. Fünf Mägde huschen hin und her, decken die Tische, schneiden das Brot, verteilen die Becher.

„Ach, da bist du ja endlich! Du bist doch die Maria, die Aufwärterin von Bruder Ulrich, die von heute an hier auf dem Hof bleiben soll. Die Frau Priorin hat mir schon von dir erzählt und mich beauftragt, dich in alles hier einzuweisen. Weil du noch neu bist, will ich jetzt noch nichts sagen, aber beim nächsten Mal solltest du gefälligst pünktlich sein! Ich bin Hedwig, die Magd von Schwester Susanna, unserer Priorin. Ich mach dich jetzt schnell mit den anderen Siechenmägden bekannt, dann müssen wir aber gleich weitermachen, denn wir haben bald die zwölfte Stunde und alles muss bereit sein zum Mittagsmahl", richtet die dürre, dunkelhaarige Magd mit vorwurfsvollem Unterton das Wort an die Eintretende.

„Also, das hier ist Isolde, die Magd von Bruder Thomas, unserem Hospitalmeister. Sie ist seit fünfzehn Jahren auf dem Hof, fast so lange wie ich und weiß über alles hier sehr gut Bescheid. Wenn du mal eine Frage hast, wende dich an sie oder mich", fährt Hedwig fort und deutet auf eine ältliche, pausbäckige Magd mit dünnen rötlichen Haaren, die Mäu knapp zunickt.

„Das ist Edelgard, die bei Bruder Anselm und seiner Frau im Dienst ist", weist Hedwig auf eine kleine, korpulente Schwarzhaarige, die Mäu freundlich zuzwinkert.

„Und Cordula ist die Magd von Bruder Berthold und seiner Frau Karoline."

Die Vorgestellte grüßt Mäu reserviert. Sie ist hochgewachsen und hat ein hübsches, blasses Gesicht.

„Die Hildegard ist von allen Mägden hier am längsten auf dem Gutleuthof. Sie ist bei Schwester Lioba im Dienst und das schon seit fast dreißig Jahren", deutet Hedwig auf eine grauhaarige Frau, mit rundem Gesicht.

„Außerdem versteht sich Hildegard besonders gut auf Heilkräuter und hat hinten im Garten ein paar Kräuterbeete angelegt", ergänzt Hedwig, während Hildegard Mäu begrüßt.

„Wenn du mal ein Zipperlein hast, kannste zu mir kommen", wendet sich die alte Magd freundlich an Mäu.

Nach dem kurzen Bekanntmachen wird Mäu sogleich in die allgemeine Betriebsamkeit eingespannt, indem sie von Hedwig beauftragt wird, die geschnittenen Brotscheiben neben die Teller zu verteilen. Anschließend hilft sie den Gesindetisch zu decken. Schweren Herzens verkneift sie es sich, von dem frischen, noch ofenwarmen Brot zu naschen, aber die kontrollierenden Augen von Hedwig scheinen überall zu sein und sie hat keine Lust auf einen erneuten Verweis.

Als die Kapellenglocke schließlich die zwölfte Stunde ankündigt, füllt sich schlagartig der Speisesaal. Die grau gekleideten Kranken scheinen alle ihre festen Plätze zu haben. Nachdem die Speisen auf dem Tisch stehen, ziehen sich die Mägde an ihren Gesindetisch zurück, an dem auch Gottfried Platz genommen hat. Er sitzt an der gegenüberliegenden Stirnseite von Hedwig, der Aufwartefrau der Priorin.

Es gibt Bohnensuppe mit Speck und dazu das frische Roggenbrot. Nachdem das Tischgebet gesprochen ist, macht sich Mäu gierig über den wohlschmeckenden Eintopf her. Gerne hätte sie noch mehr davon gegessen, aber ein Nachschlag scheint hier nicht üblich zu sein. So sehr ist sie mit dem Essen beschäftigt, dass sie gar nicht bemerkt, wie Karoline vom großen Nachbartisch aus immer wieder erstaunt zu ihr rüberblickt.

Als das Mahl beendet ist, erhebt sich die Priorin und alle Anwesenden tun es ihr gleich.

„Liebe Brüder und Schwestern, bevor wir unsere Dankgebete sprechen, möchte ich Euch mitteilen, dass ab heute eine neue Dienstmagd unter uns leben wird. Es ist die Jungfer Maria Dunckel, die früher schon unserem Mitbruder Ulrich als externe Magd gedient hat und nun ihrem Herrn ins Hospital der Guten Leut nachgefolgt ist, um dadurch besser für ihn sorgen zu können. Lasset uns nun den Herrn preisen und für unser aller Wohl beten", fordert Schwester Susanna die Anwesenden auf, und alle stimmen in das von ihr intonierte Vaterunser ein.

Mäu ist von den Worten der Priorin wie paralysiert. *Was soll das heißen, von wegen: ‚Die nun ihrem Herrn ins Hospital der Guten Leut nachgefolgt ist, um dadurch besser für ihn sorgen zu können' – ? Davon wüsst ich ja wohl was, du alte Wachtel!*

Am liebsten wäre sie der Priorin kreischend ins Wort gefallen und hätte dem ganzen Siechenpack mitsamt den blöden Mägden ihren ganzen Unmut entgegengebrüllt, aber sie zwingt sich, ruhig zu bleiben, denn damit, so ahnt sie, würde sie nichts anderes erreichen, als sich selbst nur noch mehr zu schaden.

Nachdem die Tischgesellschaft auch die vorgeschriebenen Ave-Maria-Gebete in monotonem Singsang heruntergeleiert hat, entfernen sich die Leute vom Tisch und strömen nach draußen. Beim Hinausgehen tritt Neuhaus an Mäu heran und befiehlt ihr knapp, nachher noch zu ihm zu kommen.

Mäu ist durch das Essen gestärkt und denkt die ganze Zeit angestrengt nach. Es sieht also ganz danach aus, als wäre es längst beschlossene Sache, dass sie nun regelrecht hier festsitzt. Das ganze kommt ihr vor wie ein schrecklicher Alptraum und sie wünscht sich nichts sehnlicher, als endlich wieder daraus zu erwachen! Das kann doch nicht die Wirklichkeit sein! Inständig hofft sie auf ein Hintertürchen, das sie bald wieder aus dieser Schattenwelt hinausführt.

Bedrückt und schweigsam hilft sie bei den Aufräumarbeiten in Küche und Speisesaal und verlässt dann mit den anderen Mägden das Küchengebäude. Der Himmel hat sich zugezogen, und ein leichter Nieselregen hat eingesetzt. Mäu geht zum Portal, neben dem die beiden Bündel mit ihren Habseligkeiten auf dem Boden liegen. Sie sind inzwischen feucht geworden. Sie klemmt sich die zusammengeknüpften Leinensäcke unter die Arme und trägt sie zum Gesindehaus. Dabei geht sie an der Mauer entlang und mustert sie verstohlen. Mehr als zwei Meter hoch ist sie, aus soliden Steinen gebaut und oben noch mit einer Krone aus spitzen Eisenzacken versehen. *Da kommt keiner drüber, ohne sich zu verstümmeln*, stellt sie niedergeschlagen fest und nähert sich ihrer neuen Heimstatt. – *Aber vielleicht gibt es ja noch bessere Stellen*, sie wird das schon noch überprüfen. In ihrer Kammer breitet sie die klammen Kleidungsstücke aus den Bündeln zum Trocknen aus. Wehmütig streicht sie dabei über ihr lindgrünes Leinenkleid. Das hatte sie damals auf der Herbstmesse angehabt, als sie den Fuchs kennenlernte. Sie erinnert sich noch genau an jedes Detail, sieht seine frechen, blitzenden Augen vor sich, in die sie sich sofort verguckt hat. Unwillkürlich steigen ihr die Tränen in die Augen und sie trauert um die kurze, glückliche Zeit mit ihm und dass er sich einfach so aus dem Staub gemacht hat. *So ein mieser Kerl! Es lohnt sich nicht, um den zu heulen!*, denkt sie wütend und trocknet sich die Tränen. *Jetzt muss ich erst mal gucken, wo ich bleib. Und eines ist sicher: hier bestimmt nicht!* Aufgewühlt verlässt sie ihre Kammer und überquert zielstrebig den Innenhof, um gleich Ulrich Neuhaus aufzusuchen.

Der frühere Patrizier scheint in aufgeräumter Stimmung zu sein und lädt Mäu gönnerhaft ein, sich doch zu ihm an den Tisch zu gesellen. Nachdem er sie mit Wein und ausgesuchten Spezereien bewirtet hat, erkundigt er sich bei Mäu, ob sie sich nun schon etwas munterer fühlt.

„Ja, es geht mir gut“, entgegnet Mäu kühl. „Doch krieg ich nicht mehr so ganz zusammen, was alles passiert ist. Doch Ihr könnt mir da bestimmt weiterhelfen, ich bin gespannt, was Ihr mir zu erzählen habt.“

„Na, ja, was gibt's da schon viel zu sagen: Drei volle Tage hast du durchgeschlafen, mein Kind! Deine liebe Tante muss wohl ganz außer sich gewesen sein, als sie ins Frauenhaus zurückkam und du hast da gelegen, als wärst du tot. Du warst auch durch nichts wieder wachzukriegen und da hat sie in ihrer Panik nach dem heilkundigen Henker geschickt. Meister Hans hat dir unter die Augenlider geschaut und dich wohl gründlich visitiert und hat gemeint, du würdest schon wieder wach werden, aber das könnte noch dauern. Deinen winzig kleinen Pupillen nach zu urteilen, hättest du reichlich Mohnsamensaft zu dir genommen. Dann ist es deiner Tante endlich gedämmert und sie hat gemerkt, dass du ihr ganzes Theriak-Fläschchen geleert hast. Maria, wie konntest du nur! Na und in der Zwischenzeit ist die gute Henkersgattin zu deinen Eltern gewatschelt und hat ihnen brühwarm erzählt, dass du totkrank im Frauenhaus liegen würdest. Deine armen Eltern waren sowieso schon ganz krank vor Sorge, weil sie nicht wussten wo du steckst. Die hatten auch hier schon nach dir gesucht. Also ist dein Herr Vater so schnell er konnte mit dem Eselskarren zum Frauenhaus gefahren und hat unser schlafendes Dornröschen aus dem Sündenpfuhl befreit. Anschließend hatten der Herr Abdecker und ich eine längere, ausführliche Unterredung und jetzt bist du hier – und das Schöne dabei ist: Du bleibst es auch!“, deklamiert Neuhaus aufgekratzt und kneift Mäu neckisch in die Wange.

Mäu wehrt ihn ab wie ein lästiges Insekt.

„Na toll! Ich soll jetzt also für immer hier auf dem Gutleuthof leben. War das Eure Idee oder die von meinem Alten?“, fragt Mäu, offensichtlich bemüht, ihre Fassung nicht zu verlieren.

„Sei jetzt bitte nicht so schnippisch! Und überhaupt: Es ist doch so alles zu deinem Besten, Maria! Oder hättest du lieber deinen Vetter aus Idstein geheiratet, der dir doch so zuwider ist? Also, ich für meinen Teil habe mein Wort gehalten und es hat mich einen schönen Batzen Geld gekostet, deinen Vater von seinen törichten Heiratsplänen abzubringen. Er hat mit mir geschachert und gefeilscht wie bei einem Kuhhandel, aber letztendlich hat seine Geldgier obsiegt. Ganze 100 Gulden habe ich ihm gezahlt, damit er dich freigibt. Von diesem Geld kann er zeitlebens einen tüchtigen Gehilfen bezahlen, wenn er das überhaupt will. Damit alles seine Richtigkeit hat, habe ich mir von ihm einen Kontrakt unterzeichnen lassen, der besagt, dass du mir auf Lebenszeit hier auf dem Hofe als Magd zu dienen hast. Du musst also nicht mehr länger im Dunstkreis dieses Schinders leben, er hat kein Anrecht mehr auf dich, du unterstehst jetzt mir, als deinem Dienstherrn. Und ich kann dich hier weiß Gott gut gebrauchen. Also, lass uns jetzt anstoßen auf dein neues Zuhause und glaube mir, du wirst dich hier schnell eingewöhnen“, endet Neuhaus seine Ausführungen und erhebt den Trinkbecher. Mäu macht keinerlei Anstalten, mit ihm anzustoßen. Stattdessen fixiert sie Neuhaus mit offener Feindseligkeit und sagt ihm unumwunden ins Gesicht:

„Da habt Ihr aber die Rechnung ohne den Wirt gemacht, Herr Neuhaus. Denn ich möchte auf gar keinen Fall hier bleiben, unter all den Aussätzigen! Und ich denke, Ihr könnt mich dazu auch nicht zwingen. Was nützt Euch denn eine Siechenmagd, die gegen ihren Willen für Euch Dienst tut? Also bitte ich Euch jetzt ganz manierlich, Herr Neuhaus, gebt mich wieder frei! Ich kann auch weiterhin für Euch als aushäusige Magd arbeiten, und es bleibt alles beim Alten.“

„Es tut mir Leid, meine Liebe, aber das ist jetzt so entschiedene Sache und daran gibt es auch nichts mehr zu rütteln! Also, füge dich jetzt den neuen Umständen und hör endlich auf, mich bearbeiten zu wollen. Das zieht bei mir nicht!“, entgegnet Neuhaus pikiert.

„Aber Ihr habt doch immer gesagt, dass Ihr mir gut wollt. Da könnt Ihr mich doch nicht eingesperrt halten unter all den Siechen hier. Ist es Euch denn egal, ob ich mich anstecke und selber krank werde? – Ich bin doch noch jung, ich will nicht unter den Aussätzigen leben müssen bis ans Ende meiner Tage!", schreit Mäu außer sich.

„Mäßige dich, Maria. Dir wird es hier sehr viel besser ergehen als bisher in deinem armseligen Leben. Sei also nicht undankbar! Es wird dir an nichts fehlen, ich werde für deine Kleidung sorgen und zahle dir weiterhin einen großzügigen Lohn, den du dir weglegen kannst für die Zeit, wenn ich einmal nicht mehr bin. Du wirst hier nicht gezüchtigt werden wie zu Hause und im Gegensatz zu uns Kranken, darfst du den Hof verlassen, um in die Stadt zum Einkaufen zu gehen. Das wirst du freilich immer in Begleitung von Gottfried tun, damit du mir nicht auf dumme Gedanken kommst. Du kannst dich mit den anderen Mägden hier auf dem Gutleuthof anfreunden, da habe ich nichts dagegen. Aber schlage dir alle anderen Flausen ein für allemal aus dem Kopf! Und glaube mir: Du kommst hier nicht raus! Sie haben es gebaut wie eine Festung. Also, finde dich in dein neues Leben, und du wirst hier sehr glücklich werden. Schau dir die anderen Mägde an: Sie sind alle kerngesund und munter. Und Gottfried ist schon seit Jahrzehnten auf dem Hof und hat sich nie angesteckt. Ich will jetzt kein Gejammere mehr von dir hören! Koste lieber von dem feinen Schinken aus dem Welschenland, lass uns Wein trinken und fröhlich sein. Eine griesgrämige Magd kann ich hier nicht gebrauchen", endet Neuhaus resolut.

„Und später, wenn du dich gestärkt hast, schneidest du mir die Nägel an den Händen und den Füßen. Sie sind schon so lang und gebogen wie Krallen. Wir werden sie vorher einweichen müssen. Also, schaff nachher heißes Wasser herbei und einen Bottich. Bevor du das Wasser aufgießt, gibst du eine Hand voll Lavendelblüten hinein, damit es gut riecht. Anschließend kannst du dich dann an meine Leibwäsche machen, sie liegt neben meiner Schlafkoje im großen Wäschekorb. Da ist einiges liegen geblieben in den letzten Tagen, die du nicht da warst", fügt er vorwurfsvoll hinzu.

*

Es ist später Nachmittag geworden, als Mäu den schweren Wäschekorb tragend die Wohnräume von Ulrich Neuhaus verlässt. In dem Waschhaus sind bereits die anderen Mägde mit der Wäsche ihrer Herrschaften beschäftigt. Die Körbe sind angefüllt mit weißen, blauen und grauen bereits gesäuberten und ausgewrungenen Kleidungsstücken.

„Was, das alles willst du jetzt noch waschen? Wir sind schon fast fertig und brauchen die Sachen nur noch aufzuhängen, hinten bei der Bleiche, und in einer Stunde müssen wir schon zum Abendessen eindecken. Das schaffst du doch nie bis dahin, wenn du nicht schludern willst. Na ja, deine Sache. Im Speisesaal solltest du aber nachher unbedingt pünktlich sein!“, richtet Hedwig streng das Wort an die Eintretende und mustert Mäu ungnädig.

„Ich schaff halt, was ich schaffen kann und was ich nicht packe, das bleibt liegen für später“, antwortet Mäu knapp. Die wichtigtuerische, säuerliche Hedwig hat ihr vorhin schon nicht besonders behagt. Sie hat keine Lust, sich von ihr schikanieren zu lassen.

„Bei uns ist es nicht üblich, dass irgendetwas liegen bleibt. Du solltest dir in Zukunft deine Arbeit so einteilen, dass das nicht vorkommt“, entgegnet Hedwig herablassend und rümpft dabei die lange, dünne Nase.

Mäu erwidert darauf nichts mehr und macht sich sofort an die Arbeit. Als die anderen vier Mägde fertig sind und das Waschhaus grußlos verlassen, ist sie erleichtert, endlich alleine zu sein. Sie schrubbt mit der eingeseiften Bürste immer wieder über die gelblichen Flecken auf der Leibwäsche, doch sie sind hartnäckig und lassen sich kaum entfernen. Sie stammen von der Schwefelpaste, mit der Neuhaus immer seine Knoten auf der Haut bestreicht. Mäu übergießt die gelb-besudelten Wäschestücke mit kochendem Wasser und streut Alaunsalz darüber. Das Ganze soll erst mal eine Zeit einweichen, inzwischen wäscht sie die nicht ganz so verschmutzten Sachen und hängt dabei ihren Gedanken nach, die um ihre neue, desolate Situation kreisen. Morgen früh soll sie mit Gottfried in die Stadt gehen, um einzukaufen. Vielleicht ergibt sich dort die Möglichkeit, davonzulaufen. Wenn sie ihm nur erst einmal entkommen könnte, Verstecke kennt sie genug, wo sie sich verbergen kann.

Und dann, wenn die Luft rein ist, wird sie sich auf nimmer Wiedersehen davonmachen, ganz weit weg aus der Frankfurter Gegend und dem Gutleuthof!

Von dieser Hoffnung zehrt sie den Rest des Tages, und sie ist auch ihre Labsal in der Nacht, die sie größtenteils schlaflos auf ihrem neuen, fremden Lager zubringt.

10. Rabenvater

Am frühen Morgen des 29. November, ein kalter Wind weht, der durchsetzt ist von Graupelschauern, zieht Edu Dunckel mit seinem klapprigen Eselskarren über die Felder in Richtung Galgenviertel. Er ist auf dem Weg zum Rabenstein, um den Gehenkten vom Galgen zu nehmen und ihn auf dem Schindanger[22], welcher am Ufer des Mains in der Nähe des Gutleuthofes liegt, zu bestatten. Für das Bergen der Leichen von Selbstmördern und hingerichteten Verbrechern erhält er von der Stadt einen Gulden, der ihm von seinem Dienstvorgesetzten, dem Scharfrichter, ausgehändigt wird.

Edu nähert sich der Hinrichtungsstätte, die ganze Zeit schon hat er den Galgen im Blick, der, anmutend wie der nach oben gestreckte Zeigefinger des Gesetzes, einen jeden daran gemahnt, vom rechten Wege nicht abzuweichen. Um diese Abschreckung noch zu verstärken, ließ man in den vergangenen Jahrhunderten die Gehenkten stets am Galgen verwittern. In neuster Zeit erst distanziert sich die Stadt von solch barbarischem Brauchtum und lässt den Hingerichteten eine ordentliche Erdbestattung zukommen.

Rabenvögel umschwirren in schwarzen Kreisen den Galgen, ihr lautes Krähen durchdringt das Heulen des Herbststurmes. Als der Abdecker ihr Terrain betritt, werden ihre Rufe noch lauter und auch ärgerlicher. Sie wissen schon, da kommt wieder derjenige, der ihnen immer ihre Mahlzeit stiehlt. Mit schnellem Griff, ohne genauer hinzusehen, zückt der Schundmummel sein Messer und durchtrennt den Galgenstrick. Der Leichnam des Hingerichteten gleitet auf den unter ihm stehenden Leiterwagen. Edu nimmt ein großes Stück Sackleinen, deckt damit die Leiche zu und bekreuzigt sich hastig. Er blickt zur Scharfrichterei: Die Fensterläden sind noch alle geschlossen. *Liegt noch auf der Bärenhaut, der Herr Henker. Gestern war ja Galgenfest, da hat er sich bestimmt wieder vollgesoffen und schläft jetzt seinen Rausch aus. Na ja, wir verbuddeln erst mal unsren Kunden und holen dann später beim Angstmann unseren Gulden ab*, entscheidet der Abdecker, während er auf seinen Karren klettert und den Esel antreibt. Die Raben sind immer noch ganz aufgeregt am Schimpfen, ganz empört über ihren Verlust, der nun, zwar zugedeckt, aber auch angenagt, ganz kaltblütig seine letzte Fahrt antritt.

Das Galgenviertel beginnt sich langsam zu rühren. Aus den Bettlerherbergen kriechen die ersten flehenden Leute. Manche humpeln, andere bewegen sich emsig, zerlumpt und abgerissen wirken sie alle. Sie ziehen in Richtung Stadt, um sich an ihren festen Bettelplätzen zu positionieren.

„Na, Edu, haste mal 'nen Groschen für unsereinen, wir beten auch brav für dein Seelenheil. Wird nur nicht viel nützen, denn wenn dich der Teufel am Wickel hat, zieht er dir erst mal das Fell über die Ohren, so wie du es immer mit den Hunden machst", kreischt einer von ihnen. Die anderen lachen beifällig, feixen und geben prustende Geräusche von sich.

„Heh' Schundmummel, dein Esel hat eben einen fahren lassen, oder warst du das?"

„Fort mit euch faulem Gesindel! Sonst setzt's was mit der Peitsche. Unsereins verdient sich sein Brot redlich und war noch nie am Bettelstab wie ihr. Macht euch ab, ihr Strauchdiebe!", schimpft der Abdecker verärgert.

Unter den städtischen Bettlern ist es hinlänglich bekannt, wie geizig der Hundshäuter ist. Außerdem gilt er als humorloser, missmutiger Gesell, was nicht gerade dazu beiträgt, ihn zu mögen.

Mit verbissenem Gesicht zieht Edu weiter durch die schlammigen, mit Kehricht übersäten Gassen. Aus einer Fensterluke leert eine Frau ihren Nachttopf aus. Der Inhalt ergießt sich platschend haarscharf neben den Karren.

„Kannst du nicht aufpassen, du Trampel!", keift der Abdecker in ihre Richtung.

„Na, da hätt's ja fast den Richtigen getroffen, Schundmummel", kontert sie lachend.

Bloß fort von hier! Edu gibt dem Esel die Peitsche und der Karren nähert sich bald wieder dem freien Feld. Als er den Gutleuthof erspäht, muss er, wie so häufig in letzter Zeit, an Mäu denken. Vor gut einem Monat hat er sie dort abgeliefert. Er erinnert sich noch gut daran. Auf dem Karren hatte sie noch die ganze Zeit geschlafen, das Kind, und als sie dann da waren, war sie auf einmal ganz verstört. Wankte über die Schwelle, wie ein Schaf, das zur Schlachtbank geführt wird. Bei dem Gedanken daran, zieht sich sein Herz jetzt noch schmerzhaft zusammen. Das arme Mädel!

Der Friedhof der Ehrlosen befindet sich unmittelbar vor dem Gutleuthof und grenzt ans Mainufer. Um die sumpfige Gegend hier draußen ranken sich seit alters her schaurige Geschichten. Die Frankfurter glauben, dass die Geister von Selbstmördern und Hingerichteten dort umgehen. Der Schindanger wird allgemein gemieden, bei Tag und erst recht bei Nacht. Lediglich Edu geht hier seinen Geschäften nach, und der hat es sich inzwischen längst abgewöhnt, auch noch über Geistergeschichten zu spekulieren. Seine Verrichtungen auf dem Totenacker sind auch so schon wenig erbaulich. Nachdem er den Esel an den Pfahl gebunden hat, läuft er zu einem verwitterten Holzschuppen am Rande des Gräberfeldes und holt sich Schaufel und Spaten. Das ständige Regenwetter der letzten Wochen hat auch sein Gutes: Das Erdreich ist entsprechend weich und lässt sich gut aufgraben.

Auf dem gesamten Areal befinden sich weder Holzkreuze noch Grabsteine. In der ungeweihten Erde hier draußen liegen die Gebeine von Angehörigen der unehrlichen Berufsgruppen sowie Fahrende, Hingerichtete und Selbstmörder in namenlosen Gräbern. Auch die Vorfahren des Abdeckers sind alle hier begraben. Seine drei früh verstorbenen Kinder und auch Matthias, den ältesten Sohn, hat Edu nahe den Familiengräbern eigenhändig beigesetzt. In einem Anflug von Trauer tritt er an ihre Gräber und hält ein kurzes Gebet. Noch immer vermisst er den Matthes so sehr. Er war ein tüchtiger, aufgeweckter Junge und dabei immer so guter Dinge. Mit ihm zusammen ging Edu einfach alles viel leichter von der Hand und was hatten sie dabei für einen Spaß miteinander. Selbst bei der größten Plackerei gab es bei ihnen immer was zu lachen. Er wird es nie vergessen, wie sie einmal mit dem Jauchekarren am Weißfrauenstift vorbeigefahren sind und die feinen Dämchen sich mit angewiderten Mienen die Tücher an die Nasen gedrückt haben.

„Ei, wir ham doch heut e' ganz fein Fuhr dabei, die Damen! Des is doch alles von euren Vettern auf dem alten Limpurg, was da so stinkt. Aber des riecht halt auch net grad nach Kölnisch Wasser, gell!", hatte der freche Bub den pikierten Patriziertöchtern zugerufen und Edu hatte sich vor Lachen fast ins Hemd geseicht. Aber das ist jetzt alles vorbei und es gibt schon lange nichts mehr zu lachen. Ganz im Gegenteil, manchmal wünscht er sich sogar, er würde bald selber hier draußen liegen, bei seinen Kindern. Und das einzige Kind, das ihm noch geblieben ist, hat er an die Aussätzigen verschachert. Wie konnte er dem Mädel nur so was antun! Ihn graust es zuweilen vor sich selber. Ja, sie ist schon immer ein stures Aas gewesen, hat nicht richtig pariert und dann noch die Kapriolen mit diesem fahrenden Schlawiner! Und dass sie sich dann so einfach davongeschlichen hat, ausgerechnet zu der Martha, diesem liederlichen Weibsstück. Wollt lieber bei den feilen Frauen bleiben, als einen anständigen Kerl zu ehelichen! – Das alles hat ihn so wütend gemacht. So wütend, dass er dann schließlich dem Neuhaus sein Wort gegeben hat. – Was er inzwischen immer mehr bereut, denn sie fehlt ihm halt, die Mäu. Ja, er war in der letzten Zeit ziemlich garstig zu dem Mädel, warum, weiß er auch nicht so genau. Aber sie liegt ihm doch am Herzen. Schließlich ist sie sein eigen Fleisch und Blut. Was will man machen!

Um seine Traurigkeit zu verscheuchen, beginnt Edu angestrengt zu graben, bis er trotz des eisigen Herbstwindes zu schwitzen anfängt. Als er die Kuhle ausgehoben hat, wischt er sich den Schweiß von der Stirn und geht rüber zum Eselskarren. Er führt den Esel an den Rand der Grube, hebt den Leichnam des Gehenkten mit einem kraftvollen Ruck an und wirft ihn in das Erdloch.

„Friede mit Dir!", murmelt er und bekreuzigt sich wieder. Sogleich beginnt er damit, Erde auf den Toten zu häufen. Das geht viel schneller, als das Graben zuvor und im Nu ist die Grube gefüllt. Mit seiner Schaufel klopft er zum Schluss noch die Erde fest und trägt dann seine Utensilien zurück in den Schuppen. Der Eisregen wird immer heftiger, und er sehnt sich nach einer warmen Stube. *Warum nicht eine Pause einlegen und zu Holzmaier fahren*, überlegt Edu. Seine düsteren Gedanken wegen Mäu verfolgen ihn noch immer. Es wird Zeit, dass er mal mit einem vernünftigen Menschen darüber spricht. Kurzentschlossen steigt er auf den Kutschbock und lenkt den Esel in Richtung Friedberger Pforte. Dort überquert er die Holzbrücke des Stadtgrabens und wird von den Torwächtern kommentarlos durchgewunken. Sich geradeaus haltend, gelangt er nach kurzer Zeit zur Peterskirche, neben der sich der neue städtische Friedhof befindet. Das ist das Reich von „Holzmaier"[23], wie der Totengräber von allen genannt wird. Er lebt dort in einem kleinen Häuschen, das früher einmal als Kapelle diente. Als sich Edu Holzmaiers Behausung nähert, tritt ihm der Freund schon entgegen. Holzmaier ist groß und hager, trägt wie immer seinen schwarzen, kuttenartigen „Leidmantel" und auf dem Kopf den spitzen „Klagehut", wie es der vorgeschriebenen Tracht für Totengräber entspricht.

Holzmaier ist in der Stadt der Einzige, zu dem er kommen kann. Der städtische Totengräber hat zwar nicht den Status der absoluten Unberührbarkeit, wie der Abdecker, in der Öffentlichkeit wird er aber ähnlich gemieden wie dieser, wenn auch aus anderen Gründen. In Frankfurt erzählt man sich, Holzmaier würde mit Geistern und Gespenstern in Kontakt stehen. Die Stadtbewohner fürchten sich vor ihm. Wenn er auf den Markt kommt, um etwas zu kaufen, weichen alle seinem Blick aus. Es heißt, er könne hellsichtig das nahende Ende eines Menschen erspüren und wem er zulächle, der wäre sein nächster Kunde. Mit dieser Furcht verbindet sich zudem noch eine Abneigung, die sich in üblen Nachreden und Verdächtigungen äußert. So wird Holzmaier unterstellt, er würde seinen Herd mit ausgegrabenem Sargholz beheizen, unter seiner Kutte trage er gestohlene Totenkleider und er mache auch gelegentlich lange Finger hinsichtlich des Schmuckes von Verstorbenen. Den Abdecker tangieren diese seltsamen Verdächtigungen wenig, er ist froh, in dem Totengräber jemanden gefunden zu haben, der sich überhaupt mit ihm abgibt und ihn einfach so nimmt, wie er ist. So hat es sich seit langem bei ihnen eingespielt, dass sie hin und wieder gemeinsam Brotzeit halten, wenn Edu in Frankfurt zu tun hat.

„Ei, der Edu! Warst schon lange nicht mehr bei mir", begrüßt Holzmaier den Freund.

„Grüß dich, Holzmaier! Wir haben grad einen verscharrt und da haben wir uns gedacht, wir zwei könnten vielleicht mal wieder ein

Päuschen zusammen machen“, erwidert der Abdecker mit belegter Stimme.

„Bin am Graben, hab heut mittag noch eine Leich. Wird ein großer Umzug geben, die Frau vom Metzgermeister Klein ist im Kindbett gestorben. Zählte erst zwanzig Jahr, des arme Mensch“, entgegnet der Gefragte. „Aber komm doch erst mal rein, Edu, eine kleine Brotzeit können wir schon machen, jetzt, wo du mal da bist“, entscheidet der Totengräber und betritt mit dem Besucher seine Wohnstatt.

Im Holzofen prasselt ein Feuer und verbreitet eine behagliche Wärme in der kleinen Stube.

„Setz dich hin, Edu und wärm dich erst mal ein bisschen auf“, weist Holzmaier dem Gast einen Hockerplatz am Ofen zu. „So, und es gibt sogar ein paar Würste. Die sind noch übrig vom letzten Leichenschmaus“[24], erläutert der Totengräber, während er kleine Leber- und Blutwürste aus einem Leinentuch wickelt und auf dem Tisch ausbreitet. Schließlich stellt er noch einen Krug Gewürzwein dazu, jeder kriegt einen „Totenweck“[25] und die Mahlzeit kann beginnen. Edus Herz lacht beim Anblick der Speisen.

„Na, Holzmaier, so was Gutes haben wir freilich nicht dabei“, entgegnet er, während er aus seinem Lederbeutel einen Kanten Brot und ein Stück Limburger Käse nimmt und es zu den anderen Sachen auf den Tisch legt.

„Das macht doch nichts, Schundmummel“, erwidert der Totengräber nachsichtig lächelnd, und bald sind die beiden Männer zufrieden am Kauen. Der heiße Würzwein lockert Edus Zunge, er räuspert sich kurz und hebt an, dem Totengräber nach und nach sein Herz auszuschütten. Als er geendet hat, schüttelt der Freund unmutig den Kopf.

„Ei Edu, was ist denn da bloß in dich gefahren! Warum hast du dich auf so einen Kuhhandel überhaupt eingelassen? Das begreif ich nicht, wo es doch auch noch deine Einzige ist, das arme Schlüppsche!“

„Ach, wir wollten dem kleinen Luder halt einen Denkzettel verpassen, ham uns genug über sie ärgern müssen“, antwortet Edu kleinlaut. „Da sind halt mal wieder die Gäul mit uns durchgegangen. Und auch wenn's kaum einer glauben tut, unsereiner hat ja auch ein Gemüt und es tut einem halt doch manchmal Leid, was man da verbockt hat. Ach, wenn man's doch nur wieder rückgängig machen könnt!", fügt er zerknirscht hinzu.

Nachdem er eine Weile nachgedacht hat, rät der Totengräber schließlich dem Freund, noch einmal mit Neuhaus zu reden und ihm vorzuschlagen, den Kontrakt rückgängig zu machen, wenn Edu ihm das Geld wieder aushändigt.

Der Abdecker verspricht, sich das Ganze nochmal durch den Kopf gehen zu lassen und drückt Holzmaier zum Abschied dankbar die Hand.

*

Das Wohnhaus des Henkers ist sehr alt, seit Jahrhunderten schon dient es den Frankfurter Scharfrichtern als Unterkunft. Es ist das einzige Steinhaus im Quartier der Friedlosen. In distanzierter Nachbarschaft zu den schäbigen Hütten und Katen, ist es an eine steinige Anhöhe gebaut, den so genannten „Rabenstein", auf welchem hoch aufgerichtet, von drei schweren Holzbalken gestützt, der Galgen steht. Der Rabenstein ist unterkellert und enthält ein kleines Verlies für die Delinquenten. Ein unterirdisches Gewölbe mit Stiegen führt von dort direkt zur Scharfrichterei.

Edu stellt seinen Karren neben einen kahlen, laublosen Baum und bindet dort den Esel fest. Die Fensterläden der Scharfrichterei sind noch immer geschlossen, wahrscheinlich wegen der Herbststürme. Edu klopft ein paarmal an die schwere Eichentür.

„Wer ist da?", tönt eine weibliche Stimme aus dem Innern.

„Wir sind's, der Edu. Wollen unseren Gulden holen", antwortet der Abdecker.

„Komm rein, Schundmummel", entgegnet die Stimme. Der Abdecker betritt den abgedunkelten Raum. Ilse, die Frau des Henkers, sitzt am Tisch und verzehrt Krapfen, die sie in eine Schale mit Milch taucht. Ihre gelblichen Haare hängen strähnig in das volle

Gesicht. Sie ist noch im Nachtgewand und ihr mächtiger Busen wölbt sich prall über dem Ausschnitt.

„Bin noch nicht lange auf. War ein anstrengendes Geschäft gestern. Meister Hans ist unten in seinem Keller. Geh halt runter zu ihm“, entgegnet Ilse kühl und blinzelt den Abdecker aus verschlafenen Augenschlitzen an. Auf ihren schwammigen Oberarmen, die vom weißen Linnen nicht bedeckt sind, schimmern dicke Blutergüsse. Edu durchquert den geräumigen Wohnraum bis zu einer Falltür in der Ecke, die er hochklappt. Er folgt den ausgetretenen Stiegen einer steinernen Wendeltreppe nach unten. Die Wände sind feucht und es riecht nach Moder. Ein Kerzenstummel in einer Wandhalterung verbreitet ein flackerndes Licht. Vorsichtig folgt der Abdecker dem Verlauf der Stufen, bis er vor einer schweren, eisenbeschlagenen Tür angekommen ist. Nachdem er angeklopft hat, betritt er einen düsteren, gewölbeartigen Raum, bei dem es sich um ein altes, nicht mehr genutztes Verlies handelt. Dem Henker dient es als eine Art Arbeitsraum. Hier bewahrt er neben anderen Hinrichtungsutensilien und Folterwerkzeugen auch sein Richtschwert auf, das noch aus der Zeit Karls des Großen stammt. Solange schon ist es im Besitz seiner Familie und wird jeweils vom Vater an den ältesten Sohn weitergegeben. Die Inschrift auf dem schweren, aus edlem Damaszener-Stahl gefertigten Schwert lautet:

„Gott fällt das Urteil, der Henker ist nur sein Knecht.“

An den Wänden brennen Teerfackeln und erhellen einen langen Tisch, an dem Meister Hans auf einem hohen Schemel sitzt, vor sich einen Mörser aus Steingut, in welchem er eine Substanz mit einem dicken Stößel bearbeitet. Auf den Regalen an der Wand stehen verschiedene Tiegel und Gläser, in denen zum Teil menschliche Innereien und Knochenteile in klarer Flüssigkeit schwimmend aufbewahrt werden. Auf Genehmigung des Rates ist es dem Züchtiger nämlich erlaubt, die Körper anatomisch interessanter Hingerichteter zu öffnen, um zu nehmen, was ihm davon als Arznei dienlich erscheint. Denn seit alten Zeiten gilt der Henker nicht nur als Mann des Todes, sondern auch als Heiler, dem man magische Kräfte zuschreibt. Im Galgenviertel und auch in Frankfurt werden seine

Dienste als Wundarzt und Heiler häufig in Anspruch genommen. Er verfügt über sehr gute Anatomiekenntnisse und ein solides Kräuterwissen.

Höflich grüßt Edu seinen Vorgesetzten und bleibt beklommen an der Tür stehen. „Ach, der Hundshäuter will bestimmt seinen Armen-Seelen-Gulden abholen. Setz dich hin und schenk uns bitte, bitte noch ein kleines Weilchen, wie es im Lied so schön heißt[26]“, erwidert der Henker mit spöttischer Miene, ohne dabei von seiner Tätigkeit aufzusehen. Gehorsam lässt sich der Abdecker auf einem Schemel in der Ecke nieder und schaut dem Scharfrichter bei der Arbeit zu.

Meister Hans, der Henker, auch genannt der „Angstmann“, ist groß und hager, dabei aber nicht schlaksig. Sein magerer Körper mit den schlanken Gliedmaßen wirkt sehnig und kraftvoll. Die schneeweißen Haare sind schulterlang, ein altes Henkersprivileg, denn das Tragen von langem Haupthaar ist ansonsten nur Männern des Adels gestattet. Durch die hohe Stirn und die ausgeprägten Wangenknochen erhält das schmale, fleischlose Gesicht eine asketische Note. Ohne weiteres könnte man ihn für einen Gelehrten oder einen Mönch halten.

Die Augen des Henkers sind hell und farblos, wodurch die schwarzen Pupillen eine stechende Eindringlichkeit gewinnen. Meister Hans ist Albino, was in Henkerssippen keine Seltenheit ist. Durch vielfache Verwandtenheirat treten immer wieder solche Veränderungen auf, ähnlich wie bei alten Adelsgeschlechtern. Genauso lang ist auch der Henkersstammbaum, der nahezu acht Generationen zurückreicht. Und Meister Hans umgibt auch tatsächlich ein Nimbus von Aristokratie. Nicht umsonst hat man ihm im Galgenviertel den Spitznamen „Fürst vom Rabenstein“ gegeben.

„Wenn du das nächste Mal kommst, Hundshäuter, vergiss nicht, mir Rindertalg mitzubringen. Das hier ist schon der letzte Rest“, sagt der Angstmann und deutet auf den Inhalt eines Tiegels, der sich auf dem Tisch befindet. Er greift nach einer Phiole, träufelt sorgfältig einige Tropfen auf die Paste und walkt alles mit dem Stößel noch einmal gut durch.

„So, das kann jetzt erst mal stehen bleiben. Also gut, dann holen wir dir jetzt deinen Gulden, Schundmummel, damit du nicht noch am Hungertuch nagen musst“, fügt der Henker zynisch hinzu und deckt sorgsam ein Holzbrett auf das Steingutgefäß.

Die beiden Männer verlassen das ehemalige Verlies, erklimmen die Wendeltreppe und betreten die Stube.

Ilse ist inzwischen frisiert, angekleidet und trägt eine gestärkte Haube über ihrem hübschen, weichen Vollmondgesicht.

„Ich hab was gebacken, Hannes, komm probier doch mal“, wendet sie sich an ihren Ehemann, den Abdecker dabei vollkommen ignorierend.

„Ach, lass mich doch in Ruhe mit deinem ewigen Fressen! Bring lieber den Weinkrug herbei“, blafft der Henker zurück und setzt sich an den Tisch, ohne Edu einen Platz anzubieten. Ilse ist aufgesprungen und kehrt mit dem Weinkrug zurück. Sie füllt den Becher ihres Mannes, und als sie auch dem Abdecker einschenken will, hält der Henker sie am Arm zurück und entgegnet unfreundlich:

„Halt, der Wein ist nur für mich! Einer, der seine Tochter an die Feldsiechen verschachert wie ein Stück Vieh, kriegt hier nichts!“

Betreten steht Edu in der Stube herum und weiß nicht so recht, was er darauf erwidern soll. Eigentlich schämt er sich in Grund und Boden und würde am liebsten gleich gehen.

„Da hast du aber Recht!“, mischt sich Ilse nun auch noch ein. „Der war ja schon immer ziemlich garstig zu dem armen Ding, das weiß hier jeder. Aber dass er jetzt sein Kind auch noch an die Aussätzigen verkauft hat, ist wirklich das Letzte. – Du solltest dich was schämen, du Rabenvater!“, giftet die Henkersfrau Edu an. „Komm Hannes, zahl ihn endlich aus, damit er verschwindet, so einen herzlosen Gesell will ich hier gar nicht haben!“, keift sie aufgebracht.

Daraufhin wirft der Henker dem Abdecker voller Verachtung seinen Gulden vor die Füße. „Da, du Judas. Davon kannst du ja den Hals nicht voll genug kriegen!“, zischt er gehässig.

Edu klaubt die Münze auf und blickt drein wie ein geprügelter Hund.

„Ihr habt ja Recht“, stammelt er mit zitternder Stimme und wendet sich zum Gehen.

„Hol gefälligst das Mädchen wieder da raus, oder nehm dir einen Strick und häng dich auf, du armseliger Wicht!" brüllt ihm der Henker noch hinterher.

*

Als Edu an diesem stürmischen Nachmittag nach Hause kommt und Anna vorfindet, die gerade dabei ist, die Siechenwäsche zu flicken, wird er von einer tiefen Wehmut erfasst. Ihm ist einfach danach, seine Frau in die Arme zu schließen wie in früheren Zeiten, und sich bei ihr Trost zu holen. Aber sie ist ihm gegenüber so kalt geworden, erst recht, seitdem sie diesem reichen Knobloch als Siechenmagd dient. Glaubt, sie ist dadurch was Besseres und will mit ihm nichts mehr zu tun haben. Es wird ihm immer wieder schmerzlich bewusst, wenn sie sich seinen Zärtlichkeiten entzieht, sich im Bett von ihm abwendet. Das alles hat ihn im Laufe der Jahre bitter gemacht und aus unterschwelligem Zorn über ihre Abweisung begegnet er ihr oft grob und rüpelhaft, so, als wolle er sie darin auch noch bestätigen. Aber im Grunde seines Herzens liebt er sie noch immer. Zwar in die Jahre gekommen, wie er selber auch, ist sie doch trotzdem eine schöne, begehrenswerte Frau geblieben. *Naja, die Backes-Mädchen sind alle ansehnliche Weibsleute gewesen*, sinniert Edu. Anna, die älteste Tochter des Friedberger Abdeckers Anton Backes, hatte es ihm damals gleich angetan. Wobei er ihre hübsche Schwester Martha auch nicht verschmäht hätte, aber die war ja noch ein bisschen zu jung. *Gott sei Dank geht die Mäu ganz nach der Backes-Linie und hat nicht unsere hässliche Dunckel-Visage abgekriegt*, denkt Edu grimmig. *Es ist ihrer Mutter schon verdammt ähnlich, das Mädchen. Äußerlich zumindest. Aber was ihre Sturheit anbetrifft, ist sie ganz eine Dunckel. Verdammt nochmal!* Ohne es zu bemerken, rollen dem Abdecker die Tränen über das pockennarbige Gesicht, und auf einmal kann er nicht mehr länger an sich halten und verfällt in heftiges Schluchzen.

Als Anna gewahr wird, dass er weint, fällt sie schier aus allen Wolken, so selten sind bei Edu derartige Gefühlsausbrüche. Erstaunt fragt sie, was ihm fehlt, und Edu macht seinem Herzen Luft.

„Na, die fette Kuh soll bloß ruhig sein", wettert Anna aufgebracht gegen die Henkersgattin. „Ich meine, das Mädchen ist immer noch besser im Gutleuthof aufgehoben, als bei den Huren im Frauenhaus!", fügt sie resolut hinzu. „Und wenn der Neuhaus dann mal den Schirm zu macht, erbt sie noch ordentlich und ist mal fein raus. Bis dahin soll sie sich gefälligst benehmen und ihrem Dienstherrn eine gute Magd sein. So ist das halt im Leben. Wer fragt einem denn schon, was man will oder nicht will. Unsereiner ist ja schließlich auch nicht auf Rosen gebettet. Da muss sie halt jetzt mal die Zähne zusammenbeißen. Und wenn sie sich da draußen erst eingewöhnt hat, wird schon alles besser werden. Das hab ich ihr jetzt schon zigmal gesagt, und sie gibt immer noch keine Ruhe, das dumme Kind!", ereifert sie sich weiter.

„Was, du hast mit Mäu gesprochen? Davon hast du mir gar nichts erzählt", insistiert nun der Abdecker.

„Na, das ist ja auch nicht so wichtig. Sie hat mich halt jetzt schon ein paarmal auf dem Gutleuthof abgefangen und versucht, mich zu bearbeiten. Hat immer geheult und gebettelt, ich soll sie doch da wieder wegholen und so. Unter den Kranken wird schon gemunkelt, der Neuhaus könnte seine Finger nicht bei sich behalten, was Mäu anbetrifft. Naja, das steckt wahrscheinlich auch noch mit dahinter, dass sie von da fort will", fügt Anna etwas kleinlaut hinzu. – „Aber letztendlich will sie doch wieder nur ihren Dickkopf durchsetzen, und das seh ich nicht ein. Die soll sich endlich damit abfinden. Es gibt schließlich Schlimmeres, als eine Siechenmagd zu sein", resümiert Anna abgeklärt und macht Edu unmissverständlich klar, dass für sie der Fall damit erledigt ist.

Edu ist enttäuscht von ihrer Kaltschnäuzigkeit, aber er sagt nichts mehr weiter dazu.

*

„Nein, er kommt hier nicht rein. Ein Racker wie er hat hier nichts zu suchen!“, erklärt Gottfried nachdrücklich, während er breitbeinig im geöffneten Portal steht und mit seiner wuchtigen Gestalt den Eingang blockiert. Edu bezwingt sich nun zum wiederholten Mal, ruhig und gesittet zu bleiben und versucht den störrischen Schellenknecht von der Dringlichkeit seines Besuches bei Ulrich Neuhaus zu überzeugen. Aber Beredsamkeit liegt ihm einfach nicht, und so versucht er es schließlich mit anderen Mitteln, den Klingelmann umzustimmen: Seinem Brustbeutel entnimmt er im Anflug von Großzügigkeit einen Gulden und steckt ihn Gottfried zu. Und nachdem er dem Klingelmann noch hoch und heilig verspricht, bei Neuhaus nicht ausfallend zu werden, lässt ihn dieser endlich eintreten und begleitet ihn über den Innenhof zu den Räumen des Kranken.

„Ich halte mich hier draußen bereit, also, bleib er zahm, Hundshäuter!“, mahnt der Schellenknecht und positioniert sich vor dem Wohngebäude.

Als er schließlich die Stube von Neuhaus betritt, ist Edu ganz schön aufgeregt. Beim Anblick der abweisenden, blasierten Miene des ehemaligen Patriziers gesellen sich auch noch Abneigung und eine unterschwellige Wut hinzu. Trotzdem bemüht sich der Abdecker, sein Anliegen in ruhigen, wohlgesetzten Worten vorzutragen. Doch bereits nach den ersten Sätzen unterbricht ihn Neuhaus rüde und erklärt ihm schroff, er wäre auf keinen Fall bereit, Mäu wieder freizugeben. Währenddessen klopft es leise an der Tür und Mäu, ausgestattet mit verschiedenen Putzutensilien, späht zaghaft durch den Türspalt. Als sie den Vater erblickt, fühlt sie einen heftigen Stich in der Magengrube.

„Komm ruhig rein, Maria, und tu deine Arbeit! Unser Gespräch ist hiermit beendet, Hundshäuter, also troll Er sich gefälligst!“, befiehlt Neuhaus in eisigem Tonfall.

Edu, durch die plötzliche Anwesenheit seiner Tochter noch aufgewühlter, öffnet mit zitternden Fingern seine Geldkatze und entnimmt ihr einen prallgefüllten Lederbeutel.

„Herr Neuhaus, hier sind die hundert Gulden, die Ihr uns bezahlt habt. Bitte, nehmt doch das Geld wieder zurück und gebt das

Mädel frei!“, richtet der Abdecker mit bebender Stimme das Wort an den Kranken. Mäu zuckt zusammen und blickt dem Vater in freudigem Erstaunen entgegen, woraufhin ihr Edu verschwörerisch zuzwinkert.

„Bitte, bitte, Herr, lasst mich doch von hier weg! Ich bleib auch weiter Eure Dienstmagd und diene Euch, solang Ihr lebt!“, fleht nun auch Mäu ihren Dienstherrn an.

„Jetzt hab ich aber langsam genug von der verdammten Abdeckerbagage! Mach jetzt gefälligst deine Arbeit, du dumme Rotznas, und geh mir nicht länger auf die Nerven!“, kreischt Neuhaus mit hochrotem Kopf. „Und du Abschaum verschwindest jetzt auf der Stelle und wage es bloß nicht mehr, mir nochmal unter die Augen zu treten!“, blafft er den Abdecker an. Edu, der merkt, dass er verloren hat, wird auf einmal von blanker Wut gepackt.

„Glaubt ihr denn alle, ihr könnt auf unsereinem grad rumtrampeln, wie es euch passt! Wir sind auch Menschen! Und wir nehmen jetzt unser Kind mit, auch ohne deinen Segen, du verdammter Siechenkrüppel!“, schreit der Abdecker und ergreift Mäu am Arm.

Der Schellenknecht, durch die lauten Stimmen alarmiert, stürzt in den Raum und nimmt Edu sogleich in den Schwitzkasten.

„Schmeiß ihn raus, den Drecksack, und lass ihn bloß nicht mehr hier rein, sonst kriegst du es mit mir zu tun, Gottfried!“, befiehlt Neuhaus keuchend.

Während Gottfried ihn gewaltsam aus der Stube entfernt, stammelt Edu hasserfüllt, dass er Neuhaus abstechen werde, wie einen räudigen Hund, wenn er es wage, dem Mädchen etwas zuleide zu tun.

11. Tröstungen

Nachdem die letzten Gebete gesprochen sind, verlassen die Kranken eilig den Speisesaal.

„Ich brauche dich nachher noch!“, sagt Neuhaus beim Hinausgehen zu Mäu, die noch damit beschäftigt ist, gemeinsam mit den anderen Siechenmägden, die Tische abzuräumen.

Schon wieder!, denkt sie empört und ist über seine Anweisung alles andere als erfreut. Bereits am gestrigen Abend musste sie ihm schon in seiner Wohnung Gesellschaft leisten. Diese Abende verlaufen stets nach dem gleichen Muster: Neuhaus ist betrunken, neckt und betätschelt sie dann ständig, wovor es sie doch so graust – und das scheint er genau zu wissen. Und je mehr sie sich widersetzt, desto derber werden seine Zudringlichkeiten. Immer neue Ansinnen denkt er sich aus, die für sie regelrechte Zumutungen darstellen. Aber genau das scheint ihm ein teufliches Vergnügen zu bereiten. Mal muss sie ihm die Füße waschen, dann die Nägel schneiden, oder sie soll ihn mit irgendwelchen Salben einreiben. Am schlimmsten aber sind seine Badeabende, die fürchtet sie besonders, denn das warme Bad scheint ihn ganz besonders anzustacheln. Solcherlei Gedanken gehen Mäu durch den Sinn, während sie an diesem kalten Dezemberabend den Hof überquert, um zum Wohntrakt der Männer zu gelangen. *Wann werde ich denn jemals hier wieder rauskommen?*, – wie oft hat sie sich diese Frage schon gestellt! Und mit Neuhaus darüber zu reden, ist wie wenn man einem Ochs ins Horn petzt. Dieser sture alte Bock! Manchmal möchte sie am liebsten mit den Fäusten auf ihn eindreschen. Er hat sie halt gekauft und tut jetzt ganz so, als wäre sie sein Eigentum, wie es sein Schmuck und seine Möbel auch sind. Der Vater wollte ihm ja sogar das Geld wieder zurückgeben und hat mit Engelszungen auf Neuhaus eingeredet, aber es hat alles nichts genützt. Trotzdem rechnet sie das dem alten Edu hoch an, und wenn sie heutzutage an ihn denkt, dann ohne jede Verbitterung.

Als Mäu Neuhaus’ Wohnraum betritt, liegt ihr Dienstherr bereits auf dem Diwan und räkelt sich behaglich. Zahlreiche Kerzen verbreiten ein heimeliges Licht und es riecht wie immer stark nach Weihrauch. Neuhaus beauftragt sie, ihm noch Wein nachzuschenken und sich selber auch davon zu nehmen. Nachdem er einen tiefen Schluck aus seinem Becher genommen hat, entledigt er sich seines grauen Krankenkittels und fordert Mäu auf, ihm mit einer aromatischen Salbe den Rücken zu massieren, der ihn immer so schmerzen würde. Widerwillig kniet Mäu neben dem Diwan nieder und beginnt damit, das Balsam auf dem Rücken des Kranken zu verteilen. Dabei ist sie peinlichst darauf bedacht, die knotigen Geschwüre, die sich auf dem Nacken gebildet haben, auszusparen. Während sie mit kreisenden Bewegungen die Salbe einmassiert, stöhnt Neuhaus vor Wohlbehagen. Mäu verkrampft sich immer mehr in ihrer stocksteifen Haltung, die einzig darauf ausgerichtet ist, ihm bloß nicht zu nahe zu kommen. Als der Kranke sich schließlich auf den Rücken dreht und ihr befiehlt, nun auch seine Brust einzureiben, bemerkt Mäu voller Abscheu, dass sein Glied erigiert ist. Neuhaus amüsiert sich über ihr Entsetzen und fordert sie derb auf, ihn doch auch an dieser Stelle zu massieren. Mäu, der es vor lauter Ekel ganz schlecht geworden ist, springt auf und eilt zur Tür. Doch Neuhaus hat die Tür vorsorglich verriegelt und Mäu sitzt in der Klemme. Er hat sich vom Diwan erhoben und torkelt nun bedrohlich auf sie zu. Mäu schreit in ihrer Bedrängnis immer wieder laut um Hilfe, während der Betrunkene versucht, sie zu küssen und ihr in seiner Unflätigkeit den Arbeitskittel zerreißt.

Plötzlich hämmert jemand von außen heftig gegen die Tür und verlangt mit lauter Stimme nachdrücklich Einlass. Mäu erkennt sofort die Stimme der Priorin und ist unendlich erleichtert. Neuhaus ist kreidebleich geworden und erscheint mit einem Schlag ernüchtert. Hektisch zieht er sich seinen Siechenkittel über und flüstert Mäu zu, sie solle bloß den Mund halten. Sichtlich um Fassung bemüht, öffnet er sodann die Tür. Schwester Susanna, auf ihre Krücken gestützt, baut sich am Eingang auf und kreischt mit ihrer schrillen Stimme, so dass es über den ganzen Hof hallt:

„Was geht hier vor, Bruder Ulrich? Wir sind doch hier nicht im Freudenhof! Und getrunken habt Ihr auch! Mäßigt Eure lasterhaften Gewohnheiten, sonst muss ich unserem Obmann davon Meldung erstatten. Ich verwarne Euch hiermit zum letzten Mal: Noch ein Vorkommnis dieser Art, und Ihr werdet aus unserer Gemeinschaft ausgeschlossen! Dann dürft Ihr mit der Klapper in der Hand über die Lande ziehen und um Euer Brot betteln." An Mäu gerichtet fügt sie streng hinzu: „Und Sie schere sich auf der Stelle in das Gesindehaus, wo Sie hingehört und flicke Ihr Arbeitskleid. Auch Sie ist verwarnt und erhält dieses Jahr keine Weihnachtsration. Stattdessen schrubbt und bohnert Sie vor Heiligabend den Boden in der Kapelle ganz allein!"

Mäu nickt gehorsam und zieht sich, dem Befehl der Krankenvorsteherin nur allzu gerne folgend, umgehend in ihre Kammer zurück, unsagbar froh darüber, dem Unhold entkommen zu sein.

*

Am Abend des dritten Advent verlässt Mäu das Gesindegebäude und huscht verstohlen, sich ängstlich nach allen Seiten umblickend, zum Wohntrakt der Frauen. Es ist bald die zehnte Stunde und der Wind heult jämmerlich draußen auf dem freien Feld. Am dunkelgrauen Himmel ist kein einziger Stern zu sehen. Flink schlüpft Mäu durch eine Tür und betritt den Wohnraum von Katharina Beltz.

„Da bist du ja endlich mal wieder, Maria! Konntest du dir heute bei dem alten Lustmolch freinehmen? Wie hast du das hingekriegt, los erzähl", begrüßt Katharina freudig die Eintretende.

„Er ist schon ziemlich betrunken gewesen und hat sich früh schlafen gelegt. Ich bin dann in mein Kämmerchen gegangen und habe ein bisschen gewartet, im Falle, dass Gottfried mir nachspioniert. – Na, der Neuhaus hat jetzt ganz schön die Hosen voll, nach dieser dicken Abmahnung von Schwester Susanna", erwidert Mäu grinsend.

„Ja, die Lektion scheint ganz schön gesessen zu haben bei ihm, er spielt ja jetzt nur noch den reuigen Sünder. Und heute hat er im Speisesaal sogar auf den Knien gebetet, der alte Heuchler, um bei den Siechenoberen schön Wetter zu machen", mokiert sich Katharina.

„Der falsche Hund, der! Ich hoff nur, seine Reue hält noch ein bisschen an. Momentan ist er ja ganz zahm, lässt mich links liegen und redet nicht viel. Aber das ist mir ja nur recht! Zieht eine scheppe Schnute und besäuft sich nach dem Abendessen, der Drecksack!", entgegnet Mäu.

„Ist doch prima, mein Mädchen! Und wir machen es uns jetzt ein bisschen gemütlich. Ich freu mich so, dass du da bist!", wendet sich Katharina an die Freundin, nimmt sogleich einen Krug Gewürzwein vom Kachelofen und schenkt zwei Becher voll. Anschließend ergreift sie ein kleines Fläschchen, das vor ihr auf dem Tisch steht und gießt sich einen ordentlichen Schuss davon in den Wein.

„Willst du auch ein bisschen Theriak in den Wein?", fragt sie Mäu.

„Ja, aber nur ein paar Tropfen, Katharina. Ich vertrag doch nicht so viel wie du", antwortet Mäu.

„Das ist auch gut so! Ich weiß ja, ich sauf viel zu viel von dem Zeug, aber ohne mein Theriak könnte ich es überhaupt nicht aushalten, in diesem Jammertal hier!", erläutert Katharina und träufelt etwas Theriak in Mäus Becher. Nachdem sich die Freundinnen zugeprostet haben, entgegnet die frühere Apothekersgattin nachdenklich:

„Ich weiß, es gibt nichts Schrecklicheres, als einem siechen Manne gefällig sein zu müssen! Zum Glück hat der Beltz in den letzten Jahren mehr und mehr von mir abgelassen und vergnügt sich nun, wenn ihn der Hafer sticht, mit unserer Magd Cordula, die sich dadurch wohl vorkommt wie eine Freifrau, die dumme Gans! Na ja, von mir aus, wenn ich dadurch nur meine Ruhe vor ihm habe!"

Katharina hat ihren Becher geleert und macht sich eine weitere Mischung zurecht. Ihre Augen wirken glasig, die fortschreitende Wirkung des Opiats lässt die Lider schwer werden. Die ganze Zeit starrt sie auf ein großes, düsteres Gemälde, das vor ihr an der Wand hängt.

„Dieses Bild hier und mein Theriak sind das Einzige, was mich noch am Leben erhält, in diesem Totenreich“, äußert sie schwerzüngig.

„Aber ich bin doch auch noch da und halte zu dir“, entgegnet Mäu und streicht der Freundin liebevoll über das Haar. Sie weiß genau, was nun kommen wird. Berauscht vom Theriak wird sich Katharina wieder in ihre Phantasiewelten zurückziehen und ihr dabei die seltsamsten Geschichten erzählen. Wie immer wird sie ihr still zuhören, um der Unglücklichen auf diese Weise zu zeigen, dass sie für sie da ist. Katharinas Phantastereien, oft verstiegen und haarsträubend, sind zuweilen aber so lebendig und ergreifend, dass Mäu sich manchmal fragt, was dabei Traum oder Wirklichkeit ist.

„Das Bild hier ist nichts anderes, als die Geschichte einer unerfüllten Liebe“, säuselt Katharina und lässt den Kopf schwer auf Mäus Schulter sinken.

„Du bist wie eine Schwester für mich und deswegen werde ich dir auch das Geheimnis dieses Bildes anvertrauen. Es heißt ‚Die Versuchungen des heiligen Antonius‘. Siehst du den frommen Mönch im Vordergrund, mit dem Kreuz in der Hand, wie er angstvoll und drohend zugleich vor den drei schamlosen Weibern steht, die ihn mit ihren Reizen in den Bann ziehen wollen. Die Lust und ihre Entsagung lassen die Hölle Wirklichkeit werden! Wie du sehen kannst, ist die Gruppe ja auch umgeben von düsteren Höllengestalten, die sich gegenseitig alle erdenklichen Qualen zufügen. Was du allerdings nicht sehen kannst, ist die Phase, die dem Gemälde voranging und die der Maler bildlich nicht festgehalten hat. Antonius war, bevor er zum Einsiedler wurde, ein sehr sinnenfreudiger Mann. Voller Lust frönte er der großen Ur-Hure Babylon, die sich ihm als das schamlose Tier darbot. Hier auf dem Bild sehen wir ihre Dreigestalt verkörpert durch die Wollust, die Unkeuschheit und die Gier. Der mächtige Zauber ihres Fleisches ist das, was die Welt antreibt, auflöst und zusammenhält. Antonius war ein glücklicher Mensch. Bis er merkte, wie ihm die Gier langsam aber stetig Fesseln anzulegen begann. Er verlor die Unschuld des Tieres, Argwohn und Schrecken überkamen ihn und ließen alles Fließende zu Stein erstarren. Aus Furcht vor der Allmacht Babylons flüchtete er in die Einsamkeit der Berge und errichtete sich dort eine Klause, in die er sich verkroch – und glaube mir, er sitzt dort noch immer! Er opferte seine Triebe einem neuen Götzen, verkörpert durch das Symbol des Kreuzes. Und wenn ihn zuweilen die alte Fleischeslust wieder lockt, so tritt er ihr zwar mit erhobenem Kreuze abwehrend entgegen, ist dabei aber durchdrungen von blanker Angst, wie seine Körperhaltung deutlich zeigt. Und jetzt sind wir mitten im Gemälde. Inmitten meines Dilemmas. Er hat sich von mir abgewendet. Nach der Fertigstellung des Gemäldes ist er in seine Heimat aufgebrochen, nach s'Hertogenbosch. Er hat mich verlassen! Geblieben ist mir nur das Gemälde und die Erinnerung an ihn. Kurze Zeit, nachdem Hieronymus nach Flandern abgereist war, erkrankte mein Gatte am Aussatz und ich musste ihm hierher folgen. Eine Strafe Gottes, die mich ereilt hat. Für meine Unzucht vollzieht sich nun an mir das Schicksal von Isolde, auch ich muss bis an mein Lebensende hier unter den Aussätzigen leben. Trotz der schweren Schuld, die auf mir lastet, verzehre ich mich immer noch nach ihm. Ich weiß genau, wie töricht das ist und ich habe ihn seither nie wieder gesehen. Die beiden Male, die ich versucht habe von hier zu entkommen, trieb mich allein die Sehnsucht nach ihm. Es vergeht keine Nacht, in der ich nicht von ihm träume. Es ist die Hölle, glaub mir, Maria", stöhnt Katharina und greift erneut nach dem Theriak-Fläschchen.

„Eine seltsame Geschichte, Katharina. War der Maler wirklich dein Geliebter?", fragt Mäu nach einer Weile des Schweigens nachdenklich.

„Der und mein Geliebter? Das hier ist mein einziger Geliebter!", entgegnet Katharina verstört und setzt die Theriak-Phiole an den Mund.

„Das Bild hier hat Stefan Beltz gemahlt, der ist ein Neffe vom Jakob und ein Malerschüler. Der hat das gut abgekupfert von Boschs Gemälde", äußert Katharina trocken.

„Aber du hast mir doch mal erzählt, dass der Bosch dir das Bild geschenkt hat", hakt Mäu nach.

„Ach, Maria, zerbrich dir nicht den Kopf über mein dummes Geschwätz! Ich hab dich lieb und ich will jetzt schlafen", murmelt

Katharina noch, bevor sie ganz in sich zusammensinkt. Mäu breitet eine Decke über die in ihren Sessel gekauerte Freundin und verlöscht die Kerzen, bevor sie den Raum verlässt.

Was für ein armes Mensch!, denkt Mäu traurig, während sie an der hohen Mauer entlang zum Gesindehaus schleicht. Auch sie fühlt mittlerweile eine bleierne Müdigkeit und hat es eilig, in ihre Schlafkoje zu kommen. Da steht wie aus dem Nichts plötzlich der Schellenknecht vor ihr und versperrt ihr den Weg.

„Ich weiß genau, wo Sie herkommt! Hab Sie beobachtet, wie Sie zur Beltzin gemacht ist. Hat ja lange gedauert, Euer Weiberplausch. Was meinst du, wie sich Bruder Ulrich darüber freuen wird, wenn ich ihm das erzähl! Wo er dir doch ausdrücklich verboten hat, dass du mit der Umgang hast! Dann nimmt er dich nur noch mehr unter Kuratel“, feixt Gottfried schwerzüngig und rückt dicht an Mäu heran, die dadurch seine Alkoholausdünstung wahrnimmt und sich angwidert von ihm abwendet.

„Wenn sie mir aber gefällig wär, die Schundmummelin, und mich gleich mit auf ihre Kammer nimmt, dann würd ich vielleicht mein Maul halten und auch sonst mal ein Auge zudrücken“, setzt der Schellenknecht verschlagen hinzu und greift nach Mäus Brust. „Glaub mir, ich kann mich erkenntlich zeigen, wenn du mich ab und zu mal ranlässt. Brauchst dich auch nicht so zu zieren, ich bin wenigstens ein gesunder Kerl bei dem noch alles dran ist, kannst gern mal fühlen!“, schwadroniert Gottfried anzüglich.

Mäu ist inzwischen so müde und betäubt, dass sie keine Kraft mehr hat, ihn zur Räson zu rufen. Sie will nur ihre Ruhe haben und schlafen, und so sperrt sie sich auch nicht, als Gottfried ihr zum Gesindehaus nachfolgt und hinter ihr die Kammer betritt. Sie lässt sich auf den Strohsack fallen und nimmt noch im Halbschlaf war, wie der schwere Mann auf ihr liegt und grob in sie eindringt. Trotz ihrer Betäubung spürt sie dabei einen starken Widerwillen gegen den Schellenknecht, der sie penetriert wie ein Gassenköter.

Nach dem kurzen, hektischen Beischlaf erhebt sich Gottfried schwerfällig und poltert die Stiegen herunter.

Dafür bezahlst du mir!, denkt Mäu und schläft augenblicklich ein.

*

Dichte Nebelschwaden hängen über den Feldern, an diesem trüben, feuchtkalten Dezembermorgen, als Mäu in Begleitung des Schellenknechtes unterwegs zur Stadt ist. Sie trotten schweigend nebeneinander her, vermeiden es, das Wort aneinander zu richten oder sich anzublicken. Wären sie nicht gezwungen, zusammen diesen Marsch zu machen, würden sie einander nur allzu gerne aus dem Wege gehen, nach den Ereignissen der gestrigen Nacht. Gottfried wirkt übellaunig und macht einen verkaterten Eindruck. Ihm ist nicht ganz wohl zu Mute, wenn er an den kurzen, hektischen Beischlaf mit der jungen Siechenmagd denkt, zu dem er sich letzte Nacht in seiner Suffstimmung hat hinreißen lassen. *Wenn Neuhaus davon erfährt, wird es Ärger geben. Hoffentlich hält das Luder dicht!*

Mäu ist kaum etwas anzumerken von dem Gewaltakt, den sie über sich ergehen lassen musste, außer, dass sie etwas bleich ist und müde Augen hat. Das Theriak sitzt ihr noch ganz schön in den Knochen, lässt sie bleiern und schwerfällig ausschreiten, beschwichtigt andererseits aber auch wohltuend ihr Gemüt, indem es sie mit einer gewissen Gleichgültigkeit erfüllt. *Ich habe bei diesem Drecksack etwas gut, soviel ist sicher. Jetzt steht er in meiner Schuld. Mal sehen, was ich daraus machen kann,* sinniert Mäu, während sie das Mainzertor passieren. Die Morgendämmerung ist nun einem diffusen, trüben Tageslicht gewichen, das den wolkenverhangenen, bleigrauen Himmel kaum zu durchdringen vermag.

Heller wird es wohl nicht mehr, denken sich die Kaufleute und Zunfthandwerker und öffnen ihre ebenerdigen Werkstätten und Kontore. Überall werden die schweren Holzläden aufgeklappt und das Tagwerk beginnt. Handwerksburschen und Kaufmannsgehilfen eilen durch die Gassen und murmeln allenthalben ihr „Gott zum Gruße". Der Türmer verkündet vom Bartholomäuskirchturm die achte Stunde, während Mäu und Gottfried zum Weckmarkt abbiegen. Scharen von flehenden Leuten tummeln sich bereits um das Marktgelände. Aus Erfahrung wissen die städtischen Bettler, dass die Leute vor ihrem Marktbesuch das Geld lockerer sitzen haben, als später, wenn dann die Einkäufe getätigt und die Moneten wieder beträchtlich geschwunden sind. Wohlangesehene Hausfrauen in Begleitung ihrer Dienstmägde fassen beim Gang zum Markt immer wieder in ihre Almosentaschen, die sie neben dem Schlüsselbund an ihrem Gürtel tragen und werfen den Armen Münzen hin, um so ihrer Pflicht zur Barmherzigkeit nachzukommen und dafür den Bettlerdank und Bettlersegen zu erfahren. Emsig gleiten die Augen der stattlichen, feingewandeten Matronen dabei auf Anzahl und Größe der Münzen, die von anderen Spenderinnen gegeben werden, denn das Spenden offenbart neben der Bereitschaft zur Mildtätigkeit auch die jeweilige Generosität der Almosengeberin. Und Großzügigkeit muss man sich eben leisten können. Mäu ist immer wieder verblüfft, wenn sie sieht, was einige Damen den Bettlern vor die Füße werfen. *Für so eine Hand voll Groschen muss eine Magd einen ganzen Monat schuften*, denkt sie sich, während sie das merkwürdige Spektakel beobachtet. Unversehens befindet sie sich in nächster Minute Auge in Auge mit Martha. Schon häufig ist sie bei ihren Einkäufen in Frankfurt der Muhme begegnet, der Klingelmann hatte aber stets verhindert, dass sie miteinander reden konnten. Freudig umarmen sich die beiden Frauen und als Gottfried sie sogleich wieder weiterzerren will, fordert ihn Mäu nachdrücklich auf, sie doch kurz mit Martha sprechen zu lassen. Inzwischen sind die drei umringt von einer Gruppe draller, junger Hübscherinnen in vollem Putz. Der stumpfe Schellenknecht weiß gar nicht wie ihm geschieht, als sie auf ein Zeichen Marthas hin auch noch anfangen, ihn zu umgarnen. Er stiert immerzu auf ihre hochgeschnürten Brüste, die sich ihm zum Greifen nah entgegenrecken. Trotz seiner Katerstimmung bemerkt er, wie sich Begehrlichkeit in ihm zu regen beginnt.

„Was ist jetzt, Schellenknecht, ich möcht mal ungestört mit meiner Tante reden. Das wird doch wohl zu machen sein“, reißt ihn Mäus ungewohnt resolute Stimme aus seinen lüsternen Gedanken. Ärgerlich verzieht Gottfried das Gesicht und sondiert nachdenklich den Marktplatz.

„Also gut, aber nur kurz und ich muss dich dabei im Auge haben. Hier drüben, bei der Suppenküche werd ich mir eine Brühe genehmigen und ihr zwei könnt euch solange auf die Nachbarbank setzen. Wenn ich meine Suppe ausgelöffelt habe, ist euer Stelldichein aber zu Ende, das muss klar sein!", entgegnet Gottfried mürrisch und wendet sich dem großen Sudkessel zu, der über einer Feuerstelle befestigt ist.

„Lass uns doch gemeinsam ein Süppchen schlürfen, Schellenknecht. Wir können dir dabei auch gerne ein bisschen zur Hand gehen", nuschelt ihm eine der jungen Huren ins Ohr. Gottfried muss über dieses eindeutige Angebot grinsen und scheint nichts dagegen zu haben. Während der bullige Schellenknecht, flankiert von zwei gurrenden Hübscherinnen, an dem schmalen Holztisch Platz nimmt, sichtlich hin und her gerissen zwischen seinem knurrenden Magen und seiner angestachelten Manneskraft, sitzt Mäu mit Martha am Nachbartisch und hört ihr konzentriert zu. Als die Muhme geendet hat, platzt es aufgeregt aus ihr heraus:

„Der Fuchs und seine Leute sind also nicht von sich aus einfach weitergezogen! Ich hab doch damals genau gespürt, dass da was nicht gestimmt hat. Dann hat er also doch an mir gehangen!"

Martha blickt angespannt zum Nebentisch und versucht ihre Nichte zu beschwichtigen. Die glasigen Augen des Schellenknechts und sein gerötetes Gesicht verraten ihr zwar, dass er im Augenblick ganz andere Sorgen hat, als auf Mäu zu achten, trotzdem ist Vorsicht geboten. Genau das versucht sie dem aufgelösten Mädchen mit beruhigenden Worten klarzumachen, was ihr bald auch gelingt.

„Was ist denn jetzt mit dem Fuchs? Sitzen er und seine Leute immer noch im Gefangenenturm?", bestürmt Mäu Martha mit Fragen.

„Nein, die sind schon längst weg. Die Feli hat gehört, der Bettelvogt hätte die armen Kerle mit Peitschenhieben aus der Stadt gescheucht. Ich weiß nicht, wo die jetzt sind. Und um Frankfurt machen die bestimmt auch in nächster Zeit einen großen Bogen, so übel, wie die hier behandelt worden sind", entgegnet die Hübscherin. Mäu treten die Tränen in die Augen.

„Mensch, was würd ich den so gerne wiedersehen, den Fuchs. Hab ihm ja verdammt unrecht getan!", flüstert sie aufgewühlt und versucht ihre Tränen herunterzuschlucken.

„Ich kann mich ja mal nach denen umhören. Aber halt du jetzt erst mal die Füße ruhig, und hab noch ein bisschen Geduld, ich verspreche dir, ich werde dich schon nicht hängen lassen, und wenn ich einen Plan ausbaldowert und genug Helfer gefunden habe, holen wir dich aus diesem verdammten Siechenloch raus. Flenn jetzt bloß nicht und setz ein harmloses Lärvchen auf. Ich weiß, das ist momentan schwer, aber du darfst dir von deinen Feinden jetzt nicht in die Karten gucken lassen! Das wäre schlecht für unser Vorhaben. Lass dir also nichts anmerken, nachher bei dem Schellenknecht nicht und erst recht nicht beim Neuhaus. Warte ab und lass mich nur machen, es findet sich schon ein Ausweg", versichert Martha und legt dabei tröstend den Arm um Mäu.

Mäu erzählt Martha gerade von den Heimsuchungen ihres Dienstherrn, und die beiden Frauen sind so ins Gespräch vertieft, dass sie gar nicht bemerken, wie der Schellenknecht aufsteht und auf sie zugeht. Als er dann schließlich hinter ihnen steht und lautstark zum Aufbruch mahnt, fahren sie erschrocken zusammen. Bevor sie auseinandergehen, umarmen sie sich herzlich. Gottfried steht dabei und schaut ihnen zu. Seine Laune scheint sich deutlich gebessert zu haben.

„Das ist ja vielleicht ein Prachtweib! Die könnte mir auch gefallen", äußert er großspurig, während er hinter Mäu durch die Marktstände schreitet.

„Kannst wohl heute den Hals gar nicht voll genug kriegen, Schellenknecht. Von heute Nacht will ich gar nicht erst reden", erwidert Mäu mit strengem Unterton und wendet sich zu ihm um.

Wollen wir doch mal sehen, ob aus dem Wachhund nicht noch ein Tanzbär werden kann, denkt sie und fordert ihn spontan auf, ihren Einkaufskorb zu tragen, was er auch ohne Murren tut. Sie muss noch Weihrauch für Neuhaus besorgen und macht Halt an der Spezereischirn, an dem sie inzwischen schon als Stammkundin bekannt ist. Der Händler, Kaufmann Ofenrauch, begrüßt sie so höflich, als hätte er eine Dame von Stand vor sich. Mäu unterhält sich mit ihm und ist dabei so guter Dinge und von Hoffnung durchdrungen, wie schon lange nicht mehr.

12. Badewonnen

Inzwischen ist es März geworden und Ostern steht vor der Tür. Der Winter ist dieses Jahr spät eingekehrt, erst zu Neujahr hat es Eis und Schnee gegeben. Dafür hält er sich jetzt aber umso hartnäckiger. Die Karwoche hat schon begonnen, doch heute hat es wieder den ganzen Tag nur geschneit. Es ist bald drei Uhr und Mäu muss sich beeilen, den Kapellenboden fertig zu polieren. In der Fastenzeit wird täglich in der Kapelle gebetet und deswegen muss auch der Steinboden häufiger als sonst gescheuert und eingewachst werden. Beim Schrubben haben ja die anderen Mägde noch mitgeholfen, aber seit einiger Zeit hat es sich eingebürgert, dass man ihr das Wachsen des Bodens alleine überlässt. Mäu hat sich darüber nie beklagt, sie ist froh, wenn sie ihre Ruhe hat und die dummen Gänse endlich verschwinden. Mäus Herkunft, ihre kurze Dienstzugehörigkeit, aber auch ihr verschlossenes Wesen, das die Mägde für eine ihr keineswegs zustehende Arroganz halten, haben dazu beigetragen, dass sie in der komplizierten Dienstbotenhierarchie auf dem Gutleuthof ganz unten angesiedelt ist. Doch Mäu heischt nicht nach dem Wohlwollen der Kolleginnen, die Klüngelei unter ihnen, und das aufgeblasene Getue einiger Mägde gehen ihr ziemlich auf die Nerven. Sie hat ja Katharina, und zu der will sie nachher auch hin, wenn um drei für die Kranken der Fastengottesdienst beginnt. Nachdem sie mit ihrer Arbeit fertig ist, begibt sie sich nach draußen und beschließt, einen kleinen Rundgang durch den Garten zu machen, bis die Luft rein ist und sie zu Katharina kann.

Der gesamte Gutleuthof ist von einer dichten, weißen Schneedecke überzogen, die einfach nicht schmelzen will. Als Kind hat sich Mäu immer gefreut, wenn es angefangen hat zu schneien. Der schäbige Abdeckerhof wirkte durch den glitzernden, weißen Überzug wie verzaubert. Auf dem Gutleuthof aber kann ihr auch die ganze weiße Pracht keine bessere Welt mehr vorgaukeln. Sie will endlich weg von hier und es tut sich diesbezüglich überhaupt nichts. Marthas große Versprechungen, sie hier rauszuholen, scheinen immer noch im wahrsten Sinne des Wortes auf Eis zu liegen.

Wie lange denn noch! Wenn sie ihr in letzter Zeit in Frankfurt begegnet ist, hat sie Mäu immer nur vertröstet. Das wäre alles nicht so einfach und Mäu müsse halt noch Geduld haben. Während sie zwischen den verschneiten Bäumen des Obstgartens hindurchschlendert, geht ihr wieder der Fuchs durch den Sinn. Seitdem sie weiß, dass er sie nicht im Stich gelassen hat, denkt sie häufig an ihn. Erinnert sich an seinen mageren, sehnigen Jungenkörper und die einzige Liebesnacht, die ihnen vergönnt war. Wie gerne wäre sie mit ihm zusammen. Aber stattdessen ist sie hier bei diesen Scheintoten und das Leben geht an ihr vorbei, kaum dass sie mal daran geleckt hat. Allein Neuhaus sieht sie als die Quelle ihres Darbens und hasst ihn immer mehr. Manchmal beobachtet sie ihn verstohlen, wenn er sich des Nachts betrunken zu Bette begibt und wünscht sich inbrünstig, er möge nicht mehr erwachen. Ihr stellt sich förmlich der Kamm, wenn sie bloß in seiner Nähe ist, und es kostet sie viel Kraft, sich ihm gegenüber zusammenzunehmen und es nicht aus sich herausbrechen zu lassen.

Endlich schlägt die Kapellenglocke die dritte Stunde an und die Leprösen strömen von allen Seiten herbei. Mäu verbirgt sich hinter einem Baum und wartet, bis die Kranken in der Kapelle verschwunden sind, dann macht sie sich auf den Weg zu Katharina. Glücklicherweise braucht sie sich wegen dem Schellenknecht diesbezüglich keine Sorgen mehr zu machen. Seit seinem nächtlichen Übergriff in der Vorweihnachtszeit lässt er Mäu stillschweigend gewähren, wenn sie sich mit der Freundin trifft. Er hat sie seither auch nicht wieder bedrängt, wahrscheinlich aus Angst vor Neuhaus.

Katharina erwartet die Freundin schon, und die beiden Frauen unterhalten sich über ihre alltäglichen Sorgen und Nöte, die das Leben auf dem Gutleuthof für sie mit sich bringt.

„Momentan gibt es hier ja nur noch ein Thema: der Ausgangstag!“, bemerkt Katharina zynisch und rollt mit den Augen.

„Das stimmt, der Neuhaus spricht auch ständig davon und kann es gar nicht mehr abwarten, bis endlich Karfreitag ist.“

„Soll sie nur abhauen, die ganze Bagage, und am besten gar nicht mehr zurückkommen“, schimpft Katharina.

„Abhauen und nicht mehr zurückkommen – das hört sich gut an! Würd ich auch am liebsten machen!“, erwidert Mäu trocken.

„Dann mach das doch! Besorgst dir so ’ne Siechentracht, dann darfst du in Frankfurt mit ihnen betteln gehen und von dem vielen Geld machen wir zwei uns dann einen schönen Abend. – Aber jetzt mal im Ernst, Maria. Das wäre doch eigentlich gar keine schlechte Idee. Um erst mal hier rauszukommen, mein ich“, fügt die Beltzin nachdenklich hinzu und schaut Mäu dabei eindringlich an. Für eine Weile denken beide konzentriert darüber nach und spinnen dann den Gedanken solange gemeinsam weiter, bis er klare Formen angenommen hat. Es beginnt schon zu dämmern, bis sie schließlich einen ausgeklügelten Plan entwickelt haben, von dessen Durchführbarkeit sie beide überzeugt sind.

„Und du willst wirklich nicht mitkommen, Katharina? Du könntest es mit dem Beltz doch genauso machen. Dann könnten wir beide woanders ein neues Leben anfangen“, versucht Mäu die Freundin nun schon zum wiederholten Mal zu überreden. Doch Katharina lässt sich nicht umstimmen:

„Ach Maria, für mich steckt der Karren doch schon viel zu tief im Dreck. Ich glaub, ich hab nicht mehr die Kraft für so was“, erwidert sie ernst und greift nach dem für sie so unentbehrlichen Theriak-Fläschchen. „Geh allein, meine Liebe, und nimm mich in deinem Herzen mit auf die Reise. Das genügt mir. Und ich weiß genau: Du wirst es schaffen!“, wendet sie sich zuversichtlich an die Freundin, bemüht ihre Traurigkeit nicht zu zeigen. „Du machst jetzt alles so, wie wir es besprochen haben. Warte, ich hol dir das Fläschchen.“ Katharina nimmt eine kleine, dunkelrote Glasphiole aus einem Wandschrank, der mit Flaschen und Tiegeln der unterschiedlichsten Größen angefüllt ist, und übergibt sie Mäu mit leicht zitternden Händen.

„Die Hälfte davon dürfte schon reichen, Liebste. Lass uns nun voneinander Abschied nehmen, wer weiß, ob wir dazu noch Gelegenheit haben werden“, schlägt sie gefasst vor und ist mit einem Mal wieder ganz die kühle, stolze Dame, die Mäu am Abend des Einstandsessens von Ulrich Neuhaus so sehr bewundert hat.

Mäu, der es nicht gelingen mag, auch nur annähernd so beherrscht zu bleiben, schließt die Freundin ergriffen in die Arme.

„Danke, Katharina. Ich werde dich nie vergessen!“, flüstert sie unter Tränen.

„Ich kann dir und mir nur eines wünschen: Dass wir uns niemals wiedersehen!“, entgegnet Katharina und küsst Mäu auf die Stirn.

*

Am Abend des Gründonnerstag steht Mäu zusammen mit den anderen fünf Leprösenmägden wartend vor dem steinernen Wohnhaus des Hospitalmeisters. Ein kalter Wind bläst ihnen den Schnee in die Gesichter. Die Siechenmägde schlottern vor Kälte. Um sich die Wartezeit zu vertreiben, unterhalten sie sich über ihre Herrschaften. Mäu hält sich etwas abseits, die anderen beachten sie kaum, beziehen sie auch nicht in ihre Gespräche mit ein, was ihr sehr entgegenkommt, denn sie hat momentan ganz andere Sorgen – und die mag sie mit ihnen nicht teilen. Endlich öffnet sich die Haustür und der Schellenknecht tritt nach draußen.

„Ihr könnt jetzt der Reihe nach reinkommen und die Ausgehtracht für eure Siechen abholen. Der Herr Prior vermerkt alles und ihr müsst wie immer dafür Sorge tragen, dass die Sachen vollständig und frisch gewaschen nach Ostern wieder zurückgebracht werden. Also, es kann losgehen“, fordert Gottfried die Wartenden auf.

Als Erste folgt ihm die dürre Hedwig, die Magd der Priorin, nach drinnen. Kurze Zeit später verlässt sie das Haus mit einem Stapel weißer Kleidungsstücke unter dem Arm. Dann folgen Isolde, Edelgard, Cordula und Hildegard, zum Schluss ist Mäu an der Reihe. Sie betritt den kargen, schmucklosen Raum und verneigt sich grüßend vor Bruder Thomas, dem Prior, der an einem Schreibpult steht. Er nickt ihr kurz zu.

„Eine Holzklapper, eine weiße Kniehose, ein weißer Siechenmantel, ein Paar weiße Handschuhe, ein weißer Hut mit breiter Krempe, übergeben an Maria Dunckel, Siechenmagd von Bruder

Ulrich", leiert Gottfried herunter und überreicht Mäu den weißen Kleiderstapel. Der Hospitalmeister macht sich Notizen und murmelt:

„Gut, sie kann dann gehen. Gottfried, laufe Er jetzt über den Hof und gebe bekannt, dass die anderen Brüder und Schwestern nun auch kommen mögen, sich ihre Ausgehtracht für den Karfreitag abzuholen."

Mäu läuft ganz in Gedanken versunken zum Wohngebäude der männlichen Kranken, um Ulrich Neuhaus die Kleidungsstücke zu bringen. Ein feiner Eisregen hat eingesetzt. *Kein gutes Reisewetter*, denkt sie sich. *Die Wege werden glatt und rutschig sein und man kommt nur langsam voran. Schnee an Ostern, das kann auch nur mir passieren!* Schon seit Tagen geht sie immer wieder ihren Fluchtplan durch, und je näher die Durchführung rückt, desto stärker wird ihre innere Anspannung. *Nur ruhig Blut!*, ermahnt sie sich selber, bevor sie die Tür öffnet. Bedächtig und mit neutralem Gesichtsausdruck betritt sie die Wohnstatt ihres Dienstherrn. In der Stube ist es angenehm warm. Neuhaus sitzt auf der Ofenbank und trinkt heißen Würzwein.

„Da ist sie ja endlich, meine Maria. Zeig her, was du mir bringst!", begrüßt er die Eintretende und reißt ihr ungeduldig die Kleidungsstücke aus den Händen.

„Schrecklich, schrecklich, dass man nun in so etwas einhergehen muss, damit nur gleich jeder sieht, da kommt ein Aussätziger, geht bloß auf Abstand! Denn man will sich ja schließlich nicht anstecken. Genau davor habe ich mich früher auch immer gefürchtet, und wenn mir die weiße, klappernde Schar irgendwo in der Stadt entgegenkam, hab ich sofort kehrtgemacht. Na, ich freu mich trotzdem, dass ich morgen endlich mal hier raus darf, wenn auch nur für ganze sechs Stunden, denn zur Mittagszeit müssen wir ja wieder zurück sein. Dass unsereiner mal mit der Klapper betteln gehen muss, hätt ich auch nicht für möglich gehalten! Hoffentlich erkennt mich niemand. Naja, dafür hat man ja den breitkrempigen Hut hier, den man sich in die Visage ziehen kann. Der ist extra so gemacht, damit die Gesunden unsere entstellten Fratzen nicht sehen müssen. Betteln dürfen wir ja nur auf der Brücke, aber es ist uns sogar erlaubt, Familienangehörige zu besuchen. Wie die sich freuen werden, meine Leut, die können es gar nicht abwarten! Ich hab ihnen ja geschrieben, dass ich am Karfreitag Ausgangstag habe und sie gerne besuchen würde. Den Brief haben sie bis heute noch nicht beantwortet. Na, ich denke, ich werde trotzdem mal vorbeischauen. Den Gefallen tu ich denen nicht, dass ich wegbleibe. Die such ich heim, das treulose Pack, mit lautem Gezeter und Geklapper, damit die feine Nachbarschaft auch ja alles mitkriegt. Den Spaß mach ich mir, so einfach kommen die mir nicht davon. Da wollen wir doch mal sehen, ob morgen die Türen von meinem eigenen Stadthaus für mich verschlossen bleiben!", ereifert sich Neuhaus und lacht grimmig. „Und ins Frauenhaus oder in eine anständige Gastwirtschaft kann ich auch nicht gehen, denn uns ‚Sondersiechen' ist ja der Zutritt dort verboten. Naja, aber ich denke, ich sollte mich trotzdem etwas frisch machen, es soll ja nicht noch heißen, man würde stinken. Also, lauf schnell rüber zu Gottfried und sag ihm, er soll heißes Wasser bereiten, denn ich will nachher noch ein Bad nehmen", wendet sich Neuhaus an Mäu und lacht neckisch.

Mäu schreckt zusammen. *Auch das noch*, denkt sie und macht sich auf den Weg zur Behausung des Schellenknechts.

*

Die kleine Badekabine ist von dutzenden Kerzen beleuchtet, es duftet nach Lavendelblüten, die überall verstreut auf dem Boden liegen. Neuhaus sitzt in einem großen, hölzernen Badezuber, auf dem dampfenden Wasser schwimmen getrocknete Rosenblätter. Er fordert Mäu auf, ihm noch etwas von dem wohlriechenden, teuren Sandelholzöl ins Badewasser zu gießen. Auf einem schwimmenden Holztischchen stehen vor ihm verschiedene Speisen und sein Weinbecher.

„So, und wenn du mir jetzt noch von dem Wein nachschenkst und mir nachher die verspannten Schultern massierst, bin ich fürs Erste zufrieden." Neuhaus seufzt vor Wohlbehagen, während er sich mit einem Schwamm den Körper abreibt. Mäu nähert sich mit dem großen Zinnkrug und füllt sein Trinkgefäß auf. Nachdem sie den Krug wieder auf das Wandbord zurückgestellt hat, nestelt sie mit zitternden Händen die kleine Theriak-Phiole aus ihrer Kitteltasche hervor und gießt den gesamten Inhalt in den Rotwein. *Der nächste Becher wird dir besser schmecken!*, denkt sie bösartig. „Ach, was war das immer so vergnüglich, wenn unsere Stubengesellschaft ihren Badetag abgehalten hat! Wir hatten dann die ganze Badestube am Knäbleinsborn für uns in Beschlag genommen und hatten dazu immer die süßesten Hübscherinnen Frankfurts eingeladen. Die feinsten Speisen wurden aufgetragen, da biss man in den Hühnerschenkel und amüsierte sich gleichzeitig mit einer strammen Maid. Und zur allgemeinen Erbauung sangen die Bademägde schlüpfrige Lieder." Um dies zu untermalen, beginnt Neuhaus nun mit krähender Stimme eine Gesangeseinlage zum Besten zu geben:

„Ich bin gen Baden zogen
Zu löschen ab mein Brunst;
So find ich mich betrogen,
denn es ist gar umsunst
Ich kann das Feu'r nicht dämmen,
das mir mein Herz tut brennen.

Ich tu mich vielmals wäschen
Mit Wasser kalt und heiß
Und kann doch nichts erlöschen
Ja keinen Rat ich weiß
Ich kann das Feu'r nicht dämmen,
das mir das Herz tut brennen.

An solchem meinem Schaden
Kein Lindrung ich empfind;
Je öfter ich tu baden,
Je mehr ich mich entzünd.
Ich kann das Feu'r nicht dämmen,
das mir das Herz tut brennen."[27]

„Sag mal, willst du dich nicht zu mir gesellen? Komm doch rein, das Wasser ist herrlich warm!“, ruft Neuhaus übermütig, nachdem er seinen Gesang beendet hat, und lädt Mäu mit offenen Armen zu sich in die Wanne ein.

Mäu erstarrt augenblicklich und drückt sich fester an die kalte Steinwand, an die sie sich während seiner Darbietung gelehnt hat. Als Neuhaus jedoch weiter insistiert und dabei immer unflätiger wird, strafft sich ihre Haltung, und sie geht entschlossenen Schrittes auf die Tür zu.

„Halt, bleib hier, du blöde Kuh, und schenk mir gefälligst noch mal Wein nach, wenn du schon für sonst nichts taugst! Und dann kannst du verschwinden, denn so eine zimperliche, sauertöpfische Jungfer wie dich kann ich hier weiß Gott nicht gebrauchen. Da vergeht es einem ja!“, brüllt ihr Neuhaus wütend hinterher.

Mäu besinnt sich und macht kehrt. Dass Neuhaus von dem mit Theriak präparierten Wein trinkt, ist ja schließlich Teil ihres Planes. Sie eilt zum Wandbord, ergreift den schweren Zinnkrug mit beiden Händen und tritt zögernd an den Badezuber. Als sie Neuhaus' Trinkbecher auffüllen will, kreischt dieser wüst:

„Komm jetzt endlich her, du Missgeburt!“

Ehe sie sich versieht, packt er sie am Arm und zerrt sie mit aller Kraft Hals über Kopf zu sich in den Holzbottich. Noch im Fallen hält Mäu den schweren Krug in der Hand und schlägt damit, außer sich vor Wut und Abscheu, immer wieder auf Neuhaus ein – auch noch, als sich ihr Dienstherr schon längst nicht mehr rührt und leblos im Badezuber zusammengesunken ist.

Zitternd vor wilder Panik klettert Mäu aus dem blutroten Wasser. Überall sind Blutspritzer. Auf Neuhaus' Stirn klafft eine tiefe Wunde, sein blutüberströmter Kopf hängt schlaff über den Wannenrand. Noch ganz unter Schock stehend, beugt sie sich taumelnd über ihren Dienstherrn, um festzustellen, ob er noch lebt. Doch Neuhaus ist eindeutig tot. Kein Atemzug kommt mehr aus seinem weit geöffneten Mund, und die geröteten Augen starren gebrochen ins Leere. Es gibt keinen Zweifel, sie hat ihn erschlagen. Man wird sie dafür ersäufen oder lebendig begraben[28]. Mäu übergibt sich neben dem Badezuber in nicht enden wollenden Krämpfen.

Erfasst von blankem Entsetzen über ihre schreckliche Tat, steht sie schon im Begriff, schreiend davonzulaufen, als eine innere Stimme sie gemahnt, Ruhe zu bewahren. Sie ist mit einem Mal durchdrungen von kaltem Hass gegen den Toten. *Der elende Schuft hat mir doch die Hölle auf Erden bereitet, er hat es nicht anders verdient! Mach jetzt bloß keinen Fehler!*

Immer noch am ganzen Körper bebend, erhebt sich Mäu und wankt auf wackeligen Beinen zum kleinen Fenster neben der Tür. Mit angehaltenem Atem späht sie nach draußen. Der verschneite Hof liegt in tiefer Nachtruhe vor ihr. Kein Laut ist zu vernehmen und niemand ist zu sehen. Alles wirkt dunkel und still. Am liebsten würde sie jetzt zu Katharina flüchten, doch das kann sie nicht. Es würde nur für Aufruhr sorgen, und sie will die Freundin nicht in diesen Schlamassel mitreinziehen.

Lautlos und vorsichtig beginnt sie, das Badehaus in Ordnung zu bringen. Wischt alle Blutspuren auf, reinigt den blutigen Zinnkrug, kehrt die feuchten Blüten zusammen. Als sie fertig ist, überprüft sie noch einmal alles, packt die Reste von Wein und Speisen zusammen mit Neuhaus' Kleidung in einen Korb. Dann nimmt sie ihren ganzen Mut zusammen und nähert sich dem Badezuber mit dem Leichnam ihres Dienstherrn. Mit beiden Händen drückt sie den schweren Kopf des Toten vom Wannenrand ins Wasser. Ein kurzes glucksendes Geräusch, dann taucht der ganze Körper unter. Mäu holt das große Holzbrett, das über die gesäuberten Zuber gelegt wird und deckt den Bottich damit ab. Dann holt sie Neuhaus' Schlüsselbund vom Wandregal, auch die Halskette mit dem Schlüssel für seine Schmucktruhe, die er vor dem Baden abgelegt hat, und nimmt sie an sich. Zum Schluss verlöscht sie noch alle Kerzen, packt die Überreste ebenfalls in den Korb und tritt auf den Hof hinaus.

Der Schnee knirrscht leise unter ihren Füßen, als sie in höchster Anspannung zum Wohntrakt der Männer schleicht. Behutsam schließt sie die Tür auf und betritt die Wohnstube von Ulrich Neuhaus. Es ist dunkel, aber sie scheut davor zurück, eine Kerze anzuzünden. Sie stellt den Korb auf den Boden und nähert sich der Kleidertruhe. Dort liegt ausgebreitet die weiße Leprösentracht mit den Handschuhen und dem Hut. Mäu vergewissert sich, ob auch alles vollständig ist. Einem plötzlichen Impuls folgend, ergreift sie den Korb und tastet im Dunkeln nach dem Schatullenschlüssel. Ihre Hände sind feucht vor Aufregung und zittern stark, als sie versucht, die Schmucktruhe aufzuschließen. *Jetzt werd ich auch noch zum Dieb! Aber darauf kommt's auch nicht mehr an, und außerdem brauch ich was für unterwegs*. Hastig, als fürchte sie sich vor der eigenen Courage, fasst Mäu in die Schatulle und nimmt eine Hand voll Schmuckstücke heraus, die sie unter ihr Mieder steckt. Sogleich verschließt sie die Kassette wieder, legt den Schlüssel zurück in den Korb, läuft ans Fenster und blickt zum Himmel: Es ist deutlich nach Mitternacht. Noch ein paar Stunden und sie wird sich auf den Weg machen. Dann geht sie zu der Kleidertruhe und zieht die weiße Siechentracht über ihre Kleidung. Hose und Handschuhe sind zu groß, doch der weite weiße Umhang überdeckt alles. Der breitkrempige Hut hängt ihr so tief ins Gesicht, dass sie kaum aus den Augen schauen kann. *Gut so, dann erkennt mich wenigstens niemand!*

Zusammengekauert sitzt sie in Neuhaus' Lehnstuhl in der Zimmerecke und lauscht, umgeben von Dunkelheit, den Geräuschen der Nacht. Sie hofft inständig, dass man Neuhaus nicht vorzeitig findet und geht in Gedanken immer wieder den mit Katharina gemeinsam erarbeiteten Fluchtplan durch, der sich durch ihre schreckliche Tat so dramatisch verändert hat. Sie wollte ihn doch lediglich mit Theriak betäuben, um am Morgen an seiner Stelle in der weißen Siechengewandung den Gutleuthof zu verlassen! Es war doch nur ein listiger Plan, der ihr zur lange ersehnten Freiheit verhelfen sollte. Doch nun ist sie zur Mörderin geworden, die flüchten muss, um ihrer Ergreifung zu entgehen. Im Bewusstsein der allgegenwärtigen Gefahr verfällt sie, wie die Erdkröte im Angesicht des Feindes, in eine Art Todesstarre. Im Innern aber bleibt sie hellwach, betet zur heiligen Jungfrau um Schutz und Vergebung und wartet auf den Morgen. Als sie von draußen die ersten Geräusche vernimmt, erhebt sie sich und versucht sich zu sammeln. *Hoffentlich geht niemand ins Badehaus! Schnell raus, bevor es dem Schellenknecht noch einfällt, hierher zu kommen*, denkt sie besorgt und begibt sich zögernd auf den Hof. Als sie am Frauentrakt vorbeiläuft, muss sie an Katharina denken. Im Geiste verabschiedet sie sich von der einzigen Verbündeten, die sie auf dem Gutleuthof hatte, und fühlt sich plötzlich so schwach und niedergeschlagen, dass ihre Beine sie kaum noch tragen wollen. *Halt jetzt durch!*, ermahnt sich Mäu und versucht, sich innerlich wieder aufzurichten, wie in Trance geht sie weiter.

Vor dem großen Hauptportal steht schon eine kleine Schar weißgewandeter Kranker. Sie zieht sich tief den Hut ins Gesicht und stellt sich etwas abseits von ihnen. Zum Glück ist es noch dunkel. Sie lauscht den Unterhaltungen der Gruppe und sendet Stoßgebete zum Himmel, dass bloß niemand das Wort an sie richten möge. Als die Kapellenglocke endlich die sechste Stunde anschlägt, durchfährt es sie wie ein Blitzschlag. Pünktlich erscheint Gottfried am Portal und entriegelt mit seinem großen Schlüssel das Schloss. Sogleich öffnet er weit die Pforte und die wartenden Siechen in ihren weißen Gewändern drängen eilig hinaus.

Mäu schließt sich ihnen an und gelangt unerkannt nach draußen.

II. Teil:

Flucht ins Vergessen

13. Tränenbrot

Während die Aussätzigen über die Felder in Richtung Frankfurt ziehen, hält sich Mäu die ganze Zeit abseits am Ende des Zuges. In höchster Anspannung ist sie darauf bedacht, ihre Tarnung aufrecht zu erhalten, was nur dadurch gewährleistet wird, dass sie jeglichen Kontakt mit den anderen Kranken meidet. Glücklicherweise kaschieren die weite Siechentracht und der übergroße Hut vollkommen Gestalt und Gesichtszüge eines jeden Trägers. Auch Mäu erkennt die anderen nicht, überdies scheinen alle genügend mit sich selbst beschäftigt zu sein, und es halten sich nur diejenigen beieinander, die auch auf dem Gutleuthof verbandelt sind. Als sich die Gruppe laut klappernd, wie es vorgeschrieben ist, dem Galgenviertel nähert, ist Mäu erleichtert. Hier wird sie sich von der weißen Schar endlich absetzen können. Wie geplant, lässt sie sich immer mehr zurückfallen und verschwindet schließlich in einer Seitengasse, die zur Herberge „Zur schwarzen Katz" führt.

Als Mäu abgehetzt und keuchend die Schankstube betritt, starren sie alle Anwesenden mit weit aufgerissenen, erschrockenen Augen an, ganz so, als hätten sie eine Aussätzige vor sich. Daran hatte sie ja in ihrer ganzen Aufgeregtheit gar nicht gedacht!

„Raus mit dir! Aussätzige werden hier nicht bedient und auch nicht beherbergt!", raunzt ihr auch sogleich der Wirt entgegen.

Daraufhin reißt sich Mäu den großen Siechenhut vom Kopf und stammelt kurzatmig:

„Keine Angst, Berthold, ich bin's, die Mäu. –Ich bin nicht aussätzig, das ist nur Verkleidung!", wendet sie sich verlegen an die anderen Schankgäste. Nach und nach entledigt sie sich der übrigen Leprösentracht und tritt zu Berthold an die Theke.

„Na, da haste dir aber eine schöne Tarnung ausgesucht! Da kriegt man ja einen Schreck! Wär ja nicht das erste Mal, dass sich am Karfreitag einer von den Feldsiechen hierher verirrt", grummelt Berthold und fragt Mäu, ob sie sich stärken will.

„Ich glaub, etwas Heißes könnt ich jetzt schon vertragen. Aber vor allen Dingen brauch ich eure Hilfe, ich bin nämlich schwer in der Bredouille", erwidert Mäu mit gedämpfter Stimme. Der Wirt weist ihr einen kleinen Tisch neben der Theke zu. Die übrigen Schankgäste haben sich inzwischen wieder beruhigt und löffeln mit verschlafenen Gesichtern weiter ihren Haferbrei.

„Ich geh schnell und hol Felicitas, die ist hinten in der Herberge noch am Putzen, und dann erzählst du uns mal, was los ist." Berthold stellt ihr einen Becher mit heißem Eierpunsch auf den Tisch und entfernt sich.

Mäu führt mit zitternden Fingern das Trinkgefäß an die Lippen und schlürft in kleinen Schlucken das wohltuende Getränk. Sie ist froh, dass die anderen Gäste sie nicht mehr weiter beachten und ihr niemand lästige Fragen stellt, denn in ihrem Innern herrscht momentan reinstes Chaos: Sie hat einen Menschen umgebracht! Ist eine Mörderin! Bestimmt wird schon nach ihr gesucht, und wenn man sie erwischt, wird man sie am Gickelkreuz im Main ersäufen wie eine Katze! Panik flackert wieder in ihr auf und sie muss sich zusammennehmen, nicht lauthals loszuschluchzen.

Felicitas, die nun mit Berthold zu Mäu an den Tisch eilt, bemerkt sofort, in welch arger Bedrängnis das Mädchen ist. Sie drückt Mäu an sich und versucht sie zu besänftigen. Mit vor Aufregung bebender Stimme, bemüht leise zu sprechen, erzählt Mäu von den unheilvollen Vorkommnissen der letzten Nacht. Während sie Berthold und Felicitas schildert, wie sie ihren betrunkenen, zudringlichen Dienstherrn mit dem Zinnkrug im Badezuber erschlagen hat, durchlebt sie noch einmal die unbändige Wut und Abscheu, die sich beim Zuschlagen immer mehr entladen hatten. Am Ende ihres Berichts wird sie von heftigen Weinkrämpfen geschüttelt und zittert am ganzen Leib.

„Jetzt krieg dich mal wieder ein, Mädchen. Der Saukerl hat's doch nicht anders verdient! Seh jetzt lieber mal zu, dass du deinen eigenen Hals retten tust, und das wird bestimmt nicht leicht. Fest steht, du musst so schnell wie möglich von hier fort. Sie werden bestimmt bald nach dir suchen. Aber erst mal ruhig Blut, wir müssen jetzt einen kühlen Kopf bewahren und uns überlegen, was zu tun ist. Wenn man hektisch wird, macht man nur Fehler."

Die ruhig, aber entschieden geäußerten Worte des Wirts bewirken bei Mäu tatsächlich eine Besinnung, und sie wischt sich die Tränen aus den Augenwinkeln.

„Ich will ja fort. Aber ich weiß nicht genau, wohin. Vielleicht habt ihr ja einen Rat für mich“, entgegnet sie mit kehliger Stimme. „Ich kenn ja da draußen auch niemand, außer dem Fuchs und seinen Leuten, aber ich weiß überhaupt nicht, wo die gerade stecken“, setzt sie niedergeschlagen hinzu. „Wisst ihr vielleicht, was aus denen geworden ist?“

„Keine Ahnung! Ein paar von den Flehenden haben mal erzählt, dass die Grünschnäbel vom Bettelvogt einkassiert und später aus der Stadt getrieben worden sind. Seither hat man wohl von dem Rotschopf und seiner Bande nichts mehr gesehen und gehört. Wo die jetzt rumziehen, weiß niemand. In Frankfurt ham die sich jedenfalls nicht mehr blicken lassen, und das kann man ja auch verstehen, so wie die hier gestriezt worden sind“, antwortet Berthold.

„Weißt du was, ich hol mal den Boskenner her, dem fällt doch immer das Richtige ein, wenn einer in der Klemme sitzt“, wendet sich Felicitas an ihren Mann. Berthold nickt zustimmend, Mäu aber scheint von ihrem Vorschlag, einen Außenstehenden hinzuzuziehen, nicht gerade begeistert zu sein.

„Der Boskenner ist ein sehr guter Freund von uns, der momentan hier logiert. Er ist ein ganz schlauer Bursche. Sieht aus wie ein feiner Pinkel, hat aber das Herz am rechten Fleck. Glaub mir, dem kannst du vertrauen“, versichert die Wirtin. Nach einigem Zögern willigt Mäu schließlich doch ein, und Felicitas begibt sich zu den Herbergsräumen, um den Freund herbeizuholen. Bald darauf kehrt sie mit einem älteren Herrn im Schlepptau zurück, den sie Mäu mit leichter Ironie als Benno Graf zu Dahlen vorstellt. Gekleidet in edles Tuch, die silbergrauen, schulterlangen Haare gekrönt von einem Barett aus weinrotem Samt, wirkt der Vorgestellte tatsächlich wie ein echter Aristokrat und Mäu wird es bei seinem Anblick einigermaßen beklommen zu Mute.

„Du brauchst dich nicht zu genieren, Mäu. Mit dem Benno kannst du schwätzen, wie dir der Schnabel gewachsen ist. Der ist ein echter ‚Boskenner', so nennt man bei uns die Meister unter den Malochern[29] und hat das Loch noch nie von innen gesehen", erläutert die Wirtin verschmitzt und klopft sogleich dreimal auf das Holz der Tischplatte.

„Dem heilchen Nikolaus sei Dank!"[30], fügt Benno rasch hinzu und verbeugt sich höflich vor Mäu.

„Nennt mich einfach ‚Boskenner Benno', mein Fräulein", begrüßt er sie mit unverkennbar sächsischem Dialekt.

Wenn die Situation es erfordert, spricht er außerdem noch fließend Englisch, Französisch und Latein. Und da er gewohnt ist, häufig in den besten Herbergen abzusteigen, ist es ihm dadurch jederzeit möglich, mit anderen hochgestellten Gästen standesgemäß zu parlieren. Er pflegt sich den erlauchten Reisebekanntschaften, bei denen es sich zumeist eher um reiche Pfeffersäcke als um wirkliche Aristokraten handelt, als Benno Graf zu Dahlen vorzustellen und erwähnt in diesem Zusammenhang gerne, dass sich das Stammschloss derer zu Dahlen in der Dahlener Heide unweit der prächtigen Stadt Leipzig befindet. Dass Benno dort schon seit langem nicht mehr verkehrt, bindet er den Leuten natürlich nicht auf die Nase. Warum auch? – In jungen Jahren in Raubritterkreise geraten und dabei immer mehr vom rechten Weg eines christlichen Edelmannes abtriftend, wurde Benno Graf zu Dahlen vom königlichen Hofgericht zunächst mit der Acht versehen und ob seiner konsequenten Unverbesserlichkeit schließlich mit der Friedlosigkeit belegt. Seine vornehme Familie hatte sich daraufhin vollends von ihm abgewendet und das schwarze Schaf endgültig fallen lassen. So blieb dem geächteten Adelsspross damals nichts anderes übrig, als das zu tun, was er schon so früh gelernt hatte, und das war nun mal das Stehlen. – Wobei ihm seine Vertrautheit mit dem landesweiten Geldadel und seinen Lebensgewohnheiten durchaus zustatten kam. Vom Wesen her ein Perfektionist, hatte er im Laufe vieler Jahre aus seinem Gewerbe eine hohe Kunst entwickelt und war so zu einem der geschicktesten Einbrecher im ganzen Lande geworden.

Mäu, vom sympathischen Wesen des vornehmen Sachsen angetan, taut zunehmend auf und berichtet dem Boskenner ausführlich von ihrer misslichen Lage. Nachdem sie geendet hat, denkt Benno konzentriert nach, bevor er anschließend mit ernster Miene das Wort an sie richtet:

„Ich will Euch jetzt nicht ängstigen, mein Fräulein, aber Ihr seid fürwahr in großer Gefahr! Die Frankfurter Bürgerschaft wird über Eure Tat bestimmt sehr aufgebracht sein. Schon bald werden die Büttel die ganze Umgebung nach Euch durchkämmen und sämtliche Gendarmen und Torwächter im Hessenland werden angewiesen sein, nach Euch Ausschau zu halten. An den Stadttoren werden sie Flugblätter mit Eurem Konterfei in Umlauf bringen und es wird bestimmt auch ein Kopfgeld auf Euch ausgesetzt werden. Das Problem ist, nach dem Gesetz wird Eure Tat als Meuchelmord eingestuft, und darauf steht nun mal die Todesstrafe. Die Hintergründe interessieren die Herren aus den feinen Frankfurter Stubengesellschaften wenig. Und die sind es schließlich, die hier das Sagen haben. Dabei darf man nicht vergessen, dass es auch noch einen aus ihren eigenen Reihen getroffen hat, selbst wenn der schon längst nicht mehr unter ihnen weilte, weil er den Aussatz hatte. Trotzdem, das wird diese alten Bussarde besonders in Rage bringen. Und mit Standesdünkel, das dürft Ihr mir glauben, kenn ich mich hinlänglich aus. Man wird in Euch alleine die kaltblütige Mörderin sehen, die aus reiner Habgier den kranken, hilflosen Mann im Badezuber erschlagen hat. Dafür werden schon die trauernden Erben sorgen, da bin ich mir sicher. – Aber zeigt mir doch mal die Sore[31], dann kann ich Euch ungefähr sagen, was die Klunker wert sind“, schlägt der Boskenner vor.

Mit zitternden Fingern fasst Mäu in ihr Mieder und holt die gestohlenen Schmuckstücke hervor.

„Feine Ware! Besonders der Rubin ist einiges wert. Für den regulären Preis, den diese Juwelen auf dem Handelsmarkt einbringen würden, könntet Ihr Euch schon eine solide Existenz aufbauen. Für ein Wirtshaus mit Badestube würde das sicherlich reichen. Aber es ist halt Sore und deswegen kriegt Ihr höchstens einen kleinen Teil von dem, was es wirklich wert ist, denn der Hehler will ja auch was verdienen und der trägt ja schließlich das Risiko, wenn er es an den Käufer bringen muss“, erörtert Benno fachmännisch.

„Ich bin selber vom Geschäft, wie Ihr Euch vielleicht denken könnt. Aber so Leid es mir tut, ich kann Euch damit nicht weiterhelfen, das ist mir einfach zu heiß. Wenn Blut dranklebt, wie in Eurem Fall, ist es auch schwer, einen halbwegs anständigen Hehler zu finden, der sich damit abgibt. Gut, es gibt schon welche, denen es ziemlich egal ist, wo die Sachen herkommen, aber das sind dann auch alles Halsabschneider, die Euch mit ein paar Talern für die ganze Schose abspeisen wollen. Ich kann Euch lediglich eine Empfehlung mit auf den Weg geben: Versucht Euch erst mal über den Thüringer Wald bis nach Leipzig durchzuschlagen. Dort kenne ich einen Hehler, an den Ihr Euch wenden könnt – aber dazu kommen wir später. Also von Leipzig macht Ihr Euch dann auf bis zur böhmischen Grenze. Und wenn Ihr es endlich bis nach Prag geschafft habt, könnt Ihr drei Kreuze schlagen, denn dann seid Ihr in Sicherheit. Aber bis dahin ist es noch ein langer Weg. Meidet unterwegs unbedingt die großen Straßen und Handelswege, genauso auch sämtliche Städte mit Torwächtern und Gebiete mit Grenzposten. Reist auf den geheimen Schmugglerpfaden, ich werde sie Euch nachher noch auf der Karte zeigen, und begebt Euch unterwegs so gut es geht nur in Herbergen und Schenken, wo die Fahrenden und das einfache Volk verkehren und mischt Euch nicht gerade in jeden Auflauf. Denn wo viele Menschen sind, da sind auch viele Augen", ermahnt der Boskenner Mäu eindringlich. In der Zwischenzeit hat der Wirt eine Landkarte gebracht und Benno zeigt Mäu das weitverzweigte Netz der Geheimpfade.

„Also, Ihr haltet Euch möglichst auf den Trampelpfaden und Seitenwegen, die parallel zur alten Handelsstraße verlaufen, in Richtung Leipzig. Vor der Leipziger Stadtmauer überquert Ihr die Frankfurter Wiesen und marschiert durch das Ranstädter Tor in die Stadt. Dann kommt Ihr genau auf die Hainstraße, die geht Ihr entlang bis zum Markt. Wenn Ihr dort vor der großen St. Thomaskirche steht, biegt Ihr linker Hand in ein schmales Gässchen ein. Das fünfte Haus auf der rechten Seite ist es. Klopft an und verlangt nach dem Fleppes. Der Fleppes ist ein ganz ausgebuffter Pottfenner[32], der alles versilbert, was ihm in die Griffel kommt. Ich pflege mit ihm keine Geschäfte mehr zu machen, Gott bewahre! Und das sage ich Euch auch ganz offen. Aber ich hab ihm vor einiger Zeit mal aus der Zwickmühle geholfen, und dadurch steht er gewissermaßen bei mir in der Kreide. Beruft Euch auf mich und übergebt ihm die Klunker, aber lasst Euch nicht weniger als zehn Taler dafür geben! Ich denke, das geht in Ordnung. Und dann macht Ihr Euch auf dem schnellsten Weg und so unauffällig wie möglich nach Prag. Erst dort könnt Ihr langsam aufatmen, denn Prag ist eine wahre Fluchtburg für Gauner aus aller Herren Länder. Nach Prag wird ein Großteil des Diebesgutes diesseits und jenseits der Alpen geschafft, die besten Pottfenner verramschen dort die Sore in sämtliche Himmelsrichtungen. Die Grenzer und Fährleute Böhmens lassen sich alle gut schmieren und sind den Malochern stets gut gesonnen, weil sie nicht schlecht von ihnen leben. Schmieren aber muss sein, sonst läuft gar nichts! Hier habt Ihr ein paar Taler, damit ihr unterwegs den richtigen Leuten was zustecken könnt. Hebt es gut auf, Ihr werdet es brauchen. So, meine Liebe, und jetzt macht Ihr Euch am besten gleich vom Acker, bloß weg aus der Frankfurter Ecke!“, rät Benno mit ernster Miene.

„Aber alleine unterwegs zu sein, ist für das Mädchen auch nicht das Richtige. Viel zu gefährlich und zu auffällig!“, fügt er besorgt hinzu.

„Fallen euch nicht vielleicht ein paar Leute ein, an die ihr das Kind als Reisegefährtin vermitteln könnt?“, fragt der Boskenner die Wirtsleute.

Berthold und Felicitas überlegen angestrengt.

„Naja, man kann das Mädel auch nicht grad mit jedem mitgehen lassen. Das sollten schon gute Leute sein, die auch nach außen hin einen harmlosen Eindruck machen“, grübelt Felicitas.

„Doch, da fällt mir jemand ein! Hinten im Eselsstall haben sich Landgänger einquartiert, die wollen heute noch in den Vogelsberg. Das wär ja erst mal deine Richtung, Mäu, vielleicht kannst du ja mit denen mitgehn. Sind arme Hausierer mit zwei kleinen Kindern. Ich glaub, die wollen bald los, warn vorhin schon am Packen. Ich geh grad mal gucken, hoffentlich sind die noch da“, ruft Felicitas aus und eilt davon.

„Aber einen Rat möchte ich Euch noch geben, Jungfer Mäu“, entgegnet Benno wohlmeinend. „Erzählt denen bloß nicht, was Ihr verbrochen habt und dass Ihr auf der Flucht seid. Sonst kriegen die nur den Flattermann und kommen auf dumme Gedanken."

„Das stimmt, Mädchen! Halt dich unterwegs immer schön zurück und erzähl nicht so viel. Schon mancher ist an den Dullmen geraten, weil er zu redselig war", warnt auch Berthold.

Nach einer Weile kehrt Felicitas mit einem spindeldürren jungen Mann zurück, den sie Mäu als den Herbsteiner Franz vorstellt. Der schlaksige Kerl ist höchstens ein paar Jahre älter als Mäu und hat ein freundliches, pfiffiges Gesicht.

„Ich hab gehört, du willst nach Leipzig und mir müssen zurück in den Vogelsberg, das ist ja grob eine Richtung. Also, wenn du dir nicht zu fein bist, uns einen Rucksack abzunehmen, damit die Kleinen weniger zu tragen haben, kannst du mit uns kommen. Wir müssen aber unterwegs in der Wetterau noch ein paar Ortschaften abklappern, denn wir sind so gut wie blank und leben momentan von der Hand in den Mund. Das sind aber keine Umwege, die Käffer liegen alle auf unserer Strecke. Ich kenn mich da gut aus und weiß, wo sich's lohnt und wo nicht. Also, wenn für dich alles klar ist, bist du dabei!", entgegnet der Hausierer und blickt Mäu offen an.

Mäu erklärt sich sofort mit allem einverstanden und sie verabreden, in Kürze aufzubrechen.

„Wir warten draußen auf dem Hof. Und dann wird aufgeladen und los geht's. Also, bis gleich", sagt Franz und wendet sich zum Gehen.

Felicitas packt Mäu noch schnell etwas Proviant in einen Beutel und bringt ihr ein warmes Wolltuch.

„Damit kannst du dich richtig einmummeln. Das schützt gegen die Kälte, und man erkennt dich auch nicht so leicht. Die Vogelsberger sind in Ordnung, glaube ich. Und es ist auch gut für dich, dass die über die ganzen Käffer ziehen, denn auf dem platten Land gibt es keine Stadttore mit Torwächtern. Aber sag denen bloß nix vom Neuhaus und so. Du willst zu Verwandten nach Leipzig, fertig aus! Wenn du mit denen unterwegs bist und trägst deinen Packen auf dem Buckel wie die, guckt dich bestimmt kein Dackel[33] schief an. Also, bleib tapfer, mein Mädchen, und sei auf der Hut! Ich denk an dich! Wird schon alles gut gehn!", verabschiedet sich die Wirtin von Mäu und küsst ihr die Wangen.

Auch Berthold wünscht ihr viel Glück und steckt ihr einen Taler zu.

„Ist nicht viel, aber reicht fürs Erste, denn du musst ja unterwegs auch übernachten können“, fügt er hinzu.

Nachdem sie sich auch vom Boskenner verabschiedet hat, bedankt sich Mäu noch einmal bei allen für ihre Hilfe, legt das Wolltuch um, ergreift den Proviantbeutel und tritt auf den Hof hinaus, wo sie von der Hausiererfamilie bereits erwartet wird.

Theres, die junge Frau von Franz, mustert Mäu mit skeptischem Blick und verzieht die Mundwinkel zu einem säuerlichen Begrüßungslächeln, als Franz ihr die neue Mitreisende vorstellt. Ihr stupsnasiges, sommersprossiges Gesicht mit den semmelblonden Wimpern und Brauen wirkt eher unscheinbar. Dünne, gelbliche Zöpfchen ragen rechts und links unter der dicken Wollmütze hervor. Ihr rosafarbener Teint erinnert Mäu an ein Ferkel und trotz ihrer Anspannung kann sie sich ein Grinsen nicht ganz verkneifen, ist dabei aber bemüht, es sich nicht anmerken zu lassen.

„Bist du guter Hoffnung?“, fragt Mäu etwas verlegen, als sie den gewölbten Leib von Theres unter dem dicken Mantel wahrnimmt.

„Ist ja wohl schwer zu übersehen!“, entgegnet diese schnippisch.

Scheint ja 'ne ganz schöne Zimtzicke zu sein, so was kann ich grad noch gebrauchen!, denkt Mäu gereizt und entspannt sich etwas, als Franz ihr die beiden Kinder vorstellt, die wie kleine Erwachsene große Tornister auf ihren schmächtigen Schultern tragen. Die vierjährige Else und der sechsjährige Paul schauen Mäu mit großen, hungrigen Augen neugierig an.

„Hast du ein Krüstchen für mich in deinem Sack?“, fragt Paul unverblümt.

„Ich glaube schon, kleiner Mann, und wenn wir nachher Brotzeit halten, teilen wir es auf“, entgegnet Mäu freundlich.

„Ich will's aber gleich haben, ich hab Hunger!“, quengelt der Junge.

„Ich auch, ich will auch haben! Du kriegst sowieso immer mehr als ich!“, jammert nun auch die Kleine.

„Schluss mit dem Gejauner! Jetzt geht's erst mal an der Nidda entlang bis nach Vilbel. Dort machen wir eine kleine Pause und es gibt auch was zu beißen. Aber nur, wenn ihr gut marschiert und unterwegs nicht wieder als rumplärrt. Auf jetzt, ihr wisst ja, den letzten beißen die Hunde!", ermahnt der junge Vater, ergreift den größten der drei Rucksäcke, die noch auf dem verschneiten Hof stehen und schnallt ihn sich auf den Rücken. Dann lädt er seiner Frau und Mäu die beiden anderen Tornister auf. Mäu muss unwillkürlich ächzen, als ihr die schwere Last die Schultern herunterdrückt.

„Normalerweise haben die Theres und ich unsere 100 Pfund auf dem Rücken. Jetzt, wo sie in anderen Umständen ist, kann sie nicht mehr so schwer schleppen und deswegen tragen der Kleine und ich etwas mehr. Dadurch, dass du uns jetzt was abnimmst, ist es für uns zwei ein bisschen leichter und das ist doch prima, gell, Paulchen!", ermuntert Franz den Jungen und schreitet mit ausholenden Schritten voran.

Der Uferpfad, der an der still strömenden Nidda entlangführt, ist teilweise noch vereist und die Reisenden müssen sorgsam ihre Schritte wählen, um nicht auszurutschen. Schwer beladen, wie sie sind, ist das recht mühsam und Mäu kommt bald vor Anstrengung ins Schwitzen.

Franz, der bemerkt, wie sie sich abmüht, lacht:

„Ja, am Anfang tut's noch ganz schön drücken, das Gewicht. Aber man gewöhnt sich schnell dran. Nach ein paar Tagen merkst du's schon gar nicht mehr. Aber das Laufen bei so einem Wetter macht wirklich keinen Spaß, man kommt viel langsamer voran als im Sommer. Draußen kampieren geht auch nicht und das ist besonders ärgerlich, denn selbst die billigste Unterkunft kostet noch was. Deswegen bleiben auch die meisten Landgänger im Winter mit dem Arsch daheim. Nur, wir haben ja eigentlich schon Frühling und irgendwann muss es ja mal wieder losgehen. Also haben wir uns auf nach Frankfurt gemacht, um neue Ware zu holen, die wir jetzt unterwegs verscherbeln wollen", erläutert Franz. „Trotzdem bin ich heilfroh, wenn wir wieder daheim in Herbstein sind. So ein Sauwetter, und dabei ist morgen Ostern!"

„Es sind auch nur wenig Leute unterwegs", stellt Mäu fest, bemüht, ihre Erleichterung darüber nicht zu offenkundig werden zu lassen.

„Wir haben heut Karfreitag, da zieht sowieso nur der über die Lande, der es muss. Aber letztes Jahr haben wir so schlecht verkauft, dass wir jetzt nicht länger warten können, hoffentlich läuft's diese Saison besser. Vielleicht bringst du uns ja Glück. Gebrauchen könnten wir's", fügt der Hausierer flirtend hinzu, was ihm einen unduldsamen Blick von Theres einbringt, die sich schweigsam an seiner Seite hält. Doch Franz, die Argusaugen seiner jungen Frau gelassen ignorierend, plaudert einfach weiter drauflos:

„Früher, als kleiner Bub, hab ich immer gedacht, alle Fahrenden sitzen bequem auf ihren Gäulen und Wägen, ziehen über die Lande und gucken frohgemut in die Luft. Heute weiß ich's besser! Die armen Schlucker unter uns, und das sind die meisten, reisen zu Fuß und tragen dabei ihren halben Hausstand und ihre Waren auf dem Buckel. Pferde können sich doch nur Leute von Stand leisten! Messekaufleute oder Adelsherren. Und die besser Gestellten unter den Fahrenden haben ihre Karren und Planwagen, die von Eseln oder Maultieren gezogen werden. Die sind wirklich zu beneiden! Obwohl du bei so einem Mistwetter mit keinem Wagen durchkommst. Aber über so was brauchen wir uns keinen Kopf zu zerbrechen. Wir sind ja schon froh, wenn wir soviel verkaufen, dass wir abends was zwischen die Zähne kriegen!"

Nach anderthalb Stunden erreichen sie die Burg Vilbel, um die sich eine kleine Ortschaft erstreckt. Mäus Schultern schmerzen von der schweren Last und ihre Zehen und Finger sind vor Kälte steifgefroren. Trotzdem behagt ihr der Vorschlag von Franz, in Vilbel eine kurze Rast einzulegen, wenig. Zu nahe ist der Ort noch bei Frankfurt, wo man Neuhaus' Leiche wahrscheinlich schon entdeckt hat. Aber sie wagt nicht, zu widersprechen und fügt sich schweigsam den Bedürfnissen ihrer Reisegenossen. Sie überqueren eine Brücke und nähern sich den ersten Behausungen. Die schmucken Fachwerkhäuschen und Höfe wirken wie verschlafen, es sind kaum Bewohner zu sehen, die meisten haben sich vor der unwirtlichen Witterung in ihre Häuser verkrochen. Was Mäu sehr entgegenkommt, die die ganze Zeit über gegen ihre panische Angst vor dem Entdecktwerden ankämpfen muss, die sie ja ihren Mitreisenden auf keinen Fall offenbaren darf. Als sie schließlich die kleine Schankwirtschaft „Zur frischen Quelle“ betreten, die am Ortsausgang direkt an der Landstraße liegt, ist es ihr ganz flau im Magen. *Hoffentlich geht das gut!*, denkt sie angstvoll.

Der kleine Schankraum ist von einem lodernden Kaminfeuer behaglich erwärmt. Hinter der Theke steht eine ältere Matrone, die den Ankömmlingen erwartungsvoll entgegenblickt.

„Grüß dich, Hilde! Gemütlich hast du's hier drinnen!“, begrüßt Franz die Wirtsfrau.

„Ei, die Vogelsberger sind ja auch mal wieder da! Seid ihr noch am heiligen Karfreitag unterwegs! Kommt, setzt euch ans Feuer und wärmt euch erst mal auf“, fordert die Wirtin die Reisenden auf.

„Bis jetzt seid ihr meine einzigen Gäste. In der Karwoche läuft's halt nicht so gut, denn es ist ja noch Fastenzeit. Über Ostern wird's hier drinn schon voller werden“, erläutert die Wirtin gesprächig, während ihre kleinen, neugierigen Augen flink hin und her huschen und schließlich bei Mäu hängenbleiben.

„Habt ihr Zuwachs gekriegt?“, fragt sie erstaunt.

„Ja, das is' es Maria aus Frankfurt. Das will zu ihrer Verwandtschaft nach Leipzig und da geht's halt ein Stückche mit uns“, antwortet Franz.

Mäu nickt der Wirtsfrau grüßend zu, fühlt sich dabei aber mehr als unbehaglich und fürchtet sich vor ihren bohrenden Blicken.

„Was wollt ihr denn essen? Die Kinder haben doch bestimmt Hunger und bei euch wird's auch net viel anders sein!“, erkundigt sich Hilde geschäftstüchtig. „Heut am Karfreitag hab ich aber nur Milchsuppe, Hafergrütze und Bratheringe da.“

„Ei, bring uns doch am besten ‚Kartoffel ganz und haaß‘!“ [34], flachst der Hausierer. „Ne, jetzt mal im Ernst, wir können uns nicht viel leisten. War ein schlechtes Jahr. Bring uns jedem einen Teller Milchsupp und wir sind zufrieden!“, entgegnet Franz.

Kurze Zeit später löffelt die kleine Tischgesellschaft frohgemut die dampfende Suppe aus tiefen Holztellern. Mäu hat den kleinen Laib Roggenbrot aufgeteilt, den Felicitas ihr eingepackt hat, was noch weiter dazu beigetragen hat, die allgemeine Stimmung, besonders die der Kleinen, zu verbessern, und zum ersten Mal seit ihrem Aufbruch richtet nun auch Theres das Wort an Mäu:

„Ist doch komisch, dass dich deine Leute so allein rumziehen lassen! Hätt dich dann net jemand von deinen Eltern oder Geschwistern begleiten können nach Leipzig? Wo das doch so weit weg ist, und für ein anständiges Weibsbild ist es ja auch so gefährlich, alleine unterwegs zu sein", wirft sie ein und mustert Mäu argwöhnisch.

„Das ging halt leider nicht", antwortet Mäu ausweichend und bemerkt dabei, wie ihr das Herz bis zum Halse schlägt. „Ich hatte viel Pech und deswegen steh ich halt jetzt allein da", fügt sie gepresst hinzu und spürt einen Kloß im Hals.

„Sei doch nicht so neugierig, Theres, und frag das arme Ding doch nicht so aus", mischt sich Franz ein.

„Na und! Ich will halt wissen, mit wem ich es zu tun hab. Wir sind ja bestimmt noch ein paar Tage zusammen, da ist es doch mein gutes Recht, ein paar Fragen zu stellen. Was hattest du denn für ein Pech?", bohrt Theres weiter.

Mäu fühlt sich immer unwohler, und als wäre diese Ausfragerei an sich nicht schon peinvoll genug, muss zu allem Übel auch noch die dicke Wirtin andauernd um sie herumschleichen, damit ihr bloß kein Wort entgeht! *Ich muss denen jetzt irgendwas erzählen, auf das sie sich draufstürzen können*, überlegt sie.

„Ach, meine Eltern wollten mich mit einem verheiraten, den ich nicht ausstehen kann und haben mich mit meinem Liebsten auseinandergebracht. Jetzt hab ich mich auf und davon gemacht, weil ich zu ihm will. Wir haben uns schon ein paar Monate nicht mehr gesehen", entgegnet Mäu mit tonloser Stimme, offensichtlich um Fassung ringend.

„Hast Sehnsucht nach ihm, gell?", fragt die Hausiererin nun in wärmerem Tonfall und schaut Mäu dabei verständnisinnig an.

„Und wie!", ist Mäus geflüsterte Antwort. Vor lauter Bedrängnis rollen ihr währenddessen ein paar Tränen über die Wangen und fallen auf das Stück Brot, das sie gerade in den Händen hält.

„Heul nur ruhig! Mir sind doch keine Hackklötzcher! Ich hab auch schon oft genug geflennt – wegen dem hier", erwidert Theres und blickt dabei vielsagend zu Franz.

Mäu kann nun nicht mehr an sich halten, sie birgt ihr Gesicht in den Händen und lässt ihren Tränen freien Lauf, was die Glaubwürdigkeit ihrer Geschichte noch gewaltig verstärkt.

„Oha! Gegen Herzleid ist kein Kraut gewachsen, des hat schon mei Mutter immer gesagt. Aber trink mal e' Schöppche heißen Äppelwoi, dann wird's vielleicht besser!", schlägt die Wirtin vor, die von der Theke aus alles mitgehört hat. Es herrscht betretenes Schweigen, nur Mäus Schluchzen ist zu vernehmen. Selbst die beiden Kinder blicken bekümmert drein. Nach einer Weile berührt die kleine Else Mäu am Arm und sagt trocken:

„Die Mamma sagt immer ‚Heularsch' zu mir, wenn ich so viel plärrn tu wie du."

Alle müssen über die kindliche Unverfrorenheit lachen, auch über Mäus verquollenes Gesicht huscht unwillkürlich ein Lächeln.

Sie schnäuzt sich die Nase und bestellt mit belegter Stimme eine Runde heißen Apfelwein.

*

Als sie später an der Nidda entlang weiter in Richtung Friedberg ziehen, ist das Eis zwischen Mäu und Theres endgültig gebrochen, und die beiden Frauen unterhalten sich angeregt miteinander. Franz marschiert nun die meiste Zeit vorneweg und rollt hin und wieder mit den Augen, wenn die Frauengespräche für seinen Geschmack zu vertraulich werden.

Mäu erfährt, dass ihre Reisegefährtin bereits drei Kinder im Kindbett verloren hat. Seitdem sie Franz geheiratet hat, ist sie jedes Jahr schwanger geworden, weil der nie die Finger von ihr lassen kann. Und wenn sie sich ihm versagt, holt er sich, sehr zum Leidwesen von Theres, schnell eine andere ins Bett. Deswegen wittert sie auch in jeder Frau zunächst die Konkurrentin. Dass sie sich diesbezüglich bei Mäu keine Sorgen zu machen braucht, hat sie inzwischen mit Erleichterung festgestellt, denn Mäu denkt überhaupt nicht daran, Franz schöne Augen zu machen – sie denkt an ganz andere Sachen.

Mäu hat der Hausiererin ihre ziemlich zusammengestrickte Geschichte erzählt, in welcher sich Wahrheit und Lüge die Hand reichen: Dass ihr Vater immer schon gegen ihren Freund war, der in Frankfurt schließlich wegen unerlaubter Bettelei in Ketten gelegt und aus der Stadt getrieben wurde. Sie äußert ihre Hoffnung, ihn in seiner Heimatstadt Leipzig endlich wiederzusehen, weswegen sie ja nun auch durchgebrannt wäre.

„Hört mal, ihr zwei Busenfreundinnen, wir sind jetzt gleich in Dortelweil, und da müssen wir unsere erste Runde machen, denn wir wollen ja auch was verdienen, sonst gibt's morgen wieder nur Tränenbrot zu kauen!“, schaltet sich plötzlich Franz ein. An Mäu gewendet schlägt er vor:

„Wenn du willst, Maria, kannst du auch mit Klinkenputzen gehen. Das ist nicht schwer, machen sogar schon unsere Kleinen. Musst den Leuten nur von unserem Kram verzählen und sie neugierig machen. Wenn sie dich dann reinlassen und du kannst ihnen was von dem Plunder zeigen, hast du sie meistens schon in der Tasche.“

„Warum nicht! Musst mir nur erklären, was alles kostet und wo ich hingehen soll“, entgegnet Mäu zögernd.

„Gut, dann halten wir jetzt mal an und ich zeige dir unsere Sachen.“

Er schnallt sich den Rucksack vom Rücken, stellt ihn ab und öffnet ihn.

Dicht an dicht sind die Waren aufeinandergeschichtet. Es handelt sich hauptsächlich um Güter des täglichen Lebensbedarfs wie Zunder zum Feuermachen, heilsame Wurzeln und Wundtinkturen, Haarpuder, Bänder, Spitzen und Besen. Aber auch Rosenkränze und verschiedene aus Holz geschnitzte Heiligenfiguren und Tiere befinden sich im Innern des großen Tornisters. Das meiste davon ist billiger Tand und kostet ein paar Heller, wenn es hoch kommt einen Groschen.

„Je weiter wir aufs platte Land kommen, desto besser verkaufen wir das Zeug. Zu nah bei einer Stadt geht kaum was, weil die Leute sich da selber alles holen können, was sie brauchen. Deswegen sind wir auch vorhin in Vilbel noch nicht auf Tour gegangen. Das ist einfach zu dicht bei Frankfurt und die Leute sind mit allem gut versorgt. Unsere Kundschaft sind die Dörfler am Arsch der Welt. Die sind froh, wenn mal einer ankommt, der ihnen was verkäuft. Vorausgesetzt, die haben Geld, was auch noch lange nicht sicher ist, denn viele von denen nagen genauso am Hungertuch wie wir", führt der Hausierer aus.

„Manche von den Bäuerchen, die kein Geld haben, geben uns auch mal Milch, ein Stück Handkäs oder eine Speckschwarte mit. Darüber sind wir auch nicht böse. Meistens werden wir uns mit denen schon einig. Einige Leute kennt man auch schon, die fragen einem dann, was es so Neues gibt in der Welt, denn die Landeier kriegen ja hier draußen kaum was mit", erläutert Theres.

„Die meisten Leut in den kleinen Ortschaften sind arme Gautzer wie mir auch. Aber hier in der Wetterau gibt's auch ein paar reiche Bauern und manche von denen können ganz schön grob werden, wenn so Hungerleider bei ihnen anklopfen und fackeln auch nicht lang. Wenn du dich dann nicht schnell genug davon machst, hetzen sie die Hunde auf dich, und dann guckst du ganz schön blöd aus der Wäsch! Haben wir alles schon erlebt, da muss man Acht geben. Zum Glück kennen wir uns inzwischen in der Gegend ganz gut aus und wissen, wo man hingehen kann und wo nicht. Also, wir schwärmen jetzt aus und treffen uns später am Brünnchen. Hier unten gibt's grad mal zehn Häuser. Die kann man alle abklappern. Geh nur nicht da hinten bei der Nidda in das große Steinhaus! Das gehört dem Peukert, der ist der Büttel des Friedberger Grundherrn, und mit dem ist nicht gut Kirschen essen. Hier, Maria, hast du ein Stück Kreide. Wenn du wo rauskommst, machst du ein Kreuz an die Tür. Das machen wir alle so, damit wir nicht doppelt gehen. Also, viel Glück! So, ihr Geister, auf geht's", animiert Franz zu guter Letzt noch die beiden Kinder und die kleine Gruppe stiebt auseinander.

Mäu, der es richtig bange geworden ist, als Franz sie eben vor dem Büttel gewarnt hat, ist ziemlich unschlüssig, wohin sie sich wenden soll, um bloß nicht an die falschen Leute zu geraten.

Schließlich steuert sie ein kleines Gehöft an, das als einziges Anwesen links der Landstraße auf einem Hügel liegt. Im Mittelpunkt des eingeschneiten Hofes befindet sich ein großer Misthaufen, der in der Kälte vor sich hindampft. Es riecht nach Kühen und nach Schweinen, ein paar Hühner scharren im Dung nach Verwertbarem. Als Mäu sich dem Wohnhaus nähert und an die verwitterte Holztür klopft, bellt der große Wolfshund an der Kette immer wütender. Eine junge Bäuerin öffnet die Tür und blickt Mäu misstrauisch entgegen.

„Ich hab Zunder und Besen, allerlei Spitzen und Bänder, auch Gesundheitstropfen und manches mehr, was Ihr brauchen könnt. Darf ich reinkommen und es Euch zeigen?“, fragt Mäu verschüchtert.

Die Frau macht ein mürrisches Gesicht und wirkt eher abweisend. Dann scheint sie es sich doch anders überlegt zu haben und fordert Mäu auf, hereinzukommen.

„Wir sind arme Leute und haben nicht viel, können uns auch kaum was leisten. Aber angucken kostet ja nix, dann zeig halt mal her, was du dabei hast.“

Mäu betritt die kleine, ebenerdige Stube. Auf dem festgestampften Lehmboden liegen ein paar Strohsäcke, auf denen eine Schar kleiner Kinder kauert. An einem Holztisch sitzt eine zahnlose alte Frau und schält Kartoffeln, ihr gegenüber schneidet ein rotgesichtiger Mann in mittleren Jahren Zuckerrüben in einen großen Bottich. Sie alle starren die Eintretende mit großen Augen an.

„Das ist eine Landgängerin, die will uns grad mal was zeigen“, sagt die Frau an den Mann gewandt.

„Ei, Irmgard, warum hast du die dann reingelassen? Mir können der nix abkaufen! Bei uns kriegen die Säu ja mehr zu fressen, als unsere Kinder! Hör mir doch auf!“, schnaubt der Bauer ärgerlich, was die anderen nicht davon abhält, ihr eindeutiges Interesse gegenüber Mäu und dem Inhalt ihres Rucksacks zu bekunden.

Schnell hat sie den Tornister geöffnet und holt verschiedene Waren heraus. Im Nu ist sie umringt von den Kindern und den beiden Frauen, die alles anfassen und begutachten wollen. Mäu, die bemerkt, was es ihnen für eine Freude bereitet, lässt sie einfach gewähren. Die alte Frau lässt einen der Rosenkränze durch ihre knotigen, geröteten Finger gleiten, die verraten, dass sie ein Leben lang hart gearbeitet hat, und berührt liebevoll das Holzkreuz.

„Kostet einen Groschen“, erklärt ihr Mäu.

Die Bäuerin liebäugelt mit den bunten Bändern und Spitzen, legt sie aber schnell wieder beiseite, um etwas anderes in Augenschein zu nehmen. Währenddessen spielen die Kinder mit den Heiligenfiguren wie mit Puppen, haben auch die Krippe mit dem Jesuskind entdeckt und sind am Jauchzen. So geht es eine ganze Weile und alle, außer dem Bauer, der immer noch griesgrämig am Tisch sitzt und Rüben schneidet, sind von den vielen kleinen Dingen in Bann gezogen.

„Jetzt reicht's aber! Nachher gibt's wieder nur Gegreine, weil wir nichts davon kaufen können“, schaltet sich plötzlich der Hausherr ein.

„Ach, Ottfried, lass uns doch eine Kleinigkeit nehmen! Vielleicht einen Rosenkranz für die Mutter und ein Holzpferdchen für die Kleinen. Es ist doch bald Ostern! Wir schinden uns das ganze Jahr, damit wir die Pacht und die Steuern zahlen können und haben nie mal einen Tag Erholung! Gönn uns doch das bisschen Spaß!“, entgegnet die Hausfrau bittend.

„Und mit was sollen wir die Jungfer bezahlen? Wir haben keinen Pfennig Geld im Haus!“

„Vielleicht können wir ja dem Mädchen für die paar Sachen ein Stück Mettwurst geben“, schlägt die Bäuerin vor.

„Die Würste, die noch in der Kammer hängen, sind alle für den Bischof bestimmt. Die holt morgen schon der Büttel ab“, antwortet der Bauer.

„Der Büttel holt unseren Speck und unsere Würste. Wie immer! Und wir dürfen dann das Brot wieder nur mit Zwiebeln essen. Komm, eine Wurst mehr oder weniger fällt doch nicht auf!“, insistiert die Frau.

„Eine Wurst weniger, heißt vielleicht ein Huhn mehr. Du weißt doch selber, wie der Peukert ist!“, entgegnet der Bauer erbittert.

„Und der Fürstbischof wird immer fetter, bis er auf keine Kanzel mehr passt!“, schimpft die Bäuerin aufgebracht.

„Weib, hüte deine Zunge und versündige dich nicht! Den Kirchenzehnten schulden wir Bauern unserem Herrgott und dürfen davon nicht einfach was für so einen Tand abzwacken."

Doch die Frau bleibt beharrlich und gibt keineswegs klein bei:

„Ist ja schon gut, Ottfried! Aber ich hab in der Kammer noch einen Tiegel mit Schmalz stehen. Jungfer, nimmst du sowas auch?" fragt sie Mäu.

Mäu denkt kurz nach und kommt schnell zu einer Entscheidung:

„Für ein Holzpferdchen und den Rosenkranz ist das genug", antwortet sie und übergibt beides der Bäuerin. Diese läuft triumphierend zur Speisekammer und holt das Schmalztöpfchen. Als sie es Mäu in die Hand drückt, lächelt sie ihr verschwörerisch zu.

„Ach, das ist ja doch mehr, als ich gedacht habe. Da geb ich Euch noch ein Stück Spitze für Eure Sonntagshaube dazu und wir sind uns einig!", beschließt Mäu spontan und trennt sorgsam etwas von der weißen Spitzenborte ab.

Die Bauersfrau strahlt, als sie Mäu anschließend zur Tür bringt.

„Gottes Segen, Jungfer!", ruft sie der Entschwindenden nach.

*

Es beginnt schon zu dämmern, als sie in Ilbenstadt ankommen. Feine Hagelkörner wirbeln durch die Luft und ein eisiger Wind fegt über das weite, tiefverschneite Feld.

Nachdem sie unterwegs sämtliche Dörfer und Ansiedlungen abgegangen sind und auch leidlich gut verkauft haben, hat Franz schließlich vorgeschlagen, im nahe gelegenen Ilbenstadt Nachtquartier zu nehmen. Das treffe sich insofern besonders gut, als es dort ein Kloster gebe, wo sie umsonst übernachten könnten.[35]

Alle sind froh, endlich vor der Klosterpforte des Prämonstratenser-Klosters zu stehen und Franz betätigt die Türglocke.

Nach längerer Wartezeit wird die kleine Luke des Portals aufgeklappt und ein junger Mönch fragt nach ihrem Begehren.

„Wir sind arme Landgänger aus dem Vogelsberg und erbitten einen Schlafplatz für uns und die Kinder“, entgegnet der Hausierer.

Von innen wird das Schloss betätigt und eine schmale Tür in der Pforte öffnet sich, durch die sie hintereinander eintreten, bemüht, mit ihren sperrigen Tornistern nicht hängen zu bleiben.

Der junge Mönch in seiner braunen, wollenen Tunika entbietet den Eintretenden einen knappen, christlichen Gruß, den diese artig erwidern.

„Wir haben in unserem Gästehaus aber nur noch zwei Schlafpritschen frei und das auch nur für diese Nacht, denn für morgen erwarten wir eine größere Pilgergruppe“, erklärt der Klosterbruder reserviert.

„Das ist uns recht, wir müssen morgen in der Früh sowieso weiterziehen. Wenn Ihr uns noch ein paar Decken geben könnt und ein bisschen heiße Milch für die Kinder, sind wir zufrieden“, entgegnet Franz.

„Ich will aber auch was zu essen, ich hab Hunger!“, jammert Else und verzieht weinerlich das von der Kälte gerötete Gesicht.

„Ich bringe Euch nachher was“, antwortet der Mönch mit unmutigem Blick auf die Kinder.

„Dann folgt mir jetzt zum Gottfriedhaus, ich zeige Euch Euer Quartier.“

Das kleine Gästehaus des Klosters ist direkt an die hohe Klostermauer angebaut und besteht ebenso wie diese komplett aus Natursteinen. Der Mönch geleitet sie durch einen röhrenförmigen, engen Flur und öffnet schließlich eine der Türen. Inzwischen ist es dunkel geworden und man kann kaum noch etwas erkennen. In der zellenartigen Kammer befinden sich zwei schmale Holzpritschen an den Längsseiten, dazwischen steht ein kleiner Tisch mit einem Hocker. An der Wand neben der Fensterluke zeichnet sich ein Holzkreuz ab.

„Ich hoffe, Ihr habt Eure eigenen Kerzen dabei, sonst müsst Ihr hier im Dunkeln sitzen. Zwei Decken sind da, ich bringe nachher noch eine für die Kinder.“

Der Mönch wendet sich rasch zum Gehen, man hört das laute Geklapper seiner Holzschuhe durch den Flur hallen. Zuerst entledigen sich die Reisenden ihrer schweren Lasten und sinken sodann erschöpft auf die harten Lager. Theres entnimmt dem kleinen Lederbeutel, den sie am Gürtel befestigt hat, einen Kerzenstummel, sowie Zunder, Feuerstein und ein Schlageisen. Sie legt ein Stückchen von dem Zunder in eine kleine Holzschale. Dann beugt sie sich darüber und versucht mit ihren steifgefrorenen Fingern, Funken auf den Zunder zu schlagen, was ihr auch bald gelingt. Schützend birgt sie ihre Hände darum und bläst konzentriert hinein, bis der Zunder zu klimmen beginnt. Mit einer schnellen Bewegung hält sie nun den Kerzendocht in die Miniaturflamme und hat Erfolg: Die Kerze brennt. Die Hausiererin befestigt sie auf dem Holztellerchen und stellt es auf den Tisch. Die kleine Schlafzelle wird zwar von dem flackernden Licht nur notdürftig erhellt, trotzdem aber verbreitet es eine gewisse Behaglichkeit in dem aufs Kargste ausgestatteten Kämmerchen. In dem unbeheizten Raum ist es bitterkalt, eisige Zugluft dringt durch die Ritzen der undichten Fensterluke. Theres wickelt die frierenden Kinder in eine der Wolldecken und breitet die andere Decke um sich, Franz und Mäu. Alle Fünf klappern mit den Zähnen, als der Mönch nach einiger Zeit zurückkehrt und eine weitere Decke bringt, die von den Frierenden dankbar entgegengenommen wird.

„Ihr müsst Euch halt mit Decken gegen den Frost behelfen, denn der einzige Raum, den wir beheizen, ist das Refektorium", entgegnet der Bruder knapp.

„Und hier hab ich noch eine Kanne heiße Milch für die Kinder und ein paar Semmeln. Eine gesegnete Nacht", verabschiedet er sich und verschließt hinter sich die Tür der Schlafkammer.

*

Am Morgen des vierten Tages ihrer Reise befinden sie sich bereits mitten im Vogelsberg. Die Nacht verbringen sie in einer schäbigen Herberge bei Schotten, die total überfüllt ist. Die sechs Betten in dem kleinen Übernachtungsraum müssen sich zwölf Erwachsene und sechs Kinder teilen. So bleibt Mäu nichts anderes übrig, als mit Theres und Franz im gleichen Bett zu schlafen, denn die beiden Kinder sind bereits in einem Bett mit zwei Schaustellerkindern aus Braunschweig untergebracht. Das ohnehin schmale Nachtlager ist viel zu eng für drei Personen und man kann sich kaum regen, will man nicht Gefahr laufen, aus dem Bett zu fallen. Außerdem ist die Bettwäsche mehr als schmuddelig, die Decken riechen nach Moder und altem Schweiß und wimmeln vor Flöhen. Am Morgen fühlt sich Mäu wie gerädert und hat ein steifes Kreuz. Als Franz ihr eröffnet, dass sie die letzte Wegetappe bis Herbstein zügig marschieren wollen und keine Ortschaften mehr abklappern werden, ist sie froh darüber, denn je weiter sie in den Vogelsberg vorgedrungen sind, desto mühseliger gestaltet sich das Hausieren. Die meisten Leute sind selbst zu arm, um einen Heller für Zunder aufbringen zu können, und so werden die Landgänger meistens schon gleich an der Tür abgewiesen. Franz und Theres haben Mäu angeboten, dass sie solange bei ihnen in Herbstein bleiben kann, bis sie neue, geeignete Weggefährten gefunden hat. Die Hilfsbereitschaft der Landgänger rührt Mäu und sie verspürt den beiden gegenüber, wie sooft, ein schlechtes Gewissen. Denn die einfachen Leute sind in Bezug auf ihre Person völlig ahnungslos. Sie wissen nicht, dass sie eine Diebin und Mörderin an ihrer Seite haben, nach der in der Frankfurter Gegend wahrscheinlich schon fieberhaft gesucht wird. Zuweilen möchte sie am liebsten mit offenen Karten spielen und vor allem Theres, mit der sie sich während ihrer Reise angefreundet hat, ihr von Angst gepeinigtes Herz ausschütten. Doch sie hält sich zurück. Zum einen, weil sie die gut gemeinte Warnung des Boskenners befolgen möchte, Mitreisenden nicht zuviel von sich preiszugeben, zum anderen will sie nicht die guten Leute mit ihrer verhängnisvollen Lage belasten und sie dadurch zu Mitwissern machen.

Auf ihre arglosen Reisegefährten wirkt Mäu häufig bedrückt und grüblerisch, was sie als Auswirkungen ihres Liebeskummers ansehen. Mäu indes hat panische Angst vor dem Entdecktwerden und wittert überall böswillige Verfolger.

Am späten Nachmittag erreichen sie schließlich das kleine Vogelsbergörtchen Herbstein. Den ganzen Tag über schien die

Sonne und die alten, verkrusteten Schneematten begannen schon langsam zu tauen. Die kleine Holzhütte der Hausierer befindet sich direkt am Waldrand. Der Vorplatz ist durch das Tauwetter zu einem einzigen Morast geworden, und auf dem Weg zur Eingangstür versinken sie knöcheltief im Schlamm. Nachdem Franz die morsche Tür aufgeschlossen hat, betreten sie die Hütte, deren karge Ausstattung von bitterster Armut kündet. Auf dem festgestampften Lehmboden liegen ein paar Strohsäcke herum, die neben einem kleinen Holztisch und zwei Schemeln das ganze Mobiliar bilden. Die verwaiste Feuerstelle wirkt derart trostlos in der feuchtkalten Stube, dass der Hausherr umgehend beschließt, ein Feuer zu machen.

„Das Einzige, was wir hier reichlich haben, ist Holz", sagt Franz, als das Feuer richtig lodert. „Aber Holz kann man leider nicht essen. Den ganzen Winter über sitz ich hier und schnitz die Holzfiguren, damit wir was zu beißen haben."

Theres hat die Strohsäcke aufgeschüttelt, den Boden gefegt und die Tornister an die Wand gestellt. Die Lebensmittel, die sie als Bezahlung für ihre Waren erhielten, räumt sie sorgfältig in ein Wandbord, in dem auch ein paar Küchenutensilien stehen.

„Wir haben Brot, Schmalz, eine Rolle Handkäse, ein Kännchen Milch und einen Sack Kartoffeln. Das reicht schon für ein paar Tage", führt Theres aus, während sie die Strohsäcke um die Feuerstelle gruppiert und die Kinder darauf bettet. In einem kleinen Hängetopf erwärmt sie etwas Milch und schneidet von dem Brotlaib ein paar Scheiben ab, die sie mit Schmalz bestreicht. Allen knurrt nach der anstrengenden Tour der Magen und so sind die Brote schnell vertilgt. Allmählich wird es wärmer in der Stube, Elschen und Paul kuscheln sich zufrieden aneinander und schlafen sofort ein. Die drei Erwachsenen haben es sich um das Feuer herum ebenfalls bequem gemacht, und Franz legt noch ein paar Holzscheite nach.

„Letztes Jahr sind wir fast zehn Monate übers Land gezogen. Wären wir zu Hause geblieben, dann wären wir inzwischen längst verhungert! Es war der leere Teller, der uns hinausgetrieben hat auf die Wanderschaft. Und wirklich satt gegessen haben wir uns auch unterwegs nur selten. Aber ein knurrender Magen lässt sich einfach leichter ertragen, wenn du die Hoffnung haben kannst, dass es hinter der nächsten Bergkuppe vielleicht besser wird“, sinniert der Hausierer.

„Ja, die Hoffnung ist der beste Weggefährte des Landgängers. Wenn du die nicht mit dabei hast, kannst du grad zu Hause bleiben!“, erwidert Theres.

„Das werd ich beherzigen, wenn ich die nächsten Tage weiterzieh“, entgegnet Mäu nachdenklich.

„Vielleicht schaff ich's ja doch!“, murmelt sie, wie zu sich selber, während ihr vor Müdigkeit schon fast die Augen zufallen.

Als sie später auf ihrem Strohsack liegt und schon am Einschlafen ist, vernimmt sie die Beischlafgeräusche von Franz und Theres und wird sich dadurch wieder einmal schmerzhaft der eigenen Einsamkeit bewusst. Immer stärker vermisst sie einen Gefährten, dem sie vertrauen kann und der in dieser schweren Zeit zu ihr hält. Wie froh wäre sie, auf den Fuchs und seine Bande zu treffen oder auf den Flugblatthändler Albert.

14. „Das liechen um den Steinhaufen"

Für diejenigen unter den Fahrenden, die etwas ausgefressen haben und nach denen steckbrieflich gefahndet wird, ist es besonders wichtig, gefährliche Orte zu umgehen, an denen die Feinde der Vaganten lauern, wie bestimmte Gendamerieposten, Torwachen, Forsthäuser oder die Behausungen von Spitzeln. Im Rotwelsch, der Sprache der Fahrenden gibt es für solche Umgehungen eine spezielle Redewendung: „Das liechen um den Steinhaufen."

Mäus Dilemma ist, dass diese stetige, lebenswichtige Wachsamkeit ihren Reisegefährten nicht auffallen darf, und so stellt auch die Aufforderung von Franz und Theres, sie auf den Wochenmarkt zu begleiten, eine echte Zumutung für sie dar. Allzu genau erinnert sie sich noch an die Warnung des Boskenners, Menschenansammlungen nach Möglichkeit zu umgehen: *Wo viele Menschen sind, da sind auch viele Augen!*

Die Hausierer verstehen beim besten Willen nicht, warum Mäu sich gegen einen harmlosen Marktbesuch derartig sträuben kann und lieber alleine weiterreisen will, als sich dort nach Reisegefährten umzuschauen, und versuchen sie umzustimmen:

„Also Maria, jetzt sei doch vernünftig, das ist schon noch ein ganz schönes Stück bis Leipzig und allein kannst du nicht gehen! Das ist viel zu gefährlich für ein Weibsbild! Guck dich doch erst nochmal um, ob du nicht Leute finden tust, die in deine Richtung machen. Los, komm jetzt mit, auf dem Markt trifft man immer ein paar Fahrende", versucht Franz Mäu zu überreden, die am frühen Morgen schon mit Sack und Pack vor ihnen steht, bereit gleich aufzubrechen.

Um ihre Gastgeber nicht ganz und gar zu brüskieren, aber auch, weil sie einsieht, dass es wirklich besser ist, in Begleitung anderer zu reisen, folgt Mäu Franz und Theres schließlich doch auf den kleinen Dorfmarkt. War es für sie früher immer ein ganz besonderes Vergnügen, sich in das Marktgewimmel zu begeben, so ist sie jetzt allerdings durch ihre permanente Hab-Acht-Haltung fern einer jeglichen Entspannung und verfolgt das Marktgeschehen nur noch mit Argwohn. Sie gehen vorbei an einem Stand mit Gänsen und Suppenhühnern, zwischen denen Würste und Schinken an langen Schnüren befestigt sind. Auch eine kleine Garküche ist aufgebaut und es riecht nach Kohlsuppe mit Speck, daneben befindet sich ein Backwarenstand und den Abschluss bildet ein Stand mit Schafsfellen und Wolle. Das Spektakel des kleinen Marktes stellt momentan jedoch eine Gauklergruppe dar, um die sich bereits eine kleine Menschenmenge geschart hat. Franz und Theres, neugierig geworden, zieht es ebenfalls dorthin. Mäu, der keineswegs der Sinn nach Amüsement steht, folgt ihnen missmutig.

„Guck mal, Franzel, sind das nicht die Schausteller aus der Herberge bei Schotten?“, fragt Theres ihren Mann.

„Da hast du Recht, das sind sie! Lass uns nachher mal zu denen gehen“, entgegnet Franz und verfolgt interessiert die gerade beginnende Darbietung:

„Kommt herbei, Ihr Leut und schaut nur, was wir hier haben! So was hat die Christenwelt noch nicht zu sehen gekriegt! Meerkatzen und Maulaffen aus dem fernen Amerika! Seht sie Euch an, die possierlichen Wundertiere aus dem Land der wilden Bestien!“, verkündet ein kleiner Mann im buntscheckigen Gewand, untermalt vom durchdringenden Geläute seiner Handglocke und tänzelt dabei gewichtig um einen Karren mit allerlei Tierzeug. Eine füllige, junge Frau und drei Jungen in ebenso bunten Kostümen tun es ihm gleich und wiegen sich in beschwörenden Tanzschritten um den Wagen, als gelte es, dadurch die „wilden Bestien“ zu besänftigen. Die rundliche Frau trägt vielfarbige Schleier am spitz zulaufenden Hut und betätigt mit großer Geste ein Tamburin, ein halbwüchsiger Junge spielt dazu markerschütternd die Sackpfeife, begleitet von den Maultrommelklängen der beiden kleineren Knaben.

In dem Holzkarren befinden sich etwa zehn Meerschweinchen in den unterschiedlichsten Musterungen und zwei kleine Affen mit großen, traurigen Augen, die mit Leinen an einen Pflock fixiert sind. Die beiden Tiere tragen bunte Mützen und Jacken, die mit kleinen Silberglöckchen versehen sind. Der Tierhalter lässt sie von der Leine und wie auf Kommando veranstalten sie nun allerlei drollige Kunststückchen, springen flink einigen Zuschauern auf die

Schultern, lausen deren Köpfe und lassen sich quiekend von ihnen streicheln und auf den Arm nehmen. Besonders die Kinder im Publikum sind von den lebhaften Äffchen angetan und im Nu verbreitet sich eine johlende Heiterkeit.

Nachdem das Spektakel vorüber ist, werden die Tiere von dem Schausteller hochgehoben und erhalten ein paar Nüsse zur Belohnung. Anschließend lüften die Affen ihre Mützen und halten sie dem Publikum in eindeutiger Geste entgegen. Solcherart die Runde machend, quittieren sie jede Gabe mit lautem, fröhlichem Gekreische. Viel kommt nicht zusammen, nur wenige werfen ein paar Münzen in die dargereichten Kappen, wofür sich die Schausteller jedesmal freudig bedanken. Nach und nach stiebt die Menge wieder auseinander, lediglich ein paar Kinder drängen sich noch um den Tierkarren und streicheln die Meerschweinchen. Nach einer Weile aber haben selbst die kleinen Marktbesucher ihr Interesse an den Tierchen verloren und wenden sich wieder dem allgemeinen Marktgeschehen zu. Das Hausiererehepaar tritt nun mit Mäu im Kielwasser an die Schausteller heran und begrüßt sie. Während sie sich mit den Artisten eine Weile austauschen und die Schausteller dabei verlautbaren lassen, dass sie nach Berlin unterwegs sind, fragt Franz, ob Mäu sie denn nicht bis nach Leipzig begleiten kann. Nachdem die Gaukler schließlich zugestimmt haben und alle reisefertig sind, verabschiedet sich Mäu von Theres und Franz, die ihr in so kurzer Zeit zu Freunden geworden sind. Den beiden Frauen kommen die Tränen, als sie einander Lebewohl sagen, und Mäu wünscht der Hausiererin eine gesegnete Niederkunft. Trotz ihrer Ergriffenheit ist Mäu froh darüber, dass sie mit den Landgängern niemals über den wahren Ernst ihrer Lage gesprochen und sie dadurch auch nicht mit ihrem schrecklichen Geheimnis belastet hat. Beim Gedanken, was ihr vielleicht noch alles blüht, wenn sie erwischt wird, spürt sie wieder blanke Angst in sich aufflackern.

„Bete für mich, Theres“, flüstert sie der jungen Frau noch zu und tritt alles andere als guten Mutes ihre nächste Wegetappe an.

*

Endlich ist es Frühling geworden und das milde Tauwetter hat den Schnee schon fast gänzlich verschwinden lassen. Unterwegs auf schlammigen Wegen und rutschigen Trampelpfaden durch das hessische Bergland mit seinen verschlafenen, kleinen Dörfern und Marktflecken, den Holzkarren mit den Tieren unter dem Aufwand vereinter Kräfte häufiger schleppend als ziehend, erhält Mäu tiefere Einblicke in das mühselige Gewerbe ihrer Reisegefährten und erfährt die Hintergründe, die sie zu Fahrenden gemacht haben:

Die Schausteller waren bis vor kurzem noch arme Bauern aus der Braunschweiger Gegend, die durch die Missernten der vergangenen Jahre ihren kleinen Hof aufgeben mussten. Nachdem sie auch die letzten drei Kühe, die ihnen noch geblieben waren, verkauft hatten, beschlossen sie, in die Fremde zu ziehen und sich auf den großen Gütern im Norden als Fremdarbeiter zu verdingen. Auf der Reise dorthin lernten sie einen alten Bärenführer und Tierbändiger kennen. Kurzentschlossen kauften sie ihm die zwei Äffchen und den Kasten mit den Meerschweinchen ab, um fortan als Schausteller ihr Glück zu versuchen. Fast ein Jahr lang waren sie nun über die Lande gezogen und präsentierten ihre Tiere auf Marktflecken und in kleineren Städten. Das hatte der fünfköpfigen Familie allerdings kaum das Lebensnotwendigste eingebracht. Außerdem war die Verweildauer ihrer Aufenthalte überall sehr begrenzt, denn wenn die Leute das kleine Tierspektakel einmal gesehen hatten, war ihre Neugier und Schaulust auch schon gestillt und die Schausteller mussten weiterziehen, auf der Suche nach neuem Zulauf.

Obwohl sie erst seit kurzer Zeit mit den Schaustellern unterwegs ist, fällt Mäu doch immer wieder auf, dass man ihnen nicht in allen Dörfern freundlich gesonnen ist. Zuweilen begegnet man den Fahrenden sogar mit regelrechter Feindseligkeit, was Mäu sehr bekümmert. Die unguten Blicke mancher Einheimischer, die das bunte Völkchen mit solch unverholenem Misstrauen taxieren, als hätten sie Hühnerdiebe vor sich, schmerzen Mäu, die aufgrund ihrer eigenen, verhängnisvollen Situation für derartige Anfeindungen besonders empfänglich ist, geradezu körperlich. Schon mehrfach hat sie es bereut, dass sie sich den Gauklern überhaupt angeschlossen hat, die alleine schon durch ihre auffallende, bunte Gewandung überall für die ihr so unerwünschte Aufmerksamkeit sorgen. Andererseits mag sie aber die Schausteller, die bisher jeden Bissen gutherzig mit ihr geteilt haben, sehr und fühlt sich in ihrer Gegenwart ausgesprochen wohl.

Während sich die Reisegruppe dem Waldrand nähert, hinter dem sich eine kleine Ortschaft abzuzeichnen beginnt, kommen sie an einem schmucken Forsthaus vorbei. Mäu hält dabei ganz schön die Luft an, denn Förster, so hatte sie der Boskenner gewarnt, gehörten häufig zu den Feinden der Fahrenden. Und als wolle sich diese Warnung noch vollends bestätigen, erscheint am Gartenzaun sogleich ein grimmig dreinblickender Waldaufseher mit zwei großen Wolfshunden, die sie mit gefletschten Zähnen wütend ankläffen. *Schnell weiter!*, denkt sich Mäu und ist heilfroh, als sie das Forsthaus endlich hinter sich gelassen haben. Als sie später durch das kleine Dorf ziehen wollen, sprengen plötzlich zwei Gendarmerieposten zu Pferde aus dem Wald und stellen sich den Reisenden bedrohlich in den Weg.

„Bis hierher und nicht weiter! In Flieden habt ihr nichts verloren! Macht euch bloß ab, sonst gibt es Fersengeld! Wir wollen in unserem Ort kein fahrendes Lumpenpack, das am Ende auch noch lange Finger macht. Haut woanders die Leute übers Ohr, aber nicht bei uns“, keift einer der Büttel und fixiert die Reisenden mit deutlicher Abneigung.

„Wir sind keine Gauner, sondern ehrliche Leute! Wir führen unser Viehzeug vor, musizieren und tanzen dazu, und wer will, gibt eine Spende und dann ziehen wir weiter unserer Wege. Aber wir luchsen keinem das Geld aus der Tasche und sind erst recht keine Diebe!“, entrüstet sich Lisbeth, das weibliche Familienoberhaupt und baut sich kämpferisch vor den Schergen auf.

„Egal was für ein Lottergewerbe ihr betreibt! Fahrendes Gesindel ist hier nicht geduldet! Das ist die Anordnung seiner Eminenz aus Fulda. Und wenn ihr jetzt auch noch renitent werdet, sperren wir euch gleich ins Loch! Da wird gar nicht lange gefackelt!“, droht nun auch der andere Gendarm. Hinter einigen Fernstern huschen schon verstohlen ein paar Köpfe hin und her, ansonsten wirkt der kleine Ort wie ausgestorben. Mäu durchleidet währenddessen wahre Todesängste und ist vor Schreck wie gelähmt. „Bitte, bitte nicht!“, murmelt sie wie von Sinnen vor sich hin. Immer noch aufgebracht, gleichzeitig aber auch verängstigt ob einer solch groben Behandlung, geben die Gaukler schließlich klein bei, machen auf der Stelle kehrt und treten gedemütigt den Rückzug an, wobei sie das feindselige Dorf in weitem Bogen umgehen.

Mäu kriegt die ersten hundert Meter keinen Ton mehr raus, ihr Atem geht stoßweise, und sie bebt am ganzen Körper. Mit Vergnügen würden ihr diese Büttel den Hals umdrehen, wenn sie wüssten, was sie getan hat!

„Als Fahrender bist du für solche Leute nichts anderes als ein vogelfreier Gesell! Frei zum Totschlagen!“, schimpft Hannes wütend. Auch Lisbeth, seine Frau, verschafft sich nun Luft:

„Was sollten wir denn machen, uns ist doch nichts anderes mehr übrig geblieben, als auf die Wanderschaft zu gehen! Zu Hause saßen wir doch nur noch vor unseren leeren Tellern und wussten nicht mehr ein und aus! Und jetzt titulieren uns diese Kerle hier als fahrendes Gesindel, das anderen das Brot stiehlt“, beklagt sich die Schaustellerin aufgebracht. „Gibt es denn für Leute wie uns gar keinen Platz mehr auf dieser Welt!“, stammelt sie erbittert und fängt an zu weinen. Mäu kann nun nicht mehr länger an sich halten, ihre seit Tagen aufgestaute Verzweiflung bricht sich nun Bahn und sie sinkt schluchzend zu Boden.

„Ich kann nicht mehr, ich kann nicht mehr!“, gibt sie immer wieder von sich und erzählt den Schaustellern schließlich die ganze Wahrheit über sich. Lisbeth und Hannes sind beide schockiert darüber, eine polizeilich gesuchte Mörderin und Diebin als Reisegefährtin aufgenommen zu haben und müssen sich auf diesen Schreck hin erst einmal auf einen Baumstumpf setzen. Es fehlen ihnen die Worte und sie schauen Mäu betroffen an.

„Manchmal denk ich bei mir, ich sollte mich freiwillig stellen. Dann hat mein Elend wenigstens ein Ende. Doch ich häng halt noch am Leben, auch wenn es mir so miserabel geht“, entgegnet Mäu bedrückt. Auch wenn sie ihre Gefährten durch ihr Geständnis in heillose Aufregung versetzt hat, so fühlt sie sich trotzdem auch erleichtert darüber, dass nun endlich der Knoten geplatzt ist, und es kommt ihr vor, als ob eine unerträgliche Last von ihr abgefallen wäre. Die Schausteller wirken beunruhigt und ratlos. Doch schon bald scheint sich die pragmatische Lisbeth gefangen zu haben und beginnt damit, Mäu zu fragen, wie es dazu gekommen ist, dass sie jemanden getötet hat. Mäu antwortet ihr ehrlich und spart dabei nichts aus. Es tut ihr unsagbar gut, sich einmal alles von der Seele reden zu können, und sie berichtet, wie sie als Siechenmagd auf den Gutleuthof gekommen ist, spricht über Ulrich Neuhaus, ihren Dienstherrn, und wie es ihr bei ihm ergangen ist. Als sie geendet hat, haben sich die Mienen ihrer Zuhörer deutlich verändert, und es zeichnet sich zunehmend Verständnis darin ab.

„Ich muss ehrlich sagen: Bei diesem Schuft wäre ich auch zur Mörderin geworden!“, erwidert Lisbeth grimmig.

„Ja, und dann auch noch als Gesunde unter all diesen Aussätzigen! Das alleine kann einem ja schon zur Verzweiflung bringen“, wirft Hannes ein. Auch die drei Buben mischen sich nun ein und bestürmen Mäu mit weiteren Fragen. Nachdem sie noch eine ganze Weile miteinander debattiert haben und die Schausteller sich ein umfassendes Bild von Mäus Situation machen konnten, ist Lisbeth, die in der Familie das Sagen hat, schließlich zu einer Entscheidung gekommen, die sie Mäu, unumwunden und knapp, wie es ihre Art ist, auch sogleich mitteilt:

„Es war gut, Maria, dass du uns die Wahrheit gesagt hast. Ich für meinen Teil habe keine Probleme damit, wenn du bis Leipzig bei uns bleibst.“

Nachdem auch die anderen Familienmitglieder ihre Zustimmung geäußert haben, einigt man sich schließlich darauf, unter verstärkter Vorsicht gemeinsam weiterzureisen und im Falle von Mäus Festnahme werde man eben behaupten, von allem nichts gewusst zu haben. Gerührt und froh darüber, dass die Schausteller zu ihr stehen, umarmt Mäu die frühere Bäuerin herzlich und bedankt sich auch bei allen anderen für ihre Großmütigkeit.

„Weiter geht's, ihr Lieben! Und von zwei so dummen Tölpeln, wie diesen Bütteln eben, lassen wir uns noch lange nicht unterkriegen!“, animiert Lisbeth die anderen und erntet Zustimmung. Mäu ist es schon mehrfach aufgefallen, wie aufrecht und frohgemut die kleine, rundliche Frau durchs Leben geht und es dabei immer wieder versteht, ihre Umgebung mitzureißen. Innerhalb der Schaustellerfamilie ist sie zweifellos die treibende Kraft, von ihrem Mann und den drei Söhnen respektiert und geliebt.

*

Das „liechen um den Steinhaufen" kann nur demjenigen gelingen, der auch gute, verlässliche Freunde hat. Insofern ist es für Mäu ein großes Glück, Menschen wie die Schausteller getroffen zu haben. Um der Gefahr zu entgehen, benötigt der Gesuchte außerdem stets einen sicheren Unterschlupf mit zuverlässigen Helfern, will er nicht total in der Luft hängen. Genauso, wie überall unter den Sesshaften die Feinde der Vaganten lauern, gibt es auch genügend Leute, die sich mit den Fahrenden verbünden. Ohne sie wäre die Kaste der Vogelfreien schon längst ausgestorben. Es sind besonders die armen Leute in den Städten und auf dem Land, kleine Bauern oder Tagelöhner, die auf ihrer Seite sind. Nicht selten kommt es vor, dass Dorfbewohner die Fahndung der Gesetzesdiener nach bestimmten Vaganten sabotieren und diesen Schutz und Herberge gewähren. Auch innerhalb der niederen Beamtenschaft finden sich zuweilen Sympathisanten, die gesuchte Fahrende entwischen lassen oder über geplante Razzien informieren. Für die Betroffenen gilt es als Ehrensache, sich bei denjenigen, die ihnen geholfen haben, entsprechend zu revanchieren.

Dieses geheime Netz basiert auf der Grundlage der Gegenseitigkeit, die selbstverständlich auch von Eigennutz bestimmt wird.

Der Hehler, der die Sore abbunkert und für eine gute „Kawure"[36] sorgt, denkt dabei natürlich auch an seinen eigenen Gewinn. Der Wirt, der einem Verfolgten Unterkunft gewährt und ihm neue Kleidung zur Unkenntlichmachung zur Verfügung stellt, lässt sich seine Dienste gut bezahlen.

Auch die Wirtin des nahe bei Hünfeld gelegenen Gasthauses „Zum alten Laternchen", die Fahrende beherbergt, während ihr Mann als Landgänger unterwegs ist, verdient sich dadurch ein

Zubrot. Seitdem die Schausteller wissen, dass nach Mäu gefahndet wird, sind sie peinlichst darauf bedacht, in Bezug auf die Auswahl ihrer Übernachtungsquartiere keine Fehler zu machen, und die Herberge bei Hünfeld, in der sie im vergangenen Jahr schon einmal übernachtet haben, erscheint ihnen als unbedenklich. Als sie sich an jenem regnerischen Aprilabend dem abgelegenen, baufälligen Haus nähern, herrscht dort bereits ein reger Andrang von Fahrenden, die Schutz vor dem unfreundlichen Aprilwetter und eine Unterkunft für die Nacht suchen. Die kleine Reisegruppe betritt die überfüllte Schankstube und die Schausteller begrüßen Ursel, die Wirtin, die hinter der Theke steht und Brot aufschneidet. Ursel ist eine stattliche Erscheinung mit markanten Gesichtszügen und klugen, wachsamen Augen. Inmitten des lauten Trubels strahlt sie eine unerschütterliche Ruhe aus und weist den Neuankömmlingen gemächlich einen Tisch in der Ecke zu, an dem noch ein paar freie Plätze sind. Kurze Zeit später kehrt die Wirtin an den Tisch zurück und bringt den Neuankömmlingen ein paar Krüge mit frisch gezapftem Bier. Anschließend erkundigt sie sich nach dem Wohlergehen ihrer Gäste, wobei sie die drei Schaustellerbuben liebevoll knufft.

„Na, ich bring euch nachher erst mal ein paar Teller von meiner guten Kartoffelsuppe. Wo macht ihr eigentlich dieses Jahr hin?“, setzt sie fragend hinzu.

„Wir wollen erst mal in die Berliner Ecke, dann sehn wir weiter“, antwortet Hannes.

„Und du, gehst du mit nach Berlin?“, wendet sich die Wirtin an Mäu.

„Ich will eigentlich nach Prag“, entgegnet Mäu zurückhaltend.

„Prag ist eine schöne Stadt. Da war ich auch schon ein paarmal. Ich hab da eine Freundin wohnen, die betreibt unten an der Moldau eine Badestube. Wenn du willst, kann ich dir nachher die Adresse geben, die Josepha nimmt auch Logisgäste auf“, erwidert Ursel und entfernt sich wieder in Richtung Schanktisch.

In der Kneipe befinden sich Fahrende aus den unterschiedlichsten Gewerben.

Viele kennen sich untereinander und die Wirtsstube ist erfüllt von lautem Stimmengemurmel und herzhaftem Gelächter. Es wird gezecht, palavert und an einigen Tischen spielt man Karten oder würfelt. Die Wirtin scheint mit den meisten ihrer Gäste gut vertraut zu sein, setzt sich zwischendurch zu manchen an den Tisch und plaudert mit ihnen. Mäu fühlt sich wohl unter all den Vaganten hier und entspannt sich zunehmend. Interessiert schaut sie sich um, betrachtet sich ein wenig die Leute und bemerkt, wie ein neuer Gast die Schankstube betritt. Er ist völlig durchnässt, denn draußen schüttet es inzwischen wie aus Kübeln. Als er sich der Feuerstelle nähert, um sich seiner nassen Sachen zu entledigen, erkennt Mäu in ihm den fahrenden Scharlatan „Leo der Regenmacher“, der sich häufig im Frankfurter Galgenviertel aufhält. Unwillkürlich durchfährt sie ein ordentlicher Schreck, denn seit ihrer Flucht ist Frankfurt für sie immer mehr zu einem unseligen, gefahrvollen Ort geworden, untrennbar verquickt mit ihrer verhängnisvollen Tat, und Leo war ihr sowieso noch nie ganz geheuer. Am liebsten wäre sie bei seinem Anblick auch sogleich unter den Tisch gekrochen, um sich zu verbergen. Doch zu spät, denn er hat sie inzwischen ebenfalls bemerkt.

„Ach, guck mal da! Die Mäu aus Frankfurt! So klein ist die Welt!“, posaunt Leo durch die ganze Kneipe und geht zielstrebig auf Mäu zu. Ungefragt zwängt er sich einfach neben sie auf die Sitzbank und schwadroniert weiter drauflos:

„Mensch, dass du dich überhaupt noch unter die Leute traust, bei dem was du angestellt hast! Aber alle Achtung, das hätt ich dir ja gar nicht zugetraut, dass du so rabiat werden kannst. Ja, meine Gute, du bist in Frankfurt inzwischen eine richtige Berühmtheit geworden. Stell dir vor, 100 Gulden sind auf deinen Kopf ausgesetzt worden! Soviel ist denen eine Abdeckertochter wert. Na ja, bist ja auch jetzt ein reiches Mädchen, mit dem ganzen Schmuck, den du dem alten Krüppel geklaut hast! Also komm, lass dich jetzt bloß nicht lumpen und geb mal einem alten Kumpel einen aus“, tönt er so laut und großmäulig, dass es durch die ganze Wirtschaft hallt. Von allen Tischen blickt man mit großen Augen auf Mäu, die kreidebleich geworden ist und offensichtlich in Grund und Boden versinken möchte.

„Nur ruhig Blut, Mädchen! Mit dem Schaumschläger werd ich schon noch fertig“, tönt es in resolutem Tonfall von der Theke her. Ursel füllt in aller Ruhe ein paar Bierkrüge, nimmt sie auf und verteilt sie an den Tischen. Dann geht sie auf den Regenmacher zu, schnappt ihn kurzerhand am Schlafittchen und zerrt ihn von der Bank hoch, bis er mit ihr auf einer Augenhöhe ist.

„Hey, du Windei, spuck hier nicht so große Töne und blaff gefälligst das Mädel nicht so an!“, zischt sie dem Schwätzer ins Gesicht. Ihre Augen funkeln bedrohlich, als sie in verachtendem Tonfall fortfährt:

„Bürschchen, ich kenn dich und ich weiß, dass du ein loses Mundwerk hast und ein alter Abstauber bist. Ich kann dir nur raten: Halt die Klappe, sonst brauchst du dich hier nicht mehr blicken zu lassen! Rumtratschen und stänkern kannst du woanders, aber nicht bei mir! Von meinen Leuten hier haut jedenfalls keiner den anderen in die Pfanne. – Und ich muss dich hoffentlich nicht daran erinnern, dass es unter den Fahrenden als ungeschriebenes Gesetz gilt, einander nicht zu verraten. – So und jetzt verzieh dich nach hinten und halt für den Rest des Abends dein Schandmaul“, staucht ihn die Wirtin gehörig zusammen.

Kleinlaut und verlegen trollt sich Leo auf einen freien Hocker bei der Hintertür und bekommt bald von der Wirtin ein Maß Bier auf den Tisch geknallt. Die anderen Gäste rücken demonstrativ von ihm ab. Mit seinem Auftritt eben hat er sich nicht gerade beliebt gemacht. Missmutig verzieht der Regenmacher sein hübsches Gesicht, nimmt einen tiefen Zug aus dem Bierkrug und wirft einen trotzigen Blick in die Runde: *Kein Publikum, das mich verdient. Selber Schuld!*

Später am Abend, als es ruhiger geworden ist und viele schon gegangen sind, setzt sich Ursel mit einem vollen Krug Bier in der Hand zu Mäu und ihren Freunden an den Tisch. Mäu ist nach der unliebsamen Begegnung mit Leo hochgradig alarmiert und beschämt, was ihr deutlich anzumerken ist. Auch die Stimmung der Schausteller ist bedrückt, obgleich sie immer wieder versuchen, ihre Reisegefährtin aufzurichten. Die resolute Wirtin hat Mitleid mit Mäu und spricht sie vorsichtig auf ihr Problem an, bedacht darauf, nicht aufdringlich zu erscheinen:

„Ich habe den Eindruck, dass du ziemlich in der Klemme steckst, Mädel. Es interessiert mich nicht, was du genau angestellt hast. Du hast jetzt jedenfalls eine Scheißangst, dass dich jemand verpfeift. Kann ich verstehen und so ein kleiner Halunke, wie der schöne Leo, könnte bei einem so hohen Kopfgeld vielleicht schon auf dumme Gedanken kommen", spricht die Wirtin leise. „Nur sei dir über eines im Klaren: Wenn ein Fahrender einen anderen an die Büttel verrät, wird ihm das Leben auf der Straße schon sehr, sehr schwer gemacht. So was verbreitet sich unter den kochemer Leuten[37] wie ein Lauffeuer und nicht einmal mehr der abgerissenste Landstreicher würde von so einem Verräter ein Stück Brot annehmen. Solche Leute werden gemieden wie die Pest, kein Plattenspieß[38], der etwas auf sich hält, würde so jemanden bei sich übernachten lassen. Wenn einer von diesen Schurken in der Patsche sitzt, hilft ihm keine Sau, das steht fest. Meistens werden diese Lumpen auch nicht alt, dafür sorgen schon die Kumpels von den Verpfiffenen. Bei passender Gelegenheit schneidet man ihnen sauber die Kehle durch oder ersäuft sie in einem Brunnen. Und so gehört sich das schließlich auch! Das schreckt ganz schön ab. Und ich glaube, selbst so eine Ratte wie der Regenmacher wird es sich ganz genau überlegen, ob er sich auf so was einlassen will", endet Ursel eindringlich und streichelt Mäu über die Wange. „Also, jetzt mach dich mal nicht ganz so verrückt, Mädchen. Halt erst mal die Füße still und geh schlafen!"

Als Mäu kurz darauf auf ihrem Strohsack in der von Menschen vollgestopften Schlafkammer liegt, bedrängen sie jedoch ihre mannigfaltigen Sorgen derart, dass sie die ganze Nacht kein Auge zukriegt. Immer wieder muss sie an den schlimmen Zusammenstoß mit Leo denken und fragt sich, ob das ungeschriebene Gesetz der Fahrenden, niemanden ans Messer zu liefern, auch für so miese Schufte wie Leo gilt.

Am Morgen ziehen sie weiter in Richtung Thüringer Wald. Ursel hat zuvor erzählt, dass Leo schon sehr früh aufgebrochen ist, und Mäu schwant nichts Gutes. Hinter jeder Ecke rechnet sie damit, dass ihr die Büttel auflauern. Schon den ganzen Vormittag schleicht sie schweigsam und ernst hinter der Schaustellerfamilie her, als Lisbeth plötzlich das Wort an sie richtet:

„Also, Maria, so Leid es mir tut, aber ich glaub, ich muss dir jetzt mal die Leviten lesen", äußert sie mit strenger Miene. Mäu, aus ihrer Lethargie gerissen, blickt die Gefährtin erstaunt an. *Wahrscheinlich haben sie jetzt die Nase voll von mir und wollen mich los sein!*, ist ihr erster Gedanke.

„Jetzt zieh nicht so ein Gesicht, ich will dir schon nichts Böses! Inzwischen solltest du es ja begriffen haben, dass wir zu dir stehen", sagt Lisbeth ungehalten. „Wenn du jetzt nur noch Trübsal bläst, wird's auch nicht besser. Lass mal die ewige Grübelei und sei guten Mutes!", wendet sie sich an die Niedergeschlagene.

„Ach, Lisbeth, das sagst du so. Ich mach mir halt die schlimmsten Sorgen. Wenn bloß der Regenmacher nichts wegen mir ausbaldowert! Ich hab kein gutes Gefühl, hoffentlich führt der nichts im Schilde! Hundert Gulden sind viel Geld. Die machen einem mit einem Schlag reich, und Leo ist ein verdammter Abstauber, das weiß doch jeder!", entgegnet Mäu kummervoll.

„Jetzt mach mal halblang! Der Kerl ist ein Arschloch, ja, aber wie ein verfluchter Verräter wirkt der nicht auf mich. Außerdem, wenn er das wirklich gewollt hätte, dann wäre er die Nacht schon zu den Gendarmen gerannt."

„Vielleicht hätte ich ihn ja zum Saufen einladen sollen und ihm ein bisschen um den Bart gehen müssen", wirft Mäu ein.

„Mit so einem Schaumschläger gibt man sich doch gar nicht ab", mischt sich nun auch Hannes ein.

„Maria, ich will dir jetzt mal eins sagen: Wenn du unterwegs bist, musst du dich immer wieder aufrappeln und guter Dinge sein. Wenn du ängstlich und missmutig bist, kriegst du erst recht einen reingerührt. Als Fahrender kannst du immer leicht in Kalamitäten geraten. Dann muss man einen kühlen Kopf bewahren, allen frech in die Fratze lachen und an den Bütteln mit kalter Schnauze vorbeigehen, als wär'n sie bloß ein paar Runkelrüben auf dem Acker! Wer grämlich und verängstigt dreinblickt, dem braten die Dackel gleich eins über. Die riechen das förmlich, wenn du Bammel hast, du machst sie dadurch nur auf dich aufmerksam. Und dann sitzt du wirklich in der Patsche! Wir Vogelfreien müssen tollkühn sein, wenn wir nicht untergehen wollen, du musst lernen zu lachen, auch wenn dir der Stift geht. Dann hast du gewonnen und deswegen sei jetzt so gut: Tritt deiner Angst endlich in den Arsch, denn Muffegänger ziehen nur das Unglück an. Ich weiß, es ist nicht leicht für dich, aber versuche einfach, ein bisschen zuversichtlicher zu sein, denn Zuversicht ist ein besserer Reisekumpan als die Angst!", erklärt Lisbeth in resolutem, aber wohlmeinendem Tonfall.

Die Gruppe zieht schweigsam weiter. Es ist ein kühler, aber freundlicher Apriltag, der Frühling hat sich endlich gegen den langen Winter durchgesetzt und am Wegesrand blühen die ersten Blumen. Mäu, die die ganze Zeit über Lisbeths Worte nachgedacht hat, beugt sich nieder und pflückt ein kleines Sträußchen, welches sie der Freundin überreicht.

„Danke, dass du mir mal den Kopf zurechtgerückt hast, Lisbeth", raunt sie der Schaustellerin zu.

15. Wittische[39]

Nachdem sie über die grüne Grenze von Hessen nach Thüringen gewechselt sind, ganz nach den Anweisungen des Boskenners das „gefährliche" Vacha mit seinen Zoll- und Grenzposten an der steinernen Werrabrücke umgehend, beginnt sich Mäu zunehmend zu entspannen.

Mehr und mehr beherzigt sie inzwischen die Lebensweisheit Lisbeths und tröstet sich damit, immerhin die Hälfte der Wegstrecke bis nach Leipzig unbehelligt zurückgelegt zu haben, was nicht unerheblich dazu beiträgt, dass sie sich während ihres Marsches durch den Thüringer Wald immer sicherer fühlt. Durchdrungen von neuer Hoffnung sieht sie es sogar im Rahmen des Möglichen, sich bis nach Prag durchzuschlagen, und dann hat sie gewonnen. In Prag, der Hochburg der Gauner, kann sie vielleicht ein neues Leben anfangen, mit dem Geld von dem Schmuckverkauf ein kleines Gewerbe führen. Guten Mutes und deutlich unbeschwerter fängt sie langsam an, ihre Wanderschaft zu genießen.

Nachdem sie den ganzen Tag über durch dichten Tannenwald marschiert sind, ohne auf irgendeine menschliche Behausung oder Ansiedlung zu treffen, zeichnet sich in der Ferne endlich eine Burg ab. Die Wanderer sind froh darüber, denn es ist bereits später Nachmittag und sie sind darauf angewiesen, vor Einbruch der Dunkelheit noch eine Bleibe zu finden, und wo eine Burg ist, da ist meistens auch ein Dorf in der Nähe. Wie von selbst beschleunigen sie ihren Schritt, obwohl die Beine von dem langen Tagesmarsch auf dem schweren, morastigen Waldboden schon ziemlich ermüdet sind.

„Hoffentlich kommt jetzt bald so ein Nest, wo wir ein günstiges Nachtquartier finden können! Hier kennt man sich nämlich überhaupt nicht aus und knapp bei Kasse sind wir inzwischen auch noch", gibt Hannes gepresst von sich, der mit den zwei größeren Buben den Tierkarren den steilen Weg hinaufzieht, und wischt sich erschöpft die Schweißperlen von der Stirn.

Als sie sich aber der Anhöhe mit der Burg nähern, ist weit und breit keine Ortschaft in Sicht. Rings um das kleine Kastell scheint es nichts anderes als endlose Wälder zu geben.

„In ungefähr einer Stunde fängt es schon an, dunkel zu werden. Wir müssen uns jetzt überlegen, ob wir weiter in Richtung Eisenach marschieren und darauf hoffen, dass wir bald ein Kloster oder ein Gehöft finden, wo wir unterschlupfen können, oder ob wir unseren ganzen Mut zusammennehmen und mal auf der Burg nachfragen, ob wir vielleicht im Stall kampieren dürfen", erwidert der Schausteller nachdenklich.

Alle schrecken zusammen, als hinter ihnen im Tannendickicht ein großer Vogel auffflattert.

„Das war eine Eule und Eulen bringen Glück! Also, lasst es uns doch einfach mal da oben probieren. Mehr als wegschicken können die uns nicht!", schlägt Lisbeth vor.

Zur Burg hin wird der kleine Trampelpfad immer steiler und sie müssen mehrfach anhalten, um zu verschnaufen. Als sie die hölzerne Zugbrücke passieren und schließlich vor dem großen, verschlossenen Burgtor stehen, ist allen recht mulmig zu Mute.

„Also los!", raunt Lisbeth den anderen zu und betätigt den schweren Türklopfer. Selbst sie scheint ein wenig Angst vor der eigenen Courage zu haben, wie ihr angespanntes Gesicht verrät. Nachdem sie eine Weile gewartet hat und sich noch immer nichts tut, versucht sie es erneut. Endlich hört man Schritte durch den Innenhof kommen und eine kleine Luke im Portal wird geöffnet. Der alte, grauhaarige Diener hört sich ihr Begehren an und bescheidet sie zu warten. Es dauert lange, bis er zurückkehrt und die Schausteller rechnen eigentlich schon fest damit, wieder weggeschickt zu werden. Als der alte Mann ihnen dann aber schließlich die Tür öffnet und sie einlässt, sind alle angenehm überrascht.

„Unser hochwohlgeborenes Freifräulein Irmingard von Henneberg hat am heutigen Tag Geburtstag. Ihr Bräutigam, der Markgraf von Meißen, veranstaltet ihr zu Ehren eine Festivität hier auf dem gräflichen Jagdschloss. Deswegen lassen die Herrschaften sich überhaupt dazu herab, sie einzulassen, um am Abend vor der Festgesellschaft ihre Possen aufzuführen. Ich soll sie zu den Stallungen bringen, wo sie ihr Quartier für die Nacht nehmen dürfen. Dort können sie ablegen und sich zurecht machen. Einer der Stallburschen soll sie später zur Küche bringen, wo sie sich stärken mögen. Ich gebe ihnen dann Bescheid, wann ihr Auftritt gewünscht wird", verkündet der Kammerdiener distanziert, blickt dabei unbewegt über die Reisenden hinweg und geleitet sie mit würdevollen Schritten zu ihrer Unterkunft.

*

Die drei Stallburschen, die um einen Tisch sitzen und Karten spielen, scheinen nicht besonders erfreut darüber zu sein, ihre ohnehin enge Kammer mit sechs weiteren Schlafgästen teilen zu müssen.

„Wir haben nur drei Strohsäcke hier, wie soll das gehen?", murrt der Älteste von ihnen.

„Es ist die Anweisung des Herrn Grafen! Mehr gibt es dazu nicht zu sagen. Wie Ihr es macht, soll mir egal sein", entgegnet der grauhaarige Diener knapp. „Für die Nachtlager der Gaukler könnt Ihr ja ein paar Pferdedecken nehmen", fügt er hinzu und entfernt sich rasch.

„Die beiden Weibsleute kriegen wir schon noch unter, die können bei uns schlafen", schlägt einer der Stallburschen mit anzüglichem Blick auf Mäu und Lisbeth vor. „Und das Männlein und die Buben können sich drüben in der Ecke ausbreiten."

„Nix da, wir schlafen alle in der Ecke! Wir sind keine käuflichen Metzen, sondern anständige Frauen, auch wenn wir Fahrende sind! Merkt Euch das! Und jetzt bringt uns ein paar Decken her und dann werden wir uns schon für eine Nacht vertragen", entgegnet Lisbeth resolut und mustert dabei die Pferdeknechte mit gestrengem Blick, während sie ihnen ihre Leute und sich selber vorstellt.

Die Stallburschen grüßen etwas betreten und der Vorlaute murmelt auf den Wink seines älteren Kollegens hin rasch eine Entschuldigung für seine zuvor geäußerte Despektierlichkeit. Auf Anordnung des Ältesten verschwinden die beiden anderen sogleich und kehren rasch mit einem Stapel Wolldecken zurück, die sie an die Neuankömmlinge verteilen.

Baldur, der dienstälteste Stallknecht, der gleichzeitig auch Futtermeister ist, nimmt daraufhin einen Krug vom Ofen, schenkt den Reisenden etwas heißen Würzwein ein und fordert sie auf, sich doch an den warmen Kachelofen zu setzen. Nach kurzer Zeit schon entspinnt sich ein lebhaftes Gespräch zwischen den Anwesenden und die Atmosphäre lockert sich zunehmend auf.

„So feinen Würzwein kriegen wir hier nicht alle Tage zu saufen! Aber heute hat unser Fräulein ja Geburtstag und da lässt sich der Herr Graf schon nicht lumpen. Wenn wir nachher in die Küche gehen, um zu nachtmahlen, holen wir uns noch Nachschub. Das sollten wir auch besser bald machen, sonst picheln die Küchenleute wieder alles weg“, erklärt der Futtermeister.

*

In der großen Küche herrscht geschäftiges Treiben: Ein Küchenmeister und zwei Beiköche stehen mit hochroten Köpfen am Herd, sind am Rühren und am Braten und erteilen den sechs Küchenmägden um sie herum immer wieder hektische Anweisungen.

„Setzt Euch da hinten an den Gesindetisch und haltet erst mal Ruhe, bis die Greta Euch nachher was bringt. Wir haben jetzt weiß Gott andere Sorgen, als Eure Verköstigung!“, raunzt der Küchenmeister den Eintretenden ärgerlich entgegen. Es duftet köstlich nach Gesottenem und Gebratenem und beim Anblick der bereits fertig gerichteten Silberplatten mit fein dekorierten Ferkeln, Hasen und Kapaunen läuft den Wartenden das Wasser im Munde zusammen.

„Also los, es kann aufgetragen werden!“, ordnet der Küchenchef nach einer Weile an und klatscht dabei gebieterisch in die Hände. Er und die beiden Köche ergreifen sogleich eine der Silberplatten und verlassen gewichtig, gefolgt von den Schüsseln und Krüge tragenden Mägden, im Gänsemarsch die Küche.

Greta, die alte, bucklige Küchenmagd wirft einen mürrischen Blick zum Gesindetisch.

„Da können's wieder welche nicht abwarten!", knurrt sie vor sich hin und schlurft schwerfällig zu einem großen Kessel über der Feuerstelle, aus dem sie ordentliche Portionen in tiefe Holzteller schöpft, die sie nach und nach den Schaustellern und den Stallburschen vor die Nase stellt. Zum Schluss schneidet sie noch einen Laib Brot auf und trägt ihn zum Tisch.

„Guten Appetit! Von so einer guten Brühe werdet ihr noch tagelang träumen! Ist all das drin, was unsere Herrschaften nicht auf ihren Tellern haben wollen. Knorpel, Knochen und ein Paar fette Brocken Fleisch, gekocht mit Kohl, Rüben und Kartoffeln. Haut nur rein Jungs, auch Ihr, Possenreißer, es ist genug für alle da!", grummelt die alte Magd gutmütig und streicht dabei den Schaustellerbuben über die stoppeligen Köpfe, die sich mit Heißhunger über den Eintopf hermachen.

Etwa eine Stunde später erscheint der Kammerdiener in der Küche und teilt der Schaustellergruppe mit, ihr Auftritt könne jetzt beginnen. Alle sind bereits fertig kostümiert und sorgfältig hergerichtet, die Musikinstrumente und der Tierkarren befinden sich schon neben der Tür. Mäu trägt genau wie Lisbeth einen Hennin mit farbigen Schleiern auf dem Kopf und ist in ein buntes Gewand gekleidet. Seitdem sie mit den Schaustellern unterwegs ist, hat es sich recht bald ergeben, dass sie wie selbstverständlich in deren Auftritte miteinbezogen wurde. So ergreift sie auch jetzt die kleine Holzflöte, welche sie, passend zum allgemeinen Dilettantismus des restlichen Ensembles, eher schlecht als recht zu spielen versteht, und folgt den anderen mit gehörigem Lampenfieber im Bauch zum Festsaal der Burg.

„Herr Graf, Frau Gräfin, Freifräulein Irmingard, hier nun die Gaukler zu Eurer werten Erbauung!", verkündet der alte Diener mit tiefer Verbeugung vor seinen Herrschaften und weist auf die kleine, bunt gewandete Schar, die sich geflissentlich hinter ihm hält.

Die Artisten verneigen sich in scheuer Ehrfurcht vor der Adelsfamilie, die an der Stirnseite einer langen, festlich gedeckten Tafel thront. Die Jubilarin des heutigen Abends, das Freifräulein, platziert auf einem prunkvollen Stuhl mit hoher Lehne zwischen ihren Eltern und ihrem jungen Bräutigam, ist fast noch ein Kind. Ihr Gewand aus rauchgrauem Samt ist über und über mit Perlen bestickt und bildet einen trefflichen Kontrast zu ihrem langwallenden, rotgoldenen Haar, das von einem schlichten Goldreif gekrönt wird. Auf ihrem linken, mit einer Ledermanschette versehenem Handgelenk sitzt ein junger Falke, dessen Kopf unter einer dunklen Haube verborgen ist. Mit kühlem, hochmütigem Blick mustert sie die Schaustellergruppe und verzieht dabei die zierlichen Rosenlippen zu einem verächtlichen Lächeln. Auffällig ist, wie sehr ihr die übrigen Damen der Tischgesellschaft ähneln, mit ihren bleichen, ätherischen Engelsgesichtern, die hochgewölbte, brauenlose Stirn umrahmt von sanft gewelltem Haar in allen Schattierungen zwischen Safran und Kupferrot. Ihre Gewänder aus Samt oder Brokat sind der kühleren Jahreszeit entsprechend pelzverbrämt und variieren in den Fartönen grau oder rot. Auch die Herren sind aufs Feinste herausgeputzt und nicht selten mit Perlen geschmückt. Die meisten tragen ihre langen Haare offen über den Schultern. Einige haben Zopffrisuren, die von goldenen Spangen zusammengehalten werden. Das Haupt des Bräutigams, Markgraf von Meißen, ziert gar ein feines Seidennetz, welches in der aristokratischen Herrenmode als besonders en vogue gilt.

Mit einer herrischen Handbewegung unterbricht der Hausherr, Graf von Henneberg, das Lautenspiel eines jungen Barden, der an der entgegengesetzten Stirnseite der Tafel für die Tischgesellschaft musiziert, und gibt den Schaustellern den knappen Befehl, doch sogleich mit ihrer Aufführung anzufangen.

Die Truppe beginnt mit ihren Tänzen, begleitet von der eigenen, wenig melodischen Katzenmusik und die kleine Tierschau wird wie immer von Hannes hochdramatisch angekündigt. Die beiden Äffchen werden auch bald von den Leinen gelassen und vollführen ihre üblichen Kunststückchen, geraten dabei aber immer mehr außer Rand und Band. Ob sich nun die Aufgeregtheit ihrer Halter auf sie übertragen hat oder die ungewohnt förmliche, gekünstelte Atmosphäre sie irritiert, möglicherweise auch vom Duft der feinen Speisen angestachelt, die Affen werden jedenfalls immer wilder und unflätiger. Springen auf den Tisch, plantschen in den übrig gelassenen Essensresten auf Tellern und Schüsseln herum, dass es nur so spritzt, springen den entsetzten Aristokraten auf die Schultern und beschmieren ihre edlen Gewänder. Dabei veranstalten sie ein markerschütterndes Gekreische. Der Festsaal wird zusehends zum reinsten Affenzirkus, mit ungehaltenen, konsternierten Gästen und die ohnehin bleichen Gesichter der Damen werden noch um einiges fahler. Nicht wenige von ihnen verlieren bei dem dreisten Schabernack der Affen endgültig ihre Contenance und schreien gellend mit den Tieren um die Wette. Die Gastgeber sind schockiert und der markgräfliche Bräutigam versucht verzweifelt in befehlsgewohntem Tonfall dem ganzen Spuk Einhalt zu gebieten – vergebens, denn die Affen sind einfach nicht mehr zu bremsen. Auch die Tierbändiger haben längst keinen Einfluss mehr auf sie, stehen nur noch hilflos und betreten herum, bereit, auf der Stelle in den Boden zu versinken, wenn es nur möglich wäre, als plötzlich ein lautes, sehr undamenhaftes Prusten aus dem Munde des Freifräuleins zu vernehmen ist. Eindeutig: Die Edeldame wird von heftigen, krampfartigen Lachanfällen geschüttelt. Ihr schmales Antlitz ist gerötet, und Tränen laufen ihr aus den Augenwinkeln. Ihr Lachen scheint ansteckend auf die übrige Festgesellschaft zu wirken, denn bald beben immer mehr vornehme Zwerchfelle in nicht enden wollenden Heiterkeitsexzessen. Nachdem sich der erste Orkan gelegt hat, schnaubt die Jubilarin laut und vernehmlich in ein spitzenbesetztes Damasttuch und verkündet mit heiserem Stimmchen, dass sie selten so gelacht habe. Nach einer kurzen Zeit der Stille, beginnt der ganze Saal ausgelassen zu applaudieren, der markgräfliche Bräutigam, anfangs noch leicht mitgenommen, scheint inzwischen jedoch in aufgeräumtester Stimmung zu sein und wirft den verdutzt dreinblickenden Schaustellern in einer Aufwallung von noblem Übermut eine große Silbermünze vor die Füße.

*

Als die kleine Gruppe am nächsten Morgen in Richtung Eisenach zieht, können alle das unerwartete Glück noch immer nicht fassen. Die Schaustellerfamilie ist vollkommen aus dem Häuschen über die mehr als großzügige Gabe des jungen Grafen. Lisbeth und Hannes haben vor lauter Aufregung die ganze Nacht kein Auge zugetan, die drei Buben springen aufgedreht vor ihnen her und Mäu strahlt beim Anblick ihrer glücklichen Reisegefährten. Sie weiß, dass der Silbertaler für die bettelarmen Leute eine lange, sorgenfreie Zeit bedeutet, was sie ihnen von ganzem Herzen gönnt.

„Wenn man den Taler teilen könnte, würdest du ein ordentliches Stück davon abkriegen", wendet sich Hannes an Mäu.

„Wir können ja später irgendwo wechseln lassen, und dann geben wir Mäu ihren Anteil", schlägt Lisbeth vor.

„Ach was! Ihr braucht mir gar nix davon zu geben! Behaltet es nur. Ihr habt mir auch so schon mehr als genug geholfen, dadurch dass ihr immer so anständig zu mir wart", entgegnet Mäu gerührt.

Am Abend entscheiden die Reisenden, sich zur Feier des Tages etwas Gutes zu gönnen und kehren unweit von Gotha in das Gasthaus „Zum Engel" ein.

Nachdem sich die Fahrenden gut gelaunt an einem Tisch niedergelassen haben, merken sie bald, dass sie keine gute Wahl getroffen haben. Von allen Seiten werden sie unfreundlich beäugt, der Wirt begegnet ihnen abweisend. Die Gäste sind in der Hauptsache Einheimische, vereinzelt auch reisende Händler. Innerhalb des gediegenen, behäbigen Publikums mutet das bunte Grüppchen der Schausteller wie ein Fremdkörper an – und wird auch so behandelt. Mäu und ihre Weggefährten fühlen sich unwohl und ziehen schon in Erwägung, das Lokal wieder zu verlassen, als an einem der Tische aufgebrachtes Geraune zu vernehmen ist. Die Köpfe der Tischgesellschaft, eben noch verschwörerisch zusammengerückt, kehren sich in Richtung der Vaganten und ein Mann, von seinen Zechbrüdern angestachelt, erhebt sich und bewegt sich leicht torkelnd auf die Neuankömmlinge zu. Noch während er sich aufgerichtet hat, wird Mäu höchst unheilvoll bewusst, dass sie ihn von irgendwoher kennt, und sie überlegt angestrengt. *Das ist ja der Spezereihändler Ofenrauch aus Frankfurt, bei dem ich immer den Weihrauch für Neu-*

haus gekauft habe!, durchfährt es sie siedend heiß. *Jetzt ist alles verloren!*

Auch Ofenrauch hat Mäu erkannt.

„Wirt, schließ sofort die Tür ab! Das ist die gesuchte Siechenmagd aus Frankfurt, die ihren kranken Dienstherrn meuchlings erschlagen und ausgeraubt hat! Ruf einer sofort die Gendarmen herbei, das Aas muss solange festgehalten werden!“, schreit der Kaufmann mit sich überschlagender Stimme, die wie ein Alarmruf durch die ganze Schenke hallt – und mit einem Mal gebärden sich die vorher noch gesitteten Gäste wie die reinsten Berserker. Stürzen an den Vagantentisch und zerren, knuffen, malträtieren schon bald derartig drauflos, als hätten sie den bösen Feind unter der Fuchtel. Mäu und ihre Freunde wissen zunächst nicht, wie ihnen geschieht und versuchen, sich nach besten Kräften gegen die Übermacht der wild gewordenen Meute zu wehren, was ihnen leider nicht gelingen will. Haare werden ihnen ausgerissen, Zähne eingeschlagen, und als endlich der Hausknecht mit den Bütteln eintrifft, droht die Keilerei allmählich in Lynchjustiz auszuarten. Den Bütteln bleibt nur noch, die aufgebrachte Rotte gebührend zurückzupfeifen und die geschundenen Gestalten einzusammeln und in Gewahrsam zu nehmen.

Die Schaustellerfamilie wird nach ein paar Tagen wieder auf freien Fuß gesetzt, Mäu hingegen wird an die Frankfurter Gendamerie ausgeliefert.

Sie hat noch nicht einmal die Gelegenheit, von ihren treuen Weggefährten Abschied zu nehmen. Gänzlich am Boden zerstört, ahnt sie, dass sie die Freunde niemals wiedersehen wird.

16. Der Angstmann

An einem sonnigen Nachmittag im Mai erklimmt Meister Hans, der städtische Scharfrichter, schwitzend die steile Wendeltreppe des Brückenturms. Der Dominikaner erwartet ihn oben schon und sie gehen gemeinsam zu dem kleinen, separaten Kerker, in welchem seit dem gestrigen Tag Mariechen Zorn untergebracht ist. Die junge Frau ist die erste Delinquentin in Frankfurt, die der Hexerei bezichtigt wird. Ihr Ehemann, der sie angezeigt hat, behauptet, sie hätte den kleinen Sohn getötet und ihn selber mit einem bösen Zauber belegt.

Nachdem die Gefangene vom Henker geschoren und von dem Geistlichen bezüglich des Hexenmals untersucht worden ist, wobei er sie mit einer sieben Zentimenter langen Ahle in verschiedene Pigmentflecken stach[40], ordnet der Inquisitor an, nun mit der peinlichen Befragung zu beginnen. Die Vernehmung müsse „leicht und ohne Blutvergießen" durchgeführt werden. Es genüge also, wenn der Züchtiger zunächst die „allerleichteste Befragung" anwende, nach der manchmal schon ein volles Geständnis abgelegt werde.

Der Anordnung folgend, wird die Delinquentin vom Henker an den Daumen knapp über dem Boden aufgehängt. Der Dominikaner lässt sich hinter einem Schreibpult nieder und beginnt damit, der jungen Frau mit dünner, emotionsloser Stimme die Anklageschrift vorzulesen:

„Ihr Ehemann, der ehrbare Zunfthandwerker Anton Zorn, beschuldigt Sie, ihm eine ‚Mumie'[41] unter den Strohsack gelegt zu haben, die bewirkt hätte, dass er sich von Tag zu Tag kraftloser gefühlt habe. Nach und nach wäre so seine gesamte Lebenskraft aus ihm gesogen worden. Die ‚Mumie' hätte Sie aus dem Blut ihres jüngst verstorbenen Kindes hergestellt, das Sie selber hinterrücks gemeuchelt habe. Schon seit vielen Jahren, einmal im Monat, bei Vollmond, würde Sie sich mit anderen Hexen treffen, die den Teufel anbeteten und mit ihm Unzucht trieben. – Was hat Sie dazu zu sagen? Ist Sie geständig?", fragt der Mönch ohne aufzublicken.

Die junge Frau besinnt sich kurz und murmelt mit schmerzverzerrtem Gesicht, dass sie lieber sterben würde, als sich selbst solcher Dinge zu bezichtigen. Die „Mumie“ hätte doch ihr Ehemann selber von einem Wunderdoktor aus der Stadt erworben, um damit sein böses Ekzem zu heilen, das er schon seit einiger Zeit an seinem Geschlecht habe. An der Erkrankung ihres Mannes sei sie unschuldig. Sie habe doch selber schon genug darunter zu leiden gehabt, dadurch, dass er sie stets zu züchtigen pflegte, wenn ihm der Verkehr mit ihr vor lauter Schmerzen nicht gelingen wollte. Ihr eigenes Kind ermordet zu haben, weist sie mit aller Vehemenz von sich:

„Das Mäxchen ist doch mein Augapfel gewesen, und als es morgens tot in seiner Wiege lag, hat es mir förmlich das Herz gebrochen!“, stammelt die der Hexerei bezichtigte junge Frau und fängt so herzzerreißend an zu weinen, dass es selbst den abgebrühten Henker dauert. Den Dominikaner hingegen scheint ihr Wehklagen nicht zu berühren. Mit kaltem Blick auf die junge Frau erteilt er dem Scharfrichter die Anweisung, die Angeklagte noch einige Stunden in dieser Position zu belassen.

Als ihre Schmerzensschreie nach drei Stunden immer lauter werden, entscheidet der Ordensmann, der die ganze Zeit schreibend und lesend an seinem Pult zugebracht hat, nun eine weitere Befragung durchzuführen. Mariechen Zorn beteuert jedoch immer noch ihre Unschuld. Ungehalten weist der Inquisitor den Henker an, am nächsten Morgen mit der zweiten Stufe der Tortur fortzufahren, und entfernt sich. Während der Züchtiger die halb ohnmächtige Frau wieder in die Gefängniszelle führt, liefern die Stadtbüttel eine neue Gefangene ein.

Als die Büttel ihm anschließend berichten, um wen es sich handelt, ist der Scharfrichter schockiert. Er hat die Schundmummelstochter fast nicht erkannt, so schlimm ist sie zugerichtet. Während er kurz mit der Gefangenen alleine ist, versucht Meister Hans ein paar Worte mit Mäu zu wechseln, doch das sonst so muntere Mädchen wirkt auf ihn so apathisch, als hätte sie schon mit allem abgeschlossen. Er wird sie in den nächsten Tagen ebenfalls der peinlichen Befragung unterziehen müssen, solange, bis sie gestanden hat, weswegen man sie anklagt: Ihren Dienstherrn auf dem Gutleuthof erschlagen zu haben, um sich anschließend seiner Habe zu bemächtigen. Hoffentlich gibt sie alles zu, dann erspart sie sich wenigstens die lange Folter. Und wenn dann später die Todesstrafe an ihr vollstreckt werden muss, wird er die traurige Pflicht haben, das arme Kind an Händen und Füßen gefesselt und in einen Sack mit Steinen genährt, vorne am Gickelkreuz im Main zu ertränken – wie es das Todesurteil für Frauen vorsieht. Er kennt die Maria von klein auf und hat sie immer gern gehabt. Eine üble Geschichte ist das! Warum hat der alte Raffzahn sie auch auf den Gutleuthof gebracht? Ist doch kein Wunder, dass das Mädchen da durchdreht, unter all den Aussätzigen. Er wird ihr helfen, so gut er kann und sie schonen, wo es nur geht.

Es ist bereits Abend geworden, als Meister Hans den Gefängnisturm wieder verlässt. Er ist in denkbar schlechter Stimmung und hat, wie so oft, nur noch den einen Wunsch: sich hoffentlich zu betrinken. Zu diesem Zweck steuert er die nahe gelegene „Brückenschenke“ an.

Als der Henker in den Schankraum kommt, verstummen plötzlich alle Gespräche. Verstohlenes Flüstern ist zu hören: „Der Angstmann ist da!“

Am Eingang bleibt er stehen, den Blick gesenkt, und wartet, bis der Wirt ihm einen kleinen Tisch an die Tür rückt mit einem dreibeinigen Hocker dazu, auf dem er sitzen kann. Dreibeinig muss der Henkersstuhl sein, dreibeinig wie der Galgen, so schreibt es das Gesetz vor. Hastig, ohne ihn eines Blickes zu würdigen, bringt der Wirt dem Henker einen Krug mit Bier und achtet dabei peinlich darauf, dass er Abstand hält, fast wie gegenüber einem Aussätzigen. Der eigens für den Scharfrichter vorgesehene Krug, aus dem kein anderer trinken würde, ist sehr einfach und darf keinen Deckel haben wie die Trinkkrüge der unbescholtenen Zunfthandwerker. Einsam und isoliert sitzt Meister Hans an seinem Tisch und leert einen Humpen nach dem anderen. Für jeden, der ihm Gesellschaft leisten und sich zum Saufkumpan des Angstmanns machen würde, wäre dies der sichere Untergang. Ein Handwerker, der mit dem Henker spricht oder sogar zecht, wird sofort aus der Zunft ausgeschlossen und gilt fortan als unehrlich. In den meisten Fällen wird der Betreffende den Freitod wählen, weil er mit dieser Ausgrenzung nicht leben kann.

Wehmütig denkt Meister Hans an das Bruderschaftstreffen bei Meister Waldemar in Köln, zu dem er letzte Woche angereist war. Unter den „Vettern“[42] fühlt er sich wohl. Sie alle sind Schicksalsgenossen und teilen das schwere Los miteinander, das ihnen gleichsam in die Wiege gelegt wurde: Vollstrecker des Todes sein zu müssen. Jedes Jahr trifft sich die Bruderschaft der Scharfrichter, in der alle Henker des Landes vereinigt sind, bei einem anderen Gildenbruder. In ihrem Emblem führen sie das Henkersbeil, auf blutroten Samt gestickt, welches feierlich auf den Festtisch platziert wird, um den sich sodann die Vettern versammeln. Das berüchtigte Henkersmahl wird abgehalten und sie feiern und zechen drei Tage lang, tauschen sich aus in Bezug auf Neuigkeiten. Es wurde berichtet, dass ein junger Henker aus dem Spessart sein Opfer bei der Hinrichtung mit dem Schwert verfehlte, was das Tragischste ist, das einem Scharfrichter überhaupt passieren kann. In diesem Fall wäre das blutrünstige Hinrichtungspublikum über den gescheiterten Profoss hergefallen und hätte ihn niedergemetzelt. Keine Seltenheit in der Geschichte der Hinrichtungen, wie Meister Hans bekannt ist. Meister Hans weiß ebenfalls, dass die meisten Vettern Trinker sind wie er. Das fängt oft schon beim „Meisterstück“ an, der ersten Hinrichtung, vor der sich viele Henker Mut antrinken müssen, denn die wenigsten betreiben ihre Profession aus Neigung, sondern lediglich aus dem Zwang heraus, in diesen verachteten Berufsstand hineingeboren zu sein. Man sprach auch über das Begräbnis des alten Meisters Knut auf dem Schindanger vor den Toren von Hamburg, auf welchem sich die Bruderschaft das letzte Mal getroffen hatte.

Niemand außer Henkern geht zur Beisetzung eines Henkers!, – sinniert Meister Hans bitter. Er denkt an den „abtrünnigen“ Gildenbruder aus dem Schwäbischen, von dem ebenfalls die Rede war. Er hatte bei seinem Landesfürsten die „Ehrlichmachung“ für sich und seine Familie erbeten. In manchen Gegenden konnte das nach der hundertsten Hinrichtung gewährt werden. Durch die

Berührung mit dem Schwert eines Herrschers konnte so die alte Unehrlichkeit vom Henker genommen werden. Er durfte sich dann ein anderes Handwerk erwählen, das aber immer unter den unehrlichen Berufen angesiedelt sein musste, denn die Aufnahme in eine rechtschaffene Zunft konnte ein ehemaliger Henker niemals erlangen.

Am liebsten würd ich den feinen Herren vom Rat auch den Bettel vor die Füße werfen, sollen sie sich doch einen anderen Schelm suchen, der die armen Weiber für sie quält!, denkt Meister Hans mit Ingrimm und bestellt den nächsten Bierkrug. Die heutigen Anweisungen des verdammten Kuttenträgers widerstrebten ihm zutiefst. Aber so etwas wird wohl jetzt noch häufiger an ihn herangetragen werden, nach dem Papsterlass von 1484, der landesweit dazu aufgerufen hatte, zauberische Frauen verstärkt zu verfolgen.

‚*Leicht und ohne Blutvergießen*', was für ein Hohn! Die gellenden Schreie der Zornin schmerzen ihn jetzt noch im Ohr. *Wie lange die das wohl noch durchhalten wird? So zart, wie sie ist, wird sie bestimmt bald schlapp machen und alles gestehen. Hoffentlich!*, grübelt der inzwischen betrunkene Henker.

Und jetzt auch noch die Schundmummelstochter! Er kann dem armen Mädel doch nicht wirklich ein Haar krümmen! Das ist ja fast schon so, als würde man Hand an die eigenen Leute legen!

Sein Kopf wird schwer und die Augenlider fallen ihm zu, er schaut sich um und stellt fest, dass er mal wieder der Letzte in der Schenke ist. Der Angstmann gibt dem Wirt ein Zeichen, der sich gähnend auf ihn zubewegt und bezahlt seine Zeche, indem er die Münzen auf die Tischplatte legt, damit der Wirt nicht mit ihm in Berührung kommen muss, dann erhebt er sich und torkelt hinaus in die kühle Nachtluft.

17. Das Verhör

Mäu ist am Ende ihrer Kräfte. Stundenlang irrt sie nun schon durch den finsteren Wald und hat vollkommen die Orientierung verloren. Um sie herum tobt ein wilder Schneesturm, der ihr dicke Flocken in Gesicht und Augen peitscht. Zuweilen hat sie Schwierigkeiten, überhaupt noch etwas zu erkennen in diesem nicht enden wollenden Schneegestöber, und wäre ein paar Mal fast gegen einen Baum gerannt. Sie ist regelrecht steifgefroren, Hände und Füße schmerzen vor Kälte. Mehr und mehr überkommt sie Verzweiflung und Panik, gegen die sie mit einem Rest von Tapferkeit anzukämpfen versucht. *Bleib ganz ruhig, mein Mädchen! Wer hektisch wird, macht nur Fehler …! Dann findest du den Ausgang nie.* Irgendwann muss doch dieser verdammte Wald einmal zu Ende sein!

Völlig entkräftet beschließt sie, unter einem kleinen, überhängenden Felsen Schutz zu suchen und sich erst einmal zu sammeln.

Jetzt bloß nicht einnicken!, mahnt plötzlich eine innere Stimme in ihr, während sie sich schon zunehmend einer bleiernen Müdigkeit ergeben hat. Mit einem Ruck ist sie auf einmal hellwach, reibt sich den Schnee aus den Augen und blickt sich verwundert um:

Sie ist umgeben von verschneiten Steinriesen, die stumm in ihrer erhabenen Größe auf sie herabschauen. Beim Anblick der bizarr geformten Felsen überkommt Mäu eine Woge tiefer Freude und Erleichterung, Tränen laufen ihr über die vereisten Wangen, ergriffen lehnt sie ihren Kopf an einen der kalten Riesen. Ein intensives Gefühl von Frieden und Geborgenheit durchströmt sie dabei und es kommt ihr vor, als wäre sie endlich nach Hause gekommen.

Wundersam erquickt und frei von jeglicher Furcht erhebt sie sich und geht weiter. Der Schneesturm hat sich endlich gelegt. Dicke Schneeflocken umschmeicheln nun sanft ihr Gesicht wie Daunenfedern und alles ist auf einmal in das milde, silbrige Licht des Vollmondes getaucht, der über den Tannenwipfeln aufgegangen ist. *Die Höhle muss hier ganz in der Nähe sein!* Suchend durchquert sie die mächtige Felsenburg und entdeckt auch bald eine Nische in der

Steinwand. Mit wild pochendem Herzen eilt sie darauf zu und hofft inständig, dass der Geliebte auch da sein möge!

Als die ersten Sonnenstrahlen durch die kleine, vergitterte Luke ihres Kerkerverschlags fallen, kommt Mäu langsam zu sich, noch ganz gefangen in dem seltsamen Traum, den sie eben hatte. Sie möchte die schmerzenden Glieder ausstrecken, doch ihre Hände und Füße sind mit schweren Ketten an der Wand fixiert, so dass ihr nur eine kauernde Haltung möglich ist. Der Kopf, der von Beulen und Schrunden übersät ist, tut ihr entsetzlich weh. Das Bewusstsein, nun endgültig verloren zu sein, überkommt sie wieder mit solcher Heftigkeit, dass sie unwillkürlich in verzweifeltes Wimmern ausbricht. Kann ihr denn keiner helfen! Unbändig sehnt sie sich auf einmal nach Schutz und Geborgenheit. Nach dem Retter aus ihrem Traum, der an einem sicheren Ort auf sie wartet, nach der fürsorglichen Umarmung einer sie vor allem Bösen bewahrenden Mutter, die sie niemals erfahren hat. Sie fühlt sich so entsetzlich alleine gelassen von Gott und der Welt. Denkt an die Schaustellerfamilie, die sie so bedingungslos bei sich aufgenommen hatte und ihr Herz zieht sich schmerzvoll zusammen. Wie es ihnen wohl ergangen ist? Ihretwegen hat man die Armen so übel drangsaliert! Hoffentlich hat man den guten Leuten nichts mehr weiter angetan. Sie macht sich die schlimmsten Vorwürfe. Es war ihr noch nicht einmal vergönnt, von ihnen Abschied zu nehmen und danke zu sagen für all die Herzlichkeit, aber sie wird dazu auch keine Gelegenheit mehr haben, denn ihre Tage sind gezählt, wie sie weiß, und sie ergibt sich einer stumpfen Niedergeschlagenheit.

Kurze Zeit darauf erscheint ein Wärter und kettet sie los. Dann schüttet er einen Eimer kaltes Wasser über sie und reicht ihr ein kuttenartiges Gewand aus grobem Sacktuch, das sie überziehen soll. Anschließend legt er sie wieder in Ketten und führt sie aus der Zelle in einen gewölbeartigen Raum voller Folterwerkzeuge. An der Seite steht ein langer Tisch mit Schreibutensilien. Meister Hans, in seiner vorgeschriebenen grün-roten Amtstracht, betritt die Stube und übernimmt die Gefangene. Bevor er ihr die Daumenschlingen anlegt, zückt er eine kleine Phiole und träufelt Mäu rasch einige Tropfen auf die Zunge. Er beugt sich zu ihr herunter und flüstert ihr zu, dass nun gleich die peinliche Befragung beginnen würde, und er müsse ihr dann leider etwas wehtun. Die Tropfen aber würden ihr die Schmerzen ein wenig erträglicher machen. Sie solle doch am besten gleich geständig sein, dann bliebe ihr vieles erspart. Er werde schon dafür sorgen, dass sie keinen qualvollen Tod hätte … Als sich draußen Schritte nähern, hält der Angstmann inne und fixiert flink Mäus Daumen in den Schlingen.

Der städtische Untersuchungsrichter Schmes, gefolgt von Stadtrat Kaulbach, dem von der Stadt bestellten Obmann der Leprösen, tritt ein und nimmt gewichtig hinter dem Schreibtisch Platz. Nachdem der Henker Mäu an der vorgesehenen Halterung festgemacht und so weit nach oben gezogen hat, bis sich ihre Füße eine Handbreit über dem Boden befinden, erklären die Herren die Kriminaluntersuchung im Falle der Angeklagten Maria Dunckel für eröffnet. Sogleich beginnt Richter Schmes in amtlichem Tonfall mit der Verlesung der Anklageschrift:

„Die Angeklagte Maria Dunckel, Tochter des im Dienste der Stadt Frankfurt stehenden Abdeckers Edmund Dunckel und seiner Ehefrau Anna Dunckel, geborene Backes, wird vom ehrwürdigen Rate der freien Reichsstadt zu Frankfurt am Main der folgenden Verbrechen beschuldigt: Sie soll ihren kranken Dienstherrn hinterrücks und mit kalter Berechnung im Badezuber erschlagen haben, um sich dann anschließend an seiner Habe zu bereichern. Für diesen abscheulichen Meuchelmord an einem hilflosen, siechen Manne, der überdies so großherzig war, eine anrüchige Person wie sie mit einer Vertrauensstellung als Siechenmagd zu belohnen, muss allein bei der Schwere des Vergehens aus der Obrigkeit heraus über das Blut gerichtet werden. Um das Recht der Wiedervergeltung an ihr auszuüben, aber auch, um anderen Siechenmägden ein Exempel zu statuieren, verurteilt der Frankfurter Senat, vertreten durch die Herren Schmes und Kaulbach, die Beklagte zum Tode durch Ertränken."

Nach der Erhebung der Anklage fragt der Richter die Beschuldigte, ob sie sich der ihr vorgeworfenen Vergehen für schuldig bekenne.

Mäu stammelt unter der Tortur, dass sie zugebe, die Schmuckstücke gestohlen zu haben, um auf der Flucht nicht ganz mittellos zu sein. Sie habe ja auch nur so viel an sich genommen, dass es ihr fürs Erste gereicht hätte, und nicht den ganzen Schmuck aus der Truhe entwendet. Ihren Dienstherrn aber habe sie weder aus kalter Berechnung noch aus Habgier erschlagen. Sie habe überhaupt nicht den Vorsatz gehabt, ihn zu töten, sondern lediglich in ihrer Verzweiflung mit dem Zinnkrug auf ihn eingeschlagen, um sich seiner Zudringlichkeit zu erwehren.

Die Kommissionäre reagieren empört: Sie wolle doch nicht etwa behaupten, dass der einstige Ratsherr Ulrich Neuhaus, ein hochanständiger Mann mit einwandfreiem Leumund, der überdies mit bewundernswerter Tapferkeit das ihm auferlegte schwere Schicksal eines Aussätzigen getragen habe, sich ihr mit unkeuschen Absichten genähert habe!

Trotz der pochenden Schmerzen in ihren Daumen ist Mäu bei wachem Verstand, und es ärgert sie gewaltig, dass die hohen Herren nun auch noch die Stirn besitzen, ausgerechnet Neuhaus als Heiligen zu verklären, wo er sich doch ihr gegenüber stets als alter, geiler Bock gebärdete. Das kann sie einfach nicht auf sich beruhen lassen und hebt mit Empörung in der Stimme an, dazu weitere Angaben zu machen:

„Mit Verlaub, Herr Richter, aber was wahr ist, muss auch wahr bleiben!“, entgegnet sie aufgebracht. „Und der Herr Neuhaus hat immer wieder versucht, mich unzüchtig zu bedrängen. Dafür gibt es auf dem Gutleuthof sogar Zeugen. Die Frau Oberin selbst hat ihn einmal sogar dabei ertappt, wie er wieder so unflätig zu mir war, und ihn dafür auch ganz schön gescholten. Das müsste der Herr Obmann eigentlich auch wissen und wenn nicht, dann kann er doch Schwester Susanna dazu befragen …“

Weiter kommt Mäu nicht mehr, mitten im Satz wird ihr nun von den Amtspersonen grob das Wort abgeschnitten:

„Auf der Stelle schweige Sie still mit Ihren abscheulichen Lügen und schmutzigen Verleumdungen! Der von Ihr so heimtückisch Ermordete war allen auf dem Gutleuthof als vorbildlicher Kranker bekannt, das haben der Herr Prior und auch die Krankenvorsteherin Schwester Susanna ausdrücklich betont. Ihre frechen Behauptungen sind also vollkommen aus der Luft gegriffen!", keift der städtische Obmann der Leprösen wütend. Sein feistes Gesicht ist feuerrot angelaufen und glänzt wie eine Speckschwarte.

„Hinweg mit dem elenden Schindaas! Züchtiger, entfern Er das gemeine Mensch umgehend, sonst vergess ich mich noch!", befiehlt der Untersuchungsrichter in schneidendem Tonfall. „Und am morgigen Tag verpasse Er Ihr ein paar ordentliche Daumenschrauben, damit das liederliche Weibsstück endlich in sich geht und ihre schändliche Tat bereut!"

*

Meister Hans ist extra etwas früher gekommen, um vor der nächsten peinlichen Befragung noch einmal mit Mäu zu reden. Dem erstaunten Wärter hat er einfach gesagt, er wolle ihr noch ein bisschen Angst einjagen, um sie dadurch geständiger zu machen.

Als er mit Mäu alleine ist, steckt er ihr etwas zu essen und einen kleinen Krug Rotwein zu, damit sich die Entkräftete ein wenig stärken kann. Dankbar labt sich Mäu an den mitgebrachten Speisen und trinkt den Weinkrug in einem Zug leer. Der Henker mustert sie besorgt und streicht ihr mitleidig über das blutverkrustete Haar.

Berührt von dieser menschlichen Geste, steigen Mäu die Tränen in die Augen, und in ihrer ganzen Not und Bedrängnis fleht sie den Mann, den sie bereits kannte, als sie noch ein kleines Kind war, um Hilfe und Beistand an. Meister Hans, obgleich er schon lange nicht mehr weinen kann, ist von ihrer Bitte tief getroffen. Schweigsam verharrt er eine ganze Weile und starrt mit scheinbar leerem Blick vor sich hin. Dann beginnt er, mit ruhiger, gütiger Stimme auf die unglückselige junge Frau einzureden, ganz so, als wolle er ein krankes Pferd wieder aufrichten:

„Maria, glaub mir, ich meine es wirklich gut mit dir und deswegen kann ich dir nur eines raten: Zeig dich doch um Gottes Willen nachher reumütig und gestehe alles!", beschwört er sie eindringlich. „Es ist für dich ganz und gar unmöglich, zu beweisen, dass du den Neuhaus aus reiner Bedrängnis erschlagen hast. Die Herren interessiert das auch gar nicht, und dein Aufbegehren macht sie nur wütend. Wenn du nachher wieder nicht bekennst, muss ich die Folter wiederholen, zweimal, dreimal, viermal, solange, bis du gestanden hast. Und glaub mir, Mädchen, früher oder später gestehen alle Delinquenten. Sie gestehen alles, was der Richter von ihnen hören will, nur damit ihre Qual ein Ende hat. – Oder sie sterben an der Folter, und das sind auch nicht wenige“, erläutert der Henker ernst. „Mäu, du wirst die Marter, die ich dir zufügen muss, auf Dauer nicht ertragen. Und selbst wenn du sie ertragen kannst, so bist du trotzdem verloren! Unzählige der Gepeinigten haben mich schon während der Tortur um den Tod angefleht. Der Tod ist gar nicht so schlimm, oft ist er sogar eine Gnade, eine Erlösung von aller Mühsal. Kind, ich verspreche dir, ich werde dir vor deiner Hinrichtung schon helfen, damit du ganz sanft hinübergleitest. Da kenne ich genug Mittel und Wege. Du brauchst wirklich keine Angst zu haben!“, versucht sie der Mann des Todes mit sanfter Stimme zu trösten.

„Ich will aber noch nicht sterben!“, entgegnet Mäu verzweifelt, die trotz aller Widerlichkeiten immer noch so entsetzlich am Leben hängt. Ihr unbändiger Lebenswille, zuweilen stark gedämpft, setzt sich jedoch immer wieder durch, und so kann und will sie sich einfach nicht damit abfinden, dass sie bald sterben soll und tastet beharrlich nach dem kleinsten Schlupfloch, um dem dräuenden Tod zu entkommen. Ob es denn für sie keine Möglichkeit gebe, mit einer milderen Strafe davonzukommen, sie habe Neuhaus doch nur aus der Not heraus erschlagen, insistiert sie.

„Ja, Maria, eine solche Möglichkeit besteht schon, aber nicht in deinem Fall. Bei angesehenen Bürgern zum Beispiel wird häufig von der Milde Gebrauch gemacht, erst recht, wenn sie bloß einen friedlosen Gesellen erschlagen haben. Du aber musst dir darüber im Klaren sein, dass du ja alleine schon durch deinen Stand zu den verfemten Leuten gehörst, genauso wie ich auch, und mit unsereinem veranstalten sie bekanntlich nicht viel Federlesens, wenn er etwas ausgefressen hat“, entgegnet Meister Hans fatalistisch.

Bevor er ihre Gefängniszelle verlässt, gibt er ihr wieder ein paar von seinen Tropfen ein. Peinvoll werde es trotzdem für sie werden, denn er könne ihr davon auch nicht zuviel geben, sonst wäre sie später nicht vernehmungsfähig. Sie solle doch nachher geständig werden und nicht länger irgendwelchen trügerischen Hoffnungen nachhängen, ermahnt er sie noch einmal.

„Glaub mir, Mädchen, mit der Folter können sie jeden Menschen brechen", fügt er noch hinzu und eilt in das Verhörzimmer, um alles vorzubereiten.

Die Befragung verläuft nach dem gleichen Procedere wie am Vortag, nur dass der Scharfrichter für heute angewiesen wurde, der Delinquentin Daumenschrauben anzulegen. Als Meister Hans ihr das Schraubeisen ansetzt – „Soli Deo Gloria"[43] lautet die fromme Inschrift auf dem Folterinstrument – schreit Mäu vor Schmerzen laut auf. Das Blut quillt ihr aus den Fingernägeln, während der Untersuchungsrichter sie fragt, ob sie denn heute ihre Schuld eingestehen wolle.

Ja, sie gestehe alles, und sie sollten sie doch bitte recht bald töten, damit ihr Elend ein Ende habe, wimmert sie halb wahnsinnig vor Schmerzen. Aber sie habe nicht gelogen, mit dem, was sie gestern über Neuhaus gesagt hätte. Sie schwöre bei dem heiligen Herrgott im Himmel, dass ihr Dienstherr sie immerzu ganz abscheulich bedrängt habe, das sei die reine Wahrheit, so wahr ihr Gott helfe, schreit sie voller Verzweiflung und wird ohnmächtig.

„So ein stures Miststück, dieses Abdeckerbalg!", grummelt Kaulbach verärgert.

„Die ist halt nicht so zimperlich wie die Zornin. Ist wohl einiges gewöhnt. Aber die kriegen wir schon weich. Ich wüsst auch schon wie", entgegnet Schmes tückisch grinsend. Die Vorsitzenden beraten sich kurz und treffen schließlich eine Entscheidung, die im Tagesprotokoll niedergeschrieben wird:

Am 23. Mai im Jahre des Herrn 1507 nach der wiederholten peinlichen Befragung der Mörderin und Diebin Maria Dunckel ordnen wir an, die Widerspenstige einstweilen in das Brückenloch zu sperren, um dadurch ihren Starrsinn zu brechen sowie ihre frechen Lügen zu bestrafen und sie dort für eine Weile zu vergessen.

18. Totentanz

Der Tod zum Kind:
„Kreuch her an du must hy tanzen lern
Weyne oder lache ich hore dich gern,
Es hilft dich nicht an deso stunde."
Das Kind sagt:
„Owe liebe mutter meyn
Eyn schwarzer man zeut mich do hyn,
Nun muss ich tanzen und kann noch nicht gan."

(Oberdeutscher Totentanz, 1443-1447)

Im Morgengrauen des 6. Juni 1507 läutet plötzlich die mächtige Sturmglocke auf dem Pfarrturm von St. Bartholomäus, die sonst immer die Frankfurter Messe ein- und ausläutet, und nach und nach stimmen auch die anderen Kirchenlocken mit ein. Schwarze Fahnen werden auf sämtlichen Türmen gehisst, und der Turmtrompeter verkündet zur siebten Stunde vom Rathausturm die Hiobsbotschaft, die allen, die sie vernehmen, das Blut in den Adern stocken lässt:

„Der schwarze Tod hält Einzug unter uns. Gott sei uns gnädig!"

Unten im Fischerfeld hat es die ersten Pesttoten gegeben, die Symptome sind eindeutig, genau wie beim letzten großen Sterben im Jahre 1473: Hühnereigroße Schwellungen in den Achselhöhlen und Leisten, die aufbrechen und sich zu Geschwüren und schwarzen Flecken auf der ganzen Haut ausweiten. Die Kranken leiden unter starken Schmerzen und sterben zumeist nach fünf Tagen.

Die Stadtärzte sind bereits vor Ort und mit ihnen die ersten Gugelmänner, die die Leichen abtransportieren und mit Räucheressenzen die Luft vom fauligen Pestbrodem reinigen. Die pesterfahrenen Ärzte wissen genau, dass sie machtlos gegen die Ausbreitung der Seuche sind, und fühlen sich genauso hilflos und verängstigt wie der Rest der Stadtbevölkerung. Bei der letzten Epidemie, die etwa sechs Monate in Frankfurt gewütet hatte, war fast die Hälfte der Bürgerschaft an der Pest gestorben. Den Doktoren ist bekannt, dass sie häufig noch vor den Patienten sterben, so ansteckend ist die Krankheit. Erst recht bei der noch gefährlicheren Lungenpest. Die solcherart Erkrankten spucken Blut und haben hohes Fieber bei stark angeschwollenen Lymphdrüsen und sterben oft schon nach drei Tagen, manchmal sogar innerhalb von 24 Stunden.

Im Laufe des Tages vermehren sich die Neuerkrankungen derartig, dass das eigens für die Seuche im Jahre 1492 errichtete Pestilenzhaus am Klapperfeld am Abend bereits voll bis unters Dach ist. Panik breitet sich unter der Frankfurter Stadtbevölkerung aus. Von Todesangst getrieben, fliehen viele Menschen aufs Land, wohlhabende Bürger und Angehörige des Stadtadels flüchten vor der Pest auf ihre Landsitze im Taunus – und sorgen dadurch dafür, dass sich die Seuche auch im Umland rasch ausbreitet.

Nach einer Woche hat es bereits Hunderte von Toten gegeben. Unentwegt ziehen die Leichenwagen durch die Stadt. Die Kranken sterben so schnell, dass die Gesunden mit der Bestattung kaum nachkommen. Vor den Häusern stapeln sich die Leichen, die sich in der Sommerhitze schnell zersetzen. Ein unerträglicher Verwesungsgestank hängt in den Gassen. Morgens werden die Leichname von den schwarzkuttigen Gugelmännern eingesammelt, die feine Silberglöckchen an ihren Kutten und Fackeln in den Händen tragen, um dadurch die Luft vom Pesthauch zu reinigen. Bald reichen die Kräfte der städtisch bestellten Leichenträger nicht mehr aus, und sie erfahren Unterstützung von kirchlicher Seite, den ganz in rot gekleideten „Brüdern des Mitleids“.

Die Menschen in Frankfurt glauben, das Ende der Welt sei gekommen, und erwarten in apathischer Trauer um ihre Angehörigen selbst nur noch den Tod. Umgeben von endlosem Leiden und Sterben, stumpfen die meisten immer mehr ab. Die permanente Angst vor der Ansteckung vernichtet zunehmend jedes Mitgefühl. Eltern verlassen ihre erkrankten Kinder, Ehegatten lassen ihre sterbenden Männer und Frauen in kaltherziger Panik im Stich, als ob sie Fremde wären. Bei anderen bewirkt die Endzeitstimmung eine überdrehte, groteske Sinnenfreude. Viele besitzlose Überlebende haben sich in Horden zusammengeschlossen und ziehen lärmend durch die Stadt, fallen in die leer stehenden Patrizierhäuser ein, feiern dort wilde Orgien, bei denen bis zum Umfallen gebuhlt, getanzt und gezecht wird. In ihrer krankhaften Lebensgier erhoffen sich die Verzweifelten, die Pest mit ihrer Fröhlichkeit bannen zu können. Doch vergebens, denn der schwarze Tod ereilt auch diejenigen, die sich mit panischer Verbissenheit an die Genüsse des Lebens klammern. Gesetzlosigkeit und Barbarei begleiten die Seuche. Leer stehende Häuser werden ausgeraubt, die Räuber kleiden sich in die edlen Gewänder, behängen sich mit dem Schmuck der verstorbenen Hausherren und geben sich einem nie gekannten Schwelgen im Luxus hin, fest entschlossen, solange zu genießen, bis der schwarze Mann auch sie holt. Die in hektischer Vergnügungssucht Gefangenen haben nichts mehr zu verlieren und die allgemeine Bereitschaft zur bösen Tat steigert sich gewaltig. Die Menschen werden in ihrem Umgang miteinander immer rücksichtsloser und grausamer.

*

Martha Backes ist ratlos. Seit Wochen hat sie nun schon alle Hebel in Bewegung gesetzt, um für ihre Nichte eine Strafmilderung zu erwirken. Mit verschiedenen Ratsherren, sogar mit dem Schultheiß hat sie gesprochen, doch alles hat nichts genützt, die feinen Herren haben sich stur gestellt. Dann hat sie versucht, den Henker zu bearbeiten, ist mit ihm sämtliche Möglichkeiten durchgegangen, wie man Mäu zur Flucht verhelfen könne, und immer hat er nur ausweichend reagiert. Das sei alles nicht so einfach, wie sie sich denken würde, hat er von sich gegeben. Er werde aber schauen, was sich machen ließe. Und nichts ist bis jetzt passiert. Der Edu und die Anna wollen ja auch, dass ihre Tochter frei kommt. Aber kalbsköpfig wie sie nun mal halt sind, fällt ihnen dazu überhaupt nichts Schlaues ein. Als wäre es nicht so schon schlimm genug, muss jetzt auch noch die Pest ausbrechen! Da haben doch alle ganz andere

Sorgen, und sie selber ja auch, geht es ihr durch den Sinn, während sie nach unten geht und die Küchenmagd beauftragt, ihr heißes Wasser vorzubereiten. Zwei ihrer Kolleginnen aus dem Frauenhaus sind inzwischen ebenfalls an der Pest gestorben. In Trauer um die beiden Hübscherinnen fragt sie sich, wann es auch sie selbst erwischt. Bei jedem Freier ist sie voller Argwohn, ob dieser nicht schon die Krankheit in sich trägt und an sie weitergeben wird. Aber das Leben muss schließlich weitergehen, und sie wird sich jetzt endlich herrichten für eine dieser seltsamen, morbiden Feierlichkeiten, die in letzter Zeit so häufig abgehalten werden und zu denen die wohlhabenden Veranstalter stets auch die schönsten Hübscherinnen der Stadt einzuladen pflegen. Sie betritt das Zimmer, das den freien Frauen als gemeinsame Wohnstube dient. Die anderen drei Huren sind bereits über einen Tisch gebeugt, auf dem sich Ohrgehänge, Halsbänder und Stirnreifen häufen. Verzückt begutachten sie den Schmuck, der ihnen vorhin von der Goldschmiedeinnung angeliefert worden ist. Er wird ihnen von der Stadt für offizielle Festivitäten im Rahmen des Senats zur Verfügung gestellt, denn die offenbaren Frauen sollen für einen solchen Anlass prächtig gekleidet und geschmückt sein. Auch ihre Haartracht muss kunstvoll frisiert werden, sind sie doch während der Festlichkeiten stets auch ein Aushängeschild für den Wohlstand der Stadt Frankfurt, – und das selbst noch zu Pestzeiten. Jedes Schmuckstück muss genau quittiert und vermerkt werden, und die Gildemeisterin der städtischen Hurenschaft hat dafür Sorge zu tragen, dass die Juwelen nach Beendigung der Feier wieder unbeschadet und vollständig an die Goldschmiedeinnung zurückgehen. Die Tuchhändler haben vor ein paar Tagen schon ballenweise Samt, Atlas, Seide und Brokat in den leuchtendsten Farben angeliefert und die besten Schneider in der Stadt sind im Auftrag des Senats damit befasst, die Gewänder für die freien Töchter fertigzustellen, die zu einem derartigen Anlass nicht in ihrer gelben Hurentracht erscheinen sollen. Die Gewänder sind noch nicht da, müssen aber jede Minute eintreffen. Martha hat sich ein Gewand aus dunkelrotem Atlas anfertigen lassen, welches nach der neusten Mode mit „Teufelsfenstern“[44] ausgestattet ist. Der Rocksaum, nach hinten in eine lange

Schleppe übergehend, soll mit kleinen Silberglöckchen bestickt werden.

Nachdem die vier Hübscherinnen schließlich ihre sorgfältige Toilette beendet haben, perfekt frisiert sind und ihre neuen Gewänder tragen, schreiten sie, anzusehen wie Damen fürstlichen Geblüts, durch die Gassen der Frankfurter Altstadt hin zum Friedhof von St. Bartholomäus. An jeder Straßenecke begegnen sie dem Tod, vor den Hauseingängen stapeln sich die Leichen der Pesttoten, und damit nicht genug, befinden sich nun auch überall in der Stadt verschiedene Schautafeln und Straßenaltäre, auf denen verfaulende Körper und detailgetreue Abbildungen der Verwesung bildlich dargestellt sind. Die Pest treibt seltsame Blüten, denn, umgeben von dem großen Sterben, beginnt das Sterbliche allmählich, die Menschen zu faszinieren. Schon seit einiger Zeit hat sich ein merkwürdiger Totenkult etabliert, dem gerade auch die wohlhabenden Frankfurter Bürger nachgehen. Der Anlass für die heutige Feierlichkeit, die „Einweihung" des prächtigen Mausoleums der Patrizierfamilie Heller, steht ganz unter diesem Zeichen.

Vorbei an den bereits fertig gestellten prunkvollen Beinhäusern der Familien Stalburg und Melem, den am Wegesrand aufeinander geschichteten Schädeln und Knochen – denn um Platz für neue Leichen zu schaffen, müssen die Totengräber ständig alte Gräber ausheben – gelangen die Hübscherinnen bald zu der neu errichteten marmornen Krypta der Hellers, vor der sich bereits eine größere Menschenansammlung tummelt. Stände mit ausgesuchten Spezereien, Pestelexieren und Reliquien sind aufgebaut, eine Komödiantentruppe führt gerade eine groteske Todesposse auf, und die vornehmen Gastgeber lagern und zechen mit ihren geladenen Gästen, in der Hauptsache namhafte Frankfurter Patrizier und Senatsangehörige, in und um das imposante Beinhaus. Bei ihrem Eintreffen werden die Hübscherinnen von einigen Honoratioren auch sogleich freudig begrüßt, denn, wie die freien Töchter der Stadt inzwischen längst wissen, versetzt die Nähe des Todes manche Herren in eine ausgesprochen sinnliche Stimmung. Nachdem man sich so eine ganze Weile miteinander verlustiert hat, klatscht der Gastgeber, Jakob Heller, in die Hände und lädt die Festgesellschaft ein, ihm ins Innere des Mausoleums zu folgen. Inmitten der Krypta aus schneeweißem Carrarer Marmor befindet sich eine kunstvolle Staffelei mit einem großen, noch verhängten Bild darauf. Der der Malerei höchst gewogene „Hausherr" entfernt daraufhin mit feierlicher Geste das Tuch und präsentiert dem geneigten Publikum stolz ein Gemälde, welches der berühmte Maler Hans Holbein der Ältere in seinem Auftrag gefertigt hat. Es zeigt unverkennbar den Gastgeber, der sich auf dem Gemälde, ganz im Geiste der Zeit, als Kadaver verewigen ließ, versehen mit der Inschrift: „Nun, Elender, welchen Grund gibt es für den Stolz?"

Das Publikum applaudiert in frenetischem Beifall.

„Liebe Freunde, verehrte Gäste, im Anschluss daran darf ich Euch nachher noch zu einem Prozessionsspiel einladen, welches alleine dem großen Gleichmacher gewidmet ist", verkündet Jakob Heller im salbungsvollen Tonfall eines Leichenredners, nachdem sich der Applaus wieder gelegt hat. Begeistert wie Kinder, die sich ihrem Lieblingsspiel zuwenden dürfen, stürmt die Gesellschaft nun nach draußen. Dort harrt ihrer bereits eine als Knochengerippe verkleidete Gestalt, „der Tote", und bläst zum Aufbruch gemahnend in sein Horn. Sofort reihen sich alle hinter ihm ein und der tödliche Reigen zieht über den Gottesacker, untermalt vom schaurigen Singsang des Knochenmannes:

„Der große Gleichmacher, der Tod, fordert alle zum Tanze, niemand kann ihm widerstehen, alle folgen ihm: Der Papst, der Kaiser, die Hure, der Bettler, das Kind. Macht, Ehre und Reichtum sind nichtig, in der Stunde des Todes zählen nur die guten Werke. Tue Buße und denke an dein schreckliches Ende, an die entsetzlichen Qualen der Hölle, die auf den warten, der das Gute scheut!", skandiert er immer wieder, durchmischt vom druchdringenden Klang seines Horns.

Nachdem der Friedhof solcherart umrundet worden ist, versammelt sich die Prozession wieder vor dem Beinhaus der Hellers. „Der Tote" fordert nun die Menge auf, einen Kreis um ihn zu bilden und sich dabei tanzend fortzubewegen. Von Zeit zu Zeit deutet er auf einen der Tanzenden und ruft ihm zu: „Du bist der Nächste!"

Einen wohlbeleibten Herrn gemahnt er, dass die Fettesten zuerst verrotten, ein junges Paar schreckt er mit dem Ausspruch, dies sei ihr letzter Tanz, ganz zum Schluss weist er auch auf Martha und feixt gehässig, ihr nächster Buhle sei der Tod.

*

Als Martha spät in der Nacht zum Frauenhaus zurückkehrt, fühlt sie sich wie erschlagen. Der Ausspruch des Knochenmannes geht ihr nicht mehr aus dem Sinn und verfolgt sie bis in den Schlaf hinein. Am Morgen hat sie hohes Fieber und verfällt in ein Delirium, aus dem sie nicht mehr erwacht. Zwei Tage später stirbt sie unter entsetzlichen Qualen an der Lungenpest.

Etwa zur gleichen Zeit verstirbt auch ihre Schwester Anna Dunckel, von Edu, der während der Pestepidemie als Leichenträger tätig ist, bis zum Schluss aufopferungsvoll gepflegt. Den Tod seiner Frau kann der Abdecker nur schwer verwinden. Vereinsamt und unglücklich, hofft er, die Pest werde auch ihn noch holen.

Bergeweise Pesttote hat er nun schon durch die Gegend geschleppt, doch noch immer ist er unversehrt geblieben. *Selbst der schwarze Mann verschmäht mich!*, denkt er bitter.

Auch Jakob Beltz hat den Tod seiner Gattin zu beklagen, die jedoch nicht der Pest zum Opfer gefallen ist. Katharina ist in den Zeiten des qualvollen Sterbens einfach sanft entschlafen. Eines Morgens lag sie tot in ihrem Bett, neben sich eine leere Theriak-Flasche. Ob sie ihrem Leben damit bewusst ein Ende setzen wollte oder in ihrer Abhängigkeit einfach zuviel von dem Opiat zu sich genommen hat, bleibt für immer unbeantwortet. Ansonsten hat es auf dem Gutleuthof keine weiteren Todesfälle gegeben. Aufgrund der isolierten Lage des Leprosoriums und der klugen Entscheidung des Krankenvorstands, den Schellenknecht während der Epidemie besser nicht mehr zum Almosensammeln nach Frankfurt zu entsenden und sich nur noch aus eigenen Mitteln zu versorgen, bleiben die Aussätzigen von der Seuche verschont.

Erst zum Winter hin beginnt die Pest in Frankfurt langsam abzuebben. Mehr als ein Drittel der Stadtbevölkerung ist ihr zum Opfer gefallen. Sogar einer der Bürgermeister ist der Seuche erlegen. Zu den Toten gehören auch der Untersuchungsrichter Schmes und mehrere Ratsherrn.

Meister Hans, der Henker, hat bereits während der ersten Pestwelle still und heimlich die Stadt verlassen. Er werde hier ja nun nicht mehr gebraucht, jetzt wo der große Gleichmacher ihm die Arbeit wegnehmen würde, soll er noch gesagt haben.

19. Die Vergessene

Auch am Brückenturm ist der schwarze Tod nicht spurlos vorbeigezogen. Mehrere Wärter und zwei Gefangene, darunter auch Mariechen Zorn, fielen ihm zum Opfer. Die restlichen Insassen, zwei ungeratene Kinder, drei Kriminalgefangene, ein Schuldner sowie mehrere Kranke von Sinnen hatten während der Seuche unter großen Entbehrungen zu leiden. Nur hin und wieder ließen ihnen die wenigen verbliebenen Turmwärter Nahrung und Trinkwasser zukommen.

Mäu hat jegliches Zeitgefühl verloren. Sieben Monate sitzt sie nun schon im finsteren Brückenloch, dem unterirdischen Verlies unter dem Brückenturm. Nach dem letzten Verhör hatte man sie durch eine schmale, vergitterte Falltür an einem Seil in die modrige Finsternis heruntergelassen. Danach konnte sie wochenlang ihre Hände nicht gebrauchen. Sie waren von den Daumenschrauben dick geschwollen und schmerzten schon bei der geringsten Bewegung. Schlimmer aber als all die Schmerzen sind die wilde Panik und die schrecklichen Todesängste, die sie immer wieder auszustehen hat. Besonders die erste Zeit verbrachte sie in der ständigen Furcht, bald wieder hochgeholt und gefoltert, oder – noch ungleich schrecklicher – ihrer Hinrichtung zugeführt zu werden. Von Zeit zu Zeit schreit sie sich in ihrer Verzweiflung schier die Seele aus dem Hals, aber niemand scheint sie zu hören. Ihre einzigen Gefährten sind Ratten und Mäuse, die im dicken Mauerwerk hausen und zuweilen auf der Suche nach Nahrung durch ihren Kerker huschen, und natürlich jede Menge Ungeziefer, Käfer und Insekten. Mit ihnen auch eine Unzahl an großen Spinnen, die überall feine Netze gesponnen haben, in denen sie reichlich Beute machen. Sie sind Mäu mindestens genauso verhasst wie die Nagetiere und die dicken Schaben.

Das Verlies, ein schmaler, gewölbeartiger Raum, ist gerade einmal zwei Meter breit und fünf Meter lang. Wände und die sehr hohe, gewölbte Decke, die sich gute sechs Meter nach oben streckt, sind aus wuchtigen Natursteinen gemauert, die vor Feuchtigkeit glänzen und einen modrigen Geruch verströmen. Das einzige „Mobiliar“ hier unten sind ein paar irdene Trinkbecher und ein Holzeimer, der an einem Seil befestigt ist und von den Wärtern ab und zu mit Trinkwasser gefüllt wird, sowie ein kleiner, ebenfalls an einem Seil befindlicher Brotkorb. Der Gefangenen steht weder eine Schlafpritsche noch ein Strohsack zur Verfügung, einzig das durchnässte, faulige Stroh, welches über den Lehmboden verteilt ist, bietet ihr, übereinander gehäuft, ein mehr als primitives Nachtlager.

Die ersten Monate war sie im Brückenloch noch mutterseelenalleine, zuweilen hat sie schon angefangen, Selbstgespräche zu führen. Inzwischen allerdings hat man ihr Ännchen, eine unsinnige junge Frau, beigesellt, die immer wieder in irrsinnige Tobsuchtsanfälle ausbricht und mit der kaum ein vernünftiges Wort zu wechseln ist, was Mäu die Haft noch unerträglicher werden lässt. Im diffusen Licht, welches tagsüber durch die Deckenluke dringt, kann sie erkennen, dass die Kranke von Sinnen ein buntscheckiges Narrenkleid trägt, welches mit kleinen Glöckchen versehen ist, damit man sie draußen immer hört und findet, wenn sie verloren geht, wie es für Toren von der Obrigkeit angeordnet ist. Den ganzen Tag dreht Ännchen unentwegt den Kopf hin und her und rollt mit den Augen, während ihr der Speichel am Kinn herunterläuft. Zwischendurch summt und brabbelt sie stundenlang wie ein kleines Kind, was irgendwann in ein gequältes Stöhnen übergeht, dann zum verzweifelten Wimmern wird und schließlich zum reinsten Wolfsgeheule anwächst, das Mäu regelrecht durch Mark und Bein geht. Von Zeit zu Zeit, besonders wenn es im Kerker stockdunkel geworden ist, fängt die Närrin unvermittelt an, vulgär und bösartig loszulachen, ganz so, als hätte sie den Teufel im Leib. Darauf folgen dann zumeist die schlimmen Tobsuchtsanfälle, bei denen die Wahnwitzige gegen imaginäre Widersacher zu kämpfen scheint, die sie aufs Übelste beschimpft, vor denen sie gleichzeitig aber auch eine geradezu panische Furcht hegen muss, denn in tiefster Seelenpein, als wäre ihr nacktes Leben bedroht, fleht sie dabei auch immer wieder, man möge sie doch verschonen. Mäu, von dem unheilvollen Gelächter schon so häufig aus dem Schlaf gerissen, fürchtet sich mittlerweile ganz schrecklich vor diesen Anfällen. Das Herz schlägt ihr während der Ausbrüche bis zum Halse und die Haare stehen ihr förmlich zu Berge. Einmal hat sie in ihrer Verzweiflung versucht, die Tobende zu beruhigen und ihr den wild um sich schlagenden Kopf zu halten, doch da hat Ännchen, außer sich vor Wut, Mäu ganz bestialisch in den Arm gebissen. Inzwischen erstarrt Mäu nur noch, wenn die Anfälle auftreten und betet voller Inbrunst zur heiligen Jungfrau für die arme Seele der Irren und für die Erhaltung ihres eigenen, so arg malträtierten Verstandes. Irgendwann, Mäu kommt es immer wie eine Ewigkeit vor, hat der Wahnwitz dann ein Ende. Die junge Frau, von den schlimmen Heimsuchungen gänzlich entkräftet, schläft danach für viele Stunden durch, was Mäu auf ihrem Strohbündel endlich aufatmen und wenigsten für eine Weile zu ungestörtem Schlaf kommen lässt. Zu ihrem Leidwesen sind diese wohltuenden Phasen der Stille allerdings viel zu knapp bemessen, denn sobald die Unsinnige aus dem Schlaf erwacht ist, geht der grauenvolle Irrwitz wieder weiter.

In letzter Zeit ist es immer kälter geworden und Mäu versucht, sich mit Lagen von Stroh, welches zum Teil feucht und vermodert ist und von Läusen nur so wimmelt, einigermaßen warm zu halten, denn sie verfügt über keinerlei Decken und friert entsetzlich. Ein etwa kindskopfgroßes, scharf nach Urin und Exkrementen riechendes Loch im Boden, welches scheinbar direkt in den Main mündet und als Abtritt dient, sorgt zusätzlich noch für eisige Zugluft.

In der vergangenen Zeit hatte sie ständig unter großem Hunger und Durst gelitten, was inzwischen etwas besser geworden ist, denn in regelmäßigen Abständen öffnet sich die kleine vergitterte Luke in der Decke und die Wärter lassen an einem Seil Wasser und Brot für die Gefangenen herunter. Diesen Augenblicken fiebert Mäu förmlich entgegen und stürzt sich dann wie ein ausgehungertes Tier auf das harte, meist verschimmelte Brot. An manchen Tagen erhalten sie sogar, einem Wunder gleich, einen kleinen Laib frisches Roggenbrot und eine Speckschwarte dazu, was der Ausgehungerten wie eine Gottesgabe erscheint. Tatsächlich handelt es sich hierbei um eine mildtätige Spende der wohlhabenden Frankfurter Bürgerin Katharina Hilliger, die den Gefangenen in den Gefängnistürmen zugute kommen soll. Gelegentlich werden auch die Insassen der Verliese damit bedacht. Ist dadurch wenigstens für kurze Zeit der vordringlichste Hunger gestillt, so wird doch die Eiseskälte im Brückenloch während der Wintermonate zu einer fast schon lebensbedrohlichen Erschwernis für die Gefangenen. Mäu und Ännchen schlottern am ganzen Leib, Hände und Füße sind schon wie abgestorben. Jedesmal, wenn sich für kurze Zeit die Deckenluke öffnet, fleht Mäu verzweifelt nach einer warmen Decke, sie erfriere sonst hier unten.

Eines Tages lassen sich die Lochmeister tatsächlich erweichen und werfen ein großes Schafsfell durch die Falltür.

„Das ist eine Spende vom Hospital zum Heiligen Geist für die Unsinnigen im Brückenloch", erläutert einer der Wärter.

„Ich bin aber nicht unsinnig!", ruft Mäu aufgebracht in seine Richtung, aber die Klappe ist schon wieder geschlossen und die Schritte über ihr entfernen sich bereits.

Sogleich umhüllt sich Mäu mit dem dicken, weichen Pelz und merkt bald, wie es ihr langsam etwas wärmer wird. Als ihr Blick indessen auf ihre Mitgefangene fällt, die auf dem blanken Lehmboden hockt und vor Kälte mit den Zähnen klappert, zögert sie kurz und lädt schließlich die junge Frau ein, das Fell mit ihr zu teilen. Ännchen kriecht auch sogleich zu ihr unter das Schafsfell und schmiegt vertrauensselig den Kopf an Mäus Brust, verfällt noch kurz in ihren üblichen Singsang, um bald darauf friedlich einzuschlummern. Seltsamerweise ist Mäu die körperliche Nähe des törichten Mädchens nicht unangenehm, im Gegenteil, der wärmende Körper und die ruhigen Atemgeräusche Ännchens verschaffen ihr sogar ein gewisses Wohlbehagen. Die Lichtstrahlen aus der Luke fallen günstig und so hat sie zum ersten Mal Gelegenheit, das Gesicht der jungen Frau genauer zu betrachten. Die meiste Zeit im Wahn verzerrt, sind ihre Gesichtszüge nun jedoch ganz friedvoll und entspannt, und Mäu stellt mit Erstaunen fest, dass Ännchen unter ihrer Dreckkruste eigentlich sehr schön ist. Unwillkürlich fühlt sie sich dabei an die anmutigen Züge Marthas erinnert und wird von einer tiefen Wehmut erfasst. *Auch sie scheint mich vergessen zu haben!* Bei dem Gedanken daran, in ihrem finsteren Kerker zu verrotten, von aller Welt im Stich gelassen, weint Mäu bittere Tränen, die erst versiegen, als ihr die Worte ihrer Muhme durch den Sinn gehen, sie dürfe sich niemals aufgeben. Es kommt ihr fast so vor, als höre sie deutlich Marthas Stimme, die sie immer wieder ermahnt, tapfer zu bleiben. *Na ja, vielleicht geht es mir ja bald so, wie der Törin neben mir und ich verliere den Verstand*, denkt sie grimmig, entschließt sich aber trotzig, jeglichen Anfängen zu wehren und beginnt zu beten. Bittet ihren Schutzengel, dass er ihr beistehen, sie vor dem Wahnsinn und dem Tod bewahren und sie bald aus ihrem Kerker befreien möge.

Mensch, so oft wie ich schon zu dir gebetet hab, wird es doch langsam mal Zeit, dass du endlich was machst!, murmelt Mäu im Anschluss an ihr Gebet und blickt nachdenklich zur Deckenluke. Stundenlang sitzt sie manchmal so da, betrachtet die fahlen Lichtstrahlen, die durch das Lukengitter fallen und ergibt sich dabei den unterschiedlichsten Tagträumen.

*

Eine Woche später erscheint Ännchen auf einmal wie ausgewechselt. Mäu kann es gar nicht fassen, dass dieselbe Frau, die ihr nun so ruhig und gesittet gegenübersitzt und mit ihr das Brot teilt, die gleiche Person sein soll, unter deren unseligen Ausbrüchen sie die ganze Zeit so gelitten hat. Gestern noch verwirrt und konfus wie immer, blickt sie heute mit klaren Augen in die Welt, aus denen der Wahnsinn gänzlich verschwunden ist, mustert ihre Mitgefangene zwar noch etwas erstaunt, so, als würde sie Mäu erst jetzt richtig wahrnehmen, bleibt dabei aber ganz gelassen und beginnt bald, sich mit ihr ganz vernünftig zu unterhalten. Sie stellt sich Mäu als Ännchen Löwenstein vor, die jüngste Tochter eines wohlhabenden Frankfurter Tuchhändlers. Ganz sachlich fragt sie die immer noch verblüffte Mäu, wie lange ihre Obsessionen diesmal gedauert und ob sie sich dabei sehr schlimm aufgeführt habe. Als Mäu ihr etwas ausweichend antwortet, dass sich ihre Ausfälle über viele Wochen hingezogen hätten und ihr schließlich die fast schon verheilte Bisswunde am Arm zeigt, bittet Ännchen Mäu aufrichtig um Entschuldigung und wirkt auf einmal sehr bedrückt. Eine Zeit lang sitzen sich die beiden etwa gleichaltrigen jungen Frauen schweigend gegenüber, empfinden aber trotz der belastenden Umstände so etwas wie Sympathie für einander, und nach einer Weile hebt die Tuchhändlerstochter an, Mäu mit leiser Stimme, so, als hätten die dicken Kerkermauern Ohren, Bruchstücke aus ihrem jämmerlichen Leben zu erzählen:

Ännchens Kindheit war ganz normal verlaufen, sie war zwar schon immer ein eher in sich gekehrtes, zu Grübeleien neigendes Kind, dennoch aber auch sehr aufgeweckt, und in der Lateinschule des Weißfrauenstiftes gehörte sie stets zu den besten Schülerinnen. Schön anzusehen, wie sie nun einmal war und überdies aus gutem Hause, begannen sich bald die Sprösslinge der führenden Frankfurter Familien in ihrem Elternhaus am Heumarkt einzufinden, um bei ihrem Vater, Anton Löwenstein, in aller Form um die Hand seiner hübschen Tochter anzuhalten. Nach reiflichem Abwägen fand sich auch schließlich ein geeigneter Kandidat, der einer befreundeten Kürschnerfamilie entstammende Martin Sahl. Ännchen war über die Entscheidung ihres Vaters hocherfreut, verband sie doch mit ihrem zukünftigen Bräutigam schon seit Kindertagen eine gegenseitige Schwärmerei füreinander. So hätte sich eigentlich alles trefflich entwickeln müssen, die Hochzeitsvorbereitungen liefen bereits auf Hochtouren, und alle waren guter Dinge, als eines Tages, wie aus heiterem Himmel, plötzlich Ännchens Heimsuchungen einsetzten. Sie hörte Stimmen, die ihr schlimme, zum Teil auch beschämende Dinge einflüsterten, verkehrte mit Unholden, die sie solange auf ganz bestialische Art plagten, bis sie dabei immer mehr außer sich geriet und schließlich mit dem Dämon eins wurde. In ihrer Verzweiflung hatte sie damals zum ersten Mal versucht, sich selbst zu entleiben, indem sie versuchte, sich auf dem Dachboden aufzuknüpfen, – was ihr leider nicht gelungen war, wie sie Mäu gegenüber mit offenem Bedauern zugibt. Ihre besorgte Familie bemühte sich daraufhin äußerst diskret um Abhilfe und fand diese in der Person des glaubensstarken Dominikanerpaters

Albertus aus Köln, der als einer der anerkanntesten Exorzisten im ganzen Lande galt[45]. Zunächst bemühte sich der Pater, Ännchen, die er für eine eher harmlose Melancholikerin hielt, durch salbungsvolle, tröstende Predigten von ihrer „Fantasey“ abzubringen, jedoch ohne Erfolg, denn die Kranke begann inzwischen immer mehr, in regelrechte Tobsuchtsanfälle auszubrechen, und kaum einer vermochte die sonst eher Sanftmütige wiederzuerkennen, geschweige denn, normalen Umgang mit ihr zu pflegen. Der junge Bräutigam war der Erste, der betrübt die Segel strich und sich von Ännchen abwandte. Die Familie Löwenstein aber, nachdem sie schweren Herzens akzeptiert hatte, dass Ännchen nun wohl ganz und gar zu den Kranken von Sinnen gehörte, ließ sie umgehend entmündigen sowie aus der gesetzlichen Erbfolge streichen und behandelte sie so, wie man Toren eben zu behandeln hat: Verwahrte sie in einem separat liegenden, abschließbaren Kämmerchen, betraute altbewährte Domestiken mit ihrer Pflege und Versorgung und gab sich so gut wie gar nicht mehr mit ihr ab. Bei freundlichem Wetter wurde sie in das von der Obrigkeit verordnete Narrenkleid gesteckt und eine alte Magd führte sie ein wenig in der Stadt herum.

Zwischen den einzelnen Schüben, in denen die Heimsuchungen aufzutreten pflegten, war Ännchen stets bei klarem Verstand und wünschte sich nichts sehnlicher, als dass ihre Besessenheit endlich ein Ende hätte. Sie hatte dem Dämon den Kampf angesagt und unterließ nichts, unterstützt von ihrer Familie, um wieder zu ihrer früheren Intaktheit zurückzufinden. Unternahm in Begleitung ihrer alten Amme eine Wallfahrt zum Kloster St. Hubert in den Ardennen. Der heilige Hubert, dessen Gebeine in dem Kloster aufbewahrt wurden, galt als der Schutzpatron der Kranken von Sinnen. In feierlichen Bittgottesdiensten wurden die Tobsüchtigen und von der Tollwut Befallenen mit geweihtem Wasser besprengt und sie entzündeten Kerzen vor dem Reliquienschrein des Heiligen. Ein anderes Wallfahrtsziel, das sie aufsuchte, war das Kloster des heiligen Cornelius in der Eifel. Dorthin pilgerten besonders die Gemütskranken und Fallsüchtigen. In der Kirche, in der sich sämtliche Reliquien des Heiligen befanden, beteten die Kranken zu ihrem Schutzpatron um Heilung und erhielten das gesegnete „Corneliusbrot" und geweihtes Wasser aus dem Trinkhorn des Heiligen gereicht.

Doch nachdem auch das nichts genutzt hatte und sie erneut in die gefürchteten Zustände heilloser Raserei verfiel, entschloss sie sich schließlich auf Anraten von Pater Albertus, eine Teufelsaustreibung an sich vornehmen zu lassen, die sich im Nachhinein noch um einiges schlimmer für sie gestaltete, als ihre Heimsuchungen. Die Peterskirche war an diesem Schreckenstag voll bis unters Dach und musste sogar geschlossen werden, weil nicht mal mehr eine Maus darin Platz gefunden hätte, so stark war der Besucherandrang gewesen. Vor der gaffenden Meute unterzogen sie der Pater und ein Gehilfe der reinsten Tortur. Schlugen sie heftig ins Gesicht, piesackten ihren ganzen Körper mit heißen Silbernadeln, bedrohten sie, oder besser gesagt den bösen Geist in ihr, schließlich gar mit dem Tode. Aber auch das half nichts, denn der Dämon blieb hartnäckig. Nahezu fünf Jahre trägt sie ihn nun schon in sich. Inzwischen hat sie längst resigniert und wünscht sich eigentlich nur noch den Tod. Unzählige Male hat sie nun schon versucht, ihrem Leben gewaltsam ein Ende zu setzen, doch dank der fürsorglichen Bewachung ihrer alten Magd, wurde sie, manchmal schon halb tot, immer wieder zwanghaft ins Dasein zurückgeholt.

Auch ihre Verwandten haben sie aufgegeben, lassen sie hin und wieder für unbestimmte Zeit in den Turm sperren, und wenn sie besonders unartig war, setzt man sie gar ins Loch.

„Zuweilen frage ich mich, warum Gott mich so straft. Was habe ich denn so Schlimmes verbrochen, dass er mich so heimsucht?", endet Ännchen ihre Ausführungen.

„Das frage ich mich auch manchmal!", entgegnet Mäu niedergeschlagen und gibt Ännchen gegenüber offen zu, dass auch sie sich zuweilen am liebsten umbringen würde, wenn sie könnte. Auf Ännchens Anfrage hin schildert sie ihr daraufhin in knappen Worten ihr eigenes Verhängnis und merkt dabei, wie gut es ihr tut, nach der langen Zeit der Einzelhaft, in der gewissermaßen „geläuterten" Mitgefangenen nun einen verständigen Menschen gefunden zu haben, mit dem sie sich austauschen kann.

Als sich nach ein paar Tagen die Deckenluke öffnet und Ännchen an einem Seil wieder nach oben geholt wird, bedauert sie es regelrecht, künftig auf die Gesellschaft der unglückseligen jungen Frau verzichten zu müssen, und fühlt sich entsetzlich alleine in ihrem dunklen Kerker. Immer mehr versinkt sie in eine abgrundtiefe, stumpfe Apathie aus der sie nichts herauszureißen vermag. Selbst das Brot lässt sie unberührt auf dem Lehmboden liegen und überlässt es gleichgültig den Nagetieren. Die Entscheidung, konsequent die Nahrung zu verweigern und dadurch langsam aber sicher dem Hungertod zu erliegen, beginnt sich in ihrem Inneren machtvoll zu behaupten, und bar jeder Hoffnung auf ein gutes Ende, verbleibt ihr so wenigstens noch die Hoffnung auf ein baldiges, souffliert sie sich selber in neuer, nie gekannter Lebensverachtung.

20. Frisches Stroh

Es ist Frühling geworden, und allmählich beginnen die Menschen wieder, in dem durch die Pest so grässlich entvölkerten Franfurt, zu ihren alltäglichen Verrichtungen und Gewohnheiten zurückzukehren.

In den beiden städtischen Gefängnistürmen soll im Zuge einer Generalreinigung, die viermal im Jahr stattfindet und der auch die Insassen unterzogen werden, das Stroh erneuert werden. Bei diesen Gelegenheiten werden die Gefangenen von den Gefängnisbütteln und Stadtknechten kahl geschoren und gesäubert. Durch die Pest ist auch unter den Angehörigen des einfachen städtischen Dienstes, ebenso wie in allen Bereichen des täglichen Lebens, das Personal entsprechend ausgedünnt. Frankfurt verfügt zurzeit weder über einen Bürgermeister noch über einen Scharfrichter, und so erhält der städtische Abdecker Edu Dunckel vom Stöcker, einem normalerweise dem Henker unterstehenden Schergen, den Auftrag, bei der Säuberung in den Türmen mitzuhelfen.

Ein leichter Nieselregen hat eingesetzt, als der Stöcker, der Abdecker und ein Stadtknecht an einem kühlen Aprilmorgen mit zwei Eselskarren zum städtischen Rahmhof fahren, um dort das Stroh aufzuladen.

In der Gegend um das Eschenheimertor, die früher auch „zu den Gärten" genannt wurde, herrschen landwirtschaftliche Betriebe mit großen Wirtschaftshöfen, Scheunen und Weingärten vor. Schon zweimal ist einer der Karren in dem vom Regen aufgeweichten, bodenlosen Morast stecken geblieben, der sich, entstanden durch Schweinehaltung und Mistablagerung, in den ungepflasterten Gassen gebildet hat, und muss jedesmal wieder unter vereinten Kräften aus dem Dreck gezogen werden. Nachdem die Hofleute den Schergen geholfen haben, das Stroh auf die Karren zu türmen und festzubinden, geht es weiter zum Mainzerturm, wo als Erstes mit der Säuberungsaktion begonnen werden soll. Die beiden Gefängnisbüttel erwarten ihre Verstärkung bereits, helfen ihnen, das Stroh die steile Wendeltreppe hinauf in die Gefangenenstube zu tragen, haben die Holzbottiche schon mit Wasser gefüllt und die Schermesser bereitgelegt. Ebenfalls gerade eingetroffen, ist ein von der Stadt beorderter Bader, der die Gefangenen bei Bedarf zur Ader lässt, ihnen einen faulen Zahn entfernt oder eine Eiterbeule aufschneidet. Im Mainzerturm befinden sich momentan fünf Kranke von Sinnen und zwei Kriminalgefangene.

„Die paar Rasenden unten im Loch können wir ruhig aussparen, denn diesen Tieren ist der Dreck sowieso egal", bemerkt einer der Lochmeister kaltschnäuzig. – „Es sei denn, einer von euch will unbedingt da runter klettern", setzt er spöttisch hinzu und blickt fragend in die Runde. Als keiner darauf etwas erwidert, schlägt er vor, sich doch gleich an die Arbeit zu machen und schon einmal mit dem Scheren der Insassen anzufangen. Jeder Büttel erhält ein Schermesser und knüpft sich der Reihe nach eine der in Ketten gelegten, ausgemergelten Gestalten vor. Dabei gehen die raubeinigen Männer mit ihrer Kundschaft nicht gerade zimperlich um, traktieren die vollkommen verdreckten, verwahrlosten Gesellen wie bei der Schafschur und im Nu ist das faulige Stroh bedeckt mit filzigen Haarbüscheln, in denen die Läuse herumkrabbeln. Anschließend werden die Gefangenen einer Säuberung unterzogen, indem die Schergen ihnen eimerweise kaltes Wasser über die kahlen Köpfe kippen. Nachdem der Abdecker damit betraut worden ist, das alte, durchnässte Stroh zusammenzukehren und in Hängekörbe zu füllen, wird das frische ausgelegt und die Generalreinigung ist damit auch schon beendet. Die Helfer verabschieden sich von den Turmaufsehern, schnallen sich ächzend die schweren Körbe mit dem alten Stroh auf die Rücken und eilen im Gänsemarsch die ausgetretenen Steinstufen der Wendeltreppe herunter ins Freie. Unten angelangt, kippen sie die Körbe mit dem vergammelten Stroh auf den leer geräumten Eselskarren und fahren damit zum Römerberg, um auf Anordnung des Stadtrates hin das Stroh über den schlammigen Platz vor dem Rathaus zu verteilen. Denn häufig genug, erst recht bei schlechtem Wetter, ist der Rathausplatz kaum noch begehbar, will man nicht bis über die Knöchel im Straßenschmutz versinken. Damit ihr gutes Schuhwerk keinen Schaden nimmt und sie trockenen Fußes zu den Ratsstuben gelangen können, stehen den Herren vom Rate zu diesem Zwecke auch spezielle Holzpantinen zur Verfügung.

Der Zeiger der Räderuhr auf der Römerfassade weist auf die neunte Stunde, als die drei Männer schließlich zum alten Brückenturm aufbrechen, wo die Säuberung ja noch aussteht.

Endlich!, denkt Edu Dunckel, als sie die Mainbrücke überqueren und sich dem am rechten Mainufer stehenden Gefängnisturm nähern. Den ganzen Morgen schon muss er unentwegt an Mäu denken, und vorhin, beim Anblick der armen Schweine im Mainzerturm, hat er sich gefragt, ob seine Tochter etwa in einem ähnlich desolaten Zustand ist wie diese, immer wieder darum bemüht, sich seine Bekümmerung gegenüber den stumpfsinnigen, abgebrühten Bütteln nicht anmerken zu lassen.

Edu ist durch den Tod seiner Frau noch einsamer und verschlossener geworden als er es sowieso schon war. Er vermisst Anna, mit der er sich während ihrer langjährigen Ehe so häufig gestritten hat, schmerzlich. Ähnlich ergeht es ihm mit Mäu. Als er hörte, dass sie diesen widerlichen Neuhaus erschlagen hatte und anschließend aus dem Gutleuthof geflüchtet war, erfüllte ihn zunächst noch eine grimmige Genugtuung, gepaart mit einer nicht unbeträchtlichen Portion väterlichen Stolzes. Seitdem er aber von ihrer Verhaftung erfahren hat und weiß, dass man sie früher oder später der Todesstrafe überantworten wird, macht er sich ihretwegen die bittersten Vorwürfe, denn schließlich war er es ja gewesen, der Mäu aus kalter Habgier an Neuhaus verschachert hatte. Und jetzt sitzt seine Tochter nun schon fast ein Jahr lang im Brückenloch fest und darbt vor sich hin. Wenn er doch nur wüsste, wie er ihr helfen könnte! Aber er weiß es beim besten Willen nicht, wo er doch nur ein von allen verachteter Mann ist, der über keinerlei Beziehungen zu einflussreichen Leuten verfügt. Aber die Säuberungsaktion im Brückenturm wird ihm wenigstens ermöglichen, Mäu endlich einmal wiederzusehen. Unter seinem Arbeitskittel hat Edu verschiedene Lebensmittel für sie versteckt, und er kann es kaum noch abwarten, nachher in das Loch hinabzusteigen. Nachdem die Schermesser verteilt worden sind, erkundigt er sich bei den beiden Turmaufsehern etwas beklommen nach den Unsinnigen im Verlies

Als er daraufhin seitens der Gefängniswärter nur ausweichende Antworten erhält, die wiederum darauf abzielen, dass eine Reinigung dort unten nicht vonnöten wäre, überwindet der Abdecker schließlich seine Scheu und erklärt unumwunden, dass er durchaus bereit sei, die Insassen im Loch zu versorgen, was mit allgemeinem Spott quittiert wird.

„Von mir aus, Schundmummel, kannst du nachher da runterklettern und dich mit den Dollen nach Herzenslust verlustieren. Kannst sie salbadern und bauchpinseln, solange du willst. Jetzt aber hilfst du uns gefälligst erst mal mit der Bagage hier oben!“, entgegnet der jüngere Wärter barsch.

„Auf jetzt, an die Arbeit!“, gemahnt auch der Stöcker. „Der Rat hat mir übrigens den Auftrag erteilt, mich hier einmal umzugucken, wer von den Unsinnigen entlassen werden kann. Möglichst zwei Toren sollen fort, damit es in diesem behaglichen Zimmerchen wieder Platz für Neueinweisungen gibt, denn die Ratsherren befürchten, es werden bestimmt noch einige durchdrehen, jetzt wo gerade die Pest vorbei galoppiert ist“, äußert er wichtigtuerisch und nimmt sogleich die Kranken von Sinnen in Augenschein.

„Welche von den Deppen hier sind denn noch am ehesten geeignet, wieder auf die Menschheit losgelassen zu werden?“, wendet er sich fragend an den älteren der beiden Kerkermeister.

„Na ja, unsere langjährigsten Kunden sind das Sachsenhäuser Entchen und der ‚tode Josef‘. Die zwei sitzen schon seit Jahrzehnten bei uns oder im Mainzerturm, je nachdem, wo gerade Platz ist. Im Sommer tun wir sie immer in die Tollkisten, damit sie sich da wenigstens ein bisschen ihre Kost und Logis verdienen können, denn die leben ja schließlich von der öffentlichen Mildtätigkeit, haben keine Leute draußen, die für sie aufkommen tun, wie die meisten Unsinnigen hier im Turm“, entgegnet der alte Wärter und führt den Stöcker zu einem abgemagerten Greis, der starr und aufrecht in einer Mauernische sitzt. Er ist einer der wenigen Insassen, die nicht in den Stock geschlossen oder angekettet sind. Der Stöcker mustert den Alten abschätzig, veranstaltet allerlei Schabernack mit ihm und kann sich schließlich ein amüsiertes Grinsen ob seiner stoischen Ruhe nicht ganz verkneifen.

„Den alten Josef kann in dieser verrückten Welt nichts mehr erschüttern. In besseren Tagen war er sogar ein anerkannter Gelehrter, wie mir mein Vorgänger mal erzählt hat. Der muss den Kirchenoberen nicht ganz grün gewesen sein, jedenfalls durfte er keine Vorlesungen mehr halten und auch nicht mehr weiter disputieren. Daraufhin muss er wohl in den Wahn verfallen sein und hat seitdem kein einziges Wort mehr gesprochen. Verzieht keine Miene, tut keinen Muckser, macht gar nix, als wär er schon längst nicht mehr unter den Lebenden. Dabei ist er aber von harmloser Natur, wir hatten nie unsere Schaff mit ihm, da, wo du ihn hinstellst, bleibt er, wenn's sein muss, auch bis zum Sankt Nimmerleinstag", berichtet der Wärter und lacht gutmütig.

„Aber aufs Betteln versteht er sich bestens, auch wenn er noch nicht einmal ‚danke' oder ‚bitte' sagen kann, der alte Schlawiner. Hat ja auch lang genug geübt, in seiner Narrenkiste an den Stadttoren. Ist in Frankfurt inzwischen schon so bekannt wie ein bunter Hund. Was meinst du, alter Knabe, willst du heute noch auf große Fahrt gehen?", fragt der Aufseher den alten Mann, der wie immer kein Wort sagt und mit unbewegter Miene vor sich hinstiert, ohne dabei ein einziges Mal zu blinzeln.

„Eine Antwort habe ich freilich nicht von dir erwartet, Herr Professor, aber ich denke, das geht schon in Ordnung, wenn wir den ‚toden Josef' rauslassen", endet der Gefängniswärter.

„Also gut! Ich glaube auch, mit seinem Temperament kann der nicht mal einer Fliege gefährlich werden", mokiert sich der Stöcker und nickt zustimmend.

Der Turmwärter führt den Gewaltdiener daraufhin zu einer älteren, übergewichtigen Frau mit einem pausbäckigen Kindergesicht, die während ihrer Visitierung verschämt auf den Boden blickt und verlegen kichert.

„Das Sachsenhäuser Entchen ist ein liebes, schwachsinniges Ding. Wenn es eine gute Herrschaft finden tät, die Verständnis dafür hätt, dass es bei ihm im Kopf ein bisschen langsam zugeht würde es bestimmt eine brauchbare Magd abgeben. Ihre Mutter war Dienstmagd auf einem großen Hofgut im Sachsenhäuser Forst, hat die kleine Schwachsinnige immer bei sich gehabt. Dann hat die Alte eines Tages der Schlag getroffen und um das Entchen hat sich keiner mehr gekümmert. Seit gut zwanzig Jahren ist sie jetzt hier im Turm und hilft uns aus, wo sie kann. Ein braves Ding und macht uns kaum Umstände. Ist ein Kind geblieben, auch auf seine alten Tage noch, macht sich aus dem Stroh Puppen und bespricht sich mit ihnen. Wie sie draußen zurechtkommen soll, weiß ich allerdings nicht. Wird allenthalben viel gehänselt werden, das arme Mensch", gibt der alte Wärter zu bedenken.

„Das soll nicht unsere Sorge sein", erwidert der Gewaltdiener schroff. „Soll sich doch der alte Totenkopf ein bisschen um sie bekümmern", fügt er gehässig hinzu. „Hauptsache, die Bagage hockt bald im Narrenschiff[46] und frisst nicht mehr länger unser Brot. Gut, das wäre also erledigt", wendet er sich wieder an den Wärter, „die zwei kriegen nachher ihre Tagesration Brot und jeder einen Taler Zehrgeld von mir ausgehändigt. Dann bringen wir sie runter zum Main und setzen sie in einen Kahn, der sie flussabwärts bringt, vielleicht bis Mainz, vielleicht auch bis Bingen, die Strömung ist ja momentan durch das Hochwasser recht stark. Mit einem Staken können sie sich dann ans Ufer bringen, aber erst weit außerhalb von Frankfurt, und die Narren müssen sich auch unbedingt verpflichten, die Stadt nicht mehr zu betreten", beendet der Stöcker seine Ausführungen, ergreift ein Schereisen und beginnt rasch damit, dem Entchen die Haare abzuschneiden.

„Sollen doch nachher für ihre Reise fein hergerichtet sein, unsere Dollen", bemerkt er sarkastisch.

Die anderen Büttel sind auch schon emsig am Scheren, die Zeit drängt und sie wollen bis zum Mittag mit der Generalreinigung fertig sein.

Nachdem die Häftlinge alle kahl geschoren sind, tritt der alte Lochmeister mit einer Fackel in der Hand an Edu heran und fordert ihn auf, ihm nach unten zu folgen. Während der Abdecker bereits den Tragekorb mit dem frischen Stroh geschultert und den Wassereimer ergriffen hat, ermahnt ihn der Stöcker, sich unten im Brückenloch nicht zu lange herumzudrücken, er brauche ihn nachher noch, um das alte Stroh wegzuschleppen und die zwei Narren zum Main zu bringen.

Schweigsam läuft Edu hinter dem alten Wärter die Wendeltreppe herunter, bis sie zu einem ebenerdigen, runden Raum mit kleinen Fensternischen gelangen, der dem Gefängnispersonal wohl als eine Art Aufenthaltsraum dient und in dem auch zwei Schlafpritschen stehen. Nahe der Wand, neben allerlei Ketten und alten Halseisen befindet sich die vergitterte Falltür, die zum Brückenloch führt. Der Abdecker stellt den Wasserbottich auf den Lehmboden neben die Luke und nimmt dabei einen starken Modergeruch wahr, der vom Verlies nach oben dringt. Entschlossen greift er nach dem dicken, verrosteten Eisenring, um die Falltür zu öffnen, als sich der Aufseher kurz räuspert und ihn gleich darauf anspricht:

„Willst runter zu deiner Kleinen, Schundmummel, kann ich verstehen. Lass dir ruhig Zeit, wir kommen da oben schon klar! Der Stöcker soll sich bloß nicht so aufspielen, der ist auch nichts Besseres als wir und hat unsereinem gar nichts zu sagen“, bemerkt er trocken und zwinkert Edu gutwillig zu.

„Ihr wisst davon, dass unsere Tochter im Brückenloch sitzt?“, entgegnet der Abdecker erstaunt.

„Ei, selbstverständlich weiß ich das! Ich hab sie ja damals selbst noch hier runter gebracht“, erwidert der Wärter.

„Und wissen es auch Eure Kollegen?“, fragt Edu betreten.

„Die davon gewusst haben, sind jetzt alle tot. Und der Grünschnabel da oben, den sie mir kürzlich vor die Nase gesetzt haben, weiß es nicht und braucht es auch nicht zu wissen. Der hat sowieso von Tuten und Blasen keine Ahnung, war früher Gassenkehrer und Grabenfeger, ham sie mir jetzt aufs Auge gedrückt, damit ich hier nicht ganz allein meine Arbeit tun muss“, erläutert der alte Kerkermeister leutselig. „Ich für mein Teil hab auch nichts dagegen, wenn du da runter gehst und mal nach dem Rechten siehst. Das haben wir früher auch ab und zu mal gemacht, als wir noch mehr Personal hatten. Also, mach’s gut, Schundmummel. Und keine Angst, von mir erfährt keiner was, die zerreißen sich dann doch nur ihre blöden Mäuler darüber“, verabschiedet sich der Lochmeister und wendet sich zum Gehen. Der Abdecker bedankt sich bei ihm, froh darüber, dass es selbst unter den Wachteln noch vernünftige Menschen zu geben scheint, und macht sich bereit für den Abstieg.

Während er durch die schmale Luke in das Verlies heruntersteigt, ist ihm trotz all seiner guten Absichten doch recht bange zu Mute, und als er schließlich in dem durch seine Fackel nur notdürftig erhellten Kellerverschlag seiner Tochter gewahr wird, erschrickt er zutiefst. Das früher so frische, blühende Geschöpf ist durch die Dunkelhaft zu einer ausgemergelten, erloschenen Kreatur zerfallen. Mäu scheint völlig entkräftet zu sein, ist bis auf die Knochen abgemagert und kaum noch bei sich. Zunächst erkennt sie nicht einmal mehr den Vater, murmelt verworrenes Zeug, als wäre sie nicht bei Sinnen. Edu beugt sich zu ihr herunter und bettet vorsichtig ihren Kopf auf seine Knie, dann holt er die kleine Korbflasche mit Milch unter seinem Abdeckerkittel hervor und gibt ihr sorgsam etwas davon ein. In kleinen, durstigen Schlucken trinkt Mäu nach und nach die ganze Flasche leer, schlingt anschließend wie ein ausgehungertes Tier die mitgebrachten Speisen herunter, ohne dabei auch nur einen Laut von sich zu geben. Langsam kehren ihre Lebensgeister wieder zurück, sie hebt leicht den Kopf an und blinzelt Edu im Fackelschein mit weit aufgerissenen Augen entgegen.

„Vadder, bist du's wirklich, oder bild ich mir das nur ein", flüstert sie angstvoll.

Dem Abdecker fehlen vor Ergriffenheit die Worte, und er tut das, was er als Mensch, dem Zärtlichkeit während seines gesamten Lebens eher fremd geblieben ist, nur selten vermochte: Er nimmt seine Tochter einfach in die Arme und drückt sie fest an sich. Mäu weint lauthals, ihre ganze Bedrängnis bricht sich Bahn und sie klammert sich einer Wahnsinnigen gleich an ihm fest, ihn immer wieder anflehend, er möge sie doch hier herausholen. Edu versucht so gut er kann, die Verzweifelte zu trösten und verspricht ihr aufrichtig, sich nach besten Kräften für sie einzusetzen. Während er später seine aufs Schlimmste verwahrloste Tochter behutsam säubert, ihr die verfilzten Haare schneidet und frisches Stroh aufschüttet, beschwört er sie eindringlich, ihren Lebensmut nicht zu verlieren, und zeigt ihr auf seine wenig beredte Art doch deutlich, wie sehr sie ihm am Herzen liegt. Erzählt davon, dass die Pest in Frankfurt gewütet hat und teilt Mäu mit vor Trauer bebender Stimme mit, dass ihre Mutter und auch Martha, die sich so sehr für Mäu eingesetzt habe, daran gestorben sind. Bevor der Abdecker wieder an dem Seil nach oben klettert, streichelt er Mäu noch einmal über den stoppeligen Kopf.

„Halt durch, Mäus'che, wir holen dich hier raus!“, sind seine letzten Worte, die ihr noch lange im Ohr klingen und ihr mehr Kraft geben, als die reichhaltigste Nahrung es vermocht hätte.

*

Als Edu am Nachmittag auf den verlassenen Abdeckerhof zurückkehrt, weint er hemmungslos, was bei dem abgestumpften Mann äußerst selten vorkommt. Nachdem er noch eine ganze Weile düster vor sich hingebrütet hat, rappelt er sich schließlich wieder auf: *Genug geflennt für heut! Jetzt wird überlegt, wie wir das Kind da wieder rauskriegen. Das sind wir ihr schuldig!*, ermahnt er sich streng, läuft anschließend stundenlang in der Stube auf und ab und zermartert sich den Kopf. Dann scheint bei ihm endlich der Groschen gefallen zu sein, denn er eilt zielstrebig über den Hof zum Schuppen, öffnet das neuerdings an der Tür angebrachte Vorhängeschloss mit einem Schlüssel, den er bei sich trägt, und nähert sich dem Wandregal. Dort steht der Kasten, in welchem er immer die hundsledernen Handschuhe für den Rat aufbewahrt. Auf dem Deckel der Kiste liegt unübersehbar und bedrohlich sein großes, leicht gebogenes Abdeckermesser. Edu nimmt es herunter, klappt den Deckel hoch und ergreift mit fast liebevoller Geste einen besonders großen Handschuh, der prall gefüllt ist mit – Goldstücken.

Das verfluchte Geld von Neuhaus! Jetzt ist es vielleicht doch noch zu was nütze! Na ja, einen guten Teil davon hat das putzsüchtige Weib für neue Kleider verplempert, aber es ist immer noch ordentlich was da!

*

Gleich am nächsten Tag fährt Edu Dunckel in die Stadt, die Taschen voller Goldmünzen, und ist entschlossen, sich im Rathaus auf keinen Fall abwimmeln zu lassen. Und wenn die feinen Herren bockig sind, wird er sie halt ein bisschen schmieren, denn er kommt ja schließlich nicht mit leeren Händen, und wenn es in den Taschen klimpert, werden sie doch alle schwach, – das weiß er ja selber nur allzu gut!

Da wollen wir doch mal sehen, ob wir das Mädel damit nicht wieder freikaufen können, denkt er grimmig, während er sich dem Rathaus nähert und in kämpferischer Stimmung ist, wie schon lange nicht mehr – was ihm aber leider bald wieder abhanden kommt. Es gelingt ihm zwar, den überheblichen, sauertöpfisch dreinblickenden Pförtner durch die mehr oder weniger unauffällige Übergabe eines Guldens so weit zu kriegen, ihn nicht gleich wieder wegzuschicken, und durch die Übergabe eines weiteren Guldens schafft der Abdecker es sogar, ihn dazu zu bewegen, wenigstens bei den Ratsherren nachzufragen, ob man nicht bereit wäre, sich mit seinem Anliegen zu befassen. Tatsächlich ist aber keiner der Herren Senatoren gewillt, den Hundshäuter zu empfangen, geschweige denn anzuhören.

Doch so schnell gibt Edu Dunckel nicht auf. In den folgenden Tagen wird er immer wieder im Rathaus vorstellig, um bei den Herren des Rates Fürbitte einzulegen, doch er kommt jedesmal nicht weiter als bis zur Pförtnerloge. Schließlich droht ihm der arrogante Türsteher gar damit, er werde die Gewaltdiener holen lassen, wenn Edu sich hier noch einmal blicken ließe. Edu hat sich daraufhin den ganzen restlichen Nachmittag in der Nähe des Rathauses auf die Lauer gelegt und gewartet, bis einer der Ratsherren aus dem Gebäude tritt. Als das endlich der Fall ist, folgt er dem vornehmen Herrn eine ganze Weile lang unauffällig, immer wieder Mut sammelnd, ihn bei passender Gelegenheit anzusprechen. In der Allerheiligengasse nähert er sich schließlich der Amtsperson, verbeugt sich mehrfach auf devote Weise, bevor er mit aller Höflichkeit, zu der er fähig ist, das Wort an ihn richtet. Doch Edu erhält kaum Gelegenheit, sein Anliegen vorzutragen. Bereits mitten im ersten Satz schneidet der Ratsherr ihm barsch das Wort ab, gebietet ihm, auf der Stelle zu schweigen und sich umgehend aus seinem Gesichtsfeld zu entfernen. Wo käme er denn hin, wenn er sich auch noch mit dem Hundshäuter abgeben würde, und das auf offener Straße, damit es auch ja ein jeder mitkriegen könne, schimpft der Stadtrat empört, wendet sich eiligen Schrittes zum Gehen und lässt den gedemütigten Bittsteller einfach stehen.

Nachdem er die Aussichtslosigkeit seines Unterfangens eingesehen hat, gleichzeitig aber auch über keinen geeigneten Fürsprecher verfügt, der an seiner Stelle für ihn auftreten könnte, entschließt sich Edu endlich, einen anderen Weg zu beschreiten. Er lässt von einem verarmten Studiosus aus dem Galgenviertel gegen Bezahlung ein Schreiben verfassen, in welchem er den Rat der Stadt um Gnade für seine Tochter bittet. Der Brief wird von dem schriftkundigen jungen Mann persönlich in der Ratsstube am Römerberg abgegeben, – mitsamt einer großzügigen Spende für die leere Stadtkasse.

Nach einer dreiwöchigen Wartezeit erhält der Abdecker auch tatsächlich ein Antwortschreiben des Senats, das ihm der brave Student vorliest. In dem Schreiben heißt es, die des Meuchelmordes und des heimtückischen Diebstahls angeklagte Maria Dunckel säße doch bereits „auf des Rathes Gnade“ im Brückenloch ein. Es sei von dem höchst ehrbaren Untersuchungsrichter Schmes, der inzwischen nicht mehr unter ihnen weile, so bestimmt worden, die widerborstige, uneinsichtige Jungfer ins Brückenverlies zu stecken, damit sie in sich gehe. Das allein sei doch der Gnade genug. Oder ob es dem Hundshäuter denn lieber wäre, wenn man die Jungfer sogleich ihrer verdienten Strafe, dem Ertränken, zuführte. Unmittelbar nach den schlimmen Pestwirren und in Ermangelung eines Züchtigers hätte die Stadt momentan weiß Gott andere Sorgen, als sich um eine Schundmummelstochter zu kümmern. Sicher aufgehoben im Loch, könne sie so doch wenigstens niemandem etwas zu

Leide tun. Mit der Zeit werde man dann schon Abhilfe schaffen und das Urteil an ihr vollstrecken lassen.

Edu Dunckel ist darüber tief enttäuscht. Die ganze Angelegenheit hat ihn bisher so viel Geld und Nerven gekostet und doch war alles vergebens, muss er sich niedergeschlagen eingestehen. Was bleibt ihm jetzt noch zu tun? Überdies ist von den ehemals 100 Gulden kaum noch etwas übrig geblieben. Ganze 20 Gulden hat er noch. Für einen Reichen gerade etwas für den hohlen Zahn, für einen armen Teufel aber immer noch viel Geld, denkt er sich und kommt dabei auf einen neue Idee. Gleich darauf macht er sich zum Brückenturm auf und spricht mit dem alten Gefängniswärter. Er bietet ihm die 20 Gulden an, wenn er Mäu bei nächster Gelegenheit, wenn wieder einige Unsinnige entlassen werden, gemeinsam mit den anderen Toren unauffällig auf ein Narrenschiff verfrachtet und mainabwärts treiben lässt. Der Wärter ist über dieses Ansinnen reichlich pikiert und reagiert abweisend. Selbst die verzweifelten Bitten des Abdeckers vermögen ihn nicht umzustimmen, und er bleibt hart. Ob der Abdecker denn nicht verstehen wolle, dass er Kopf und Kragen riskiere, wenn man ihm dabei auf die Schliche käme, äußert er schließlich gereizt und fordert Edu auf, zu gehen. Der Abdecker erkennt, dass er auch jetzt wieder verloren hat. Mit einem Mal wird er sehr ernst und bittet den alten Lochmeister um Verzeihung, ihn derartig belästigt zu haben. Eine Bitte habe er aber noch, sie sei auch überhaupt nicht verfänglich und er möge sie ihm doch nicht abschlagen. Während der Wärter noch zögert, ihn überhaupt weiter anzuhören, drückt ihm Edu den Beutel mit den Münzen in die Hand und legt ihm eindringlich ans Herz, das Geld künftig für die Bestreitung von Mäus Unterhalt zu verwenden. Der Turmaufseher verspricht, sich darum zu kümmern. Der Abdecker tut ihm Leid, und er bietet ihm an, jetzt, wo er schon einmal hier ist, Mäu im Brückenloch aufzusuchen. Doch Edu lehnt das Angebot ab. Er bringt es nicht über sich, seinem Kind vor die Augen zu treten und ihm eingestehen zu müssen, dass er sein Versprechen, Mäu rauszuholen, nicht hat halten können.

*

Einige Wochen später, nachdem die Abortgruben schon lange nicht mehr geleert worden waren, schickt die Stadt den Stöcker zur Behausung des Abdeckers, um diesen an seine Pflichten zu gemahnen. Der Henkersbüttel findet Edu Dunckel in einer Lache getrockneten Blutes neben seinem Strohsack liegend. Er trägt seine vollständige dunkelgraue Abdeckerskluft, auf dem Kopf den spitzen, roten Hut, was dem Toten seltsamerweise einen fast würdevollen Nimbus verleiht. Mit einer Hand hält er noch sein Abdeckermesser umklammert, mit dem er sich die Kehle durchgeschnitten hat.

21. Lemuren der Dunkelheit

Ein Jahr nach dem anderen vergeht, und Mäu sitzt immer noch im Brückenloch.

Nach dem Besuch ihres Vaters hatte sie noch lange Zeit die Hoffnung, wieder frei zu kommen, gehegt wie einen wertvollen Schatz. Hatte sich selbst in den Phasen dunkelster Verzweiflung immer wieder Mut zugesprochen und an eine Wendung zum Guten geglaubt. Stundenlang hatte sie auf die spärlichen Lichtstrahlen aus der Deckenluke gestarrt und dabei ihr ganzes junges Leben Revue passieren lassen, in Gedanken versunken an die Menschen, die ihr nahe standen, und die wenigen glücklichen Augenblicke mit ihnen. Das hatte ihr zeitweise die Kraft gegeben, den unsäglichen Entbehrungen der Kerkerhaft zu trotzen. Oftmals, wenn ihr die Jämmerlichkeit ihres Daseins bis ins Unerträgliche bewusst geworden war, hatte sie sich überhaupt nur mit Hilfe dieser Erinnerungen wieder aufrichten können. Die einzige ihr vergönnte Liebesnacht hatte sie so lange im Geiste durchlebt, bis die jugendliche Verliebtheit von einst im Vakuum des Kerkers eine merkwürdig verzerrte Bedeutsamkeit erlangte. Immer wieder hatte sie sich ausgemalt, was passiert wäre, wenn alles anders gekommen wäre und sie sich nicht so tragisch aus den Augen verloren hätten, und hatte wieder begonnen, um diese unerfüllte Liebe zu trauern. Nachdem sie sich eine Zeit lang dieser schwärmerischen Sehnsucht ergeben hatte, gebot sie sich schließlich selber Einhalt, schalt sich kindisch und närrisch, immerzu einem Kerl nachzuhängen, den sie sowieso niemals wiedersehen würde. So war es ihr zwar nach und nach gelungen, die unfruchtbaren Tagträumereien endlich zu bannen, eine diffuse, aber hartnäckige Sehnsucht nach Liebesglück war jedoch zurückgeblieben. Zuweilen hatten sie seltsame Träume bis in den Tag hinein verfolgt, mit Figuren, die dem Fuchs, aber auch dem jungen Flugblatthändler ähnelten, dem sie damals auf dem Galgenfest begegnet war. Auch an ihn hatte sie in den ersten Jahren im Verlies häufig denken müssen. Hatte bedauert, ihn nicht mehr wieder getroffen zu haben. Das kurze Zusammensein mit ihm hatte sie sehr beeindruckt, hatte es doch bei der Abdeckertochter die Ahnung eines ganz anderen, faszinierenden Lebens hinterlassen. Aber auch das hatte nicht sein sollen, haderte sie wie so oft über die verschiedenen Lebenswege, die ihr leider versperrt geblieben waren. Stattdessen war sie auf dem Gutleuthof gelandet, bei Neuhaus, diesem hinterhältigen Schurken und hatte ihn, bedrängt und in die Enge getrieben wie ein weidwundes Tier, schließlich totgeschlagen. Wenn sie das nicht getan hätte, säße sie jetzt nicht hier, in diesem modrigen Käfig, hatte sie sich mehr als einmal bewusst gemacht. Andererseits stünde sie dann wahrscheinlich immer noch unter der Fuchtel ihres verhassten Dienstherrn und sie hätte vieles, was ihr von ihrer kurzen Wanderschaft als wertvolle Erfahrung so nachhaltig im Herzen geblieben war, nicht kennen gelernt. Voller Zuneigung hatte sie dabei ihrer Reisegefährten gedacht, deren Bekanntschaft gemacht zu haben sie nach wie vor als glückliche Fügung empfand, und war dadurch wenigstens für kurze Zeit mit sämtlichen Widrigkeiten ihres Lebens versöhnt. Auch ihre Muhme Martha und Katharina Beltz, ihre treue Verbündete vom Gutleuthof, vermittelten sich Mäus innerem Auge stets als Lichtgestalten, die die gottverlassene Finsternis ihres Kerkers um einiges erträglicher machten. Um den Verlust der Tante hatte sie auch bei weitem mehr getrauert als über den Tod ihrer Mutter, die ihr nur so selten echte Herzenswärme entgegengebracht hatte. Ganz anders hingegen empfand sie für den Vater. Sein Besuch bei ihr war der reinste Balsam für Mäus geschundenes Gemüt und sie hatte lange davon gezehrt. In seiner väterlichen Fürsorglichkeit hatte sie wieder den geliebten Vater aus ihren Kindertagen entdeckt, hatte gespürt, wie viel sie ihm bedeutete und war darüber sehr glücklich gewesen. Soviel Hoffnung hatte sie damals noch gehabt!

Doch all diese Hoffnung ist ihr im Laufe der langen Dunkelhaft zunehmend abhanden gekommen, hat sich als bloßer Trugschluss erwiesen, als Irrwisch, von dem sie sich all die Jahre hat narren lassen, wie sie sich mit unendlicher Bitterkeit eingestehen musste. Sie hat unter der sich stetig ausbreitenden Hoffnungslosigkeit entsetzlich gelitten, immer wieder dagegen aufbegehrt, gegen ihr grausames Geschick, bis sie fassungslos erkennen musste, dass sie den Kampf gegen das Verlies verloren hatte. Daraufhin hat sie sich nur noch ihrem Schicksal ergeben und ist von Tag zu Tag mehr in einer bodenlosen Agonie versunken.

Inzwischen weiß sie schon lange nicht mehr, welches Jahr, welcher Monat, welcher Tag es ist dort unten in ihrem dunklen, kalten Grab. Zumeist weiß sie nicht einmal mehr, wer sie selber ist und dämmert in einem stumpfen, schlafartigen Zustand vor sich hin. Nur wenn die Ratten an sie gehen, mit ihren ekelhaften kleinen Schnauzen an ihr schnüffeln, kehrt wieder Leben in sie, und sie verscheucht die Nager mit aller Heftigkeit, die ihr noch geblieben ist, damit ihr nicht das Gleiche passiert, wie dem armen Jockel damals.

Den Jockel, einen kleinen Gauner und Gelegenheitsdieb mit einem frechen Schandmaul, hatten die Büttel bei seiner Verhaftung grün und blau geschlagen und ihn dann ins Loch geworfen, wo er bis zu seiner Befragung bleiben sollte. Wahrscheinlich hatte er kein gutes Heilfleisch, oder es lag an dem ganzen Dreck hier unten, jedenfalls entzündeten sich seine Wunden und begannen zu eitern. Und plötzlich, sie hatte gerade geschlafen, hörte sie seine herzzerreißenden Schmerzensschreie und Hilferufe. Durch den Geruch des Blutes und der eiternden Wunden angelockt, hatten die Ratten begonnen, den geschwächten, schwer verletzten Mann anzufressen, der sich noch nicht einmal richtig gegen sie zur Wehr setzen konnte, weil er an den Füßen gestockt[47] und an den Händen in Ketten gelegt war, wie es im Falle von aufmüpfigen Gefangenen üblich war. Sie war sofort aufgesprungen und hatte die verdammten Biester verjagt, aber es hatte nicht viel genützt, sie kamen immer wieder …

So viele Kriminelle, Schuldner und Irrsinnige hatte sie hier unten schon kommen und gehen sehen, selbst zwei Angehörige des Frankfurter Patriziats hatten ihr kurze Zeit im Loch Gesellschaft geleistet. Der eine, ein verwöhnter junger Geck, hatte seine eigene Mutter bestohlen, indem er ihre Geldkiste erbrochen hatte, um damit seinen aufwendigen Lebensstil zu finanzieren. Daraufhin hatte die erboste Senatsgattin ihren Sprössling bei den Behörden angezeigt, und um ihm einen gehörigen Denkzettel zu verpassen, der ihn hoffentlich wieder auf den rechten Weg zurückführen würde, hatte man ihn in den Stock schließen lassen und ihn bei Wasser und Brot für drei Wochen ins Brückenloch gesetzt. Die ersten Tage hatte er sich noch demonstrativ von den anderen Insassen im Loch abgegrenzt und mit niemandem auch nur ein Wort geredet. Aber als dann des Nachts die Ratten an ihn gegangen waren, hatte er sich vor lauter Panik in die Hosen gemacht und sich gebärdet wie ein Irrsinniger. Mäu hatte sich schließlich um ihn gekümmert und den nervlich zerrütteten jungen Mann die ganze Zeit versorgt. Als dann seine Haft vorbei war und man ihn an dem Seil wieder nach oben holte, hatte er sich noch nicht einmal von ihr verabschiedet und sich auch in keiner Weise bedankt. Der andere, ein Kaufmann mit Namen Claus Uffsteiner, der seine Gattin aufs Übelste misshandelt hatte, war nicht viel besser. Einen Monat lang saß er im Loch und ließ es sich während seiner Haft so gut gehen, wie nur möglich. Täglich wurden ihm auf eigene Kosten hin warme Speisen und Wein gereicht, die er vor den Augen seiner hungrigen Mitgefangenen verzehrte, ohne ihnen auch nur das Geringste davon abzugeben.

Auch Ännchen Löwenstein, die unsinnige junge Frau aus gutem Hause, die Mäu ganz am Anfang ihrer Dunkelhaft kennen gelernt hatte, wurde auf Weisung ihrer Angehörigen noch häufiger ins Brückenloch eingeliefert. Mäu hatte im Laufe der Zeit gelernt, sich von den Tobsuchtsanfällen der Irrsinnigen nicht mehr allzu sehr schrecken zu lassen, wusste sie doch aus Erfahrung, dass die Raserei irgendwann ein Ende hat, und wenn Ännchen dann wieder bei klarem Verstand war, stellte der Umgang mit der liebenswerten jungen Frau eine willkommene Bereicherung für Mäu dar.

An die meisten anderen Mitgefangen erinnert sie sich kaum noch, nur das „Schlaumännchen“ hat sie nicht vergessen. Der im ganzen Land berühmte Räuber war der Anführer der hessischen Räuberbande der „Maroden Brüder“, die fünfzehn Mann stark war. Den Räuberhauptmann und zwei seiner Bandenmitglieder konnten die Polizeybüttel in Bornheim, einem zu Frankfurt gehörenden Dorf, schließlich dingfest machen. Daraufhin hatten sie ihn oben immer wieder gefoltert, damit er die Schlupfwinkel seiner restlichen Kumpane verrate, aber er hatte keinen Muckser von sich gegeben. Er hatte ihr erzählt, sie hätten immer untereinander „geprobt“, sich selbst durch Folter abzuhärten, um im Ernstfall unbeugsam zu bleiben. Ein wirklich zäher Hund, das „Schlaumännchen“. Die Gefängniswärter hatten ihn nicht nur ins Loch gesteckt, um ihn weich zu kochen, sondern auch zu dem Zwecke, ihn von den beiden anderen Räubern zu isolieren, denn sie hatten sich oben in ihren Zellen die ganze Zeit dank ihrer Geheimsprache miteinander verständigt. Diejenigen, die bereits unter der Folter verhört worden waren, sangen anschließend in ihren Kerkern mit lauter, inbrünstiger Stimme religiöse Lieder und Bußgesänge. Allerdings auf Rotwelsch und somit für die Lochmeister, die der Gaunersprache nicht mächtig waren, unverständlich, worüber sich die Büttel auch gehörig ärgerten. Denn dadurch konnten sich die getrennt inhaftierten Räuber untereinander über den Verlauf des Verhörs informieren und entsprechend präparieren, den gleichen „Streifen“ beizubehalten.

Bei ihr im Brückenloch hatte „Schlaumännchen“ schließlich sein Gift genommen, das ihm gegen hohe Bezahlung einer der Wärter besorgt und zugesteckt hatte. Mäu hatte es ihm auf seine Bitte hin in einen Trinkbecher gefüllt und eingeflößt, weil der Mann, durch Stock und Ketten gehindert, selbst dazu nicht in der Lage gewesen wäre. Sie erinnert sich noch gut an seine letzten Worte:

Schon als Bub hätte es für einen wie ihn nur Betteln oder Stehlen gegeben. Er habe sich fürs Stehlen entschieden und sei stolz darauf. Und sie solle sich von denen bloß nicht unterkriegen lassen. Er sei sich sicher, sie käme hier wieder raus. –

Sie hatte ihr Bestes gegeben und lange Zeit immer wieder versucht, allen Widrigkeiten hier unten zu trotzen – dem Dreck, den Ratten, dem Hunger, der Kälte, den Irrsinnigen und ihren Schreien, der Angst und der Hoffnungslosigkeit. Doch inzwischen ist ihr alles egal geworden, und oft träumt sie, sie sei in der Hölle – oder im Fegefeuer. Und manchmal weiß sie nicht mehr, ob es Traum oder Wirklichkeit ist. Aber auch das ist ihr gleich.

22. Lichtgestalt

„So war ich all die Jahre ein unbehauster Gesell, getrieben wie ein Blatt im Wind. Erst als ich entdeckte, dass es Blätter gibt, die man beschriften kann, fand ich meine Heimat."

(Albert von Uffstein, Flugblatthändler)

Im Jahre 1515 ist im Kielwasser der Frankfurter Herbstmesse eine Reihe von Schmähschriften in Umlauf geraten, die das Frankfurter Stadtpatriziat und auch den Klerus aufs Heftigste anprangern. In den Flugblättern ist die Rede von führenden Frankfurter Senatsfamilien, die in der Stadt das Sagen hätten und immer reicher würden, indem sie den „Nichtshäbigen" das Geld aus der Tasche zögen. Auch die parasitäre Existenz des Klerus wird mit scharfen Worten gegeißelt. Die inzwischen über das gesamte Stadtgebiet verstreuten Pamphlete greifen auf, was schon lange in den Köpfen der Leute gärt: Immer weitere Kreise der Frankfurter Bürgerschaft sind verarmt und werden zudem noch mit den Steuern belastet, die der Rat auf die wichtigsten Grundnahrungsmittel gelegt hat. Mit einer Welle von Erhebungen in anderen deutschen Städten kommt es schließlich auch in Frankfurt zu Aufständen der städtischen Unterschichten.

Beim Treffen ihres humanistischen Zirkels im Stadtschloss der Familie Holzhausen debattieren die der Kunst und Wissenschaft sehr zugeneigten jungen Patriziersöhne angeregt über die vorliegende Streitschrift, bevor sie sich wie üblich der Lektüre Ciceros, dem Meister der hohen Rede, zuwenden.

Die Herren Fürstenberger, Holzhausen, Stalburg und Glauburg sind sich einig: Der Verfasser des Pamphlets verfügt über einen brillanten Stil, wozu nur ein außerordentlich gebildeter Mensch in der Lage sein dürfte. Claus Stalburg, selber ein leidenschaftlicher Bücherfreund, vermutet die Brutstätte der Schmähschrift daher auch im Buchhändlerviertel der Frankfurter Messe.

*

Die Buchmessen, in den siebziger Jahren des letzten Jahrhunderts entstanden, sind inzwischen längst zu einem bedeutenden Teil der Frankfurter Handelsmessen geworden. Im Buchhändlerviertel, welches sich über die Alte Mainzergasse und die Buchgasse erstreckt, werden nicht nur Unmengen von Büchern verkauft, sondern auch interessante Nachrichten, Ideen und neue geistige Strömungen diskutiert und weitergegeben. Buchhändler und Gelehrte aus allen Teilen Europas geben sich hier ein Stelldichein und tragen dazu bei, dass Frankfurt immer mehr zu einem Schwerpunkt des europäischen Buchhandels wird.

In den steinernen Verkaufsgewölben im Erdgeschoss der Häuser lagern, sorgfältig verwahrt und gehütet, die Kleinodien der Buchkunst in Form kostbarer, alter Handschriften und Folianten, reserviert nur für wenige, gut betuchte Liebhaber. Auf den Büchertischen aber stapeln sich, dank der Erfindung des Buchdrucks nun auch für das breite Publikum erschwinglich und einsehbar, die Neudrucke der alten Klassiker, die sich einer regen Nachfrage erfreuen. Denn auch die in bescheideneren Verhältnissen lebenden Schriftgelehrten können es sich nun endlich leisten, die relativ günstigen Druckerzeugnisse von Werken antiker Schriftsteller für die eigene kleine Hausbibliothek zu erstehen. Und auch die Bücher zeitgenössischer Autoren sind druckfrisch erhältlich und seitens der breit gefächerten Kundschaft sehr gefragt.

Albert von Uffstein ist noch immer wie im Rausch. Wenn er an den Büchertischen steht, merkt er einfach nicht, wie die Zeit vergeht. Und die Römeruhr hat gerade laut und vernehmlich die sechste Stunde geschlagen. Jetzt wird er sich ganz schön sputen müssen, um noch pünktlich zur Lesung zu kommen! Es ist zwar nicht allzu weit bis zur Alten Mainzergasse, aber durch das Messegetümmel kommt man erfahrungsgemäß nur langsam voran. Schweren Herzens sagt er für heute den Bücherständen Adieu und begibt sich zielstrebig zum Haus in der Alten Mainzergasse Nummer 11, auf den Schultern einen schweren Tornister mit Flugblättern und mehreren neu erstandenen Büchern, zu denen das „Vita di Dante" von Boccaccio und die lateinische Anklageschrift Ulrich von Huttens gegen den Herzog von Württemberg genauso gehören wie das „Encomion moriae seu laus stultitiae"[48] des Erasmus von Rotterdam. Der große Erasmus wird nachher in den Verkaufsräumen seiner englischen Verleger Passagen aus seinen berühmten geistvollen Schriften vorlesen. Sein Freund Sir Thomas More aus London soll ebenfalls anwesend sein und mit ihm ein Großteil der humanistischen Intelligenz Europas. Im Anschluss an den Vortrag wird es sicherlich noch eine interessante Disputatio geben, und Albert gibt sein Bestes, um bloß nicht zu spät zu kommen, was überdies noch eine grobe Unhöflichkeit gegenüber dem verehrten Redner darstellen würde. Inmitten des dichten Menschenpulks, die schwere Bücherlast auf dem Rücken, kommt Albert rasch ins Schwitzen und zu allem Übel muss sich ihm dann auch noch so ein Uhu glatt in den Weg stellen! Baut sich breitbeinig vor ihm auf und fixiert ihn ganz frech, der aufgestumpte Kerl!

„Aus dem Weg, du Tropf!", schimpft Albert aufgebracht und versucht sich in nächster Minute auch schon an dem grobschlächtigen Mann vorbeizudrängeln, als dieser ihn mit festem Griff am Arm packt und mit einer massiven Holzstange bedroht.

Auch das noch, ein Stangenknecht!, wird es dem Flugblatthändler mit einem Mal hochnotpeinlich bewusst. Mit den Gedanken ganz woanders, hat er die dunkelgrüne Schergentracht seines Gegenübers zunächst gar nicht bemerkt. Doch nun ist es zu spät, denn es kommt auch schon ein zweiter Polizeybüttel herbeigeeilt. Ohne lange zu fackeln, nehmen die beiden Gesetzeshüter Albert in den Schwitzkasten und führen ihn unter allgemeinem Aufsehen zum städtischen Leinwandhaus am Weckmarkt, welches der Bürgerpolizey während der Messe als provisorische Wachstation dient.

Von oberster Stelle angewiesen, hat sich die Polizey schon den ganzen Tag über um die Bücherstände formiert, was Albert in seiner Begeisterung für die Neuerscheinungen auf den Büchertischen gar nicht aufgefallen ist. Auch von den Razzien in einigen Verkaufsgewölben und der Festnahme anderer „verdächtiger“ Personen hat er nichts mitbekommen. Umso bestürzter reagiert er auf seine plötzliche Inhaftierung. Was das Ganze denn soll, fragt er die Büttel entrüstet. Er habe doch überhaupt nichts angestellt, was eine so rüde Behandlung rechtfertige und sei doch nur ein harmloser Flugblatthändler aus dem Rheinhessischen, der die Frankfurter Buchmesse besuchen wolle.

Aber es wird ihm dabei doch recht mulmig zumute, denn vor einigen Jahren hatte er schon einmal die Bekanntschaft mit den harten Fäusten der Frankfurter Polizeybüttel machen dürfen. Inständig hofft er, dass sich keiner der Stadtknechte an ihn erinnert. Als man ihn schließlich nach Namen und Herkunft fragt und Albert darauf etwas zerknirscht, aber wahrheitsgemäß antwortet, wird einer der Stangenknechte, ein kahlköpfiger, feister Typ mit Glotzaugen und einer wulstigen Unterlippe, sofort hellhörig und mustert ihn tückisch, bevor er lospoltert:

„So, so, Albert von Uffstein heißt Er und ist ein adeliger Lotterbube aus Rheinhessen. Mensch, das ist doch ein alter Bekannter von uns, über den muss auch was in den Magistratsakten stehen! Ich hab doch den Kerl damals selber geschnappt. Das ist ein stadtbekannter Aufwiegler! Vor ein paar Jahren hatten sich doch so zwei Pfaffen wegen einer Hübscherin in die Wolle gekriegt und dabei hat der eine den anderen erstochen. Und unser Freund hier hat dann darüber ein Flugblatt verfasst. Daraufhin wurde er wegen ‚bösartiger Verunglimpfung der Geistlichkeit‘ an den Pranger gestellt, und darf sich hier in der Stadt eigentlich gar nicht mehr blicken lassen. Ich weiß es deswegen noch so genau, weil ich mir damals seinen Namen gemerkt habe, wo der doch so ähnlich heißt wie unser ehrenwerter Stadtrat Claus Uffsteiner“, erläutert der Stangenknecht und grinst dabei hämisch.

„Ach so, du meinst den alten Weiberschinder, der seine Alte daheim immer grün und blau schlägt“, entgegnet sein Kollege mit einer abfälligen Handbewegung.

„Hör bloß auf! Auf den alten Zornegickel lass ich jedenfalls nix kommen! Der zeigt den Weibern wenigstens noch, wer der Herr im Haus ist und steht nicht unterm Pantoffel wie andere Hampelmänner", kontert der Glatzkopf barsch und wendet sich wieder dem Gefangenen zu.

„Und was machen wir jetzt mit dem Schmierfink hier? Ich denk, wir filzen jetzt erst mal dem seinen Rucksack, da werden wir bestimmt bald fündig werden", schlägt er vor, packt den Tornister des Flugblatthändlers und kippt den gesamten Inhalt auf den Boden. Wie ein Trüffelschwein durchwühlt er die kunterbunt übereinander liegenden Schriften und stößt auch bald auf einen Stapel Flugblätter. Triumphierend hält er den Packen in die Höhe und tönt selbstgefällig:

„Siehste, Otto, da hatt ich doch wieder mal des richtige Näschen. Das ist der Kerl, der wo die Schmähschriften in Umlauf bringen tut. Hier hammerse doch, die Pampfleede!"

„Ja meinste dann, des sin die wirklich?", fragt der andere Büttel zweifelnd. „Man müsst halt wissen, was da druff steht, aber mir könne doch alle zwei net lesen."

„Ich garantier dir, des sin die Pampfleedscher! Dafür hab ich doch en Riecher. Was meinst du, was sich die hohe Herrn aus dem Rathaus darüber freuen tun, dass mir den Spitzbub endlich geschnappt ham. Mir hole uns jetzt Verstärkung und dann schaffe mir den gleich in den Brückenturm, damit der da peinlich befragt werden kann."

Kurze Zeit später wird Albert von Uffstein in den Brückenturm überstellt und dort auch sogleich einem offiziellen Verhör unterzogen. Zwar stellen sich dem lesekundigen Untersuchungsrichter die betreffenden Blätter bald als harmlose Flugblätter unverfänglichen Inhalts dar, dennoch mutmaßt der Amtmann, dass es sich bei Uffstein um einen der Drahtzieher der Flugblattaktion handeln könne und ordnet rasch eine peinliche Befragung an. Nachdem der Angeklagte jedoch weiterhin verstockt bleibt, lässt ihn der Untersuchungsrichter schließlich ins Brückenloch stecken, in der Hoffnung, die zermürbende Dunkelhaft bei Wasser und Brot werde ihn weich kochen und er werde ihnen im Anschluss mit wichtigen Informationen aufwarten.

Nachdem die Gendarmerie aber bereits schon am nächsten Tag den wahren Schuldigen dingfest gemacht hat, den früheren, unehrenhaft entlassenen Stadtpfarrer Kilb, kümmert sich niemand mehr um Uffstein, und er verbleibt einfach bis auf unbestimmte Zeit im Loch.

*

Im Halbdunkel des Kellergewölbes angekommen, bemerkt Albert schon nach kurzer Zeit, dass er in dem beklemmenden Kerker nicht alleine ist. Zuerst glaubt er, die keuchenden Atemzüge eines Tieres zu vernehmen und erschreckt entsprechend. Bald aber erkennt er, dass es sich bei der ins Stroh gekauerten, gänzlich verdreckten und erbarmungslos stinkenden Kreatur um ein menschliches Wesen handelt. Im diffusen Licht, das selbst an helleren Tagen spärlich genug durch das Gitter der Deckenluke dringt, nimmt er das eingefallene, vor Schmutz starrende Greisengesicht einer armen Geistesirren wahr, die ihn in ihrem Dämmerzustand noch gar nicht bemerkt zu haben scheint. Auch er nimmt zunächst keine weitere Notiz von seiner Mitgefangenen, hat er doch mehr als ihm lieb ist mit sich selbst zu schaffen. Zum ersten Mal in seinem Leben in Dunkelhaft, eingesperrt auf engstem Raum, wird ihm dieser Zustand rasch zu einer schier unerträglichen Qual. Dem rastlosen Menschen, dem das Unbehaustsein im Laufe seines Lebens zu einer zweiten Natur wurde, ist doch das Umherstreifen ein ureigenes, seinem Wesen entsprechendes Bedürfnis und das Eingeschlossensein bei weitem das Schlimmste, das ihm widerfahren kann.

Am Anfang seiner Haft versucht er in schubartigen Panikattacken immer wieder vergeblich, tobend wie ein Berserker, gegen seine Gefangenschaft aufzubegehren. Solange, bis er sich dann immer wieder vollkommen kraftlos und bis zur Erschöpfung ausgebrannt, auf dem Zellenboden wiederfindet, Auge in Auge mit einem allumfassenden Gefühl der Ohnmacht. Nur noch der Tod erscheint ihm als Ausweg, dieser Hölle zu entkommen, und er sehnt ihn herbei. Doch er kommt nicht. Und im Laufe der Zeit entdeckt Albert ein anderes Schlupfloch im Kampf gegen das Grauen: Er findet Zuflucht in seinen Gedankenwelten.

In Ermangelung seiner geliebten Bücher stärkt er sich an den erhabenen Lehren großer Denker, die ihm die grenzenlose Freiheit des Geistes nahe gebracht hatten, und trotzt so der bitteren Gefangenschaft wenigstens ein Quentchen innere Unabhängigkeit ab, die ihn am Leben erhält und nicht gänzlich verzagen lässt. Da ihm das Schreiben und Lesen nicht möglich ist, geht er dazu über, Passagen seiner Lieblingsschriftsteller aus dem Kopf zu rezitieren. So rezitiert er aus dem Gedächtnis stundenlang aus Platons Dialogen oder aus den Abhandlungen von Aristoteles über die Seele, worin der Geist als unsterbliche, reine Energie beschrieben wird. Ergriffen von diesen großartigen Gedanken, weint er zuweilen wie ein kleines Kind und betet zu Gott oder dem großen Geist, was für ihn ein und dasselbe ist, um Beistand in seiner jämmerlichen Lage.

Seine Kerkergenossin indes scheint noch ungleich gefangener im eigenen Elend zu sein als er selbst. Seitdem er hier unten ist, hat sie bislang mit keinem Wimperzucken auf seine Anwesenheit reagiert oder überhaupt so etwas wie eine menschliche Regung gezeigt. Und es dauert auch noch eine ganze Weile, bis er das erste Mal zu ihr durchdringt:

Seit einiger Zeit hat er es sich zu eigen gemacht, der armen Kreatur mitunter eine seiner vielen Geschichten zu erzählen, was ihm auch selber etwas Ablenkung bringt. Die Geschichte vom Buntding aus Hameln, die er gerade vorträgt, scheint bei ihr irgendeine Erinnerung hervorzurufen, jedenfalls kichert die Unglückliche kurz und kehlig, bevor sie wieder in die übliche Apathie verfällt, die nur von ihrem gequälten Stöhnen unterbrochen wird. In ihrer Dumpfheit murmelt sie auf einmal einen Namen, es hört sich an, wie „Albert". So heißt er selber, sie kennt aber seinen Namen gar nicht, hat sich auch nie dafür interessiert. Er rückt näher an sie heran und wiederholt den Namen, immer wieder, in einem freundlichen Singsang, in den die Törin bald einstimmt. Dann richtet sie sich plötzlich auf und zerrt ihn unter die Luke, versucht im Halbdunkel sein Gesicht zu erspähen. Wieder murmelt sie seinen Namen und blickt ihn dabei aus Augen an, wie er sie zuvor noch bei keinem Menschen gesehen hat. Die Augen füllen sich mit Tränen, und sie weint, wie er noch niemanden hat weinen sehen. Auch er beginnt zu schluchzen und schließt das knochige, alte Mädchen ergriffen in die Arme.

*

Es hat lange gedauert, bis Mäu es wirklich fassen konnte, dass der Mann, mit dem sie seit einiger Zeit den Kerker teilt und der oft stundenlang mit lauter Stimme in fremden Sprachen spricht, tatsächlich der Flugblatthändler Albert von Uffstein ist, den sie in jenen fernen Tagen ihrer Jugend auf dem Galgenfest kennen gelernt hat. Noch länger dauert es, bis sie das erste Mal in der Lage ist, ihre Stimme zu gebrauchen und zusammenhängend mit ihm zu sprechen. Die ersten Worte, die ihr über die Lippen kommen, scheinen wie aus der Tiefe einer Gruft nach draußen zu dringen. So lange schon hat sie mit niemanden mehr ein Wort gewechselt, die einzigen Laute, die sich zuweilen noch ihrer Kehle entrungen hatten, waren Schreie gewesen.

Am Anfang noch stammelnd und fahrig, klärt sich ihr Geist zunehmend auf, und es gelingt ihr immer besser, sich mit Albert auszutauschen. Der Flugblatthändler ist zutiefst erschüttert darüber, was die lange Haft aus der hübschen Abdeckertochter mit den leuchtend grünen Augen, die ihm damals so gefallen hatten, gemacht hat. Die gebrochene Person, die höchstens Mitte zwanzig ist, kaum noch Zähne im eingefallenen Mund hat und wie ein Gerippe aussieht, wirkt auf ihn wie eine alte Frau. Geduldig lauscht er ihrem teilweise schwer verständlichen Bericht über ihr tragisches Leben und bedauert sie dabei unsagbar. Sie erzählt dem gelehrten Flugblatthändler, der ihr mit großer Güte und Einfühlsamkeit begegnet, von ihren Sehnsüchten und Träumen, Hoffnungen und Ängsten, die sie hier unten im Brückenloch durchlebte, bevor sie sich schließlich nur noch einer todesähnlichen Apathie anheim gegeben hat, die sie gegen die Unsäglichkeiten ihrer Haft unempfindlicher werden ließ, was sie auch im Nachhinein als große Gnade empfindet. Dennoch ist sie froh, aus ihrer Todesstarre erwacht zu sein und einen Menschen um sich zu wissen, der ihr seltsam vertraut wie ein geliebter Bruder erscheint. Alberts Gegenwart tut ihr unendlich gut und lässt die körperlich und geistig bereits dem Tod Geweihte wundersam erstarken.

Eines Tages bittet Mäu Albert sogar, ihr das Schreiben beizubringen, wozu er sich gerne bereit erklärt. Mit einem alten, verrosteten Kettenglied ritzen sie, unter der Luke sitzend und jeden Lichtstrahl nutzend, die Buchstaben in den Lehmboden. Mäu lernt schnell und ihre Augen erstrahlen zuweilen fast wieder in der alten Intensität. Für Albert ist sie ein erstaunliches Geschöpf, ein wahrer Phönix aus der Asche. Er erzählt Mäu von dem heiligen Vogel der Ägypter, der sich in bestimmten Abständen selbst verbrennt und immer wieder aus der Asche neu aufsteigt. Mäu gefällt der Vergleich, sie lächelt kurz in sich rein und bemerkt dann trocken, dass ein Schindaas wie sie halt nicht so leicht totzukriegen ist.

Oft hat auch sie ihm geholfen, hier unten im Hades. Hat ihn ins Leben zurückgeholt, ihn geerdet, wenn ihn die Verzweiflung wieder einmal zu verschlingen drohte. Letztendlich verdankt Albert ihr sogar sein Leben. Mäu hat ihn liebevoll umsorgt, als er an einem schweren, heimtückischen Fieber erkrankt war. Tagelang hat sie auf die eigene Wasserration verzichtet, damit sie den Kranken tränken und ihm feuchte Umschläge zur Dämpfung des Fiebers bereiten konnte. Seinen glühenden Kopf hat sie an ihrer ausgezehrten Brust geborgen und den Delirierenden zu beruhigen versucht. Dank ihrer fürsorglichen Pflege langsam auf dem Wege der Besserung, hat sie den geschwächten Mann, um ihm wieder Kraft zu geben, mit Brotkügelchen gefüttert wie einen kranken Nesthocker.

Niemals haben sie sich darüber Gedanken gemacht, ob es nun Liebe ist, was sie verbindet. Sie halten sich gegenseitig am Leben, wiegen sich in den Schlaf und wärmen sich gegen die Kälte. Das ist ihnen genug.

23. Die Elendsbruderschaft

Inmitten der Pestwirren im Jahre 1517 wird dem Rat der freien Reichsstadt zu Frankfurt am Main ein Bittbrief hinterbracht, geschrieben auf schlechtem, stockfleckigem Papier, unterzeichnet von einer Frau mit Namen Maria Dunckel. In dem Schreiben beklagt die Bittstellerin, seit nunmehr zehn Jahren im Brückenloch einzusitzen. Man hatte sie offenbar vergessen. Der Brief, in der dritten Person gehalten, wird hier im Wortlaut wiedergegeben:

An die Herren des Rates zu Frankfurt am Main
Sie hat gelegen verborgen wohl zehn Jahr im Brückenloch unter den unvernünftigen Tieren. Lasset Euch erbarmen ihrer! Sie hat großen Hunger und Durst und Frost gelitten. Sie hat gebüßet wie wenn sie ein wilder Heide wär. Den Brief will sie dem ganzen Rat geben. Gebe Gott im Himmel, dass er werd gelesen und sie wollen auch Recht darauf geben, dass die Arme in dem Loch nicht verderbe! Sie muss liegen neben den wahnwitzigen Leuten. Zu Hilf!
(Maria Dunckel)

Maria Dunckel und Albert von Uffstein werden noch im gleichen Jahr aus der Dunkelhaft entlassen und kurze Zeit später vom Rat begnadigt. Die unterernährte, durch die lange Haft körperlich und seelisch gebrochene Frau wird zunächst in das Heiliggeistspital eingewiesen und dort auf Kosten des Rates medizinisch versorgt. Während dieser Zeit weicht der Flugblatthändler Albert von Uffstein, der die letzten zwei Jahre ihr Mitgefangener war und ihr während der Haft das Schreiben beigebracht hatte, nicht von ihrer Seite. Ein Wärter, für den Uffstein gelegentlich Schreibarbeiten tätigte, hatte ihm dafür als Gegenleistung Papier und Feder überlassen, welches schließlich für den Bittbrief Verwendung fand.

Nachdem Mäu so weit gekräftigt ist, dass sie wieder gehen kann, ziehen die beiden ins Rheinland bis nach Bingen, wo sich Folgendes ereignet:

Jakob Haubricht aus Lorch, schon in der dritten Generation Rheinschiffer, eilt keuchend die steile Spittelbergsgasse nach oben. Ein paar Mal schon ist er ausgerutscht und wäre fast hingefallen, denn das feuchte Kopfsteinpflaster ist an diesem kalten Novembermorgen stellenweise von einer dünnen Eisschicht überzogen, feine Eiskristalle rieseln durch die Luft. Breitbeinig, wie auf wankenden Schiffsplanken, hastet er voran. Endlich steht er vor dem mächtigen Holzportal des Bürgerhospitals zu Bingen. Neben dem Klappladen, durch den die täglichen Armenspeisungen gereicht werden, befindet sich ein eiserner Türklopfer, den Haubricht kraftvoll betätigt. Nach geraumer Zeit sind Schritte zu vernehmen, und der Laden öffnet sich quietschend nach außen.

„Was ist Euer Begehren“, fragt der kahlköpfige Spitaldiener und verzieht dabei mürrisch sein längliches Pferdegesicht.

„Drunten am Rhein in einem unsere Schiffe liegt eine schwerkranke Frau. Ihr Ehemann hat uns am Hafen um Hilfe gebeten und wir haben die Kranke reingeholt und auf eine Pritsche gelegt. Ist in ganz jämmerlichem Zustand das arme Ding, hat Schüttelfrost und glüht vor Fieber. Braucht dringend Hilfe, kann keinen Schritt mehr tun und muss wohl mit dem Siechenkarren abgeholt werden. Am besten wird es sein, Ihr holt Euch Verstärkung und folgt mir gleich“, drängt der Rheinschiffer.

„Fremden können wir hier nicht helfen, die dürfen bei uns im Spital nicht aufgenommen werden!“, entgegnet der Kahlköpfige barsch.

„Wo gibt es denn sowas, es ist Eure Christenpflicht, Kranken zu helfen, das ist schließlich ein Spital hier, wenn ich mich nicht täusche. Auch wenn Euch der Eisregen draußen nicht behagt, tut jetzt endlich Eure Pflicht und kommt mit, aber flugs, sonst verreckt die uns noch“, insistiert der Schiffer aufgebracht.

„Nein, das geht nicht. Dafür sind wir nicht zuständig, das sollen andere machen!“, weigert sich der Spitalknecht.

„Jetzt habe ich aber genug von Euch! Holt mir auf der Stelle den Hospitalmeister. Ich bin ein redlicher Rheinschiffer aus Lorch und lasse mich von Euch nicht abfertigen wie ein dahergelaufener Lumpenkrämer“, beschwert sich der Schiffer lautstark.

„Was geht hier vor?", erklingt es ärgerlich aus dem Hintergrund und ein kleiner, rundlicher Mann erscheint neben dem kahlköpfigen Spitaldiener in der Ladennische und weist sich als Meister Ingbert, der Spitalvorsteher, aus.

Der Schiffer erzählt ihm aufgeregt von der fiebernden Frau, für die er Hilfe holen will.

„Euer Verhalten ist untadelig und ehrenwert, Schiffer Haubricht aus Lorch. Doch Ignatz hat Recht, wir können diese Fremde hier bei uns nicht aufnehmen und versorgen. Unser Hospital ist durch die Spenden von Bingener Bürgern ins Leben gerufen worden, und so dürfen wir nur Leute betreuen, die der Bingener Stadtbürgerschaft angehören. Dasselbe gilt für unsere mildtätigen Speisungen, die nur unseren eigenen Stadtarmen zustehen, nicht aber den auswärtigen Bedürftigen. Für die ist das Armenspital der Elendsbruderschaft[49] zuständig. Es ist in der Kreuzgasse, gleich neben dem Judenviertel. Dort findet ihr ganz sicher Hilfe für Eure fremde Sieche", erklärt der Hospitalmeister salbungsvoll und beschreibt Haubricht umständlich den Weg dorthin.

Als der Schiffer wenig später bei der Elendsbruderschaft vorspricht, begleiten ihn sogleich zwei Hospitalhelfer mit einem Holzkarren hinunter zum Hafen. Dort wird die Kranke verladen und zum Spital abtransportiert. Der besorgte Ehemann bedankt sich bei Jakob Haubricht und den anderen Rheinschiffern für ihre Hilfe und folgt eiligen Schrittes dem Krankentransport.

Meister Bernhard, der Vorsteher des Spitals, ein ruhiger Mann von stämmiger Statur, nimmt die Fiebernde gleich nach ihrer Ankunft in Augenschein. Dabei stellt er ihrem Begleiter verschiedene Fragen. Der Mann stellt sich als Albert von Uffstein vor und berichtet in knappen Worten, dass er und seine Frau Maria Haftentlassene aus Frankfurt sind. Seine Frau habe durch die lange Dunkelhaft im Brückenloch großen Schaden genommen, sei aber wieder so weit gesundet, dass sie sich zu einer Reise ins Rheinland entschlossen hätten, denn sie beide wollten nicht mehr länger in einer Stadt bleiben, in der ihnen soviel Unrecht widerfahren wäre.

„Seit gestern Abend hat sie das Fiebern angefangen und behält nichts mehr bei sich. Bitte helft ihr! Sie hat soviel Leid ertragen müssen und die schlimmsten Qualen überstanden. Und jetzt, wo wir endlich frei sind, darf sie mir doch nicht einfach wegsterben. Sie ist mein ein und alles", stammelt Uffstein und kann seine Tränen nicht mehr halten.

Der Hospitalmeister versucht den zutiefst Niedergeschlagenen zu trösten, indem er freundlich das Wort an ihn richtet:

„Albert von Uffstein, ich versichere Euch, Ihr seid bei uns gut aufgehoben und ich werde mein Bestes geben, um Eurer Frau zu helfen."

Der Hospitalmeister und eine kräftige Matrone, die Meister Bernhard als Marie, die Hebamme und gleichzeitig auch sein Eheweib vorstellt, sowie ein Spitalhelfer machen sich sogleich daran, der Kranken die feuchten, von Erbrochenem verunreinigten Kleidungsstücke auszuziehen. Die Helfer waschen die Fiebernde behutsam von Kopf bis Fuß mit heißem Wasser, das wohltuend nach Kampfer riecht. Dabei tastet der Medicus Mäus ballonartig aufgetriebenen Leib ab, schaut ihr in den Mund und befühlt die Stirn.

„Die Milz ist hart und angeschwollen. Sie hat ein gefährliches Fieber, das man durch verdorbene Nahrung oder schlechtes Trinkwasser bekommen kann. Wahrscheinlich hat sie sich ihre Erkrankung im Gefängnis geholt. Das Fieber ist extrem hoch. Sie ist bereits im Delirium. Wir können nichts weiter tun, als ihr Kühlung durch feuchte Wickel zu verschaffen und versuchen, ihr viel Flüssigkeit einzugeben. Es kann noch Wochen dauern, bis das Fieber abfällt. Wenn sie stark ist, wird sie durchkommen. – Aber so geschwächt und ausgelaugt wie sie ist, habe ich daran meine Zweifel. Uffstein, so Leid es mir tut, Ihr werdet mit dem Schlimmsten rechnen müssen. Entscheidend aber ist letztendlich die Lebenskraft, die selbst noch in Todgeweihten schlummern kann und nicht selten dazu beiträgt, dass sie dem Tod noch einmal von der Schippe springen", erläutert der Hospitalmeister ernst.

„Die Krankheit ist nicht übermäßig ansteckend, trotzdem sollten wir sie von den anderen Siechen im Krankensaal separieren und ihre Kleidung verbrennen", ordnet Meister Bernhard an.

Nachdem Mäu fürs Erste versorgt ist, lädt der Medicus Albert zu einem Teller heißer Suppe in den Speisesaal ein.

Es ist Mittagszeit und um den großen Holztisch versammeln sich nach und nach die Bewohner der angeschlossenen Bettlerherberge sowie die nicht bettlägerigen Spitalinsassen, die Bediensteten, der Hospitalmeister und seine Gattin Marie, gefolgt von Albert. Die Köchin stellt einen großen Topf Suppe auf den Tisch und setzt sich dazu.

Meister Bernhard stellt der Tafelrunde, welche sich aus acht Männern und fünf Frauen unterschiedlichen Alters zusammensetzt, den neuen Gast vor.

„Bei uns herrscht ein ständiges Kommen und Gehen, denn unsere Bruderschaft kümmert sich nicht nur um Ortsfremde, sondern besonders auch um das fahrende Volk und die haben ja bekanntlich immer Hummeln unterm Hinterteil. Sobald es ihnen besser geht und sie gestärkt sind, zieht es sie wieder auf die Wanderschaft. Es gibt kaum eine Vagantenzunft, die hier noch nicht vertreten war", erzählt der Hospitalmeister dem Neuankömmling. „Aber was rede ich da, Ihr habt ja momentan weiß Gott keinen Sinn für mein Geplapper", äußert er schließlich verständnisvoll, als er bemerkt, dass Albert, der ganz krank vor Sorge um Mäu ist, ihm kaum zuhört und auch keinen Appetit zeigt.

„Kommt, esst doch wenigstens was, so ausgehungert wie Ihr ausseht. Wenn Ihr vom Fleisch fallt, wird Eure Frau auch nicht eher gesund! Es ist noch genug Brot und Brühe da. Und überdies: Unsere Herbergsgäste geben für Kost und Logis, was sie geben können und ansonsten machen sie sich in Herberge und Spital nützlich, solange sie da sind. Und zwar gilt das für alle, denn an Arbeit fehlt es bei uns nie", wirft Marie, die Spitalhebamme, resolut ein und wird dafür von ihrem Ehemann mit einem unwilligen Blick bedacht.

„Frauen haben immer so was Praktisches. Und meine Marie sagt grundsätzlich einem jedem, was sie denkt, ob er's nun hören mag, oder nicht, auch wenn's manchmal nicht gerade passend ist", kontert Bernhard leicht gereizt.

Albert entnimmt sogleich seinem Brustbeutel den Taler Zehrgeld, den sie von der Stadt Frankfurt bekommen haben und legt ihn auf den Tisch.

Marie nimmt das Geldstück an sich und wirkt dabei etwas verlegen.

Nach dem Essen betritt Albert mit dem Hospitalmeister und seinem Helferstab den Krankensaal. Das Spital der Elendsbruderschaft zu Bingen verfügt über zwanzig Betten. Zum festen Personal gehören der Hospitalmeister Bernhard, seine Frau, die Hebamme Marie und zwei Krankenwärter, beides ehemalige Vaganten. Gelegentlich gehört dem Spital noch ein weiterer Wundarzt an, ein gewisser Meister Hans, der als fahrender Chirurgus durch die Lande reist und dem Spital seine Dienste unentgeltlich zur Verfügung stellt, wenn er auf der Durchreise ist. Bertha, die Köchin, die früher einmal eine fahrende Hübscherin war, und Karl, der Herbergsvater, der in jungen Jahren einer großen Räuberbande angehörte, stellen das Herbergspersonal. Alle anderen Arbeiten und Hausdienste werden von den Herbergsbewohnern und Spitalinsassen, die minder schwer erkrankt sind, selber übernommen. Selbst Alte und Pflegefälle erfüllen ihre jeweiligen Funktionen innerhalb des Tagesablaufs. Das Spital ist eine eigenständige kleine Welt für sich, in der jeder seinen Platz und seine Aufgaben findet. Albert fällt auf, wie blitzsauber alles ist.

Um Albert ein wenig auf andere Gedanken zu bringen, führt die Hebamme Albert durch den Frauentrakt und macht ihn nach und nach mit den Patientinnen bekannt.

In ihrer Bettstatt in der Ecke sitzt eine alte, zahnlose Greisin, die mit krummem Rücken über eine Näharbeit gebeugt ist. Mit gichtigen, doch flinken Fingern flickt sie die Siechenwäsche des Spitals. In ihrem langen Vagantenleben ist das Bruderschaftsspital ihre letzte Station. Marie reicht der Alten eine Schüssel Brühe und ein Stück rindenloses Brot.

„Niemand weiß, wie alt Mutter Tilla wirklich ist. Ihr Geist hat sich im Alter zwar etwas getrübt, aber sie hat immer noch die Augen eines Adlers. Sie ist uns eine große Hilfe und näht uns die ganze Wäsche. In jungen Jahren war sie eine berühmte Seiltänzerin und hatte viele Verehrer."

Auf der Frauenseite befinden sich außerdem noch zwei hochschwangere Wöchnerinnen. Die eine gehört einer fahrenden Komödiantentruppe an, die andere ist Marionettenspielerin, wie Marie erläutert.

„Und hier haben wir Ludmilla, eine berühmte Tierbändigerin aus Böhmen, die sich bei ihrer Bären-Dressur das Bein gebrochen hat", stellt die Hebamme eine dunkelhaarige Frau slawischen Typs vor.

Am Ende des Frauenflügels, durch Vorhänge abgetrennt, befinden sich das Bett von Mäu. Der Medicus und ein Helfer sind bei ihr und legen kalte Wickel um Waden und Stirn der Fiebernden. Ihr leises Wimmern ist zu vernehmen, dann schreit sie plötzlich so laut auf, dass alle erschrocken zusammenfahren. Keuchend hält sie sich den aufgeblähten Leib, Schweißperlen treten ihr auf die Stirn.

„Sie wird sich entleeren müssen, Lukas, bring den Nachttopf", ordnet der Hospitalmeister an und richtet die Kranke auf. Mäu brüllt vor Schmerzen, während sie ihre Notdurft verrichtet. Ihr Stuhlgang ist hart und spärlich.

„Das ist typisch für den Verlauf des Fiebers. Nach ungefähr einer Woche wird sich das umkehren. Sie wird dann unter heftigem Durchfall leiden, mit blutigem, eitrigem Stuhl. In dieser Phase zeigt sich dann ein fleckiger Hautausschlag auf dem Leib. Nach der dritten Woche erst fällt das Fieber langsam ab und die Koliken lassen nach. Wenn sie es bis dahin geschafft hat, ist sie überm Berg. Das Fieber befällt besonders die geschwächten Leute, die ihm nichts entgegenzusetzen haben und tritt überwiegend in der späten Jahreszeit auf. Vielleicht kommt sie ja durch. Lasst uns in jedem Fall guter Hoffnung sein", wendet sich Meister Bernhard an Albert. Die Köchin erscheint mit einer Kanne Kamillentee, die sie neben die Kranke auf ein Tischchen stellt.

„Wenn Ihr wollt, könnt Ihr ihr davon etwas eingeben. Sie ist durch das Fieber wie ausgetrocknet. Aber sie darf jedesmal nur kleine Mengen trinken, sonst gibt sie gleich alles wieder von sich."

Albert hebt behutsam Mäus Kopf an und flößt ihr vorsichtig etwas Tee ein. Sie trinkt in gierigen Schlucken.

„Langsam, langsam", warnt die Hebamme und da ist es auch schon zu spät, denn sogleich erbricht die Fiebernde unter krampfartigem Würgen den Pflanzensud, der mit schaumiger, gelblicher Gallenflüssigkeit durchmischt ist. Dabei stöhnt sie laut auf und wirft sich unruhig auf ihrem Lager hin und her.

„Man hat das Gefühl, das Weiblein kotzt sich schier die Seele aus dem Leib! Als würde der Körper sagen: Der ganze Dreck muss raus, den ich all die Jahre im Kerker fressen musste“, bemerkt der Medicus nachdenklich und streicht der Kranken beruhigend über die eingefallenen Wangen.

Im Laufe des Tages verschlechtert sich Mäus Zustand. Mit weit geöffnetem Mund liegt sie in tiefer Apathie auf ihrem Bett und würde sie nicht so lautstark röcheln, könnte man sie für tot halten. Besorgt beugt sich der Medicus über die Kranke und ertastet ihren Puls.

„Eure Frau befindet sich bereits in der Agonie. Ob sie diese Nacht überstehen wird, ist fraglich. Ihr Puls ist mal so schwach, wie bei einer sterbenden Greisin, dann rast er wieder wie ein wildes Pferd. Das Herz hat schwer mit dem Fieber zu kämpfen, ich gebe ihr etwas Theriak ein, das wird sie stärken und beruhigen. Bleibt ruhig weiter bei ihr sitzen und haltet ihr die Hand, damit sie merkt, dass sie Beistand hat“, wendet sich der Medicus an Albert.

Die ganze Nacht verbringt Albert an Mäus Bett und kümmert sich rührend um sie. Im Morgengrauen, als ihr Atem immer flacher wird, bricht seine ganze Verzweiflung durch und er birgt sein Gesicht an ihrer pfeifenden Brust, immer wieder schluchzend, sie möge ihn doch nicht verlassen. Meister Bernhard, der hinzugekommen ist, lässt den Weinenden gewähren. Erst als sich Albert nach einer Weile wieder erhebt, richtet er das Wort an ihn:

„Das Fieber ist für sie wie eine Katharsis. Sie verbrennt in sich all ihre erlittenen Qualen und das müssen in zehn Jahren Dunkelhaft eine ganze Menge gewesen sein. Entweder sie stirbt daran, oder sie übersteht es und geht gereinigt daraus hervor.“

„Aber warum durchleidet sie es denn gerade jetzt, wo sie doch auf so wundersame Weise die arge Kerkerhaft überlebt hat und endlich in Freiheit ist?“, fragt Albert erbittert.

„Weil sie wahrscheinlich all die Jahre wie ein gehetztes Tier war, dauerhaft in Anspannung. Da war kein Platz und keine Zeit zum Leben oder Sterben. Erst jetzt, wo sie sich halbwegs in Sicherheit wähnen kann, ist es für sie soweit, und die längst fällige Krisis nimmt sich ihr Recht. Krankheit ist häufig nichts anderes als ein harter, schwerer Kampf, bei dem die Lebensgeister gegen das Vergehen zu kämpfen haben", erwidert der Arzt.

„Ich will aber nicht, dass sie stirbt! Sie soll leben und endlich ein bisschen Glück erfahren. Das hat sie doch so sehr verdient."

Albert schmiegt sich wieder an die Todkranke, fleht sie an, bei ihm zu bleiben, flüstert ihr zu, wie sehr er sie liebt.

„Recht so, mein Guter. Die Liebe ist das beste Heilmittel! Wenn unsere Kunst schon längst versagt hat, kann sie noch wahre Wunder bewirken", erwidert der Arzt mit leiser Stimme, klopft Albert aufmunternd auf die Schulter und wendet sich zum Gehen.

*

Nach drei schweren Wochen ist Mäu endlich auf dem Wege der Besserung, die Prognose des Hospitalmeisters hat sich bewahrheitet, das Fieber und die schmerzhaften Koliken ebben nun langsam ab, aber die Rekonvaleszentin ist noch sehr entkräftet. Zum Aufstehen ist sie noch zu schwach und kraftlos. Es bedarf gehaltvoller Nahrung, um die Kranke wieder aufzubauen, die aber zur Schonung der stark geschädigten Verdauungsorgane keinesfalls zu schwer sein darf.

Albert betritt den Krankensaal, in den Händen eine Schale mit dampfender, wohlriechender Hühnerbrühe, die er der Genesenden kredenzen möchte. Mäu lächelt bei seinem Anblick und verspeist die Brühe mit gutem Appetit. Die beiden unterhalten sich leise, dann schweigen sie wieder, halten einander die Hand und wirken auf eine stille Art überaus glücklich.

Epilog

Nachdem Mäu wieder vollständig gesund ist, verbleibt sie weiterhin im Hospital der Elendsbruderschaft und arbeitet dort über viele Jahre hinweg als Siechenmagd, was der vom Leben so hart geprüften Frau bald zu einer großen Berufung wird.

Der Flugblatthändler Albert von Uffstein, den es bekanntlich nicht lange an einem Ort hält, geht ebenfalls kurze Zeit später wieder seinem geliebten, alten Wandergewerbe nach. In regelmäßigen Abständen aber verweilt er bei Mäu in Bingen und die beiden bleiben trotz Alberts langer Reisen unzertrennliche Gefährten.

Im Gegensatz zu Albert, den es immer wieder zu den Frankfurter Buchmessen zog, kehrte Mäu nie wieder in die Stadt ihrer Peiniger zurück. Dennoch blieb ihr grausames Schicksal nicht ohne Wirkung. Ihr Fall veranlasste den Frankfurter Stadtrat, in den Folgejahren eine Revision innerhalb der städtischen Gefängnisse vornehmen zu lassen, besonders im Hinblick auf die unterirdischen Verliese. Es fanden sich zahlreiche Menschen, darunter auch Geisteskranke, die dort, vergessen von ihrer Mitwelt, seit vielen Jahren einsaßen. An sie gemahnend, beschloss der Rat der Stadt Frankfurt 1578, den folgenden Aufruf unter die Decke der Ratsstube schreiben zu lassen, der noch bis ins 18. Jahrhundert hinein zu lesen war:

„Gedenket der armen Gefangenen!“

Anhang

Vorsatzseiten: Faber'scher Belagerungsplan

1 Rotwelsch = Förster
2 Rotwelsch = Galgen
3 Es ist eine skurrile Eigenheit des Abdeckers, von der eigenen Person stets im Plural zu sprechen, wie es eigentlich nur hohen geistlichen oder weltlichen Herrschern vorbehalten ist.
4 Wer ein krankes Tier selbst tötet oder vergräbt, dem steckt der Schinder sein Abdeckermesser in den Türpfosten. Das Messer verbreitet Hohn und Schmach um den Betroffenen und bleibt solange als sichtbare Schande an seinem Platz, bis der Etappte dem Schundmummel eine Abfindungssumme gezahlt hat. Niemand würde sich unterstehen, das unheilbringende Messer selber herauszureißen, denn durch diese Berührung bliebe er für alle Zeiten unehrlich.
5 Die Bezeichnungen „Gutleuthöfe" oder „Gutleuthäuser" für die Leprösenhospitäler lagen darin begründet, dass sie zu einem großen Teil von mildtätigen Spendern, den so genannten „Guten Leuten", ins Leben gerufen wurden.
6 Jeder neu hinzukommende Kranke war verpflichtet, ein Einstandsessen im Leprösenhospital auszurichten. Die Üppigkeit und Qualität eines solchen Mahls war mitentscheidend für das Ansehen und die zukünftige Stellung des Neuankömmlings auf dem Hof.
7 Jedes Leprosorium beschäftigte einen „Schellenknecht" oder „Klingelmann", zu dessen Aufgaben es gehörte, in der Stadt mit lautem Läuten einer Glocke Spenden für die Kranken einzusammeln. Mit einem Bettelsack und einer Büchse ausgestattet, zog er mit einem festen Wegeplan durch die Straßen der Stadt. An jedem Wochentag musste ein anderer Wohnbezirk aufgesucht werden. Als Lohn erhielt er die Hälfte des Erbettelten, was in der Hauptsache aus Naturalien

bestand. Außerdem verrichtete er eine Art Hausmeistertätigkeit auf dem Gutleuthof.

8 Knielanger Mantel mit großem Pelzkragen, der weit über die Schulter reicht, angefertigt aus teurem Wollstoff, der im Winter noch mit Pelz gefüttert ist.

9 Wohlhabende Bürger und Adlige trugen in einem oftmals kunstvoll gearbeiteten kleinen Holzkasten ihr Tafelbesteck, bestehend aus Messer und Löffel, an einem Gürtel befestigt stets bei sich. Man bediente sich noch keiner Gabeln, die erst im Laufe des 17. Jahrhunderts gebräuchlich wurden.

10 Der Hennin war die bekannteste Hutform des Spätmittelalters. Die steife, kegelförmige Kopfbedeckung war meist mit Brokat überzogen und an ihrer Spitze war ein feiner Schleier befestigt, der häufig bis zum Boden reichte.

11 Die Leprösen durften nur zu bestimmten Zeiten in die Stadt kommen, um zu betteln. In den meisten Städten war dies traditionsgemäß der Karfreitag, an dem die Kranken ungehindert durch die Stadttore zogen. Neben dem Tragen einer bestimmten Siechentracht mussten sie durch Klappern und Rasseln auf sich aufmerksam machen, damit entgegenkommende Gesunde die Möglichkeit hatten, ihnen auszuweichen.

12 Kuhmaulschuhe waren im späten Mittelalter sehr beliebt und lösten mehr und mehr die extravaganten, unbequemen Schnabelschuhe ab, die ihren Trägern nur einen eigenartigen, trippelnden Gang ermöglichten. Im Gegensatz zu diesen waren die Kuhmaulschuhe mit ihren abgerundeten Schuhspitzen, einem Kuhmaul vergleichbar, ausgesprochen bequem.

13 Während der Messezeit durfte jedermann, Bürger wie Fremder, Waren frei und öffentlich feilbieten und verkaufen. Die grundsätzliche Rechtlosigkeit Ortsfremder war während der Messezeit aufgehoben.

14 Fahrende Priester gehörten damals zu dem sehr großen akademischen Proletariat. Der Mangel an finanziellen Mitteln zum Erwerb von Pfründen einer Pfarrei zwang sie zur Wan-

derschaft. Die Kirche war den Wanderklerikern, genannt „Goliarden“, nicht gut gesonnen. Das lag in ihrem sinnenfrohen Lebenswandel und in ihrer kritischen Haltung der Obrigkeit gegenüber begründet.

15 Mit dem Makel der Schande, der Niedertracht behaftet.

16 Vir est caput mulieris (Epheser 5,23: der Mann ist des Weibes Haupt). Die frauenfeindliche Geisteshaltung der Kirchenväter erreichte und beeinflusste die ungebildete, leseunkundige Unterschicht genauso wie alle anderen Stände des Mittelalters.

17 Das Reinigen der städtischen Kloaken wurde im Volksmund als „Goldgräberei“ bezeichnet. Die abgeschöpften Exkremente, das „Gold“, mussten vom Abdecker auf seinem Karren abtransportiert und auf dem freien Feld entsorgt werden.

18 Bei dem „Antoniusfeuer“ handelte es sich um die so genannte Mutterkornvergiftung, eine Krankheit, die durch den Verzehr von Getreide hervorgerufen wurde, das von einem hochgiftigen Pilz befallen war. Schwindel, Erbrechen und Durchfall, Krämpfe und Wahnvorstellungen sowie ein sich ausbreitender Wundbrand traten als Kennzeichen der Krankheit auf, die durch den Genuss von verseuchtem Brot verursacht wurde. Gebete zum heiligen Antonius sollten die Heilung bewirken.

19 Der Filzhut, auch Biberhut genannt, bestand aus Biberhaaren und war wegen seines hohen Preises nur den Reichsten vorbehalten.

20 Eine bestimmte Bank im hinteren Bereich des Kirchenschiffes war als die so genannte „Hurenbank“ den freien Töchtern der Stadt vorbehalten.

21 Theriak, ein opiumhaltiges Arzneimittel, das aus 70 unterschiedlichen Stoffen zusammengebraut wurde, diente den Menschen im Mittelalter als beliebtes Universalheilmittel.

22 Früher warf man die Leichen von Verbrechern und Selbstmördern einfach in den Stadtgraben oder verscharrte die Exekutierten gleich neben der Hinrichtungsstätte. Aus hygienischen Gründen ging man aber später dazu über, die

Ehrlosen in der ungeweihten Erde des Schindangers zu begraben. Sie erhielten dort ein so genanntes Eselsbegräbnis fernab der heiligen Kirche, ohne jegliche Grabstellenkennzeichnung. Den Außenseitern der Gesellschaft blieb ein christliches Begräbnis versagt, ihre Gebeine wurden sarglos und ohne Bestattungsrituale beigesetzt.

23 „Holzmaier“ war zu dieser Zeit ein gebräuchlicher Beiname des Todes selbst.

24 Es war Usus, die Überbleibsel des Leichenschmauses, der zu Ehren des Verstorbenen nach dessen Beisetzung abgehalten wurde, dem Totengräber zu bringen.

25 Bestandteil des Leichenschmauses ist im hessischen Raum häufig auch der so genannte „Totenweck“, ein aus Hefeteig gefertigtes Brötchen.

26 „O freimann, liebster freimann mein, schenk mir noch ein kleines Weile“, heißt es in der Strophe eines alten Volksliedes, wobei mit „freimann“ der Henker gemeint ist.

27 Jac. Regnart „Villanellen“ 1574, 1578, 1588, 1611, Nr. 29. – Erik-Böhme „Deutscher Liederhort III, Nr. 1159.

28 Die häufigste Todesstrafe für Frauen war das Ertränken, manchmal wurden sie auch lebendig begraben. Das Aufhängen war alleine männlichen Delinquenten vorbehalten.

29 Rotwelsch = „malochen“ bedeutet, sich mit krummen Touren durchzuschlagen.

30 Der heilige Nikolaus von Myra, heute vor allem als der „Weihnachtsmann“ verehrt, galt als der Schutzpatron für Apotheker, Brückenbauer, Fischer, Kaufleute, Seefahrer, Pilger, Reisende, Zigeuner sowie auch Diebe, Verbrecher und Gefangene.

31 Rotwelsch = Diebesgut

32 Rotwelsch = Hehler

33 Rotwelsch = Gendarm

34 Eine häufig unter armen Leuten gebräuchliche Redewendung aus dem Hessischen. Der Ausspruch „Kartoffel ganz und haaß“ will sagen, „Kartoffeln, Gans und Has“ wären mir lieber.

35 Die Regel der Barmherzigkeit gebot es den Klöstern, Reisenden für eine einmalige Übernachtung Unterkunft zu gewähren. Zu diesem Zwecke standen vor den Klostertoren gelegene, einfache Gästehäuser zur Verfügung. Eine zweite Übernachtung durfte allerdings verweigert werden.

36 Rotwelsch = Versteck

37 Die Fahrenden pflegen sich selbst als die „kochemer Leute" zu bezeichnen. „Chochem" entstammt dem Jiddischen und bedeutet klug.

38 Rotwelsch = Gastwirt

39 Rotwelsch = behäbige, selbstzufriedene Bürger, „Spießbürger"

40 Das Hexenmal war angeblich eine taube Stelle, in die hineinzustechen der Hexe keinen Schmerz verursachen würde.

41 Besonders beliebt in der spätmittelalterlichen Medizin war die Verwendung von „Mumien". Zur Herstellung benötigte man das Blut eines Gesunden. Dieses wurde in eine Eierschale gefüllt, die man mit Fischleim fest verschloss und unter eine brütende Henne legte. Wenn die Henne ihr Gelege verließ, war das Innere im Ei zu einer fleischähnlichen Masse geworden. Dann musste das Ganze nur noch in einen Brotteig geknetet werden und kam in den Backofen. Die fertigen Mumien konnten in der Nähe des Kranken aufbewahrt oder auch von ihm verspeist werden.

42 Ähnlich wie es zwischen Königen üblich ist, so sprechen sich auch Henker untereinander mit „Herr Vetter" an und duzen sich dabei.

43 Lateinisch = Ehre sei Gott allein

44 Teufelsfenster waren seitliche, weite Öffnungen des Oberkleides, durch die man – dank des eng anliegenden Unterkleides – einiges über den Körperbau der Trägerin erahnen konnte.

45 Im Mittelalter betrachtete man Geisteskranke nicht als kranke Menschen, denen man ärztliche Hilfe zukommen ließ, sondern man sah in ihnen die vom bösen Geist Besessenen und stellte sie unter die Obhut von Klerikern.

46 Waren die Türme überfüllt und keine Angehörigen mehr vorhanden, die für sie aufkamen, wurden bestimmte Kranke von Sinnen, zumeist harmlosere Fälle, im Auftrag des Rates von den Gewaltdienern in einen Nachen gesetzt, den man einfach flussabwärts treiben ließ, dem Ungewissen preisgegeben.

47 Die Füße des Gefangenen werden in ein Holz geklemmt, das ihnen das Laufen und Umhergehen unmöglich macht.

48 Erasmus von Rotterdam, „Lob der Torheit“, 1509

49 Die im Spätmittelalter in zahlreichen deutschen Städten entstandenen „Elendsbruderschaften“ kümmerten sich verstärkt um die Belange von Fremden, denn „confraternitas exulum“ bedeutet in diesem Zusammenhang „Bruderschaft der im Exil Lebenden.“

Danksagung

Ich danke Markus Wild, der mit mir und der „Siechenmagd“ so unverdrossen durch dick und dünn gegangen ist. Danken möchte ich ebenfalls Jürgen Blümel, der mir in Bezug auf das Schreiben schon immer den Rücken gestärkt hat. Herzlichen Dank auch an Gerold Hens, dem ich und die „Siechenmagd“ kluge Denkanstöße und wertvolle Anregungen verdanken. Christian Pfeiffer danke ich vielmals für die Überlassung der Mäu-Zeichnung.

Des Heiligen Römischen Reichs Statt Franckenfurt Cont